비판적 모더니즘의 언어들

푸른사상
평론선

21

Literature of Critical Modernism

비판적 모더니즘의 언어들

한원균

푸른사상
PRUNSASANG

"문학이요?"
"그렇지, 한국어문학과에 입학한 동기가 문학을 하려는 것 아닌가?"
"네? 문학은 아닌 거 같아요."
"그럼, 왜 지원한 거지?"
"문학 말고 다른 게 뭐 있을 거 같아서요."
"……."

나는 2년 전의 한 강의실에서 있었던 이 대화를 아직도 생생하게 기억하고 있다. 한국어문학과에 입학하면서 문학(적어도 어학을 포함하여)이 아닌 다른 무엇인가를 생각한다는 것은 도대체 무엇일까. 나는 이 답변에 당황했고, 명쾌한 재질문이나 해답을 내놓지 못한 채, 연구실로 돌아와 그 학생의 말이 무엇을 의미하는지 곰곰이 생각해야 했다. 물론 문학을 활용한 문화콘텐츠라는 광범위한 분야가 있기는 하지만, 당시 학생의 대답이 그것을 의미하는 것으로는 보이지 않았다. 문학 말고 다른 무엇?

최근의 문학은 문학 말고 다른 무엇을 염두에 두지 않으면 그 자체로 성립되기 어려운 역설적 상황에 놓인 듯하다. 그런데 문학이, 문학 말고 다른 무엇으로 정의될 수 있나? 문학이, 문학 말고 다른 것으로 외연의 확장은 이루어질 수 있겠지만, 만약 그 자체로 정의되기 힘들다면, 기존에 가졌던 문학에 대한 관념은 이제 수정되어야 하고, 어쩌면 기존의 관점은 편견과 아집에 불과할 수도 있다. 학생의 말을 순수하게 이해한다면, 문학 그 자체도 있지만, 문학을 통해서 할 수 있는 다양한 분야에 더 관심이 많다는 의미로 들리고, 또 그렇게 믿고 싶은 것도 사실이다. 문학 말고 다른 무엇이 순수하게 독립적으로 존재한다면 우리는 더 이상 그것을 문학으로 부를 수도 없겠지만 여전히 풀리지 않는 것은 문학을 '통해서' 할 수 있는 그 '다른 무엇'이 무엇인가라는 점이다.

학생은 단순하게 대답했을지 모르는 그 말이 여전히 나를 혼돈스럽게 하는 것은, 그 학생이 최근 문학적 정황의 한 장면을 정확히 짚어냈기 때문이다. 쉽게 말해서 우리는 더 이상 문학적 몽상이나 고민이 필요 없는 시대에 살고 있거나, 고전적인 의미의 문학이나 문학 연구가 어떤 의미를 지니는지 깊은 회의감에 빠져 있다는 사실이다.

문제는 학생이 서 있는 자리와 내가 문학을 시작한 자리가 다르다는 점이다. 그것은 사회문화적 환경의 변화에서 비롯되기도 하지만, 사실은 외부의 변화가 가져다준 내면적 정황의 차이로부터 기인한다. 당연한 말이지만, 자기 문학의 출발점이랄까, 성인이 된 다음 자신이 가질 수 있었던 가장 근본적인 사유의 시초는 사람마다 다르고, 세대마다 다를 것이다. 학생은 2000년대 전자기기의 시대에 살고 있고, 나는 그 20대를 1980년대에 보냈으며, 여전히 열망과 청춘이라는 단어는 1980년대와 밀접하게 관련된다고 믿기 때문이다. 1980년대가 나를 '문학적'이게 했고, 내 열정을 확인하게 해주었던 시기였으며, 여전히 낭만성의 기원이 그 시대에 있었다는 신뢰는 저버리기 어렵다. 단순히 청춘의 한때를 증명하는 방식이 아니라, 1980년대의 시대적 상황과 나는 나름대로 행복하게 '문제적인 방식'으로 조우하고 있었던 것이다.

내 비평의 기원과 기준은 그래서, 1980년대의 미적 성취에 근거한다고 나는 종종 말해왔다. 그것은 최근의 변화를 수용할 수 없다는 뜻이 아니라, 오히려 최근의 변화가 1980년대의 분위기를 더 빛나게 해준다는 상황인식에서 비롯된다. 낭만적 우울과 감수성의 부재, 자기 시대의 문제와 부딪치는 치열한 문제 의식의 결여를, 나는 오늘의 문학에서 발견한다. 물론 유희와 포즈, 가벼움과 쾌락적 수사에서도 한 시대의 표정을 읽을 수 없는 것은 아니지만, 전자기기에서 자주 목도되는 문장의 파편화와 '기호의 자기 재생산화', 혹은 근거가 약한 소문 등이 정의와 권력으로 포장되는 현상처럼', 문학의 주변 역시 깊은 고민을 하지 않는 사회적 분위기와 무관하지 않다.

저 1980년대의 시간들 속에는 형해화된 기억이 풍화된 화석처럼 놓여 있어도, 지울 수 없는 것은, 우울한 삶을 낭만적인 형식으로 그리고자 했던 열망의 지층이 존재했다는 사실이다. 가령,

> 길 위에서 죽지 않을
> 도보 고행승은 얼마나 아름다운가
> 저녁 적벽으로 걸어가는 종소리는 붉구나 너무나
> 붉구나
>
> — 이문재, 「검은 돛배」 부분

---

1 최근 SNS에서 소통되는 이야기들은 생각할 여지를 많이 준다. 단발성 이야기들이 근거 없이 확대 재생산되는 것도 미디어의 한 속성이며 민주주의 사회의 특징이라는 점은 주지의 사실이고 논란의 여지도 없지만, 비판이 불가능하며 모두가 진보적인 태도를 취하는 것처럼 보이는 현상은 어떻게 설명해야 할지 모르겠다. SNS라는 작지만 거대한 블랙홀에 우리 모두가 함몰된 듯 보이는 현상에 대한 비판은 어떤 방식으로 이루어져야 할지, 혹은 그런 비판은 가능하기라도 한 것인지 묻고 싶다. 하지만 이 문제는 다른 자리에서 좀 더 체계적인 논의의 틀을 통해 다루어져야 할 것으로 보인다.

와 같은 수사에 놀라면서 그들이 만들어내는 몽환적 세계인식과 언어의 그물망을 바라보며 열등감에 사로잡혔던 경험을 떠올리지 않을 수 없다.[2] 또한

> 아이들이 큰소리로 책을 읽는다
> 나는 물끄러미 그 소리를 듣고 있다
> 한 아이가 소리내어 책을 읽으면
> 딴 아이도 따라서 책을 읽는다
> 청아한 목소리로 꾸밈없는 목소리로
> "아니다! 아니다!" 하고 읽으니
> "아니다! 아니다!" 따라서 읽는다
> "그렇다! 그렇다!" 하고 있으니
> "그렇다! 그렇다!" 따라서 읽는다
> 외우기도 좋아라 하급반 교과서
> 활자도 커다랗고 읽기에도 좋아라
> 목소리 하나도 흐트러지지 않고
> 한 아이가 읽는 대로 따라 읽는다
>
> 이 봄날 쓸쓸한 우리들의 책읽기여
> 우리나라 아이들의 목청들이여
>   ― 김명수, 「하급반 교과서」 전문[3]

---

2 군 입대를 위해 대학을 휴학한 채, 나는 학교 앞 다방에 자주 들르곤 했는데, 그때 읽은
   『시운동』 동인지 1984년 발간본은 나를 절망하게 했다. 그 절망감 속에는 나는 절대로 그
   런 시를 쓰지 못할 것이라는 열등감과 그들에 대한 부러움이 동시에 작용하고 있었다.
3 이 시는 1980년대 초반 '반시(反詩)' 동인이었던 김명수 시인의 시집 『하급반 교과서』
   (창작과비평사, 1983)의 표제시이다. 김명수 시인이 이후 계속 시집을 내고 문단 활동을
   했는지는 알 수 없지만, 스무 살 무렵에 읽었던 이 시는 매우 인상 깊게 기억되어 있다.

와 같은 시를 보면서 현실주의적 은유의 비판적 역할을 배우기도 했다. 이런 경험들은 쉽게 잊히질 않는다.

나는 오래 전부터 비평은 비판적 모더니즘의 맥락을 읽어야 하고 그런 작품들을 발굴해야 한다고 주장해왔다.[4] 비판적 모더니즘이란 이 세계 위의 삶이 선택적으로 이루어지는 것이 아니고 본질적으로 거부할 수도 없다는 점에 대한 예술적 표현 방식을 이른다. 자본주의 체제 내에서 이루어지는 모든 예술은 비판적 모더니즘의 양상에서 자유롭지 못하며, 그렇기 때문에 우리 시대 리얼리즘은 비판적 모더니즘이고, 비평 역시 이에 대하여 자각적이어야 한다고 나는 생각한다. 그러므로 나는 저 1980년대의 시적 위의(威儀)를 인정하지 않을 수 없다. 낭만적 우울과 불행 의식은 1980년대 시의 존재론적 근거였으며 나는 그곳으로부터 문학적 소양을 습득했고, 개념과 이론의 얼개를 빚지게 되었다. 그것이 나의 문학이고, 내 세대의 내면풍경이다. 학생은 학생 나름의 질문을 스스로에게 던진 것이고 나 역시 그 물음에 대한 답을 내기 위해 이러한 혼돈을 감수하는 것이 아닐까.

문학 평론집을 발간한다는 것은 어려운 일이다. 읽히지 않는 시대에 소통의 가능성이 얼마나 있을지 회의감에 빠지기도 했고, 많은 시간 고민도 했다. 하지만 반대로 닫힌 문을 열어 다시 소통의 장을 만들어야 하는 것도 비평가의 역할이라는 생각에 용기를 내게 되었다. 젊은 학생들과 토론하면서 현 상황을 인지하는 방법론적 차이와 세대 간의 간극을 확인하

---

4 졸저 『비평의 거울』(2002) 제1부와 『비판과 성찰의 글쓰기』(2005) 제1부에서는 비판적 모더니즘에 대한 이론적 근거를 모색하는 내용이었고, 그 외 작품론 등에서 지속적으로 낭만적 서정성의 존재 방식을 탐색했고 포스트모더니즘론이 왜 비판적 역할을 수행해야 하는지를 수시로 주장하곤 했다. 향후 이 문제에 대한 정밀한 이론화 작업이 뒤따라야 함은 당연한 일이다.

는 일이 무엇보다도 필요했다. '문학이면서 문학 말고 다른 것'과 '문학이 아니면서도 문학인 것'을 찾아내고 서로 직조하는 일이 숙제로 남은 듯하다. 오늘의 비평이 설 자리를 잃어가고 있는 이유 중의 하나는 상호작용 역할에 대한 진지한 노력이 부족하다는 데 있다. 오래전 비평가 김현은, 한국의 작가들이 올바르게 질문하지 못하고 있다는 점에서 하이데거가 쓰는 의미로 완전히 타락해 있다고 지적한 바 있다.[5] 이 언급에 근거한다면, 최근 비평의 쇠퇴는 적극적인 질문의 부재와 소통의 노력이 미흡한 데서 오는 것은 아닌지 생각해볼 일이다. 문제는 그 방법론을 구체화하는 일이지만, 지금의 상황을 좀 더 냉정하고 진지하게 되돌아봐야 하는 것이 긴요할 듯하다.

『고은이라는 타자』 이후 3년 만에 평론집을 묶게 되었다. '고은'이란 기표는 혼종성과 복합성을 내포한다. 한국 문학의 상황이 그걸 가능하게 했다고 말할 수도 있다. 이번의 평론집에서도 새롭게 쓴 고은론을 세 편 추가했다. '열망이 사라진 시대의 글쓰기'가 다시 어떤 동인(動因)을 발견하게 될지, 스스로 묻고자 하는 이번 평론집의 기획 의도에 비추어 고은론이 몇 편 있어도 될 것이라는 판단에서 그렇게 했다.

그동안 모은 글 가운데 보다 쉽게 읽히는 글들도 있었다. 지역의 한 방송사에 출연하여 한국 문학작품을 소개하고 해설하는 프로그램의 원고였

---

5 김현, 「글은 왜 쓰는가」, 『김현전집 3』, 문학과지성사, 1991, 30쪽. 김현은 이렇게 말하고 있다. "중요한 키 포인트는 한국 작가의 타락(올바르게 질문하지 못하고 있다는 점에서 한국 작가는 하이데거가 쓰는 의미로 완전히 타락해 있다)이 어느 한 파에 속하면 출세는 보장된다는 생각 때문에 사고의 상투화를 스스로 권장하고 있는 데서 얻어진다는 점이다. 이 점은 아무리 강조해도 지나치지 않다. 순수문학과 참여문학의 고정화란 문학의 기능을 이분화시켜 그 하나하나를 절대화시킴으로써 얻어진다. 이 현상은 소설보다는 시에서 더욱 뚜렷하게 드러난다."

다. 약 1년 정도 진행하다보니 제법 분량도 쌓여서 그걸 한 권의 책으로 묶어볼까 생각했는데, 어느 날 거짓말처럼 컴퓨터에서 지워졌다. 많이 당황했다. 전자기기 시대의 암울한 그림자를 혹독하게 경험했다.

많이 부족한 글들을 보이게 되어 한편 부끄럽다. 정밀한 비판과 논리적 성찰이 대중들과 공감하는 글쓰기로 연결되어야 하는데, 돌이켜보면 가장 아쉬운 대목이기도 하다. 그럼에도 불구하고 힘을 내본다. 부끄러움이 성찰의 계기를 가져다주기도 하기 때문이다. 사라진 열망을 확인하고 그 열망의 시대적 의미를 다시 모색하는 일도 매우 중요해보인다. 비판의 척도를 과거에서 찾기보다, 현재의 위치에서 다시 과거를 바라보는 일이 곧 미래를 향하는 일이라는 투시주의적(perspective) 관점에 기대본다면, 1980년대의 낭만적 열정이 왜 지금 이 시대에서는 사라졌는지, 문학 상상력의 아름다움이 다시 어떤 방식으로 우리 시대에 현현해야 하는지를 고민할 수 있을 것이다. 이번 평론집을 묶을 수 있었던 가장 큰 이유는 내 스스로에게 이런 질문을 다시 던지기로 했기 때문이다.

어렵고 힘든 출판 상황을 모르는 바 아닌데, 이렇게 신세를 지게 되어 송구할 따름이다. 흔쾌히 책을 만들어준 푸른사상 식구들과 맹문재 주간께 진심으로 고마운 마음을 전하고 싶다.

2014년 8월
한원균

제3부

제1부

'민족문학론'에 대한 비판적 단상

— 문제는 '비판적 모더니즘'이다

1.

몇 년 전 남북한의 작가들이 모여서 민족문학인협회를 구성한다는 보도가 전해진 바 있다. 6·15 공동선언에 기초하여 남북한의 문화적 이질성을 극복하면서 상생과 통일의 문화를 이루겠다는 남북 문인들의 의지의 결실이라는 점에서, 민족문학인협회의 결성은 한반도 통일문학사의 중요한 축을 형성했다는 평가도 가능할 수 있을 것이다. 하지만 이들이 향후 남북한 독자들이 공감하는 작품을 선별, 소개하고 이를 바탕으로 문학상을 제정한다든지 기관지를 발간하는 문제는 과제로 등장하였다. 그러나 한편으로 보면 이러한 과제는 어차피 협회의 발족과 함께 예상되었던 문제였을 테니까 어렵기는 하겠지만 새로울 것은 없는, '해결점을 내포하는 문제'이므로 차분하게 시간을 두면서 생각할 수 있을 것이다. 더 큰 문제가 따로 있다. 이를 두 가지 관점에서 정리해보기로 하자. 하나는 남한 문학의 내부적인 문제이고, 다른 하나는 문학 외적인 상황, 즉 문학(화)운동의 정치적 의미에 관한 것이다.

2000년대의 한국 문학이 1990년대의 그것과 뚜렷하게 구별되는 요인을 갖고 있지는 못하다는 판단이 가능하다. 삶의 모호성에 대한 반영 형식으로써 일군의 새로운 작가군이 형성되었다는 진단에 어느 정도 동의할 수는 있지만, 그것이 1990년대와 확연하게 구별되는 변별력을 지녔다고 판단하기에는 아직 이른감이 있다. 1990년대의 한국 문학은 현실사회주의의 몰락이라는 세계사적인 격변기를 맞이하면서 급격히 탈정치화의 길로 접어들었으나 사실상 그것은 현실적인 문제 의식을 스스로 방기하는 무책임한 자기 해체에 다름 아니었다. 소련연방의 붕괴와 독일의 통일, 동구권 사회주의권의 해체 등 현실사회주의의 몰락이라는 일련의 상황과, 여전히 한국 사회에 잔존하는 현실적인 모순들은 도대체 어떤 연관이 있다는 말인지 쉽게 납득하기 어려웠다. 진보적인 문학운동이 현실적 대안으로 내세웠던 노동해방과 이를 통한 인간해방이 현실사회주의의 구현을 지향했다는 말인가. 진보적 변혁운동이 가장 근본적(radical)인 사회 문제인 환경 문제로 방향 전환한 것이야말로 가장 현실적인 선택이었음을 부인하기 어려운 것도 곰곰이 생각하면 '역사의 필연'(?)이라고 말하기엔 무언가 석연치 않은 부분이 있다. 뒤에서 다시 언급하겠지만 그것이 '담론을 통한 권력적 욕망의 현현'과 무관하지 않기 때문이다. 담론이 비판적 생산성을 지니려면, 그것이 현실적이면서 구체적인 상황에 조우하면서 자기 갱신하는 성찰적 이론화를 통해서만 가능하며, 이때 그 유효성을 인정받을 수 있다. 1990년대의 문학적 상황은 현실적인 모순들에 대해서 침묵으로 일관하는 작가들에게 '내면성의 유희'라는 면죄부를 씌워주었다. 물론 여성적 정체성의 사회적 의미, 한국적인 특수성을 반영하는 성의 논리, 소비의 시대를 견뎌내는 문학적 저항의 방식 등을 통해 여러 가지 반성적 층위를 형성했던 기억이 전혀 없었던 것도 아니고, 그 유의미성을 부정하는 것도 아니다. 하지만 비판적 생산성을 스스로 몰각했던 1990년대의 문학, 혹은 비평이 소위 포스트모더니즘이라는 허망한 트렌드에 목

매달았다는 사실은 준엄하게 비판받아야 한다. 노동시장의 비유연성과 국제화 논리 사이의 상충, 동남아 노동자와 탈북자의 문제, 개별 사업장에서 일어나는 여러 가지 인권 유린과 성적 착취, 글로벌화를 주장하는 자본의 논리가 지니는 허구성, 삶의 파편화와 개인화를 주장하는 다원주의의 현실적 양상과 도덕적 근거 등에 대한 문학적 회의 과정 등은 여전히 유효하고 필요한 것이 아니었는가.

이와 같은 문제들을 외면하거나 배제한 채, 1990년대 문학은 새롭게 등장한 도구적 권력의 해체보다는 자기 해체에 더욱 열을 올렸다. 마치 모든 글쓰기는 내성적이고 자아성찰적인 태도로 일관해야 한다는 듯이 문학인들은 현실적인 문제에 관심을 두지 않았다. 이 같은 현상은 비평의 태도에서도 그대로 유지되었다. 프로이트와 라캉, 데리다 등 서구 이론에 기댄 문학론이 진보적 담론의 무기력화를 시도하면서 새로운 권력층을 형성했고, 그 이론의 추종자들로 하여금 거대한 에콜을 만들어내기에 이르렀다. 이론은 스스로 '낯설게 하기'의 진수를 보여줌으로써 많은 '타자'들을 만들어냈고, 그로부터 문학권력을 유지해왔다. 하지만 그런 이론의 자기 위무와 유희가 과연 한국 사회의 어떤 부분을 제대로 비판할 수 있었으며, 무엇을 억압으로부터 '복귀'시킬 수 있었는지 알기 어렵다. 한국은 그들이 말하는 것처럼 탈근대의 징후를 보이면서 세계화의 추세를 거부하기 어려운 국제적 자본시장의 중심이기도 하지만, 동시에 분단 문제와 여전히 비합리적인 제도 및 낡은 사유체계, 그리고 전근대적 요인을 내포하고 있는 국가이기도 하다. 가치로서의 근대성을 논의할 경우, 하버마스의 표현을 빌자면, 한국에서 근대성은 여전히 추구되어야 할 미완의 '기획(project)'인 것이다. 결국 민족문학론을 토대로 한 남북한 작가들의 만남이 이와 같은 남한 문학의 내부적 상황에서 볼 때는 문학적 탐구의 대상이 될 수 있는지 의심스럽지 않을 수 없다. 잔존하는 문제들에 대한 비판적 패러다임을 형성하지 못하고 있는 남한 문학 내부의 현실적 상황[1]과 이에 무관심한 독자들의 취향에 비추어볼 때 민족문학론에 대한 이슈화가 성공할지는 미지수이다. 주요 모순을 분단의 극복에 두면서 부차적인 요인으로 기타 제 모순을 설정하는 방식이라면 그것은 더욱 곤란하다. 이미 한국 사회는 부차적인 모순이 주요 모순으로 등장한지 오래이고, 부차적이라고 여기는 다층적인 얽힘 현상이 사회적 제 관계를 형성한 사회라는 점은 주지의 사실이다. 따라서 남한 사회 내부에 잔존하는 여러 가지 혼종적인 모순들에 대한 지속적이고 미시적인 비판의 과정이 생략되고 불현듯 민족 모순에 천착하는 일이 과연 얼만큼의 생산성을 지닐 수 있는지는 더 두고 봐야 할 일이다.

이 문제는 자연스럽게 앞에서 제기한 두 번째 문제, 즉 문학(화)운동의 정치적 의미와 연결된다. 최근 몇몇 잡지를 통해서 제기된 민족문학론의 대강을 살펴볼 때, 근간에 제기된 민족문학론은 새로운 문학(화)운동과 이를 통한 '담론 지배적 욕망'을 강하게 암시한다. 따라서 이와 같은 질문이 가능할 것으로 보인다. 최근 민족문학론은 어떤 구체적인 대상을 통해서 성립된 것인가. 또한 문학운동이 지나치게 정치적으로 이용되어 지식인 위주의 '전위주의' 운동에 멈추고 마는 과오를 다시 한 번 범하는 것은 아닌가.

이 글은 이와 같은 문제 의식 아래 2000년대 이후에 제기된 민족문학론의 윤곽을 살펴본 후에 왜 다시 민족문학론이어야 하는지, 그 유효성은 있는지, 또한 민족문학론의 방향성은 어떻게 고찰되어야 하는지 생각해

---

1 한국 문학의 비판적 패러다임을 모색하고자 하는 시도는 새로울 것은 없지만, 1990년대 이후 한국 문학, 특히 비평이 지향해야 할 하나의 방향성을 위한 시도가 있었다고 볼 수 있다. 이에 대해서는 졸고, 「동시대 한국시와 비판적 패러다임의 형성」, 『비판과 성찰의 글쓰기』, 청동거울, 2005 참조.

보고자 한다. 이를 위해서는 몇 가지 전제가 선행되어야 한다.

우선, 민족문학론이 1990년대 이후 한국 문학에서 그 위상이 현저히 약화된 원인으로 영상문화의 대두 등으로 인한 문학의 전반적인 침체현상과 관련 있다는 점은 이미 여러 경로를 통해 제출된 바 있지만, 이 같은 현상의 저변에는 남한 자본주의가 세계시장의 중심으로 편입되는 과정에서 자본주의적 질서에 대한 이념적 반성이 더 이상 필요하지 않다는 인식의 대중적 공감이 깔려 있는 듯하다. 이는 자본주의적 삶의 방식 외에 '대안은 없지만 전폭적으로 지지도 할 수 없는' 심리적 딜레마의 문학적 필요성을 낳는다. 민족문학론은 이와 같은 현실적이고 문학적인 상황에 대한 면밀한 인식이 수반되어야 한다. 다음으로는 민족문학론을 제기하는 진영에 대한 지속적인 비판이 이루어져야 한다는 점이다. 본문에서 다시 언급하겠지만 몇몇 '문학권력'에 의해 주도되고 있는 민족문학론은 내용의 타당성 여부에 관계없이 그 담론이 생산되고 유통되는 과정에 대한 적극적인 '관심'이 요망된다. 담론의 실천적인 과제 가운데 하나가 문제를 발굴하고 토론하여 현실적인 타당성을 검증하는 역할이라는 점은 부정할 수 없지만, 한국 문학의 현실적 맥락을 고려할 때, 지식과 담론이 타자를 배제하는 과정을 통해 배타적 권력을 행사해왔음을 상기할 필요가 있기 때문이다.

2.

모든 이론적 모색은 현실의 구체적 상황으로부터 추인되고, 이론의 정합성은 현실적 맥락과 추이를 통해 다시 검증된다. 분석 과정은 대상을 통해 자기 논리의 논리적 체계를 검증하는 과정이며, 선택된 대상은 분석을 통해 새로운 의미를 획득한다. 다시 말해 이론적 틀을 세우기 위한 대상의 도구화는 어떤 경우에라도 비판이 요구된다. 비평이 문제를 발굴하고 문학적 쟁점을 만들면서 그것을 문학적, 사회적 실천의 장으로 연결해 가는 선도적 역할을 담당해야 한다는 점은 매우 중요하다. 하지만 지난 1980년대의 민족주의적 민중문학론, 더 멀리는 1920년대 카프문학의 지식인 위주의 이론적 전위주의에서도 보았듯이, 현실적이고 구체적인 상황에 근거하지 않는 이론은 공허할 수 있다.

이런 관점에서 한기욱의 문제 제기[2]는 주목을 요한다. 그는 2000년대 한국 문학의 전망이 그리 어둡지만은 않다는 가설 위에 새로운 현실적인 상황 변화에 관심을 기울여야 한다고 말한다. 그가 말하는 새로운 변화란, '1990년대와 2000년대를 가르는 결정적인 사건으로 1997년의 IMF사태와 2000년 6월의 남북정상회담, 6·15 공동선언'이다. 이 가운데에서도 '한반도의 남녘 사람의 일상생활에 직격탄을 날린 쪽은 전자이지만, 한반도 주민 전체의 장래에 더 결정적인 사건은 후자이고, 그런 만큼 후자를 2000년대 문학의 기점으로 삼는 것이 타당하지 않을까 싶다'고 주장한다. 그의 이러한 생각이 나름대로의 논리적 정합성을 생성하기 위한 방법론적인 성격이 강하다는 점을 인정하지만, 두 가지 점에서 회의적인 생각을 자아낸다. 하나는 시기 구분의 문제가 지금 이 시점에서 필요한 문제인가라는 것과 다른 하나는 그것은 반드시 구체적인 작품현상에 근거를 두어야 하지 않을까 하는 점이다. 시기 구분의 방법론은 문학적 쟁점의 흐름을 이해하는 인식틀이다. 시기 구분은 현실과 작품현상의 구체적 맥락에서 '내부로부터' 그 의미망이 형성될 때 유의미하다. 따라서 그것은 수 년 단위의 즉흥적 현상으로부터 추출되기보다 좀 더 많은 시간적 축적을 요구하는 문제이다. 그렇다면 이때의 시기 구분은 이론의 권력화 의지의 표명이 아닐까 의심하지 않을 수 없다. 뿐만 아니라, 그는 '심각한 위기를 경

---

2 한기욱, 「한국문학의 새로운 현실읽기」, 『창작과비평』, 2006년 여름호.

이로운 성공으로 전화한 역사적 과정이 2000년대 현실을 여는 계기가 되었다'는 것이다. 과연 6·15 공동선언이 어떤 관점에서 경이로운 전환점이 되었는가. 그것은 현실적이고 구체적인 상황으로 구현되고 있으며, 국민들의 일상으로 내화되고 있는가. 그로부터 6년이 흐른 2006년의 현 상황은 우호적인가. 그는 다분히 '선언적'인 언사에 이어 '6·15 공동선언이 2000년대 문학에 직접적으로 남긴 흔적은 제한적이다'라고 후퇴한다. 또한 '이를 소재로 한 작품은 많지 않지만, 최근 들어 점차 늘어나는 추세인 것은 분명하다'라고 하면서 '예술가나 작가의 경우는 이런 심대한 변화에 알게 모르게 반응할 공산이 크다'라고 추측한다. 이렇게 보면 그의 글이 논리적으로 상충되는 듯한 느낌을 지울 수 없다. 2000년 6·15 공동선언이 지니는 정치사적 의미에는 크게 공감한다. 하지만 남한 사회 내에서 이를 수용하고 내면화하는 형식을 발견하기는 그리 쉽지 않다. 더욱이 작품현상을 발견하기도 어려운 상황에서 성급하게 6·15 공동선언이 2000년대 문학의 패러다임을 형성할 것이라는 논리는 아무래도 지나친 감이 있다. 물론 6·15 공동선언에 담긴 통일의 의지와 방법론은 가장 현실적인 해결점을 시사하고 있음에 분명하다. 특히 그것이 한국 사회 내에 존재하는 '억압적 경계'를 극복하는 중요한 계기를 마련하고 있다는 점 또한 부정하기 어렵다. 그래서 한기욱 역시 6·15 공동선언의 문제에서 자연스럽게 '경계에 대한 사유와 상상력의 단련'의 중요성으로 옮아간다. 다시 말해 '이주 노동자가 늘어나면서 생겨나는 인종주의적 경계, 남녀 차별을 지속시키고 은폐하는 가부장제나 주류문화와 하위문화를 가르는 문화적 경계' 등에 대한 관심이 요구된다는 그의 논의에 전적으로 동의할 수 있다. 다만 이 같은 제반 모순의 극복을 '6·15시대라는 역사적 관점에서 새기는 것이 뜻 깊고 실속 있는 작업이 될 것이다'라는 그의 언급은, 자칫 정론 비평의 정치적 예속화를 초래할 가능성이 있다고 판단된다.

3.

과연 민족문학론이 2000년대 이후에도 가능할까, 혹은 민족문학론이 아니라면 어떤 대안이 제시될 수 있는가 하는 문제는 가볍게 답할 수 있는 문제는 아니다. 하지만 2000년대의 민족문학론은 1990년대 문학에 대한 반성적 지표로 설정되고 있다는 추론은 가능하다. 1990년대 문학의 문제점을 지적하는 다음과 같은 견해에 주목할 필요가 있다.

바깥'을 버리고 자아의 내면으로 침잠하는 나르시시즘 주체에게 세계는 존재하지 않거나 등장하더라도 그 즉시 부풀려진 내면이나 관념에 종속되어 해소되어 버린다. 자아주장이 낮은 목소리로 공명하는가 아니면 냉소를 동반하거나 과격한 형태로 분출되는가 하는 차이는 있을지라도, 이 점에서는 크게 다를 바 없다. 90년대를 대표했던 윤대녕, 은희경, 신경숙, 장정일, 전경린, 배수아, 김영하, 백민석 등의 소설을 떠올려보면 이는 더할 수 없이 분명하다.[3]

이와 같은 한계가 곧바로 1990년대 문학의 용도폐기를 의미하지 않는다는 점은 부언을 요하지 않지만, 1990년대에 밀어닥친 포스트모더니즘의 이론적 폭풍 앞에 이와 같은 진단은 애초에 설 자리가 없었다는 사실을 지적하지 않을 수 없다. 위에 예시된 작가들이 대체로 1990년대적인 특징을 고스란히 갖는다고 판단할 때, 왜 이 같은 반성이 당시에는 존재하지 않았는가 하는 점이 새삼 의문스럽다. 탈이념이 시대정신이라고 과대포장을 시도했던 포스트모더니즘론 역시 이론이 물화, 혹은 권력화된 경우라고 할 수 있다.

---

3 김영찬, 「2000년대, 한국문학을 위한 비판적 단상」, 『창작과비평』, 2005년 가을호.

이런 관점을 전제하고 읽은 신승엽의 글[4]은 우리가 처한 현실 상황에 대한 정직한 분석 위에서 민족문학론의 방향을 물었다는 점에서 의미가 있다고 생각한다. 그는 이 글에서 최근 민족문학론의 쟁점을 김명환, 백낙청 등의 민족문학론과 함께 살펴보고 있다. 그는 '70, 80년대와 같은, 문학 창조의 방향과 문학운동의 슬로건이 통일된 이념으로서의 민족문학은 역사적 시효를 다했다는 점에서' '김명환, 백낙청이 모두 견해를 같이하고 있는 셈'이라고 진단한다. 그러면서도 민족문학론을 둘러싼 논의를 더욱 발전시키는 방향성을 모색하는 방법에 있어서는 서로 차이가 있다고 말한다. 신승엽의 글에서 각각 김명환과 백낙청이 주장하는 내용을 요약 정리해보기로 하자.

먼저 김명환은 남한의 국민문학을 포섭하면서도 분단국 한쪽에 국한되는 '국민문학'을 거부한다는 뜻에서 '민족문학'의 개념을 유지해야 한다고 주장한다. 또한 이를 토대로 '민족문학'들 간의 네트워크로서의 세계문학 개념의 필요성을 주장한다. 그리고 이러한 민족문학 개념은 '남북 민족과 해외동포가 한국어로 창작한 문학을 지칭하는 기술적(記述的) 용어'라고 규정한 뒤, 이런 점에서의 효용 이외에도 '우리 시대의 문학다운 문학의 대명사로서 민족문학의 유효성'을 지적하고, 나아가 다양한 사회운동 및 다원적인 문학담론들과 상호교류하고 연대하면서 분단체계 극복에 기여하는 문학운동의 구심점으로서의 민족문학 개념도 포함시키고자 한다. 한편 백낙청은 민족문학론의 실천적 유효성에 대하여 1) 논쟁적 차원 2) 지시적(referential) 내지 기술적(descriptive) 차원, 그리고 3) 구호나 간판으로서의 용도 등 세 가지 차원으로 나누어 설명한다.

---

4 신승엽, 「흔들리는 민족문학―민족문학론을 둘러싼 최근 논의에 대해」, 『창작과비평』, 2006년 여름호.

이와 같은 주장들에 대해 신승엽은 '우리 시대의 문학다운 문학의 대명 사로서 민족문학'을 상정하는 김명환과 백낙청의 주장을 수용할 수 없다 고 하면서 오히려 이미 많은 작가들이 민족문학과 관계없이 좋은 작품, 문학다운 문학들을 생산하고 있는 마당에 왜 굳이 '민족문학'을 상정하고 있는지 이해할 수 없다고 비판한 뒤, 민족문학이 과거와 같이 협소한 시 각을 강제함으로써 창작을 오히려 방해하는 면도 있다고 말한다. 신승엽 은 그동안 민족문학이라는 이념적 표어가 우리 문학에 요구해온 시각이 나 관점이 오히려 억압적 기능을 할 수도 있음을 인정하고 이제는 그로부 터 우리 문학을 해방시켜줄 필요가 있다고 판단한다. 백낙청 등이 주장하 는 '분단체제 극복에 기여하는 문학'으로서의 민족문학에 대한 논의의 여 지는 향후 좀 더 면밀한 토론을 거치면서 이론적 정합성을 제고해야 한다 는 것이 신승엽의 주장이었다.

4.

이와 같은 논의가 최근 민족문학론을 둘러싼 쟁점의 주요한 흐름을 잘 보여준 것이라고 판단된다. 하지만 다시 본질적인 질문, 왜 2000년대에 민족문학을 생각해야만 하는가에 대한 정확한 답변이 이루어진 것은 아 니다. 또한 '민족문학 기반의 현실적 약화'라는 진단이 상당한 설득력을 얻고 있는 가운데, 이에 대한 답을 위해 과거의 흐름을 잠깐 살펴볼 필요 가 있다.

1960년대 순수, 참여문학론은 1970년대 민중주의적 민족문학론에 의해 발전적으로 지양된다. 백낙청의 「시민문학론」[5]은 '소시민'이라는 서구적

---

5 백낙청, 「시민문학론」, 『창작과비평』, 1969년 여름호.

개념에 근거를 두고 있기는 하지만, 한국 역사의 정체성과 근대화의 성격, 전통의 단절 여부 등에 관한 깊이 있는 논의를 유도했다고 평가할 수 있다. 백낙청은 이후 민족문학을 외세에 대항하는 근대 의식과 반식민, 반봉건 의식이 드러난 특수성의 문학이라고 규정하면서 민족문학론의 개념을 정리해간다.

1970년대의 민족문학론은 박정희 정권의 유신 이후 이론의 실천적인 자기 갱신이 이루어진다. 산업화 과정에서 드러난 농촌공동체의 해체와 도시 변두리의 확대, 재벌의 등장과 독재권력의 강화, 문학과 언론 자유의 침해, 인권의 유린 등 한국 문학은 현실적인 모순을 상상력의 모태로 삼게 되었다. 민중이라는 모호한 개념으로는 계층적, 계급적 분화 형태를 적절히 반영할 수 없다는 난점도 있었지만. 고은, 신경림, 김지하, 조선작, 최인훈, 조세희 등의 작품과 함께 민족문학은 현실적 타당성을 검증받고자 했다. 최원식, 채광석, 성민엽 등의 비평가를 통해 민족문학론은 이론적 정교함을 획득하게 되었고, 이러한 흐름은 1987년 김명인의 도전적인 평론 「지식인 문학의 위기와 새로운 민족문학의 구상」[6]에서 전성기를 맞이하게 된다.

1980년대의 민족주의적 민중문학은 5·18 광주민주화운동을 거치면서 현실적인 근거를 확보하게 되었다. 그것은 노동계급의 자기 인식이 정당성을 마련하는 동기였으며, 문학적 실천의 역사적 동인을 갖추게 하였다. 노동문학은 '민중, 민족, 민주'라는 가치를 내면화하고 노동해방이라는 주요 모순의 인식을 통해, 분단이라는 민족 모순의 해결을 지향했다는 점에서 1980년대 문학이 가질 수 있었던 '가능 의식의 최대치'에 도달할 수 있었다.

---

6 황석영 외, 『전환기의 민족문학』, 풀빛, 1987 참조.

그렇지만 1980년대 민족주의적 민중문학론은 이론적인 도식성의 한계를 크게 극복하지 못했다. 정론 비평의 압도적인 우위는 노동문학의 개념과 본질, 내포와 외연에 대한 논의를 분분하게 했지만, 좀 더 예술적인 완성도를 갖춘 작품의 뒷받침을 받지 못했다는 평가가 지배적이다. 한국의 3대 문학상이라고 불리는 동인문학상, 현대문학상, 이상문학상의 반열에 오른 노동문학 작품이 거의 없었다는 점은 대중성과 상업적 고려를 배제한다 해도, 노동문학의 문학적 성취에 문제가 있었음을 반증하는 일이 될 것이다. 그것은 선험적 이론의 무비판적 수용과 작품의 경직성에서 비롯되었다고 볼 수 있다. 문학작품의 현실반영이란 미학적 왜곡이라는 차원에서 형상성에 기초해야 한다는 것은 주지의 사실이다. 이때 형상성이란 인물의 내면성 확보와 밀접한 관련이 있는데, 1980년대 노동문학에서 그려진 인간형은 투사적 이론가 혹은 갈등 과정이 생략된 전위주의자들에 지나치게 할애되지 않았나 하는 점을 반성해볼 필요가 있다.

카프문학에 대한 관심 역시 1980년대적인 현실인식 위에서 비롯되었고, 그것은 한국 문학의 현실주의적 역동성을 확인하게 했으며, 이론과 지도비평의 압도적인 우위가 작품현상과 충실하게 교호되지 못했다는 문제점을 노출했다는 사실을 지적할 수 있지만, 노동문학은 문학을 통한 삶의 이해, 모순에 대한 적극적인 관심과 실천적 해법 찾기에 몰두했다는 점에서 한국 민족주의 문학론의 정점에 위치했다고 볼 수 있다.

5.

그렇다면 이제 2000년대의 민족문학론은 무엇을 지향해야 할 것인가. 과거 민족문학의 전개 양상과 그 이후의 모습을 통해서 민족문학은 두 가지 선결 요건이 전제되어야 그 위상이 정립될 수 있을 것이다. 첫째 남한 사회 현실에 대한 문학적 관심이 적극적으로 이루어져야 하며 둘째, 남한 중심의 자본주의적 가치에 대한 반성적 질문이 지속적으로 제기되어야 한다는 것이다. 여기서 현실 문제에 대한 문학적 관심이란 인간 존재에 대한 관심과 탐구를 병행하는 전방위적인 물음을 내포하지만, 좀 더 구체적으로 보면 생태현실주의의 관점[7]에서 바라본 현대인의 삶, 비합리적 제도로부터 기인하는 일상의 균열과 갈등, 천민자본주의 의식이 만들어내는 인종적, 민족적 문제 등이 해당될 것이다. 따라서 이들 모두 민족문학이라는 개념으로 포괄하기에는 무리가 있다고 생각한다. 민족문학은 분단과 분단체제의 극복이라는 과제에 기초하여, 민족적 모순을 해결하려는 일련의 문학적 시도라고 생각할 때, 남한 내에 잔존하는 중층적 모순에 대한 관심이 우선되지 않으면 민족문학과 이를 둘러싼 논의는 이론적 공명(空鳴)에 멈추고 말 것이다.

여기서 비판적 모더니즘(critical Modernism)의 가치가 새롭게 부상한다. 비판적 모더니즘이란 현실적으로는 자본주의적 질서에, 미학적으로는 부정과 전위를 통한 전복적 상상력에 근거한다. 민족문학이 삶의 사회적 의미와 반성에 기초한다면, 비판적 모더니즘은 민족문학의 시대적 유효성과 확장된 자유를 위한 고뇌의 과정을 인정하면서도, 남한 사회에 편재하는 다층적이고 미시적인 현상들에 대한 깊은 통찰을 반영한다. 자본주의가 최선의 방식은 아니라는 현실적 체험에 근거하여, '인정은 하지만 순

---

7 자연 소재, 생태주의, 혹은 생태현실주의 등에 다양한 논의가 제기되어 왔지만, 작가나 시인에게 그것은 소재적인 차원에서 인식되는 것이 아니라, 세계관의 전환을 바탕으로 이루어져야 한다는 생각이 좀 더 공감을 얻어야 할 것이다. 이에 대해서 최근에 흥미롭게 읽은 글은 김수이, 「자연이 매트릭스에 갇힌 서정시」(『서정은 진화한다』, 창작과비평사, 2006); 신철하, 「우리시와 생태현실주의」(『시작』, 2005년 겨울호)이었다.

응하지 못하는'(generally acceptable, but not blindly applicable)[8] 심리적 괴리감, 혹은 내적 열망에 대한 표현이 비판적 모더니즘의 이념적 좌표를 구성한다. 그렇다면 문학적으로 비판적 모더니즘은 어떻게 구현될 수 있는가.

여전히 잔존하는 현실적인 문제들, 노동시장의 새로운 변화에 따른 한국적 상황의 특수성, 냉전적 이데올로기를 대체할 만한 패권적 세계주의와 다국적 이해 관계의 문제, 북한 체제의 변화와 문화, 경제 교류의 증대, 이에 따른 남한의 대응 문제 등 이 새로운 모순으로 등장하고 있음은 주지의 사실이다. 따라서 근대성의 구현 양상이란, 현실적인 제반 양상들을 어떻게 바라보고 이해하는가 하는 적극적인 '관심'(engagement)의 차원에서 살펴볼 일이며, 그것은 이 세계를 '우울하게' 바라보는 비껴난 시선을 통해서만 드러날 수 있다.[9]

민족문학론은 남한 사회 내부에 대한 비판적 관심과 한국적 합리성 구현을 위한 적극적인 '계몽'을 토대로 하여, 그 외연을 확장해가야 한다. 비판적 모더니즘의 가치는 민족문학론이 빠질 수 있는 이론의 자기 재생산이라는 함정을 보완하고 구체성을 담지하게 될 것이다. 동남아시아 이주노동자와 탈북자[10] 등 한국 사회를 구성하는 새로운 사회적 층위에 대한 문학적 관심이 이제 다양하게 나타나고 있다. 이러한 문제 역시 민족문학론의 범주에서 다루어야 하며, 남한 자본주의의 현실적 맥락을 고려할 때 비판적 모더니즘은 그 미학적 근거를 제공할 수 있을 것이다.

---

8 졸고, 앞의 글 참조.

9 졸저, 앞의 책, 17쪽.

10 특히, 탈북자 문제에 대한 소설적 관심이 몇몇 작가들에게서 나타나고 있는데, 이에 대한 비평적, 사회적 관심이 좀 더 요구된다. 이에 대해서는 졸고, 「탈북자 문제의 소설 사회학」, 『비판과 성찰의 글쓰기』, 청동거울, 2005 참조.

2000년대 이후 민족문학론은 구체성을 상실한 채 이루어지는 이론적 선점을 통한 권력화의 의지를 극복해야 하며, 남한 자본주의가 낳은 내부적인 갈등과 제반 모순들에 대한 좀 더 깊이 있는 천착을 시도해야 할 것이다. 민족문학론이, 당면한 분단체제의 극복과 함께 새로운 이론적 지평을 마련하기 위해서는 변화하는 남북의 제반 관계에 대한 냉정한 분석과 균형 있는 시각이 요구된다. 분단의 극복은 정치, 사회사적인 문제에서 장기적으로 시도되어야 하는 과제이고, 분단체제의 극복은 예술적, 미학적 탐구의 대상이 될 수 있다는 점에서 민족문학론의 전망이 완전히 사라져버린 것은 아니다. 그러나 성급하게 이론의 의미망을 구축하려는 시도보다는 작품현상에 대한 지속적인 성찰과 관심을 통해서 대중적인 공감을 획득해야 할 것이며, 이를 위해서는 남한 자본주의 사회에 대한 다양한 비판과 회의를 통해 미학적 근대성의 실현을 좀 더 의미 있게 가시화해야 할 것이다. 비판적 모더니즘의 가치와 형식에 대한 옹호는 민족문학론이 지향하는 이념적 지표에 대한 현실적 계기를 마련할 것이라는 판단이 가능한 이유가 여기 있다.

도시공간의 문학사회학

---

1. 문학과 공간

문학작품을 공간 혹은 공간성의 문제로 파악하려는 시도는 작품 속에 등장하는 배경적 요인으로서 공간이 작품의 의미를 얼마나 의미 있게 확장하는가에 대한 탐구로 볼 수 있다.[1] 즉 작품 내에 드러나는 공간은 단순한 소재의 차원을 넘어서 그 자체로 하나의 상징이며, 동시에 작품의 의미를 구체적으로 현현하는 효과를 지님으로써 작품 이해의 현재성을 제고하는 요인이 된다. 문학의 공간은 일차적으로 작품에서 그려지고 있는 지리적 대상을 의미한다. 공간의 구체성은 작품의 현장성과 실재성을 높여서 허구를 미학적으로 재구성하는 데 효율적으로 작용한다. 따라서 일차적으로 작품을 분석적으로 이해하는 데 공간에 대한 탐구는 매우 중요하다.

최근 문학과 공간의 상관 관계에 대한 연구는 대체로 문학작품 속의 지

---

[1] 최근 문학공간에 대한 연구는 문화산업으로서의 가치를 창출하는 데 기여하고 있다. 이러한 노력은 기존의 작품 연구를 확장하는 데 기여할 뿐 아니라, 문학의 미래산업적 의미를 환기하는 데 주효한다고 판단된다.

리적 장소에 대한 관심으로 집중되었으며, 미학적 소재를 현실에 재현하려는 목적 아래 이루어지는 경우가 많았다. 즉, '문학공간'이라는 개념을 작가의 고향, 작품 속의 주요 배경 등의 물리적인 의미로 다루면서 이를 문화적 차원으로 확대하고 실제 현실에 적용하여 문화산업의 효과를 극대화하거나 보조하려는 시도가 최근 문학공간 연구의 주류를 이루고 있음은 부인하기 어렵다.[2]

이와 같은 작업의 의미와 중요성은 부인하기 어렵지만, 문학작품과 공간이라는 주제는 텍스트가 그 자체로 이루고 있는 공간, 작가의 체험이 글쓰기에 투여되는 과정을 이루는 경험공간, 문학작품이 생산되는 배경이나 작품 내에 그려진 지리적 공간이라는 세 가지 범주에서 고려되어야 한다는 점 또한 배제될 수 없다.[3]

여기서 문제가 되는 것은 작품의 주요 소재나 배경이 되는 지리적 대상으로 공간에 대한 역사적 의미가 어떻게 드러나고 있는가 하는 점이다. 다시 말해 지금까지의 문학공간 연구는 작품과 공간에 대한 현재적 해석을 결여해왔다고 지적할 수 있다. 작품과 공간에 대한 일면적이고 수평적이며, 사실 관계의 규명에 초점화된 공간 연구는 문화콘텐츠 산업화의 기초가 되는 것은 분명하지만, 여기에 일정한 가치판단과 공간 연구의 현재적 의미, 즉 '공간적 위치의 사회적 의미로의 전화(轉化)'[4]라는 관점이 사상

---

2 최근의 연구 가운데 김수복 편, 『한국문학 공간과 문화콘텐츠』(청동거울, 2005)는 문학 공간 연구에 대한 이론적, 실천적 방법론을 제시하고 있다는 점에서 주목을 요한다.

3 이에 대해서는 졸고, 「문학과 공간; 이론적 모색」, 『비판과 성찰의 글쓰기』, 청동거울, 2005 참조.

4 공간은 엄밀한 의미에서 순수공간으로 존재하지 않는다. 모든 공간은 인간화된 공간으로 존재하고 있으며, 그것은 개인, 집단, 사회, 민족, 국가 등의 다층적인 환경을 통해 전혀 다른 의미를 지닌다(나카노 하지무, 최재석 역, 『공간과 인간』, 도서출판 국제,

될 가능성이 매우 높다. '인간화된 공간'의 사회적 의미와 역사성을 간과할 경우 문학공간 연구는 일면적일 수밖에 없는 문제점을 노출할 것이며, 문화산업적 가치가 절대화되어 문학적 가치탐색으로서 공간 연구가 배제되는 한계를 드러낼 것이다.

공간 연구의 역사성을 고려할 때 한국 현대문학에 나타난 도시공간성, 혹은 문학과 도시공간의 문제는 제외될 수 없는 중요성을 지닌다. 한국 현대문학과 도시의 상관 관계는 물리적 의미에서 근대화 논의와 일차적인 관련을 가지면서 동시에 한국 문학의 현재성을 묻는 가장 근본적인 질문으로 보인다.

본고에서는 이 같은 문제 제기 아래, 해방 이후 한국 문학 속에 드러난 도시의 의미를 파악함으로써 동시대 삶의 특수성을 형상화하는 하나의 방법을 제시하고자 한다. 공간을 내면화하는 작가의 태도나 해석적 관점을 제시하는 일은 당대 한국 문학이 인식하는 삶의 국면에 대한 이해를 제고하는 데 기여할 것이다.

이를 위해 한국 문학에서 도시공간의 문제가 자각적으로 드러난 작품을 중심으로 작품과 도시공간의 관계, 도시공간의 상징적 의미를 추적하고자 한다. 또한 산업화와 도시화가 급속히 진행된 1960년대부터 1990년대까지 도시공간의 문제가 두드러진 작품을 중심으로 도시공간에서의 삶을 한국 자본주의의 문제와 결부시켜 동시대의 문제를 드러내는 서술 방식을 취할 것이다.

1999). 즉 공간은 특수한 삶을 특수하게 반영하는 일종의 사회적 존재론의 외화 형식이라고 정의할 수 있다.

2. 근대문학과 도시공간

한국 근대문학과 도시는 일제 강점기 '경성'을 중심으로 형성된 삶의 문학적 형상화 의지로부터 관계의 발단을 찾을 수 있으며, 당대 문학에서 도시공간을 배경으로 한 작품에서 도시적 삶은 일종의 '충격체험'[5] 이었으며, 이에 대한 반응양식이 곧 한국 근대문학의 풍경을 이루었다고 말할 수 있다. 일제 강점기 한국 모더니즘 문학은 서울의 삶을 내면의 중심으로 삼았던 지식인들의 '지적 의장(意匠, dandism)'이 강하게 나타난 것이었다. 카프문학운동이 가졌던 지식인 중심의 전위주의적 성격은 일종의 모더니즘의 감각에 포함되는 것이기 때문이다.

도시화는 근대적 가치가 실현되기 위한 중요한 기반이다. 도시화를 전제하지 않고서는 근대화를 상정하기 곤란하다. 하지만 한국 근대사에서 도시화는 1960년대 이후 개발지상주의에 의해 무계획적으로 이루어졌음은 주지의 사실이다. 근대적 가치가 인간에 대한 옹호, 자유와 아름다운 삶에 대한 보장이라면 적어도 1960년대에 형성되기 시작한 도시화는 이와 같은 기준에 미달한 것임은 분명하다.[6]

성장 위주의 개발은 도시의 밀집화를 초래했고, 이에 따르는 부작용은 '서울중심주의'로 집약되면서 한국 근대사의 왜곡구조에 기여한다. 급격한 도시화 현상은 단순히 도시만이 아니라, 농촌의 해체와 주변부화를 초래하는 등 복합적인 문제를 야기한다. 한국 근대문학의 관심은 급속히 진행된 도시화와 이를 둘러싼 동시대 삶의 모순에 대한 자각이었다. 특히

---

5 서준섭, 『한국모더니즘 문학연구』, 일지사, 1988, 114쪽.

6 우리나라의 도시화율(전국 인구에 대한 읍 이상 인구의 비율)은 1970년에 50.1%였고, 1990년에는 81.9%로 빠른 시간 내에 도시화가 진행된 것으로 볼 수 있다(김철수, 『도시 공간의 이해』, 지문당, 2001, 30쪽).

도시공간은 한국 근대문학의 경우 순수 추상이 아니라 역사적 특수성과 점철된 특성을 갖고 있다. 한국에서 도시화는 곧 자본주의의 문제와 결부되기 때문이다. 이때 자본주의는 도시적 삶을 기표(significant)로 한다. 한국 자본주의는 서울을 중심으로 하는 자본집약적 특성을 배경으로 성장해왔고, 서울이라는 상징을 통해서만 자신의 의미를 재생산할 수 있었다.

전후 한국 문학이 도시적 감수성, 혹은 도시적 상상력의 토대를 근간으로 한다면 필연적으로 자본주의적 삶의 문제와 밀접한 관계를 유지할 수밖에 없는 이유는 여기 있다. 문제는 한국 자본주의의 도덕적 정당성에 대한 논란, 정경유착의 연결 관계를 근간으로 확장되어왔던 재벌의 부도덕과 군부의 집권은 도시공간에서 비롯된 문학적 상상력의 일면화와 빈곤화를 초래했다는 사실이다. 다시 말해 적어도 1960년대 이후 도시적 상상력은 한국 자본주의의 문제에 대한 비판적 인식과 '지금-여기'의 삶에 대한 우울한 성찰과 분리될 수 없다는 점이다.

3. 주변부 삶과 도시의 의미

한국 근대문학사에서 김승옥만큼 도시공간의 문제를 자각적으로 내면화한 작가를 발견하기란 쉽지 않다. 김승옥에게 도시, 정확히 서울은 자기 소설을 생산하는 방법론적 토대이다. 김승옥 소설이 서울과 고향, 도시의 풍경과 전원이라는 대립항을 뚜렷하게 형상화하고 있다는 점은 주지의 사실이다. 하지만 그의 서울은, 현실적으로 발 딛고 서 있지만 동화될 수 없으며, 인정은 하지만 순응하지 못하는[7] 심리적 괴리감을 가져오는

---

7   졸고, 「동시대 한국시와 비판적 패러다임의 형성」, 『비판과 성찰의 글쓰기』, 청동거울, 2005, 16쪽.

공간이다. 그곳은 가치 있는 삶을 구현하기보다는 '그림자'와 '소음'으로 가득 찬 대상으로 자주 그려진다.

> 빈민가에 저녁이 오면 공기는 더욱 탁해진다. 멀리 도시 중심부에 우뚝 솟은 빌딩들이 몸뚱이의 한편으로는 저녁 햇빛을 받고 다른 한편으로는 짙은 푸른색의 그림자를 길게 길게 눕힌다. 빈민가는 그 어두운 빌딩 그림자 속에서 숨쉬고 있었다. (……) 빈민가의 저녁은 소란하기만 하다. 취해서 돌아온 사내는, 기부운, 하고 비명 같은 소리를 지르고 자기가 번 그날의 품삯을 내보이며 친구들을 끌고 술집으로 간다. 그러면 그 뒤로 그 사내의 아낙이 좇아와서 사내의 손에서 돈을 빼앗아 쥐고 주먹을 휘둘러 보이며 집안으로 사라지고 그러면 뒤에 남은 사람들은 싱글싱글 웃으며 노해서 고래고래 소리 지르는 그 사내를 달랜다. 빈민가 가까이 있는 시장에서 생선의 비린내 냄새가 물씬물씬 풍겨오고 도시의 중심부에서 바람에 불려온 먼지가 내려앉고 여기저기의 노점에 가물가물 카바이트 불이 켜지는 시각이 되면 사내들은 마치 그것들을 피하기라도 하려는 듯이 자기들의 키보다 낮은 술집으로 몰려든다.[8]

작가는 서울 빈민가의 삶을 '자기 세계'의 풍경화로 확실하게 그리고자 한다. 창신동 산동네는 동대문에서 멀지 않은 곳에 위치하고 있지만 상대적으로 낙후된 지역이다. 문자 그대로 산비탈에 조밀하게 들어선 판잣집들로 이루어진 공간이다. 김승옥에게 서울은 이 같은 변두리의 풍경으로 각인되어 있다. 서울은 인간의 아름다움을 실현하기보다 인간적 신뢰를 상실하거나 믿음을 배반당하고, 침묵을 강요하는 공간이다. 그에게 서울은 '조리에 맞지 않는 감정의 기교'[9]만을 가르친 공간이었다. '누이의 침

8 김승옥, 「역사(力士)」, 『김승옥 소설전집 1』, 문학동네, 1995, 69쪽.
9 김승옥, 「누이를 이해하기 위하여」, 『김승옥 소설전집 1』, 문학동네, 1995, 110쪽.

묵'으로 집약되는 가치의 함몰지대가 서울인 셈이다.

> 누이가 돌아오고, 누이가 도시에서의 기억을 망각하려고 애쓰는 듯
> 한 침묵 속에 빠져드는 것을 보고 우리는 아마 누이가 도시에서 묻혀온
> 고독이 병균처럼 우리 자신들조차 침식시켜 들어오는 것을 느끼게 되
> 었다. 이 황혼과 이 해풍, 그들이 우리에게 알기를 강요하던 세계는 도
> 대체 무엇이란 말인가. 미소를 침묵으로 바꾸어놓는, 만족을 불만족으
> 로 바꾸어놓는, 나를 남으로 바꾸어놓는, 요컨대 우리가 만족해 있던
> 것을 그 반대로 치환(置換) 시켜버리는 세계였던 것인가.[10]

김승옥의 문학에서 이러한 진술은 서울이라는 공간이 갖는 비인간화의
요인을 설명하는 일관된 기준이 된다. '도시에 갔던 사람들이 이곳으로
여간해선 돌아오지 못하고 마는 이유'[11]와 '누이의 침묵'은 동일한 의미를
지닌다. 이것이 자기 정체성의 상실로 집약된 김승옥의 서울이며 1960년
대적 도시공간의 문학적 의미일 것이다.

4. 슬픔과 연민의 상징공간

문학작품 속에 주요한 배경으로 설정된 도시공간은 근대적 삶의 방식,
소통의 체계와 무관하지 않다. 즉 근대적 삶은 물질적 차원의 생산성을
바탕으로 하면서 '세계-내-존재'의 일상성을 규정한다. 도시는 자본주의
의 시간을 대표하는 상징공간이다. 일상의 반복성과 주기성은 도시적 삶
의 특징과 궤를 같이한다. 문제는 이러한 도시공간을 작품은 어떻게 인지

---

10 김승옥, 「누이를 이해하기 위하여」, 앞의 책, 102쪽.
11 위의 글, 104쪽.

하고 있으며, 어떤 방법으로 형상화하는가에 있다. 특히 한국 근대문학에서 서울 혹은 도시는 불행 의식의 역사화라는 관점에서 설명될 수 있다는 점은 주목을 요한다.

한국의 근대화는 일제 강점기를 거치면서 정체성의 혼돈을 겪었으며 한국전쟁과 군부독재체제로 이어지는 동안 시민사회의 내적 논리를 제대로 형성하지 못하는 문제를 가져왔다. 문학은 이러한 상황을 선험적 불행 의식으로 이해하면서 응축과 확대의 길항작용을 통해 전개되었다. 한국 자본주의에서 문학은 자기 시대의 특수한 상황을 반영하려는 고투에 다름 아니다. 경제적 성장의 상징인 서울이라는 공간은 개인과 융합하는 대상이 아니라 끊임없이 분열되고 갈등하는 타자로 그려지고 있는 이유도 여기 있다.

> 남대문 직업안내소 창 밖에 눈이 내린다.
> 눈보라 속을 가듯 눈보라 속을 가듯
> 서울역은 어디론가 저 혼자 간다.
> 대합실 돌기둥에 기대어 아이는 잠이 들고
> 애비는 혼자서 술을 마신다.
> 지금쯤 고향에도 눈이 내릴까.
> 지난 가을 밤하늘에 초승달 걸렸을 때
> 소 몇 마리 몰고 가던 소몰이꾼은
> 지금도 소를 몰고 걷고 있을까.
> 흐르면 흐르는 대로 흐르는 나는
> 남대문 직업안내소 창 밖의 눈송이로 내리고
> 부녀상담소 여직원은 아직 보이지 않는다.
> 이제 막 밤열차에서 내린 사람들이
> 눈사람이 되어 하늘을 쳐다본다.
> 누가 모든 사람의 눈물을 닦아줄 수 있을까.
> 사람들은 왜 상처를 입는 것일까.

하늘의 눈꽃이 다시 피어 시들고
빈 지게 지고 가는 청년 한 사람.
성긴 눈발 사이로 들리는 불빛소리.[12]

서울역 주변의 밤풍경을 그린 이 작품의 핵심은 결핍이라는 추상적인 개념을 회화적인 방법으로 제시한 데 있다. 돌기둥에 기대어 잠이 든 아이 옆에서 술을 마시고 있는 '애비'는 '흐르는 나'이면서 창 밖에 내리는 '눈송이'로 변화하다가, '누가 이 모든 사람의 눈물을 닦아줄 수 있을까'라고 노래하는 시인의 목소리와 겹친다. 돈을 벌기 위해 무작정 상경한 어떤 아버지의 모습을 통해 '우리 시대의 결핍'을 응시하는 시인의 시각이 매우 선명하게 부각되고 있다. 서울이라는 도시와 화자 사이의 간극, 혹은 타자화된 공간의 모습이 뚜렷하게 제시되고 있다.

이와 같은 장면은 한국 근대문학의 내면성을 이루는 중요한 풍경이 된다. 상실감과 불행 의식을 개인과 사회적 차원에서 접합하려는 시도를 역사 의식의 감각화라 할 때, 많은 시인들은 자기 시대를 '터널 속처럼 불안한 시대'[13]라고 인식한다. 이러한 이해가 가능한 것은 그들의 삶이 놓인 공간의 의미에 대한 문제 제기 때문이었다.

내가 국어를 가르쳤던 그 아이 혼혈아인
엄마를 닮아 얼굴만 희었던
그 아이는 지금 대전 어디서
다방 레지를 하고 있는지 몰라 연애를 하고
퇴학을 맞아 고아원을 뛰쳐 나가더니

---

12 정호승, 「불빛소리」, 『서울의 예수』, 민음사, 1982.
13 최승호, 「상황판단」, 『대설주의보』, 민음사, 1983.

지금도 기억할까 그 때 교내 웅변 대회에서
우리 모두를 함께 울게 하던 그 한 마디 말
하늘 아래 나를 버린 엄마보다는
나는 돈 많은 나라 아메리카로 가야 된대요

일곱 살 때 원장의 姓을 받아 비로소 李가라든가 金가라든가
朴가면 어떻고 브라운이면 또 어떻고 그 말이
아직도 늦은 밤 내 귀가 길을 때린다
기교도 없이 새소리도 없이 가라고
내 詩를 때린다 우리 모두 태어나 욕된 세상을

이 강변의 세상 헛된 강변만이
오로지 진실이고 너의 진실은
우리들이 매길 수도 없는 어느 채점표 밖에서
얼마만큼의 거짓으로나 매겨지는지
몸을 던져 세상 끝까지 웅크리고 가며
외롭기야 우리 모두 마찬가지고
그래서 더욱 괴로운 너의 모습 너의 말

그래 너는 아메리카로 갔어야 했다
국어로는 아름다운 나라 미국 네 모습이 주눅들 리 없는 合衆國이고
우리들은 제 상처에도 아플 줄 모르는 단일 민족
이 피가름 억센 단군의 한 핏줄 바보같이
가시같이 어째서 너는 남아 우리들의 상처를
함부로 쑤시느냐 몸을 팔면서
침을 뱉느냐 더러운 그리움으로
배고픔 많다던 동두천 그런 둘레나 아직도 맴도느냐
혼혈아야 내가 국어를 가르쳤던 아이야[14]

---

14 김명인, 「동두천」, 『동두천』, 문학과지성사, 1979.

동두천은 모욕의 상징이라는 시인의 메시지가 분명하게 드러나고 있다. 동두천은 한국 자본주의가 어떻게 성장해왔는지를 단적으로 보여준 역사적 공간이다. 국어를 가르쳤던 혼혈아의 삶을 통해 시인은 비극적 현실인식의 단면을 보여준다. 술집이 있고, 미군 부대가 있는 동두천의 풍경은 1970년대 한국 문학의 역사적 상상력을 생산하는 모티브가 된다. 동두천은 삶의 일상적 현실이 역사적 현실과 만나는 과정의 문학적 상징이 되기도 했다. 가령,

> 우리는 백색의 햇빛 속을 걸어 ㄷ 읍내의 단조로운 일자(一字) 거리를 지나갔다. 도회지 모습을 갖춘 우리나라의 어느 거리도 그렇듯이 거리의 양옆은 상점의 연쇄로 이루어져 있었다. 잡화상, 양품점, 전파사, 금은방, 구두점, 모자 가게, 양장점, 양복점, 소아과, 내과의원, 미장원, 이발소, 편물점, 사진관, 대중식당, 신문사 지국 등등. 사람들이 어디에서나 저마다 살아가고 있다는 자취의 소소한 꾸밈새를 바라보며 <u>나는 즐거운 감정 같은 것이 솟아오르는 것을 느꼈다.</u>[15](강조는 인용자)

군에서 갓 전역을 하고 미군 부대 주변으로 술집이 들어선 도시로 막 들어서는 주인공이 읍내의 풍경을 바라보면서 앞으로 겪게 될 일을 생각하며, '즐거운 감정 같은 것이 솟아오르는 것을 느꼈다'라고 말하는 대목은 이 작품이 일종의 입사 의식(入社 儀式)에 한 뿌리를 두고 있음을 암시하는 진술이다. 미군 병사에게 죽임을 당한 여자의 사건을 겪으면서 즐거운 감정은 곧 '끓어오르는 아픔'으로 변화되고 이러한 삶의 현실적 원인을 찾으려는 노력으로 이어지기 때문이다.

---

15 조해일, 「아메리카」, 『세대』 107호, 1972.6.

나는 내가 와 있는 곳의 바른 자리와 분명한 의미를 알아보려고 애썼다. 그러나 일주일간이나 계속된 내 헛된 노력은, 대학의 경제학과를 2년밖에 다니지 못한 내 어설픈 지식으로 사태를 판단해보려고 할 때 가진 나라와 못 가진 나라 사이에 일어나는 갈등 내지는 소외 관계라는 도식에서 한 발짝도 더 나아갈 수 없다는 무력감 때문에 망쳐졌으며, 내가 한국인이라는 민족감정으로 사태를 바라볼 경우 모멸감과 수치감 같은 구제할 길 없는 혼란된 감정이 끓어 올라 판단을 어둡게 함으로써 망쳐지고 말았다.[16]

작가는 이러한 노력을 실패한 것으로 진술하는 듯하지만, 실은 동두천으로 요약되는 한국 근대사의 질곡에 대하여 분명한 현실인식을 보여주고 있다. 그것은 슬픔과 연민의 대상이 되었던 도시와 모순의 상징으로 드러났던 공간에 대한 소설적 인식이었다.

5. 시선의 욕망, 욕망의 시선

보들레르에게 파리는 개인의 욕망을 타인 속에서 확인할 수 있는 공간이었다, 개인이지만 함께 있는 공간의 창조는 도시에서만 가능할 수 있다.

보들레르는 우리들에게 가장 놀라운 몇 가지 일을 제시하고 있다. 「가난한 사람의 눈빛」에서의 연인들처럼, 연인들을 위해서 번화가는 새로운 최초의 장면, 즉 대중 속에서 개인적으로 될 수 있는 공간, 다시 말해 육체적으로 혼자되지 않고 즉시 함께 있을 수 있는 공간을 창조하였다.[17]

---

16 조해일, 앞의 글.
17 마샬 버만, 윤호병 외 역, 『현대성의 경험』, 현대미학사, 1994, 185쪽.

이 말은 물론 보들레르에 의해 분석된 파리의 거리에 대한 비판적 해석 과정에서 비롯된 것이다. 1850년과 1860년 사이 파리시의 시장이었던 오스망이 고대 중세 도시의 번화가를 폭파하고 새롭게 건설한 도시의 거리를 두고 보들레르는 연인들이 이 번화가를 걸으면서 사랑을 과시할 수 있었다는 것이다. 그런데 보들레르의 관점에 따라 볼 때, 도시는 가장 공공적이면서 동시에 가장 개인적인 의미를 창출할 수 있는 공간이다. 개별적 욕망의 변형과 증식이 가능하지만 도시의 공간에서만 개인은 그 욕망의 주체가 될 수 있다. 그것은 바라보는 자들의 시선과 무관하지 않다. 타인의 욕망과 타인의 시선을 전제할 때 욕망하는 주체의 존재론은 성립된다는 것이다. 육체적으로는 개별자이지만, 욕망하는 존재, 그 욕망의 상호 승인을 전제한다면 그 개별적 육체는 곧 '즉시 함께 있을 수 있는 공간을 창조'한 것이 된다.

도시적 삶에서 개인은 자기 욕망을 통어하는 주체자이지만, 동시에 타인의 욕망과 시선으로부터 재구성되는 주체이기도 하다. 타인의 삶과 마주하고 타인의 욕망에 반응하는 자신을 보는 것이 도시공간에서 가능하다.

> 저녁식사를 마치고 아홉시 뉴스를 기다리는 동안 망원경을 들고 옥상으로 나가곤 하였다. 저녁 무렵의 희미한 어둠 속에서 옥상 한구석에 몸을 숨기고 앉아 먼 곳의 불 켜진 아파트의 커다란 창들과 커튼이 젖혀진 저쪽 누군가의 옥탑방과 긴 능선의 우면산 사이를 분주히 오가며 망원경 렌즈에 눈을 붙이고 앉아 있었다. 차도를 질주하는 버스와 주머니에 두 손을 찌르고 정류장에 서 있는 사람들. 옥상에 널어놓고 말리던 무청과 호박을 걷어내기 위해 올라온 이웃집 여자의 기미 핀 얼굴까지 모두 다 망원경 안으로 들어왔다. (……) 시간이 가는 것도 잊은 채 옥상에서 망원경을 들여다보고 있다가 방으로 내려오면 눈 주위에 둥그렇게 두 개의 자국이 팬 얼굴의 내가 물끄러미 거울을 들여

다 보고 있었다.[18]

이 작품에서 '망원경'은 타인의 욕망과 자신의 욕망을 연결해주는 매개
체이자, 도시적 삶의 공간에서만 그 의미가 분명해지는 자기 인식의 도구
라 할 수 있다. 끊임없이 타자화되는 삶을 살아가는 도시인들의 욕망구조
에서 망원경은 자기 의식을 형성하게 하는 유일한 통로일 수 있다.

> 나는 그 남자를 본다. 수돗가를 향해
> 조그만 창이 나 있는 골방 속에 있는 남자를
> 나는 본다. 그는 심한 기침을 해대며
> 나, 실크 커튼이 쳐진 작은 창이 달린
> 골방 속에 산다. 그는 입을 오물거려 껌을 씹고
> 몸은 움직이지 않는다. 가끔 파스 하이드라지를
> 입에 털어 넣고 주전자째로 물을 마시는 남자.
> 정말이지 나, 실크 커튼이 보기에 그는 전혀
> 움직이지 않고 사는 것 같아 보인다.
>
> 나는 본다. 그 남자를 보고, 또 한 여자를
> 나는 본다. 그녀는 하루에도 수차례씩
> 비누를 들고 나와 수돗가에서 발을 씻는다.
> 발가락 사이 사이와 발꿈치 복숭아뼈를 거쳐
> 종아리와 정강이, 그 무릎에다 잔뜩 비누칠을 하고서
> 거친 수건으로 그것들을 세심히 문지르는 그녀.
> 나, 실크 커튼이 보기에 그녀는 마치
> 씻기 위해 사는 것 같아 보인다.

---

18 조경란, 「망원경」, 『나의 자줏빛 소파』, 문학과지성사, 2000.

나는 본다. 매일 방 안에서 벌레처럼 꼬물거리는
남자와, 하루에도 수차례 발을 씻어야
마음이 놓이는 여자를 나는 나, 실크 커튼을 통해
보고 있다. 나는 그 여자가 발을 씻을 때마다
나, 실크 커튼을 통해 그녀의 모습을 훔쳐보며
수음에 열중하는 남자를 보고, 그 남자가
모래 흩어지는 소리를 내며 쓰러지는 것을 본다.
그래, 그는 정말 모래성같이 풀썩
쓰러졌다. 단 한 번의 가래침으로 만들어진 우리들.
계속해서 나는 본다. 그녀가 마른 수건으로 손과 발을 닦고
흘낏, 골방 쪽의 창문을 바라다보는 것을, 그러나
그녀는 나, 실크 커튼 뒤에 있는 나를 보지 못한다[19]

이 작품에서 중요한 것은 바라보는 시선의 겹침과 얽힘이다. 표면적으
로 볼 때 화자는 실크 커튼으로 설정되어 있다. 그것이 '나'이다. 그가 바
라보는 시선은 중층적이다. 먼저 화자는 남자를 보고, 여자를 보며, 그 여
자를 바라보는 남자를 본다. 그런데 엄밀히 말해 나는 남자와 여자의 중
간, 남자의 시선과 여자의 시선의 매개가 된다. 남자는 나를 통해서만 여
자를 볼 수 있다. 하지만 중요한 것은 여자를 바라보는 남자의 시선이 아
니라, 그들의 시선을 바라보는 나의 시선이고, 특히 그 화자의 시선을 바
라보는 시인의 시선이다. 남자는 단순히 자신만이 여자를 본다고 생각하
지만, 화자인 나는 그 여자의 시선마저 감지할 수 있다. 남자의 시선을 의
식하면서 골방 쪽으로 시선을 보내는 여자의 시선을 내가 바라보고 있다
는 것이다. 여기서 커튼은 시선을 반사하는 거울의 역할을 한다.[20] 그것은

---

19 장정일, 「나, 실크 커튼」, 『길 안에서의 택시잡기』, 민음사, 1988.
20 커튼은 사람과 사람을 차단하지만, 시선의 얽힘을 통해 오히려 공간을 연결하는 도

시선을 반사하면서 투과한다. 동시에 여과하면서 응시한다. 작품 속에 등장하는 남자와 여자는 오히려 관찰되는 대상이기보다는 관찰하는 주체일 수 있다. 커튼이 주체가 될 때 남자와 여자는 객체가 되지만, 남자와 여자는 커튼의 시선을 의식하지 못하기 때문에 커튼을 통해서 상대를 바라볼 때 그들은 서로를 향해 주체가 된다. 자신들이 상대를 바라보고 있다는 사실을 모조리 커튼에게 발각되면서 말이다. 이 같은 시선의 얽힘과 혼돈, 혹은 상호가시성[21]이야말로 욕망하는 주체의 존재론을 극명하게 상징한다.

도시공간에서 욕망하는 주체의 욕망은 순수하게 자신으로부터 기원하는 것이 아니라는 데에 문제가 있다. 그것은 문화와 환경에 의해 구성된 것이며, 자신의 욕망 행위가 자본주의적 질서를 뒷받침하고 있다는 사실을 자신은 이해하지 못한다는 점이 중요하다. 자본의 지배를 개인의 욕망으로 환원하게 하는 간계(奸計)야말로 자본주의적 권력이 현현되는 방식이다. 대중문화는 모든 현상을 자발적 주체의 선택으로 전환하고, 주체는 모종의 권력 관계 속에서 자신의 입지를 보상받는다. 주체는 구성되기 때문이다.

> 친구네 집에 갔었지요
> 친구는 없고 친구 티브이만 있었습니다
> 들고 간 비닐봉지를 풀고

구가 된다. 이진경은 "커튼은 시선을 차단한다. 그러나 이는 창문을 벽으로 돌리는 것은 아니다. 오히려 공기와 빛의 흐름은 여전히 체취하면서 시선만을 절단하는 기계다"라고 말하고 있다. 이는 공간에 대한 근대적 해석을 통해 의식 확장에 기여한다고 판단된다. 이에 따르면 커튼은 시선을 절단하면서도 연결하는 기계가 된다(이진경, 『근대적 시·공간의 탄생』, 푸른 숲, 1997 참조).

21 미셸 푸코, 이광래 역, 『말과 사물』, 민음사, 1986, 27쪽.

요플레를 먹으며 리모컨을 눌렀지요
티브이를 가리켰으면 티브이를 봐야 하는 건데
리모컨 끝을 보며
그런데 놀라워라
티브이 속에서도 앙징맞게 생긴 여자가
요플레를 먹고 있는 거였습니다
이 범상치 않은 정황, 전생의 인연을 들먹이고 싶은
친구의 방에서 아주 우연히 그녀와 함께
요플레를 먹게 된 것은 너무나 큰 행운이었습니다
시금털털하면서도 새콤달콤한 요플레를 먹으며
그녀에게 무엇인가 인정받는 느낌이 들었지요
당신이 좋다는 걸 저는 이렇게 먹고 있어요
기분 좋은 이 들킴, 들뜬 기분
(이제 나는 그녀의 사랑을 받을지도 모른다
 그러나 내가 아는 그녀는 온통 허구뿐
 몇 편의 드라마와 광고와 영화 속에서
 그녀가 살아가는 허구를 보았을 뿐
 허구의 융합체인 그녀를 사랑한다는 것은
 얼마나 놀라운 허구인가)[22]

　　일종의 우화적인 비판을 가하고 있는 이 작품에서 주체의 행위는 매우
희화적으로 그려진다. '친구집에 갔지만 친구는 없고 티브이만 있었다'
는 진술은 마치 사춘기의 은밀하고도 성숙되지 못한 열망의 표현을 닮아
있다. 이 작품 역시 텔레비전 앞에 놓인 고립적인 주체의 모습을 형상화
한다. 요플레를 함께 먹는 화자와 텔레비전 속에 등장하고 있는 여주인공
사이의 상관성은 사실상 비가시적인 자본의 욕망, 상품의 논리가 만들어

22　함민복, 「자본주의의 사랑」, 『자본주의의 약속』, 세계사, 2006.

내는 관계일 뿐이다. 허구적 시선이 만나는 공간이 바로 텔레비전이지만, 욕망하는 주체는 이를 실재화, 자기화한다. 욕망을 구성하는 본질은 '요플레'와 광고, 그리고 유통질서 등, 자본의 논리이지만 주체는 이런 욕망구조 속에 자발적으로 참여했다고 생각하는 것이다. 이 같은 의도적 오류의 제도화와 욕망의 중층적 생산을 통해 근대 자본주의의 메커니즘은 유지, 재생산되고 있으며 도시공간의 자기 정체성이 확인되는 모습으로 드러나기도 한다.

6. 소비시대의 도시공간

오래전 비평가 김현은 '보편적 질서라든가 진리 같은 것에 대한 확고한 신념이 없을 때에는, 자기 자신에게서 출발하는 것이 가장 타당하다는 말을 나는 믿고 싶다'라고 말한 적이 있다.[23] 적어도 한국 문학의 전통에 비추어볼 때, 자기 시대의 규범에 대한 철저한 의식이 있어야 작가들의 글쓰기가 의미를 지닌다는 믿음을 지녔던 김현의 이 말은 음미될 필요가 있다. 문화적 전통에 대한 자기 정체성의 형성이 미흡했던 당대의 상황에서 이 같은 '고백'은 내적 자부심의 표현으로 읽힐 수 있기 때문이다. 그렇다면 도시를 중심으로 이루어지는 근대적인 삶의 양식이 우리 시대의 규범처럼 보이는 시대에서 작가들의 글쓰기는 어떤 의미를 지니는가. 특히 자본의 생리와 체계로부터 자유롭지 못한 글쓰기는 소비적 욕망, 소비문화라는 '규범'을 어떻게 이해하고 내면화할 수 있는가.

문학작품도 팔려서 읽혀야 한다는 면에서 상품이다. 하지만 소비사회에서 문학적 글쓰기가 일반 상품의 생산과 어떠한 면에서 다를 수 있는

---

23 김현, 「한 외국 문학도의 고백」, 『시사영어 연구』 100호, 1967년 6월호.

가. 자본주의의 전일적 지배가 이루어지는 도시공간에서 자기 시대의 규범은 이제 탈규범화의 대상이 되어야 할 것이다. 욕망과 소비의 구심력으로 이탈하는 글쓰기야말로 우리 시대의 새로운 규범이 되어야 하기 때문이다.

> 압구정동은 체제가 만들어낸 욕망의 통조림 공장이다. 국화빵 기계
> 다 지하철 자동 개찰구다 어디 한번 그 투입구에 당신을 넣어보라 당
> 신의 와꾸를 디밀어 보라 예컨대 나를 포함한 소설가 박상우나 시인
> 함민복 같은 와꾸로는 당장은 곤란하다 넣자마자 띠— 소리와 함께 거
> 부 반응을 일으킨다 그 투입구에 와꾸를 맞추고 싶으면 우선 일년간
> 하루 십킬 로의 로드웍과 새도우 복싱 등의 피눈물 나는 하드 트레이
> 닝으로 실버스타 스텔론이나 리챠드 기어 같은 샤프한 이미지를 만들
> 것 일단 기본 자세가 갖추어지면 세 겹 주름바지와, 니트, 주윤발 코
> 트, 장군의 아들 중절모, 목걸이 등의 의류 엑세서리 등을 구비할 것
> 그 다음 미장원과 강력 무쓰를 이용한 소방차나 맥가이버 헤어스타일
> 로 무장할 것 그걸로 끝나? 천만에, 스쿠프나 엑셀 GLSi의 핸들을 잡
> 아야 그때 화룡점정이 이루어진다.[24]

「압구정동」 연작을 통해서 유하가 보여준 것은 욕망하는 도시의 구조이다. 그것은 더 이상 어떤 가치판단의 대상이 될 수 없다. 이 세계가 타락했다고 말하는 것은 무의미하다. 타락했다는 믿음은 순수한 세계, 훼손되지 않은 공간이 있다는 신념에서 비롯되지만, 이제 더 이상 그런 세계는 존재하지 않는다는 역설이 성립된다. 훼손된 공간에 대한 의식은 이제 비판적 성찰을 위한 방법으로 이해될 필요가 있다. 문제는 타락한 세계의

---

24 유하, 「바람부는 날이면 압구정동에 가야 한다 2—욕망의 통조림 또는 묘지」, 『바람부
   는 날이면 압구정동에 가야 한다』, 문학과지성사, 1991.

제시가 아니라, 타락한 세계에서의 글쓰기이다. 욕망의 소비적 체계 내부로 흡입되지 않으려는 또 다른 욕망구조의 산출이 곧 타락한 세계를 드러내는 글쓰기의 원형이 되어야 한다는 점이다. 대량으로 생산과 소비가 이루어지고 또한 그 소비를 통해 잊혀지는 것이 자본주의 상품의 논리이다. 새로운 소비적 욕망을 생산하지 못한다면 그것은 죽은 상품이며, 새로운 상품은 이전 상품을 대체하면서 지속적으로 소비의 논리를 확대 재생산해야 한다. 하지만 글쓰기는 어떠한가. 이 작품에서 주목할 부분은 '함민복', '박상우' 같은 기표들은 거대한 소비의 블랙홀에 빠져들지 않을 것이라는 전언과 동시에 그것조차 희화화하려는 태도이다. 글쓰기는 소비적 욕망구조에 편입되지 않으려는 질긴 저항의 담론을 형성해야 한다는 것, 하지만 그러한 노력조차 곧 우스꽝스럽게 변질(비만 문제로 전환)된다는 것이다. 그래서 시인은 이미 알고 있다. 이 도시공간 속에서 욕망한다는 일의 비루함을. 그리고 더 알고 있다. 그럼에도 불구하고 욕망하지 않을 수 없다는 사실에 대해서. 욕망하는 주체가 욕망하는 행위 자체를 비판한다는 일의 모순에 대해서 시인은 알고 있는 것이다.

> 저것은 거대한 욕망의 성채다
>
> 이성을 살해한 음울한 중세의 성벽과
> 빛나는 P.C 자기질 타일 외장의 롯데 월드
> 그것은 무엇을 방어하고 있나요
> 당신을, 우리를, 무산 대중을?
> 꿈과 희망의 동산이요, 사랑과 행복의
> 당신의 휴식 공간 롯데는
> 우리를 모두 젊은 베르테르의 사랑에 빠지게 한다
> 욕구는 끓는 기름과 조갈의 불화살을 쏴
> 끊임없이 당신을 상품화하고

끊임없이 당신을 당신이 소비하도록
구애한다
"여러분은 지금 롯데 월드로 가시는 전철을……"
/욕/망/을/드/립/니/다
     /쾌/락/을/드/립/니/다
"내리시면 바로 당신을 진열해 드립니다"

이 지하철은 저 성채의 비밀 통로인 모양이다[25]

　욕망은 욕망의 상징적 기표들을 통해서 욕망을 확대한다. 그것은 가상
세계로의 진입을 가능하게 하며 현실적 고통을 상쇄하는 마력으로 다가
온다. 소비사회의 특징 가운데 하나는 보드리야르의 말처럼 '소비의 은혜
가 노동이나 생산 과정의 결과로 체험되는 것이 아니라, 기적으로 체험된
다'[26]는 점에 있다. 내가 거기에 참여하고 있다는 사실을 통해서 소비 과정
은 수행원칙으로 가득한 현실에 마법적 환상을 가져다준다. 소비의 블랙
홀은 모든 비판적 담론조차 흡입, 수용하면서 또한 그것을 소비 메커니즘
으로 전환시킨다. 도시공간 속에서 소비되는 것은 오직 욕망하는 주체의
삶이다.

　나에게 인간이란 이름이
　떨어져나간 지 이미 오래
　이제 나는 아무것도 아니다
　흩어지면 여럿이고
　뭉쳐져 있어 하나인 나는

25　함성호, 「잠실 롯데 월드─건축사회학」, 『56억 7천만년의 고독』, 문학과지성사, 1992.
26　장 보드리야르, 이상률 역, 『소비의 사회』, 문예출판사, 1991, 22쪽.

이제 아무것도 아니다
왜 날 이렇게 만들어놨어
난 널 해치지 않았는데
왜 날 이렇게 똥덩이같이
만들어놨어, 그리고도 넌 모자라
자꾸 내 몸을 휘젓고 있지
조금씩 떠밀려가는 이 느낌
이제 나는 하찮고 더럽다
흩어지는 내 조각들을 보면서
끈적하게 붙어 있으려 해도
이렇게 강제로 떠밀려가는
便器의 生, 이제 나는
내가 아니다 내가 아니다[27]

생은 해체되고 있다. 거대한 변기의 물 흐름 속으로 빨려 들어가는 삶, 조금씩 분해되고 떠밀려서 잠식되는 삶, 그리고 죽음들로 가득한 것이 삶이라는 전언이 그것이다. '生日이 바로 忌日'(「무인칭의 죽음」)일 수 있다는 점, '모든 상품들은 노동자를/기억하지 않는다'(「무인칭의 시대」)는 진술에서 드러난 자기 소외 등도 모두 욕망하는 주체의 해체와 죽음의 이미지들과 관계한다.

농업박물관이라―불과 30년 사이에 농업은 박물관으로 들어가게 되었습니다
우리 아버지가 박물관에 들어간 꼴이지요[28]

---

27 최승호, 「꿍한 인간 혹은 변기의 생」, 『진흙소를 타고』, 민음사, 1987.
28 이문재, 「농업박물관 소식―목화피다」, 『마음의 오지』, 문학동네, 1999.

이문재는 「농업박물관」 연작을 통해서 우리 시대의 삶이 빠르게 변화하고 있는 모습을 적시하고 있다. 그것은 의외로 단순한 전언을 담고 있다. 지나간 시간에 대한 기억이나 고향상실성에 대한 아픔을 노래한 것은 아니다. 유년시절에 경험했던 농업과 농경적 사회의 모습이 벌써 박물관에 자리 잡고 있다는 사실과 한국전쟁 이후 약 50여 년이 지난 지금, 우리는 농경사회, 산업사회, 디지털 혁명 등이 공존하는 현장에서 살고 있다는 점을 대비할 때 다가오는 의외성에 대한 발견이다. 그 발견은 시인으로 하여금 '여기가 어딘지를 모르겠습니다'(「농업박물관 소식−거리에 낙엽」)라고 말하게 한다. 자신이 걸었던 길이 도무지 어디를 향하고 있는지 자문하는 자의 목소리는 어쩌면 근대적 경험에 대한 포괄적인 질문의 상징으로 읽힌다. 이문재의 이 같은 질문은 이미 예견된 것이었다. 그가 지속적으로 추구했던 길 걷기, 산책자의 삶이 실존적 층위에서 해결될 문제가 아니라는 점은 주지의 사실이다. 자본주의적 순환의 범주에서 한 발짝도 나갈 수 없는 자들의 운명이란, 다름 아닌 우리의 자화상이 아니겠는가. 시인은 이렇게 노래한 적이 있다.

> 이 도시는 느슨한 산책을 아주
> 싫어하는 모양입니다 산책은 아니
> 산책만이 두 눈과 귀를 열어준다는 비밀을
> 이 도시는 알고 있는 것이겠지요
> 도시는 사람들에게 들키고 싶어하지
> 않는다고 하더군요 저 반짝이는
> 유토피아에의 초대장들로 길 안팎에서
> 산책을 훼방하는 것이지요
>
> 도시는 단 한사람의 산책자도
> 인정하지 않으려 합니다 느림보도

가장 큰 죄인으로 몰립니다
게으름을 피우거나 혼자 있으려 하다간
도시에게 당하고 말지요
이 도시는 산책의 거대한 묘지입니다[29]

도시의 삶은 곧 속도로 요약된다. 도시공간에서 개인은 철저하게 익명적인 존재로 보호된다. 하지만 그것은 하루의 노동을 충실하게 이행하고 난 저녁 시간에 군중들 사이에 섞여 하루치의 분노와 걱정을 달래기 위한 소비구조 속에 편입될 때의 이야기이다. 그가 생산하지 않으면 소비의 주체가 될 수 없고, 충실하게 소비할 때 비로소 순치된 주체가 된다. 지속적인 노동의 강요를 통해서만 '눈과 귀를 열어준다는 비밀', 혹은 욕망의 자발성과 혼돈으로부터 개인을 격리시킬 수 있기 때문이다. 따라서 생산하지 않는 자, 곧 생산과 소비의 무한궤도를 이탈한 자에게 도시는 주체를 죽음으로 인도할 뿐이다. 산책의 시적 모티브가 비판적 의미로 다가오는 이유는 여기 있다. 욕망의 구심점을 외면하고 지속적으로 원심력을 만들어내고자 하는 '밖을 향한 사유'야말로 가장 반문명적이고 반사회적인 일탈이 아닐 수 없기 때문이다.

7. 결론

한국 현대문학과 도시공간의 문제는 1960년대 이후 진행된 한국 자본주의의 문제와 밀접하게 연관된다. 문학과 도시공간의 상관성은 도시라는 추상적 개념이 아니라, 한국 자본주의 내에서 도시화와 도시적 삶의 양식

---

29 이문재, 「마지막 느림보」, 『산책시편』, 민음사, 1993.

이라는 관점에서 설명될 수 있다. 문학과 공간성에 대한 지금까지의 연구가 문학작품이 탄생하게 된 지리적 배경으로서의 공간 연구에 치중한 나머지 한국 현대문학과 도시공간의 문제에 내재된 비판적 현실인식, 역사의식에 대한 조망이 미흡했다는 판단이 가능하다.

본고에서는 이와 같은 문제 제기 아래 도시공간에 대한 인식이 매우 두드러진 1960년대 이후 작품을 중심으로 그들의 작품에 내재된 현실인식과 도시공간의 상관 관계에 대하여 주목하고자 하였다. 김승옥에게 도시공간은 삶의 주변부에 대한 인식이었으며 이는 1960년대 서울을 중심으로 진행된 도시화와 이에 따르는 도시적 일상성에 대한 문학적 내면화의 한 방법이었다. 특히 한국전쟁과 이로 인한 파행적 근대화에 대한 문학적 인식 가운데 미국으로 대표되는 향보편주의에 대한 심리적 갈등 관계에 대한 형상화는 김명인과 조해일에게 매우 자각적인 모습으로 드러난다.

1990년대 이후 도시공간의 문학적 인식에는 고도 정보사회의 일상성으로 상징화된 욕망의 중층적 결정 과정이 자리 잡고 있다. 도시적 삶이 한국 자본주의에 대한 인식과 내면화에 주류를 이루었으며, 그것은 고도 소비시대의 삶에 대한 비판적 인식을 담지하는 것이었다. 조경란의 「망원경」에서 주요한 소재로 다루어지고 있는 '서울 바라보기'는 철저하게 고립된 자아의 내면 탐구이자, 소통에 대한 열망의 표현으로 읽힐 수 있으며 도시공간에서의 삶이 무의식의 지층을 이루고 있다는 전제를 가능하게 한다.

특히 이문재가 보여준 도시 산책자의 운명은 도시공간 내의 삶에 대한 가장 전위적인 비판적 담론이라 할 수 있다. 이런 관점에서 보면 순수 추상으로서 도시공간에 대한 소재적 접근 방식은 자본주의 시간과 공간에 대한 구체성을 결여할 가능성이 있으며, 향후 문화콘텐츠화에 대한 기초자료로서도 한계를 드러낼 수 있다.

본고에서는 1960년대 이후 도시공간을 주요 모티브로 한 작품을 다루었지만, 21세기에 접어든 최근 작품의 연구는 향후 과제로 남겨두기로 한다. 도시공간의 문학적 인식은 자본주의적 삶의 양식이라는 요인과 매우 긴밀한 관계가 있으므로 이에 대한 연구는 곧 당대의 사회문화적 삶의 양식에 대한 연구를 포괄할 수밖에 없기 때문이다.

시적 변신과 해방의 논리

1. 감성의 풍경화 그리기

'논리적 합리성으로 환원되지 않는 참여 행위'를 통해 세계를 이해하는 사람들은 광인, 원시인, 어린이, 그리고 시인이라고 옥타비오 파스는 말한 적이 있다. 이성적 합리성이 역사 발전의 중역을 담당했다는 이론은 인간의 내면에 존재하는 감정의 유동성과 기묘한 상상력의 원천에 대하여 설명하기 힘들다. 서정시의 본질은 이성적 사유가 명쾌하게 밝히지 못하는 정서적 그늘에 대한 언어적 복원에 있다. 일상적인 시각이나 사회적 관습, 제도적 원리에서 보면 감정적 변화에 대한 시적 사유는 일종의 타락, 혹은 비정상적인 일탈로 보일 수 있다. 시는 신화와 마법적 세계를 현현하는 주술적 언어양식이라는 관점은 여기서 성립된다. 마술적 세계는 현재의 시간과 단절된 세계라기보다 현재를 패러디하고 우화적으로 변형시킨 곳이라고 볼 수 있다. 그러므로 마술적으로 변용된 공간은 현재의 질서에 대한 일종의 거울이자 타자의 역할을 수행하다고 보아야 한다. 상상력은 현실 속에서 찾기 어려운 가치나 삶의 형태에 대한 욕망의 변형으로부터 발생한다. 그러므로 마술적 시간에 대한 유혹은, 현실과 동떨어진 듯해 보이는 시적 사유와 함께 실은 가장 현실적인 유대와 긴장을 유지한다고 볼 수 있다. 서정시의 다양한 원리 가운데 하나는 마법적 세계에 닿아 있는 욕망의 뿌리를 들추어내는 여러 가지 내면에 대한 탐구이다. 그것을 두고 우리는 탈쓰기, 가면 만들기, 혹은 다성적 목소리를 통한 세계의 구현이라고 부른다.

현대는 순수한 주체, 단성적 개인을 보장하지 않는 것을 특징으로 한다. 주체는 지속적으로 환경에 따라 변화를 거듭한다. 엄밀한 의미의 자기동일성이란 사회적으로 구성된 동일성이며, 여기에 감성적 주체의 변화무쌍한 내면적 정황이 반영된 것이 근대적 주체의 형상이라 할 수 있다. 이럴 때 개인은 분열된 존재, 상황에 조응하는 내면의 변화에 따라 그 특징이 다르게 정립되는 존재이다. 눈이 내리는 날의 하늘은 늘 흐리고 무겁게 내려앉아 있지만 그것을 바라보는 주체의 시각은 언제나 다르다는 것, 사소한 감정상의 변화뿐 아니라, 직장에서의 승진과 퇴직, 인간 관계의 호오, 사랑하는 사람 사이의 문제 등에 따라 눈 내리는 날은 다르게 보일 수 있다. 이것을 좀 더 정리해서 말하자면, 서정시는 분열된 주체가 직조하는 비언어적 풍경이라고 할 수 있다. 현대시에 나타나는 '변신'은 이와 같은 근거하에서 이루어지는 시적 변용의 하나이다.

한국 현대시에서 변신은 그 내포적 의미와 외연에서 핵심적 의미를 정립하기가 쉽지 않다. 특히 동물과 식물의 이미지를 소재적 차원에서 치용하고 있는 작품은 수를 헤아리기 어려울 만큼 많고, 또한 시의 특질상 변신의 의미가 명확하지 않기 때문이다. 그렇다면 변신의 시적 의미를 어떻게 생각해야 하는가.

첫째, 시에서 동물과 식물의 이미지가 매우 중요한 의미를 획득하고 있는 작품을 우선 고려해야 한다. 서정적 주체가 시 속의 대상을 통해 자신의 상황을 이해하고 설명하는 데 유의미한 구조를 획득한다는 판단이 가능한 작품을 선별해야 한다.

둘째, 작품에 등장하는 대상과 변신의 과정이 시대적 유효성을 얼마만큼 얻고 있는지 판단해야 한다. 문학작품의 가치평가 기준은 작품 내에서 비롯되어야 하지만, 작품 내에서 머물고 마는 것도 경계해야 한다.

이와 같은 관점을 기본으로 하여 한국 현대시에 나타난 변신의 상상력 가운데 특히 동물과 식물의 이미지가 주로 사용되고 있는 작품의 경향과 특질을 살펴보기로 한다.

2. '나는 모든 것 안에서 살아난다'

현대시에서 변신 상상력은 아리스토텔레스가 『시학』에서 말한 바와 같이 '그날그날의 경험 속에 존재하는 자연의 질서'에 대한 모방충동과 유사한 면을 갖고 있다. 이때의 자연은 우리가 흔히 감각할 수 있는 대상을 가리키지는 않는다. 그것은 내재된 가치 혹은 '어떤 실재'를 의미한다고 할 수 있다. 즉, 개연성으로 설명되는 가능성의 세계(probable should)를 지칭하는 것으로 이해된다. 서정적 주인공 혹은 다성적 목소리는 그 실재성의 유무보다는 아직 일어나지는 않았지만, 일어날 수 있는 가능성에 대한 현현이라는 관점에서 의미의 깊이를 갖는다. 따라서 시인은 현실의 시간과 공간 속에서는 경험하기 힘들지만, '내재된 가치'로써 숨겨진 세계를 발견하는 존재라는 설정이 가능하다. 이때 시인은 자신의 경험과 상상력을 여러 가지 형태의 분화된 대상과 의미가 부여된 주체로 설정하게 된다. 변신의 모티브는 시인의 다양한 경험을 추체험하면서 동시에 구현되지 않은 시간에 대한 예술적 재구성을 가능하게 한다.

박목월의 시 「轉身」은 이렇게 시작된다.

나는
나무가 된다.
반쯤, 아랫도리의 꽃이 무너진
그
寂寞한 무게를
나는 안다.

— 박목월, 「전신」 부분

　이 작품은 화자가 지속적으로 새로운 대상으로 자신을 전이시키고자
한다. 우선 은유와 상징의 절묘한 조화를 이루고 있는 이 시의 특질을 각
연에서 시인이 나열하고 있는 대상을 따라서 설명하면 다음과 같다.

　　　1연 나무 　— '아랫도리의 꽃이 무너진 적막한 무게'
　　　2연 물방울 — '생명의 흐르는 리듬'
　　　3연 접시 　— '허전한 공간의 충만'
　　　4연 바람 　— '고독이 부르짖는, 갈증의 몸부림'
　　　5연 씨앗 　— '미래의 약속과 안식'
　　　6연 돌 　　— '하상에 뒹구는 신의 섭리와 役事'
　　　7연 펜 　　— '헌신과 봉사의 즐거움'
　　　8연 무엇 　— 시간이 울창하고 언어가 눈을 뜨며, 삶의 의미가 집중
　　　　　　　　　되며, 감정의 균형을 이루는 순간

그리고 시인은 마지막에서 이렇게 말한다.

나는
모든 것 안에서
살아난다.

— 박목월, 「전신」 부분

이 시에서 시인이 대상들의 특징을 은유 형식을 통해 말하고 있는 본질적 요인들을 추상어로 환원해보면, '적막함/생명/공간/고독/미래/신의 섭리/헌신/경이로운 순간' 등으로 요약될 수 있다. 시인의 내면적 정황에 대한 분열적 자아가 외부의 대상을 통해 드러나는 과정을 이 작품은 매우 함축적으로 보여주고 있다. 여기서 시적 주체는 경험세계의 다변화와 새로운 시/공간의 질서를 제시함으로써 가시적이고 현재적인 삶의 한계를 좀 더 확장하거나 그 이면을 보여주고자 한다.

3. '맨살로 푸른 시간의 물살을 가르고 싶다'

변신의 상상력은 주어진 삶의 '현재성'에 매우 민감한 시적 사유 형태라 할 수 있다. 삶의 일회성은 죽음에 대한 의식과 함께 삶 자체에 대한 성찰을 가능하게 하는 본질적 요인인데, 그 삶이 놓인 현재성은 근대적 의미에서 현실원칙의 '잘 짜여진 구조' 속에 놓인다. 노동에 대한 강제는 즐거움에 대한 욕망을 억압하고 있으며, 현실원칙은 쾌락원칙을 체계적으로 조정하면서 성립되는 조건이라는 관점에서 볼 때, 마르쿠제가 내세운 오르페우스와 나르키소스의 시적 표상이야말로 놀이와 유희, 자연과 인간을 통합하는 상징이 될 수 있다. 인간 내면에 존재하는 성적 충동과 놀이의 욕구는 문화적으로 보면 억압에 대한 해방을 상징하는 기호이다. 시에서 변신의 상상력이 이 같은 해방의 논리와 연결되는 현상은 자주 찾아볼 수 있다.

麝香 薄荷의 뒤안길이다.
아름다운 베암……
을마나 크다란 슬픔으로 태어났기에, 저리도 징그러운 몸뚱아리냐

꽃다님 같다.
너의 할아버지가 이브를 꼬여내든 達辯의 혓바닥이
소리잃은채 낼룽그리는 붉은 아가리로
푸른 하눌이다. ……물어뜯어라, 원통히무러뜯어,

다라나거라, 저놈의 대가리!

— 서정주, 「花蛇」 부분

이 작품에서 뱀은 혐오와 기피의 신화적 상징이지만, 이를 통해 금기와 억압을 효과적으로 표현하는 대상이기도 하다. '달변의 혓바닥이', '소리를 잃은채' 존재한다는 것은 무엇인가 말해야 함에도 불구하고 그 언어적 소통을 금지당한 상태(김수이)에 놓였음을 의미한다. 뱀이 지니는 성애적 상징과 함께 이는 현실의 시간 위에 감금된 존재의 운명을 설명해준다. '푸른 하늘'과 '소리를 잃은 현재'의 대비는 아름답지만 커다란 슬픔을 동시에 지니고 있는 존재자의 정황을 선명하게 각인하고 있다. 이는 현실원칙과 쾌락원칙이 공존하는 삶의 경계 혹은 숙명에 대한 시적 통찰이기도 하다.

청개구리가 펄쩍, 뛰었다
뛰는 놈 위에 나는 놈이었다, 나는
움켜잡은 청개구리 한 마리
파란 발꿈치를 들어올리고 손가락을 펼쳐보았다
닮았구나 다섯 개의 가느다란 손가락들
이렇게 손을 마주 잡고 보니 서로 기운이 통하는구나
마디마디 연한 너의 살이 촉촉하고 부드럽다
나도 이렇게 거추장스러운 옷, 홀딱, 벗고 싶다
맨살로 푸른 시간의 물살을 가르고 싶다
네 마음이 내 마음에 들어온 거니, 네가 내가 되는 거니

혓바닥이 길어서 슬픈 너, 말도 못하는 너,
단지 터져나갈 듯한 앞가슴에 꽉 찬 울음들
토해내도 토해내도 다시 불룩, 턱 밑까지 차오르는
울음들, 나 수시로 꿀꺽 삼켰다
하늘에서 날아온 슬픔의 날개들, 긴 혀로 말아
먹어도 먹어도 배가 고픈, 이 너른 풀밭에서
청개구리들 펄쩍, 뛰었다
때론 제가 먼저 내 팔뚝 위에 뛰어오르는 놈도 있었다
— 이나명, 「너른 풀밭」 전문

이 시에서 주목할 대목은 시인이 그리워하는 '푸른 시간의 물살'과 '울음을 수시로 삼켜야하는 말 못하는 상황'의 대립이다. 시인은 청개구리를 바라보면서 그 맨살의 촉촉함과 부드러움을 교감한다. 거추장스러운 옷을 모두 벗어버리고 푸른 시간의 물살에 '젖고' 싶은 욕망이란 해방과 자유의 상징적 의미로 작용한다. 혀가 길어서 슬픈 존재란, 실상 할 말을 다하지 못하고 살아가는 시인의 존재에 대한 은유이다. 시인은 청개구리의 존재에 자신을 투사한다. 그것은 일정한 억압과 금기를 내면화하고 있는 삶에 대한 내포적 동일성을 의미한다. 현실은 '토해내도 토해내도' 울음이 다시 차오르는 공간이다. 청개구리와 시인은 너른 풀밭이라는 새로운 지평을 찾아내고자 하는 욕망의 존재라는 관점에서, 「화사」에서 보이는 푸른 하늘에 대한 동경, 혹은 욕망이 만들어내는 시적 구조와 상당히 유사한 면을 발견하게 된다.

성적 상상력은 개인적 영역에 국한되기보다 관습과 제도적 억압에 대항하려는 사회적 의미로 확대될 때 유의미하다. 물론 성적 억압과 권력 관계, 혹은 자유의 문제는 한 여성과 남성의 문제로부터 시작되기는 하지만, 여성 억압의 역사적, 사회적 현상을 고려할 때 한 여성으로부터 기원하는 성적인 상상과 체험을 우리는 문화적인 영역으로 인입할 필요가 있

으며, 이때 등장하는 자연 소재를 통한 성적 상상력이 상당히 커다란 반향을 가져온 것도 사실이다. 가령,

옛 애인이 한밤 전화를 걸어왔습니다
자위를 해 본 적이 있느냐
나는 가끔 한다고 그랬습니다
누구를 생각하며 하느냐
아무도 생각하지 않는다 그랬습니다
벌 나비를 생각해야만 꽃이 봉오리를 열겠니
되물었지만, 그는 이해하지 못했습니다
얼레지 ……
남해금산 잔설이 남아있던 둔덕에
딴딴한 흙을 뚫고 여린 꽃대 피워내던
얼레지꽃 생각이 났습니다
꽃대에 깃드는 햇살의 감촉
해토머리 습기가 잔뿌리 간질이는
오랜 그리움이 내 젖망울 돋아나게 했습니다
얼레지의 꽃말은 바람난 여인이래
바람이 꽃대를 흔드는 줄 아니?
대궁 속의 격정이 바람을 만들어
봐, 두 다리가 풀잎처럼 눕잖니
쓰러뜨려 눕힐 상대 없이도
얼레지는 얼레지
참숯처럼 뜨거워집니다

— 김선우, 「얼레지」 전문

세속적 기준이란 사실 남성적 기준을 의미한다고 해도 될 것이다. 이 작품에서 시인의 관점에서 볼 때 적어도 남성들의 욕망은 세속적인 것으로 평가되어 있다. 여성의 성적 욕망은 스스로 자신을 위로하는[自慰] 행위

에 가깝다는 것이다. 대상에 대한 욕망이 아니라, 그 자신을 감응하고 자신의 내면을 바라보는 욕망이야말로 욕망의 순수성이라고 시인은 말하고 있다. '바람이 꽃대를 흔드는 줄 아니?'라는 질문은 모든 남성적이며 세속적 욕망에 대한 항변이기도 하다. 스스로 자신을 감득하는 것이야말로 여성적 욕망의 본질이고 얼레지꽃은 바로 이 같은 욕망의 근원에 자리 잡고 있다는 것이다. 이때 여성의 욕망은 성화(聖化)되며, 구체적 대상에 대한 일회적 욕구에 대한 멸시를 내포한다.

4. '닿지 않는 밑바닥 마지막 살의 그리움'

모든 금기의 체계 한편에 성적인 강제와 억압이 놓여 있다면, 다른 한편에는 정치적 상상력이 놓인다. 오스트리아의 철학자 에른스트 피셔는 '현대의 예술이 인간을 안심시키는 수단이 되면 곤란하다. 예술은 인간을 불안하게 하지 않으면 안 되고 사실 불안하게 하고 있다'라고 말한 적이 있다. 그는 예술이 세계를 변화시키는 데 기여해야 한다고 말하지만, '예술에 고유한 마술성'의 의미에 대해서도 인정하고 있다. 그의 생각을 시적 상상력의 사회적 의미로 확대할 경우, 다음과 같은 진술이 가능하다.

> 어느 사회에나 그 상한선에는 권력에 의해 통치되는 정치적 터부가 존재한다. 이 권력은 그 속성으로 인하여 합법적 테러리즘이라 할 수 있는 검열관을 언제나 준비해 두고 있다. 또 정치적 터부로서의 상한선의 정반대 측에는 하한선이 존재하는데 이는 윤리적 터부라 불릴 수 있다. 이 두 개의 '벽'이 쉴 새 없이 자유(또는 인간성)의 영역을 좁혀오고 있는데, 이와 맞선 영역의 고수 및 확장도 역시 상상력의 힘으로 밀어내야 한다.
> — 에른스트 피셔, 김성기 역, 『예술이란 무엇인가』

금기의 체계는 위반의 욕망을 내포하고 있는데, 그 '가능성'에 대한 지속적인 탐색은 시적 상상력이 지니는 반사회적 통찰로부터 비롯될 수 있다. 주어진 관습과 억압, 정치적이고 제도화된 질서에 대한 성찰이야말로 자유의 문제를 가장 근본적으로 사유하게 하는 동력이 되었음을 우리는 이미 경험한 바 있다. 이런 시가 있다.

저 청청한 하늘
저 흰구름 저 눈부신 산맥
왜 날 울리나
날으는 새여
묶인 이 가슴

밤새워 물어뜯어도
닿지 않는 밑바닥 마지막 살의 그리움이여
피만이 흐르네　'
더운 여름날의 썩은 피

땅을 기는 육신이 너를 우러러
낮이면 낮 그여 한 번은
울 줄 아는 이 서러운 눈도 아예
시뻘건 몸뚱어리 몸부림 함께
함께 답새라
아 끝없이 새하얀 사슬소리여 새여
죽어 너 되는 날의 길고 아득함이여

낮이 밝을수록 침침해 가는
넋 속의 저 짧은
여위어 가는 저 짧은 별밭을 스쳐
떠나가는 새

청청한 하늘 끝
푸르른 저 산맥 너머 떠나가는 새
왜 날 울리나
덧없는 가없는 저 눈부신 구름
아아 묶인 이 가슴

— 김지하, 「새」 전문

이 시는 '눈부신 산맥'을 날아오르는 새를 바라보면서 '묶인 이 가슴'의 현실에 서 있어야 하는 고통스러운 시각이 절창을 이루고 있다. 시인의 시간은 '밑바닥 마지막 살의 그리움'을 간직한 채 '피만이 흐르'는 '더운 여름날'의 '땅'으로 그려진다. 그 위에서 시인은 '죽어 너 되는 날의 길고 아득함'을 생각한다. 하지만, 현실은 시인을 구속한다. 가장 낮은 자세로 삶을 연명하게 하는 그 억압의 공간 속에서 시인은 죽어서라도 새가 되고 싶어한다. 죽기 전에는, 그리하여 새가 되기 전에는 그 고통스러운 삶을 이어가기 어렵기 때문이다. 이 시가 생산된 현실적 정황을 생각할 때, 변신의 상상력이 지니는 문학적 감동은 매우 크다고 할 수 있다.

한국의 현대시에서 '불행 의식의 내면화'는 결코 간과할 수 없는 무게감을 지닌다. 시인들은 정치, 사회 등 제반 외부여건의 열악함에서 비롯된 가치의 함몰을 자주 실존적 고통으로 환치시키곤 했다. 고통과 불행의 근원이 외부로부터 주어진 것임에도 불구하고, 모순과 문제에 대하여 직접적으로 드러내기보다 그것을 바라보는 자의 내면적 정황을 우선시하여 비감에 젖은 주체를 형상화하는 일은 모더니즘 문학의 한 축을 이루는데, 구체적으로 말하면 그것은 우울한 모더니즘, 혹은 비판적 모더니즘으로 부를 수 있다.

밤의 식료품가게
케케묵은 먼지 속에

죽어서 하루 더 손때 묻고
터무니없이 하루를 더 기다리는
북어들,
북어들의 일 개 분대가
나란히 꼬챙이에 꿰어져 있었다.
나는 죽음이 꿰뚫은 대가리를 말한 셈이다.
한 쾌의 혀가
자갈처럼 죄다 딱딱했다.
나는 말의 변비증을 앓는 사람들과
무덤 속의 벙어리를 말한 셈이다.
말라붙고 짜부러진 눈,
북어들의 빳빳한 지느러미,
막대기 같은 생각
빛나지 않는 막대기 같은 사람들이
가슴에 싱싱한 지느러미를 달고
헤엄쳐 갈 데 없는 사람들이
불쌍하다고 생각하는 순간,
느닷없이
북어들이 커다랗게 입을 벌리고
거봐, 너도 북어지 너도 북어지 너도 북어지
귀가 먹먹하도록 부르짖고 있었다.

　　　　　　　　　　　　　　　— 최승호, 「北魚」 전문

　문득, 식료품 가게에 줄지어 누워 있는 북어들을 바라보면서 시인은 '죽
음이 꿰뚫은 대가리'에 대하여 생각한다. 그런데 그들의 죽음은 '말할 수
없음'에 대한 상징으로 읽힌다. '자갈처럼 딱딱'하게 굳어버린 '혀'와 '말
의 변비증을 앓는 사람들'은 기묘하게 유비된다. 그들은 모두 '무덤 속의
벙어리'일 뿐이다. 막대기처럼 경직된 삶과 현실, 가슴에만 지느러미를
달았을 뿐, '헤엄쳐 갈 데 없는 사람들'이 만들어놓은 식료품 가게의 진열

대는 자신도 북어가 되어 있었음을 자각하지 못했던 시인의 삶의 공간이다. 활어(活語)도 아니고 활어(活魚)도 될 수 없었던 존재에 대한 시적 통찰이 매우 흥미롭다.

5. '내가 본 풍경이 내 운명이 되고 마는'

최근 한국 시에 자주 등장하는 변신의 모티브는 고도로 코드화되고 분화된 시간으로부터 벗어나고자 하는 의지의 표상이다. 디지털 시대의 문화 논리에 대한 반작용에 대한 반성적 담론로 지속적으로 제기되고 있지만, 정치와 현실에 대한 문학적 관심이 급격히 쇠퇴한 이후 시인들의 문학적 방황이 문제된 것도 사실이다. '왜 존재하는가', '무엇이 지금, 여기의 삶을 어렵게 하는가'라는 문제를 너무 빨리 '무엇을 쓸 것인가의 문제'로 바꾸어버린 현상을 발견하기도 하지만, 내면적 가치와 자기 중심적 고백이 한 시대의 패러다임을 이루었던 것도 부인할 수 없다. 실존적 정황에 대한 탐색과 자기 해탈에 대한 염원이 도덕적 반성의 대상이 될 수 없다. 시대가 바뀌고 정치, 경제적인 흐름이 달라져도 여전히 삶은 고달프고 지표상의 변화와 실제가 유리되고 있는 상황에서 '왜 살아가야 하는가'라는 힘겹고 본질적인 질문으로부터 벗어나기란 매우 어렵다. 초월적 상징과 반성적 성찰의 담론은 생태주의적 세계관과 맞물려서 더욱 커다란 시적 반향을 가져왔다. '인간주체중심주의'에 대한 준엄한 비판과 반성이 사회문화적 실천으로 전환되면서 최근 한국 사회의 합리성을 좀 더 구현시키고 있다는 판단은 그릇되지 않았다. 하지만 변신의 모티브는 여전히 자기 성찰과 반성의 거울로 작용하고 있다.

청량한 가을볕에
피를 말린다

소슬한 바람으로
살을 말린다

비천한 습지에 뿌리를 박고
푸른 날을 세우고 가슴 셀레던
고뇌와 욕정과 분노에 떨던
젊은 날의 속된 꿈을 말린다
비로소 철이 들어 禪門에 들 듯
젖은 몸을 말리고 속을 비운다

말리면 말린 만큼 편하고
비우면 비운 만큼 선명해지는
〈홀가분한 존재의 가벼움〉
성성한 백발이 더욱 빛나는
저 꼿꼿한 老後여!

갈대는 갈대가 배경일 뿐
배후가 없다, 다만
끼리끼리 시린 몸을 기댄 채
집단으로 항거하다 따로따로 흩어질
反骨의 同志가 있을 뿐
갈대는 갈 데도 없다

그리하여 이 가을
볕으로 바람으로
피를 말린다
몸을 말린다
홀가분한 존재의 탈속을 위해.
　　　　　　　— 임영조, 「갈대는 배후가 없다」 전문

가을 벌판에 바람을 맞으며 서 있는 갈대에 대한 시적 내면화가 이와 같은 수준에 이른 작품을 발견하기도 쉽지 않다. 시인은 갈대의 자세를 햇볕에 몸을 말리는 행위로 인식한다. '비천한 습지'에 뿌리를 두었던 젊은 날의 욕정과 분노, 헛된 꿈을 말리는 갈대를 통해 시인은 '선문에 들듯', '홀가분한 존재의 가벼움'에 대하여 사유한다. '백발이 더욱 빛나는', '老後'를 기다리는 시인의 자세야말로 삶을 긍정하고 욕망을 비워가는 탈속적 자기 해탈의 염원을 상징적으로 보여준다. 집단의 논리와 음모, 배신이 횡행하는 현실에 대한 냉정한 비판과 함께, 갈대는 가장 현재적인 존재이면서 가장 탈속적 존재로 각인된다. '홀가분한 존재의 탈속'을 지향한 시인은 그러나, 그의 말대로 너무 빨리 이 세상으로 벗어나버리고 말았다.

'인정할 수 없지만, 벗어날 수 없는 삶의 논리'가 지속적으로 초월에 대한 시적 상상력과 변신의 이미지를 산출하는 것은 여전히 주목할 만하다. 시인에게 죽음이란, 죽음에 대한 가득한 비유로 자신의 언어를 채색하는 일을 통해 삶의 의미를 되묻는 형식으로 다시 태어나는 일과 같다. 초극에 대한 시적 의지는 역설적으로 삶의 본질에 대한 언어적 천착이어야 한다.

> 독룡이 변한 줄도 모르고 정공은
> 집 앞의 무성한 버드나무를 좋아했다가
> 버드나무 대신 목이 베이고,
>
> 누군들 이런 어리석음을 저지르지 않는다 장담할 수 있겠나
> 버드나무는 독룡이 변한 것
>
> 오동나무를 지나치게 좋아하는 사람에게
> 오동은 무엇인가
> 무엇이 변한 것인가

오동은 내게 무엇을 구하려
늘 내 앞에 모습을 나타내는 건가
불살계를 가르칠 일도 없는데

나무를 쓰러뜨리는 것은
강한 바람이 아니라 벌레와 물이라고,
미루나무는 영하 80도에서도 견디어낸다고,
카나리아 제도 올토바에 있는 용혈수의 나이는 육천살이라고,
버드나무가 전해주는 말들을 받아 적는다

나무를 보아라
나무가 고요할 때 바람은
소리없이 고양이처럼 웅크리고 있다

어둠 속 태양의 둥근 고리,
대낮 달의 희뿌연 테두리,
내가 본 풍경이 내 운명이 되고 마는

— 조용미, 「내가 본 풍경이」 전문

　오동나무에 대한 육감과 친화력은 선택적이라기보다 선험적인 작용의
결과일지 모른다고 시인은 생각한다. 지나친 집착은 죽음으로 이어질 수
있다는 이야기를 차분한 어조로 말하면서 시인은 '나무를 쓰러뜨리는 것
은/강한 바람이 아니라 벌레와 물'이라고 표현한다. 그것은 내부로부터
번지는 죽음의 기운을 상징하는 것으로 읽힌다. 나무의 존재를 위태롭게
하는 것은 바람이 아니라, 나무의 내부에 있다는 말과 '내가 본 풍경이 내
운명이 되고 마는' 것은 아닐까라는 생각은 동일선상에 놓인다. 그러나
이 같은 진술은 좀 더 다른 지평, 새로운 생의 개안을 향하는 내면적 성찰
로 읽혀야 한다. 자기 성찰의 언어가 만들어내는 깊이가 처연하게 아름다

운 것은 그 변신의 의지가 강하기 때문이다.

6. 해방과 자기 해탈의 지평을 향하여

연어의 모천회귀 모티브를 통해 시인으로 걸어온 시간에 대한 본격적인 고백과 성찰을 담고 있는 고은의 서사시 「머나먼 길」에는 이런 말이 나온다.

> 이 변신이야말로
> 내가 이룬 완성이었다
> 완성 이후의 허무로
> 어떤 권위도
> 어떤 강요도 거부하는
> 단단한 무신론

목표를 설정하고 그것을 '완성'하기 위해 살아가는 것이 아니라, '변신' 자체를 지향하였다는 점, 그것이 자신의 시적 이력을 이루었고, 앞으로도 지속적으로 변화하는 일이야말로 자신에게 주어진 최대의 임무이자 목적이라는 고백으로 읽히는 이 시의 자기 성찰은 주목을 요한다. 그래서 시인은 '나는 나의 역사이다'라고 목소리를 높일 수 있었다. 자기 갱신과 끊임없는 시적 변신이야말로 시인이 존재하는 가장 중요한 이유 가운데 하나이기 때문이다.

현대시에서 동물과 식물을 통한 변신의 이미지는 시인이라는 숙명적인 존재론의 문제와 함께 억압과 속박으로부터의 해방, 자기 해탈이라는 문제를 내포하면서 다양하게 변주되어 왔다. 시에 드러난 변신의 모티브는 주어진 현실 상황에 대한 반성적 계기를 통해 자유의 더 넓은 지평, 인간존재에 대한 더욱 풍요로운 이해를 도모하고자 하는 장치라고 요약할 수 있다. 현실의 삶이 좀 더 합리적인 방향으로 개선되고 물질적으로 나아지더라도, 자연과 인간의 존재론적 질문, 무엇이 인간의 삶을 억압하는가의 문제는 지속적으로 제기되어야 하고 또 그럴 것이다. 이때 시적 주체의 다양한 변신을 통해 자신의 체험을 언어화하여 사회문화적 맥락으로 승화시키고자 하는 노력 또한 이어질 것이다. 그것이야말로 서정시가 존재하는 가장 중요한 이유이자 존재론이기 때문이다.

열망의 시대, 갈증의 문학

— 1980년대 시의 미적 아우라

프롤로그

햇살이 강했던 만큼 다방 문을 열고 들어서자 어느새 걸음이 굼떠지는 느낌이다. 매캐한 냄새 때문에 눈물을 흘렸던가. 가장 구석진 테이블을 찾아 커피 한 잔을 앞에 두고 몸을 최대한 깊숙이 웅크린 채 시집을 펼쳐 든다. 한 쪽 팔에 교양국어 책과 함께 끼고 다녔던 정호승의 시집 『서울의 예수』(민음사, 1982), 몇 장을 넘기다 보면 그날의 상황과 유사한 분위기의 작품이 눈에 들어온다.

> 봄날에 죽은 나라 눈물의 나라
> 봄눈이 오기 전에 산마루 돌아
> 강 건너 소주 취해 죽은 봄나라
> 백일홍 지면 천일홍 피지
> 쑥부쟁이 피는 나라 팔려간 나라
> 밀짚꽃 피는 나라 사막의 나라
>
> — 정호승, 「가고파」 전문

정확히 어떤 의미를 짚어냈다기보다 어떤 정황, 간헐적으로 들려오는 학생들의 함성소리와 최루탄 터지는 소리와 지금 이 시집을 들고 앉아 있는 나를 둘러싼 풍경이 하나의 문학적 배경으로 읽히는 시대. 1980년대.

1. 시의 시대

시가 무엇이고, 시적 논리란 무엇인지를 구명하거나 이해하려는 노력이 있기 이전에 '시가 있었다'고 말할 수 있었던 시대가 바로 1980년대였다. 당대는 한국 시 문학사의 전성기라고 할 수 있다. 역설적이게도 1980년대의 정치적 혹한기가 한국 문학의 상상력을 풍요롭게 장식했으며, 여전히 한국 문학의 정치적 상상력, 혹은 비판적 사유는 그 수원(水源)과 동인(動因)을 1980년대로부터 가져오고 있는 것이 사실이다. 1980년대의 한국 문학은 매우 거칠었던 정치적 환경 속에서도 사회, 문화를 의미 있게 성찰하는 중요한 계기를 마련했다. 문학은 기본적으로 현실적 요인으로부터 상상력의 토대를 제공받는다. 어떠한 형식으로든 문학은 변화하는 삶의 환경을 수렴한다. 드러내는 방식의 차이가 있을 뿐, 문학은 그 태생적 뿌리를 현실적 상황에 두고 있으며, 그러한 정황으로부터 벗어나기 어렵다.

1980년대의 시적 상황을 단순히 현실적 자장으로부터 형성된 미적 아우라로 규정하는 일은 매우 거칠고 단면적일 수 있지만, 이러한 범위 내의 고찰을 제외하고 1980년대의 시적 현실을 검토하기는 어려운 것도 사실이다. 1980년대를 시의 시대로 부를 수 있다면, 그것은 표면적인 현상과 사회·문화적인 관점을 통해 살펴야 할 것이다. 일단 1980년대에 출간된 시집의 수는 약 3,800여 권으로, 1920년대부터 1970년대까지 발행된 시집의 수보다 많다.[1] 물론 이 같은 현실은 출판시장이 넓게 형성되었고 이와 더불어 독자층이 많았다는 점을 반증하는 일이기 때문에 주목할 일이기는 하지만, 이 자체로 모든 설명이 끝난 것은 아니다. 더욱이 출판의 논리는 언제나 자본의 생리를 쫓아가는 것이므로 시집 출판이 많다는 일을 곧바로 사회적 의식의 단면으로 읽기도 어렵다. 그러나 시집이 읽히는 시대였고, 문학을 공부하려는 사람들에게 시집 읽기는 가장 기본적 훈련이면서도 문학적 열정을 다짐하는 자기 확인의 과정이었음을 부정하기 어렵다.

그렇다면 왜 시가 문제인가. 이 물음에 대한 답은 좀 더 비유적이고 상징적인 화법을 동원할 수밖에 없다. 시가 많이 읽히는 시대는 역설적이게도 언로(言路)가 제대로 열리지 못한 사회일 가능성이 많다. 시는 직서적인 표현이 아니라 복합적이고 중층적인 넓이를 요구하는 화법이다. 하고 싶은 말을 보다 많이 담아내는 방법을 시는 알고 있다. 은폐된 진실과 개진의 욕망 사이에서 발생하는 긴장 위에 시적 언어가 놓이기 때문이다. 다시 말해 삶의 외연이 넓어지면서 세계를 이해하는 폭이 함께 확장되는 경험을 갖게 된 주체는 일률적으로 제공된 정보, 혹은 교육되고 구성되는 또 다른 주체, 자기 자신에 대해서 불신을 갖게 되고 회의에 빠지게 된다. 이때 그의 언어는 자기 욕망을 있는 그대로 표현하기보다는 굴절되고 뒤바뀐 형식으로 나타내게 된다. 주체의 정당성의 근거를 자신의 내면 속에서 확보하고자 하는 욕망, 내적 진실이라는 믿음을 좀 더 유현(幽玄)하게

---

1 김재홍 교수가 펴낸 『한국 현대시 시어사전』(고려대학교 출판부, 1997)에는 1921년부터 1995년까지 발행된 시집의 총 목록이 실려 있다. 누락된 시집도 있다는 점을 감안한다 해도, 1980년대에 발행된 시집이 1920년대부터 1970년대까지 발행된 시집의 수보다 많은 3,864권이다. 이 시집의 총 목록의 조사와 작성에는 필자가 참여하기도 했는데, 한국 현대시집의 총 목록을 작성하고자 했다는 의미에서 주목할 만한 성과라고 할 수 있다.

드러내고자 하는 열망이 바로 시라는 형식이자 주체의 운명인 것이다.

이 같은 욕망의 사회적 의미가 폭발적인 힘을 드러냈던 시기가 1980년
대일 것이다. 1980년대는, 정치적으로는 정당성의 근거가 상실된 정권에
대한 심리적 저항, 사회·문화적으로는 한층 고양된 시민 의식을 담아내
고자 하는 열망과 변화하는 현실을 올바르게 인식해야 한다는 사명감 등
이 점차 확산되던 시기였다. 그런 만큼 문학과 시적 열정은 내면적으로
심화되었고, 시 문학사상 유례 없는 양상을 보였던 것이다.

2. 상실의 시대, 비감의 시학

1980년대의 시 특질을 요약하자면, 불행 의식의 내면화라 할 수 있다.
나는 이를 다음과 같이 표현한 적이 있다.

> 80년대의 공룡에게는, 문학을 하려는 사람들의 의식의 저변에 존재
> 하는 '버림받은 자'로서의 자학과 고통, 혹은 '막연한 두려움'을 동반한
> 저항 의식과 주변성으로 이탈해가는 실존의 고독이 이해될 수 없었던
> 것이다. 주어진 삶을 '우울의 기표'로 변화시키면서 끊임없이 자신의
> 욕망의 근원을 탐구해 가려는 중요한 요소는 자신을 '자기로부터' 탈
> 각시키려는 힘, 혹은 자기 소외의 미학이다. 자신이 경험하는 삶의 현
> 실적 영역을 문학적 경험의 단위로 인식하여 그 공간의 확장과 축소를
> 자유롭게 되풀이 하는 행위를 통해 억압받는 시대에 문학의 입지를 넓
> 혀가는 것이 필요했던 시대가 80년대였다.[2]

다소 모호한 표현으로 명료성이 떨어지기는 하지만, 1980년대의 시적
분위기를 비교적 요약하고자 노력한 흔적이 엿보이는 글이다. 이 글에서

---

2 졸고, 「느린 나귀의 꿈—이문재론」, 『일굼의 문학』, 청동거울, 1998, 95쪽.

주장의 핵심은 첫째, 자학과 고통, 막연한 두려움과 저항 의식, 우울성의 기표화, 자기 소외 등이 1980년대의 시적 아우라를 형성하고 있으며, 둘째, 당대의 시를 올바르게 이해하기 위해서는 시인의 현실적 경험과 미적 경험 사이의 긴장 관계에 주목해야 한다는 것이다. 이를 종합적으로 이해하자면, 불행 의식을 하나의 미학적 기준점으로 삼거나, 혹은 선험적인 경험으로 인식하고자 했던 시대가 1980년대였고, 불행 의식을 내면화하는 방식을 다양한 프리즘을 통해 드러내고자 했던 시들이 당대를 장식했던 것이다.

나의 무덤은 커야 한다

종소리는 적벽에 부딪쳐 금이 간다 마른 어깨에 실려 있는
마른 저녁 길에서 죽지 못한 도보 고행승은 아름답다 먼지
나는 길에 떠 있는 돛배 아지랑이라도
지나가는가

오늘도 사랑을 끝내지 못하고 돌아간다
나는 무덤이라도 큰 것으로 가져야지 봄 언덕 종다리와
보리의 뿌리들이 흙을 곱게 만들고

저렇게 금 간 종소리는 어디로 가 쌓이는지 언제쯤
부서진 것인지 적벽은 붉구나

나는 무덤이라도 커야 한다
무덤 하나라도 검은 나를 힘껏 껴안아 주어야 한다
마른 봄 아침 길 이슬
맞은 어린 진달래라도 미친 듯 씹으며

길 위에서 죽지 않을
도보 고행승은 얼마나 아름다운가
저녁 적벽으로 걸어가는 종소리는 붉구나 너무나
붉구나

— 이문재, 「검은 돛배」[3] 전문

이 시는 작품 내에 '언어'로 존재하는 '언어의 기표적 의미' 설정이 주목
된다. 따라서 분절된 모티브들의 의미단위를 해체, 조합하는 독법이 작품
의 아우라에 좀 더 손쉽게 접근할 수 있게 한다. 시인은 '나의 무덤은 커야
한다'고 선언한다. 이 진술을 통해 죽음에 대한 의식, 점차 소멸되는 자신
의 삶을 축약적으로 제시한다. 이런 소멸적 심상에 기여하는 이미지들의
군집은 붉은 벽에 부딪쳐 금이 가는 종소리, '마른 봄 아침 이슬/맞은 어
린 진달래라도 미친 듯 씹으며' 길을 가는 시인, 혹은 도보고행승으로 변
주된다. 하지만 이 작품의 아름다움을 가장 효율적으로 보여주는 장면은
'길 위에서 죽지 않을/도보고행승'의 길 가기이다. 저녁나절 '적벽으로 걸
어가는' 붉은 '종소리'의 선명한 배경을 뒤에 둔, 이문재 특유의 시적 의미
를 담지하고 있는 '나그네'의 변주된 이미지는 최근 작품에서도 독특하게
작용하고 있지만, 여기서도 삶의 주변을 고독하게 걸어가는, 대체된 시인
의 모습으로 그려지고 있다. 따라서 처음의 그 자신의 무덤이 커야 한다
는 진술은, 살아가는 일은 죽음으로 이르는 길이고, 그 숙명적 길 가기의
운명적 담지자가 곧 시인이며, 자신이라는 의미로 해석된다.[4]

---

3 하재봉 외, 『시운동 1984』, 청하출판사, 1984.
4 이문재의 작품에 종종 드러나는 무덤, 혹은 둥근 것의 이미지는 나중에 화해와 순응,
   감싸안음과 용서라는 은유적 의미를 드러낸다. 사물을 매우 섬세하고 따뜻한 시선으로
   채색하고자 하는 시인의 이 같은 태도가 비교적 잘 그려진 초기시가 바로 「검은 돛대」
   와 같은 작품이다.

정호승의 시집 『서울의 예수』는 도시 주변부를 형성하고 있는 사람들의 쓸쓸하고 소외된 삶의 모습을 성공적으로 형상화하고 있다. 현실에 대한 비판적 시선과 낭만적 서정성이 한데 어우러지고 있는 작품들을 통해, 주변부 삶의 모습과 불행 의식을 매우 구체적으로 그리고 있다. 작품 「서울의 예수」는 시인의 세계관을 집약시킨 한 편의 연극이면서, 노래이자, 많은 이야기를 담고 있는 서사물이다. 참다운 자유와 인간적인 아름다움이 사라져버린 시대, '님'이 침묵하고 있는 현실의 모습을 이와 같이 참담한 역설로 직조해낸 작품을 찾기는 쉽지 않다.

1

예수가 낚싯대를 드리우고 한강에 앉아 있다. 강변에 모닥불을 피워 놓고 예수가 젖은 옷을 말리고 있다. 들풀들이 날마다 인간의 칼에 찔려 쓰러지고 풀의 꽃과 같은 인간의 꽃 한 송이 피었다 지는데, 인간이 아름다워지는 것을 보기 위하여, 예수가 겨울비에 젖으며 서대문 구치소 담벼락에 기대어 울고 있다.

2

술 취한 저녁, 지평선 너머로 예수의 긴 그림자가 넘어간다. 인생의 찬밥 한 그릇 얻어먹은 예수의 등 뒤로 재빨리 초승달 하나 떠오른다. 고통 속에 넘치는 평화, 눈물 속에 그리운 자유는 있었을까. 서울의 빵과 사랑과, 서울의 빵과 눈물을 생각하며 예수가 홀로 담배를 피운다. 사람의 이슬로 사라지는 사람을 보며, 사람들이 모래를 씹으며 잠드는 밤, 낙엽들은 떠나기 위하여 서울에 잠시 머물고, 예수는 절망의 끝으로 걸어간다.

3

목이 마르다. 서울이 잠들기 전에 인간의 꿈이 먼저 잠들어 목이 마르다. 등불을 들고 걷는 자는 어디 있느냐. 서울의 들길은 보이지 않고, 밤마다 잿더미에 주저앉아서 겉옷만 찢으며 우는 자여. 총소리가 들리고 눈이 내리더니, 서울에서 잡힌 돌 하나, 그 어디 던질 데가 없도다. 그리운 사람 다시 그리운 그대들은 나와 함께 술잔을 들라. 술잔을 들고 어둠 속으로 이 세상 칼끝을 피해 가다가, 가슴으로 칼끝에 쓰러진 그대들은 눈 그친 서울밤의 눈길을 걸어가라. 아직 악인의 등불은 꺼지지 않고, 서울의 새벽에 귀를 기울이는 고요한 인간의 귀는 풀잎에 젖어, 목이 마르다. 인간이 잠들기 전에 서울의 꿈이 먼저 잠이 들어 아, 목이 마르다.

4

사람의 잔을 마시고 싶다. 추억이 아름다운 사람을 만나, 소주잔을 나누며 눈물의 빈대떡을 나눠 먹고 싶다. 꽃잎 하나 칼처럼 떨어지는 봄날에 풀잎을 스치는 사람의 옷자락 소리를 들으며, 마음의 나라보다 사람의 나라에 살고 싶다. 새벽마다 사람의 등불이 꺼지지 않도록 서울의 등잔에 홀로 불을 켜고 가난한 사람의 창에 기대어 서울의 그리움을 그리워하고 싶다.

5

나를 섬기는 자는 슬프고, 나를 슬퍼하는 자는 슬프다. 나를 위하여 기뻐하는 자는 슬프고, 나를 위하여 슬퍼하는 자는 더욱 슬프다. 나는 내 이웃을 위하여 괴로와하지 않았고, 가난한 자의 별들을 바라보지 않았나니, 내 이름을 간절히 부르는 자들은 불행하고, 내 이름을 간절히 사랑하는 자들은 더욱 불행하다.
— 정호승, 「서울의 예수」 전문

이 작품은 각 연마다 지배적인 이미지를 찾아내는 일에 분석의 초점이 놓인다. 즉 지배적인 심상이 어떠한 어조를 형성하고 있는가를 살펴보는 것이다.

작품은 인간이 아름답지 못한 현실에 대한 이야기부터 시작한다. 핵심은 '인간의 칼에 의해 쓰러지는 인간의 꽃'과 '울고 있는 예수'이다. 폭력적인 세계에 대한 분노와 안타까움이 예수의 울음을 통해 잘 그려지고 있다. 둘째 연에서 예수가 존재하는 현실은 더욱 암담하게 묘사된다. '고통 속에 넘치는 평화'와 '눈물 속에 그리운 자유'라는 표현을 통해 시인은 당대 삶의 현실을 매우 역설적으로 보여주고자 한다. 이와 같은 시선이 3연에서는 예수의 목소리를 빌어 꿈을 잃은 자들의 사회, 절망으로 충만한 현실에 대한 분노의 표출로 이어진다. 그것은 자기 희생의 모티프로 채색된 구원에 대한 갈망이자, 침묵하는 자신에 대한 연민의 노래이다. 그리하여 시인은 4연에서 좀 더 애절한 목소리로 '운다'. 아름다운 삶에 대한 그리움으로 가득한 절규가 그것이다. 서로를 존중할 수 있고, 새벽이 따뜻한 사람들의 거리가 그립다고 시인은 노래한다. 그러나 이 같은 희망조차 5연에서 나타난 비정한 삶의 현실에 비추어볼 때, 한낱 허망한 꿈에 불과할지 모른다. 이는 사라져버린 님에 대한 갈망과 구원의 부재, 희망의 노래가 함몰된 현실에 대한 뼈아픈 비판과 통찰이 아닐 수 없다.[5] 상실과 비감으로 얼룩진 시적 열망이 매우 아름답게 그려진 작품이라 할 수 있다.

3. 상황의 시

루시앙 골드만의 오래된 이론에 의하면,[6] 작품의 내적 구조는 일정하게 현실적인 삶의 구조와 상동적 관계(homology)를 지닌다. 발생적 구조주의로 일컬어지는 그의 이론을 조금 확장시켰을 경우, 작품의 의미론적 연관

---

5 이 작품의 분석과 해석은 졸고, 「눈물의 힘」(『비판과 성찰의 글쓰기』, 청동거울, 2005) 참조. 또한 이 글에서도 부분적으로 인용하였음을 밝힌다.

6 루시앙 골드만, 천희상 역, 「코뮤니케이션에 대한 잠재 의식 개념의 중요성」, 『현대사회와 문화창작』, 기린문화사, 1982 참조.

을 지탱하는 몇몇의 구성 요인들을 사회적 현실의 의미와 유기적으로 연결 짓는 방법은 작품의 내적 의미를 훼손하지 않은 채, 사회·역사적인 가치를 포회하는 유력한 작품 읽기의 수단이 될 수 있다

해일처럼 굽이치는 백색의 산들,
제설차 한 대 올 리 없는
깊은 백색의 골짜기를 메우며
굵은 눈발은 휘몰아치고,
쬐그마한 숯덩이만한 게 짧은 날개를 파닥이며……
굴뚝새가 눈보라 속으로 날아간다.

길 잃은 등산객들 있을 듯
외딴 두메마을 길 끊어놓을 듯
은하수가 펑펑 쏟아져 날아오듯 덤벼드는 눈,
다투어 몰려오는 힘찬 눈보라의 군단,
눈보라가 내리는 백색의 계엄령.

쬐그마한 숯덩이만한 게 짧은 날개를 파닥이며……
날아온다 꺼칠한 굴뚝새가
서둘러 뒷간에 몸을 감춘다.
그 어디에 부리부리한 솔개라도 도사리고 있다는 것일까.
길 잃고 굶주리는 산짐승들 있을 듯

눈더미의 무게로 소나무 가지들이 부러질 듯
다투어 몰려오는 힘찬 눈보라의 군단,
때죽나무와 때 끓이는 외딴 집 굴뚝에
해일처럼 굽이치는 백색의 산과 골짜기에
눈보라가 내리는 백색의 계엄령.
— 최승호, 「대설주의보」 전문

이 작품은 가장 상징적, 기호적이면서도 동시에 역사적인 맥락에 닿은 작품이라고 할 수 있다. 먼저 눈이 내리기 시작하는 깊은 산속의 풍경이 제시된다. 굴뚝새와 눈보라의 대비 관계에 주목하자. '쬐그마한 숯덩이'처럼 보이는 작은 새는 백색의 풍경 앞에 압도된다. 길을 끊어놓을 듯이 쏟아지는 눈발은 마치 '백색의 계엄령'과 같다. '부리부리한 솔개'라도 숨어 있다는 듯이 서둘러서 몸을 감추는 '굴뚝새'는 '해일처럼 굽이치는 백색의 산과 골짜기'에 갇히고 만다. 이 작품에서 주목되는 대비 관계가 시대적 유효성을 획득했던 이유는 폭설이 내리는 순간을 포착한 장엄한 풍경을 단순히 자연적인 현상으로 이해하지 않으려는 시적 긴장이 내포되어 있기 때문이다. 쏟아지는 눈보라를 '백색의 계엄령'이라고 표현한 대목은 이 작품 이후, 어디에도 사용할 수 없는 미학적 아우라를 형성한다. 이것이 이 작품의 매력이자, 시사적 가치라 할 수 있다.

시적 기표가 생산하는 의미의 중층성과 다향성(多向性)을 제대로 이해하지 못했던 시대가 또한 1980년대였다는 반성 역시 의미 있다. 또한 시에 대한 일면적인 독법이 당대 문학에 대한 풍요로운 이해를 방해한 요인도 있다는 지적 역시 귀담아들은 만하다. 그러나 1980년대의 시들, 특히 현실적 긴장을 언어화하고자 한 작품들에서 그 작품이 지향하고자 했던 본래적 전언, 작가정신을 제외하는 일도 무리가 있다. 그만큼 현실적 문제를 작품에 수용하는 일이 1980년대 시인들에게는 중요한 과제가 되었다고 할 수도 있다.

고 계집애 덧니 난 고 계집애랑
나랑 살았으면 하고 생각했었다 1학년 때부터 5학년 때까지
목조건물 삐걱이는 풍금소리에 감겨 자주 울던 아이들
장래에 대통령이 되고 싶어 하던 그 아이들은
키가 자랄수록 젖은 나무그늘을 찾아다니며 앉아 놀았지만

교실 안 해바라기들은 가을이 되면 저마다 하나씩의 태양을 품고
불타 올랐다 운동장 중간에 일본놈이 심어 놓고 갔다는
성적표만한 낙엽들을 내뱉던 플라타너스 세 그루
청소시간이면 나는 자주 나뭇잎 뒷면으로 도망가 숨어 있었다
매일 밤마다 밀린 숙제가 잠끝까지 따라 들어오곤 하였다
붉은 리트머스 종이 위로 가을이 한창 물들어 갈 무렵
내 소풍날은 김밥이 터지고 운동회 날은 물통이 새고
그래 그날 주먹 같은 모래주머니 마구 던져대던 폭죽터뜨리기
아아 그때부터였다 청군 백군 서로 갈라져
지금에 이르고 감추어 둔 비둘기와 오색 종이가루를 찾기 위하여
우리가 저 높은 곳으로 돌멩이 같은 것을 던지기 시작한 것은
그런데 소식도 없이 기러기 기러기는 하늘에다 길을 내고
겨울이 오면 아이들은 변방으로 위문편지를 쓰다가
책상 위에 연필 깎는 칼로 휴전선을 그었다
그 부끄러운 흔적 지우지 못하고 6학년이 되었을 때
가슴 속 따뜻한 고향을 조금씩 벗겨내며 처음으로
나는 도시로 가고 싶었다 그렇지만 날이 갈수록 고 계집애
고 계집애는 실처럼 자꾸 나를 휘감아 왔다

— 안도현, 「풍산국민학교」 전문

　일종의 성장기라 할 수 있는 이 작품은 매우 아름다운 서정적 분위기를
만들어내고 있다. 유년시절의 내면풍경은 학교라는 공간과 무관할 수 없
다. 특히 교실에서 이루어지는 이성적 관심과 행동 등은 성장한 이후에도
지속적으로 영향을 미치는 사건이 아닐 수 없다. 그런데 이 작품의 전반
부에서는 화자와 인물들의 심리적 상호작용을 어떤 상황의 논리, 자연적
요인 등으로 환치시킴으로써 안타까움이나 시적 긴장을 배가하고 있다.
가령, '목조건물 삐걱이는 풍금소리', 짙은 그늘을 만들어내는 '플라타너
스 세 그루', 운동회 날의 '폭죽터뜨리기' 등이 그렇다. 문제는 '아아 그때

부터였다'로 시작되는 작품의 후반부이다. 아이들의 돌멩이 던지기는 아득한 기러기의 길로 이어지고, 무엇인지도 모르고 책상 위에 금을 그었던 '부끄러운 흔적'은 심리적 단절과 고립감으로 채색된다. '책상 위 연필 깎는 칼로 휴전선을 그었다'는 표현은 '모든 금 긋기는 모든 단절의 상징'이라는 확장된 비유로 읽힌다는 점에서 1980년대의 상황 논리가 틈입된 결과로 볼 수 있다.

4. 시, 길 위의 삶

주변부에 존재하는 삶에 대한 시적 관심이야말로 1980년대 시의 중핵을 이루는 요인이었다. 주변부란 일단 경제적으로 하층민을 의미하며 현실 정치가 자신들의 삶과는 무관하다고 믿는 정치 불신지대의 삶을 가리키는 것으로 봐야 한다. 물질적 차원의 근대성은 주변부를 중산층으로 편입시키는 것을 목표로 하는 경향이 있다. 절대적 빈곤층을 중산층으로 옮겨와야 하는 이유 역시 정치적 기득권, 권력을 소유한 계층의 이해 관계에 부합하는 일이기도 하지만, 중산층으로의 편입 자체를 비판할 만한 이유가 전혀 없다는 점에서 1980년대의 경제적 성장은 그 자체로는 문학적 관심사가 될 수 없다. 다만, 경제 성장의 과정에서 불균등한 배분과 권력의 간계로 인한 소외현상이 광범위하게 나타난다는 점과 이를 문학적 차원에서 드러내는 일은 매우 중요한 함의를 갖는다. 그것이 정착하지 못한 삶, 떠남과 이별, 가족의 해체와 유랑 등의 모티브로 나타난다.

막차는 좀처럼 오지 않았다
대합실 밖에는 밤새 송이눈이 쌓이고
흰 보라 수수꽃 눈시린 유리창마다
톱밥난로가 지펴지고 있었다

그믐처럼 몇은 졸고
몇은 감기에 쿨럭이고
그리웠던 순간들을 생각하며 나는
한줌의 톱밥을 불빛 속에 던져주었다
내면 깊숙이 할 말들은 가득해도
청색의 손바닥을 불빛 속에 적셔두고
모두들 아무 말도 하지 않았다
산다는 것이 때론 술에 취한 듯
한 두름의 굴비 한 광주리의 사과를
만지작거리며 귀향하는 기분으로
침묵해야 한다는 것을
모두들 알고 있었다
오래 앓은 기침소리와
쓴 약 같은 입술담배 연기 속에서
싸륵싸륵 눈꽃은 쌓이고
그래 지금은 모두들
눈꽃의 화음에 귀를 적신다
자정 넘으면
낯설음도 뼈아픔도 다 설원인데
단풍잎 같은 몇 잎의 차창을 달고
밤열차는 또 어디로 흘러가는지
그리웠던 순간들을 호명하며 나는
한줌의 눈물을 불빛 속에 던져주었다

— 곽재구, 「사평역에서」 전문

　이 시는 삶에 대한 분노와 회한을 내면 속에서 화해하고 극복하는 방식
을 잘 보여준 대표적인 작품 가운데 하나이다. 밤기차를 기다리는 쓸쓸한
풍경이 그려진 작품에서 시인은 '그리웠던 순간들을 생각'한다. '내면 깊숙
이 할 말은 가득해도' 할 수 없는 이들의 상황은, 침묵을 강요했던 현실적

상황을 명징하게 보여준다. 산다는 것은 아주 적은 현실적 보상에 만족해야 하고, 술에 취한 듯 아픔 따위는 잊고 사는 일이어야 함을 시인은 아프게 노래한다. 이런 고통을 치유하는 대상이 '눈꽃의 화음'이다. 밤이 되어 어둠이 짙어지면 아픔과 상처는 모두 눈밭으로 흩어지고 만다. 오로지 할 수 있는 일은 '그리웠던 순간들을 호명하며' 조용히 내면으로 침묵의 눈물을 흘리는 일일 뿐. 이것은 1980년대적인 특질을 매우 극명하게 보여주는 풍경이 아닐 수 없다. 어디론가 떠난다는 설정의 가장 상징화된 제시는 기차역이며, 이것이 작품의 성공 요인 가운데 하나를 이룬다.[7] 이를 좀 더 서사적인 관점에서 드러낸 작품을 보자.

> 가난하다고 해서 외로움을 모르겠는가
> 너와 헤어져 돌아오는
> 눈 쌓인 골목길에서 새파랗게 달빛이 쏟아지는데,
> 가난하다고 해서 두려움이 없겠는가
> 두 점을 치는 소리
> 방범대원의 호각소리 메밀묵 사려 소리에
> 눈을 뜨면 멀리 육중한 기계 굴러가는 소리.
> 가난하다고 해서 그리움을 버렸겠는가
> 어머님 보고 싶소 수없이 뇌어보지만
> 집 뒤 감나무에 까치밥으로 하나 남았을
> 새빨간 감 바람소리도 그려보지만,
> 가난하다고 해서 사랑을 모르겠는가

---

7 한국 현대시에서 기차역을 소재로 하는 작품에 대한 분석은 매우 흥미로운 주제 가운데 하나이다. 기차가 근대의 산물이라는 점은 재론의 여지가 없지만, 이를 둘러싼 제국주의 논란도 있고 자본으로부터 소외된 삶의 문제 등이 기차라는 소재를 통해 나타나기도 한다. 기차와 관련된 소재를 수용하고 있는 작품을 통해 이를 확인하는 일은 흥미로운 작업이 될 것이다.

내 볼에 와 닿던 네 입술의 뜨거움
사랑한다고 사랑한다고 속삭이던 네 숨결
돌아서는 내 등 뒤에서 터지던 네 울음.
가난하다고 해서 왜 모르겠는가
가난하기 때문에 이것들을
이 모든 것들을 버려야 한다는 것을.
　　— 신경림, 「가난한 사랑 노래-이웃의 한 젊은이를 위하여」 전문

이 작품은 1980년대 노동하는 삶의 단면을 서사적으로 제시하고 있다. 한 젊은이는 사랑하는 사람을 보내고 돌아서서 홀로 어느 골목길을 걷는다. 아마도 자신의 집으로 향하는 길일 것이다. 그 골목에서 화자는 두 가지 장면 앞에 서게 된다. 하나는 '눈 쌓인 골목길에 새파랗게 쏟아지는' 달빛의 풍경이고, 다른 하나는 모든 그리운 대상을 잊고 새벽바람에 일어나서 공장으로 향해야 하는 참혹한 현실이 그것이다. 고향에 두고 온 어머니, 바람소리, 까치밥으로 남아 있을 새빨간 감을 그리워하거나, 더욱이 현실에서는 쉽게 이룰 수 없는 사랑에 좌절하는 모습을 통해 화자의 현실적 삶이 얼마나 고달프고 어려운지를 이 작품은 서사적으로 보여준다.

에필로그

노동하는 사람들의 소외와 현실 문제를 제외하고 1980년대의 시를 논의하기는 어렵다. 그렇다고 해서 당대의 문학적 위의(威儀)가 오로지 현실 문제에 관심을 보인 작품들에만 있다는 뜻도 아니다. 하지만, 분명한 것은 무엇인가 부족했으므로 갈망했으며, 보이는 것보다 보이지 않는 대상을 찾아서 방황했던 시절이 1980년대였다는 점이다. 모든 세대는 청춘의 한때를 증명하는 방식으로 자신들의 20대, 혹은 대학시절을 회상한다. 하

지만, 1980년대는 그런 일반적인 세대론과 다른 특수성을 지녔다고 생각한다. 유신정권의 몰락과 '서울의 봄'을 거쳐 그 불안한 미래가 암울한 현실로 뒤바뀌는 '체육관 선거'를 다시 경험했다는 점에서 한국 근대사를 증언하고 있는 세대가 바로 1980년대에 20대를 보낸 사람들일 것이다.

> 한 여자 돌 속에 묻혀 있었네
> 그 여자 사랑에 나도 돌 속에 들어갔네
> 어느 여름 비 많이 오고
> 그 여자 울면서 돌 속에서 떠나갔네
> 떠나가는 그 여자 해와 달이 끌어 주었네
> 남해 금산 푸른 하늘가에 나 혼자 있네
> 남해 금산 푸른 바닷물 속에 나 혼자 잠기네
> — 이성복, 「남해 금산」 전문

오래된 사랑과 치욕을 설화적 변주 형식[8]으로 탁월하게 보여준 이성복의 시를 두고 일종의 열등감에 사로잡히거나,

> 늘어쳐진 육신에
> 또다시 다가올 내일의 노동을 위하여
> 새벽 쓰린 가슴 위로
> 차거운 소주를 붓는다
> 소주보다 독한 깡다구를 오기를
> 분노와 슬픔을 붓는다
> — 박노해, 「노동의 새벽」 부분

위와 같은 시를 읽으면서 막걸리 잔을 부딪쳤던 기억이란, 어떤 논리

---

8 김현, 「치욕의 시적 변용」, 이성복, 『남해 금산』, 문학과지성사, 1986.

와 형식으로도 담기 어려운 열망의 심도를 갖는다. 이러한 경험으로부터 1980년대의 문학적 열망과 씨앗이 자라났고, 현실주의에 대한 안목이 생겨났다고 할 수 있다. 열망과 갈증을 문학 상상력의 자양으로 삼았던 당대의 시가 여전히 그 미적 성취라는 면에서 재론의 여지를 남기는 이유는 여기에 있다.

문학의 정치, '광주민주화운동'의 시적 재현

— 고은의 『만인보』(27~30권)를 중심으로

1. 서론

고은은 1980년 5월 17일 자정 무렵에 연행되어 2개월간 구금생활을 하다가, 7월 하순에는 육군교도소 특별감방으로 송치된 후 군법회의 1심에서 김대중 내란 음모사건에 가담한 혐의로 20년 형을 선고 받는다.[1] 수감 시절에 구상되었다는 『만인보』 최초 3권이 간행된 것은 1986년의 일이었다. 이같이 그의 『만인보』 쓰기는 1980년 광주민주화운동으로부터 시작된 것으로 볼 수 있다. 작품의 구상과 출발이 광주민주화운동과 관련 있다는 점이 현실적 동기였다면, 2010년 전 30권으로 간행된 『만인보』 마지막 부분인 27~30권이 광주민주화운동 이야기로 마무리되고 있다는 점은 뚜렷한 시적 의도의 결과물이라고 볼 수 있다.[2]

---

1 졸고, 「연보」, 백낙청 외 엮음, 『어느 바람』, 창작과비평사, 2002, 288쪽.

2 『만인보』 27~30권에 수록된 작품의 총 수는 664편인데, 이 가운데 광주민주화운동에 관련된 작품은 396편이며 1980년대의 시대상을 포함한 작품까지 모두 합하면 414편으로 62.3%를 차지하고 있다. 이에 대해서는 강민정, 「고은의 『만인보』 연구」, 단국대학교 박사학위논문, 2011 참조. 참고로 강민정의 논문은 고은 『만인보』의 구성원리에 대해서

『만인보』는 그가 만나고 기억하고 있는 모든 사람들에 대한 시적 기록이다. 이 작품이 지니는 장르적 성격에 대한 논의는 다양하게 이루어졌지만 여전히 합의된 결론에 이르고 있지 못한 것도 사실이다. 동시에 역사적 사건에 대한 기록을 어떻게 이해해야 하는가 하는 문제 역시 제한적인 논의가 제출되고 있는 실정이다. 개별적 체험을 반복적으로 진술하는 형식을 통해 개인의 영역을 공적인 차원으로 전환하려는 시적 의도는 분명히 새로운 시도이자 문학사적 의미를 갖는다고 판단할 수 있다. 이 작품에 등장하는 무수히 많은 인물과 사건들은 중첩되거나 반복되고 있다. 하나의 사건에 대한 다양한 중층적 담론화는 '나'라는 개별적 체험을 사회적 관계, 공동체의 경험으로 환치하려는 의도로 읽을 수 있을 것이다. 다시 말해 한 편 한 편의 시는 개별적인 완성을 지향하기보다 동일한 사건이나 사물에 대해서 다양한 관점, 다양한 해석, 다양한 진술 등을 통해 그것이 고립되고 단독적인 현상이 아니라, 결합되고 유기적이며 사회, 역사적으로 연관된 현상이라는 점을 강조하게 만든다. 『만인보』 간행 초기에는 시적 대상들의 외연적 확대에 중점을 두었다. 많은 인물들이 등장하고, 각각의 인물들은 몇 가지 단위로 묶이게 되면서 『만인보』의 인물들은 유형화를 이루었고 이에 대한 논의도 이미 제출된 상태이다.[3] 하지만 이러한 유형화 이론은 『만인보』 해석의 가능성을 열어준 의미 있는 작업이기는 하지만, 『만인보』의 시적 의미에 대한 본질적인 답을 마련하기에는 부족함이 있었던 것도 사실이다. 작품이 대체로 어떤 대상을 그리고자 했다는 일면적 사실은 밝힐 수 있었지만, 인물과 사건의 관계, 혹은 서술자와 시

치밀하게 접근한 연구라고 볼 수 있으며 향후 『만인보』에 대한 데이터베이스화의 근거를 마련하는 데 크게 기여할 것으로 판단된다.

3 시집에 드러난 인물들의 유형화에 관한 논의는 김재홍, 「『백두산』과 『만인보』, 그리고 고은의 문학사상」, 신경림 외 엮음, 『고은 문학의 세계』, 창작과비평사, 1993 참조.

인의 위치, 이야기와 역사의 문제 등을 포함한 작품 내적인 의미를 온전히 드러내기는 힘들었다. 특히 한국 근대사의 특수성을 고려할 때, 『만인보』는 한국적 상황을 토대로 한 개인들의 근대적 경험을 노래한 작품이라는 관점[4]에 대해서는 여전히 논의의 여지를 남겨두고 있다.

문제는 『만인보』의 마지막 부분이라고 할 수 있는 27~30권이 광주민주화운동 이야기가 지배적이라는 점에 있다. 『만인보』 27~30권이 발간된 2010년은 사실상 시집의 간행이 끝난 시점이었고, 마지막 부분의 상당히 많은 작품들이 광주민주화운동 이야기에 할애되고 있으며 이것이 『만인보』의 대단원을 장식하고 있다는 사실은 주목을 필요로 하기 때문이다.

본고에서는 『만인보』가 시작된 배경이 광주민주화운동이었고 작품의 대미 역시 광주민주화운동이었다는 점에 주목하여 작품 『만인보』는 가장 파국적이고 불행했던 근대의 경험 속에서도 가장 인륜적이며 상식적인 시민사회의 단초를 형상화하고자 했다는 점을 밝히고자 한다. 이를 위해 『만인보』 27~30권을 대상으로 하여 시집에 형상화된 광주민주화운동의 양상을 살펴보고, 시인이 지향하는 시민적 가치, 혹은 시민사회에 대한 지향 의식이 어떻게 구체화되었는지 탐색할 것이다. 이는, 살육과 죽음의 시대에 대한 천착이 결국 시민사회의 가치를 묻는 방법론적 역설이었음을 증명하는 일과 같은 맥락일 것이다.

---

4 『만인보』는 파행적 근대화의 과정에서 무수히 많은 개인들의 삶을 노래한 작품으로 이들의 삶을 중첩시키는 방식으로 노래했다는 점과 개인들의 관계, 즉 상호작용의 관점에서 사회를 이루는 개인을 드러냈다는 점에서 '승인운동'의 모습을 보여준 것으로도 판단할 수 있다. 이에 대해서는 졸고, 「고은의 『만인보』와 근대적 주체의 문제」, 『한국문예창작』 제17호, 2009.12.31 참조.

2. 탈제도화의 욕망, '이야기화된 역사'의 문제

시는 사실과 사건에 대한 단순한 기록이 아니다. 역사적 사건에 대한 재현을 목표로 하는 글쓰기가 존재한다고 해도 그것이 장르적 특성을 내포하는 행위라면 필연적으로 사실 자체라고 믿는 의식에 대한 일정한 변형을 수반한 결과라고 볼 수 있다. 역사적 사실이라는 개념 역시 어떤 사건들에 대한 누적이나 나열이 아니라, 사실들에 대한 해석과 판단, 그리고 가치평가의 종합적 이해를 의미하는 것으로 이해할 수 있다. 여기서 사실에 대한 평가나 이해에 대한 기술(記述)은 이야기의 형식을 취하게 되고 이야기가 곧 역사의 재료나 서술의 토대가 되는 것이다. 즉, '역사서술이란 어떤 역사적 사실에 대해서 사람들의 입으로 전해지거나 문자로 써서 전해지는 행위, 요컨대 이야기 속에서 이루어지는 것으로, 역사에 대한 상상력을 동반하는 이야기가 누적되어 정리된, 따라서 단순한 자료를 집적한다는 사실을 넘어 일종의 통합적인 것'[5]이다. 흔히 역사라고 할 때, 그것은 정사(正史)로서의 역사, 다시 말해 지배질서와 그 이데올로기를 반영하는 형태를 의미한다면, 역사에 대한 담론화의 욕망, 혹은 이야기로서의 역사서술은 지배적 역사에 대항적 특징을 지닌다. '정사가 의거하는 국가체제의 문맥 그 자체를 근본부터 바꾸고, 그 대신 완전히 새로운 또 다른 대안(alternative)으로서의 정치체제를 목표로 한 동태적인 상태'[6]를 지향하는 담론의 욕망이 등장할 수 있다는 의미이다. 『만인보』는 결과적으로 이와 같은 대안으로서의 역사서술, 혹은 이야기화된 역사로 기능한다고 볼 수 있다. '시가 역사보다 더 철학적'이라는

---

5 眞鍋右子, 김영택 역, 『광주항쟁으로 읽는 현대한국』, 사회문화원, 2001, 63쪽.
6 위의 책, 65쪽.

『시학』의 통찰[7]에서 이야기화 된 역사는 일종의 대체 역사이자, 숨은 역사에 대한 복원의 의미로 확장, 해석될 가능성도 있다.

따라서 '이야기화된 역사'에 대한 시적 인식이 『만인보』의 토대를 이룬다고 볼 수 있다. 『만인보』는 '이야기를 매개로 삶의 경험을 이해하면서 이야기 정체성을 드러내'[8]는 양식이라는 판단은 여기에 근거한다. 특히 『만인보』가 마무리되는 27~30권의 작품들은 대체로 광주민주화운동에 관련된 시편들이라는 점에 주목할 필요가 있다.

시인이 의도적으로 광주민주화운동에 대한 시화에 집중했다는 사실은 『만인보』의 시작과 함께 마무리 역시 '광주'여야 한다는 의미를 내포하는 것이다. 광주민주화운동에 대한 역사적 평가와 함께 희생자들에 대한 복권과 명예 회복 논의 등 일련의 조치들은 엄밀한 의미에서 가해자였던 국가의 관점에서 기술되거나 담론화될 수 없는 문제점을 지닌다. '정부가 집계한 공식적인 통계에 의하면 민간인 사망자 수는 168명, 군인과 경찰 27명 등 총 195명이고, 총상, 자상, 구타, 고문 등으로 피해를 입은 부상자 수는 모두 4,782명이며, 행방불명자 수는 406명이지만, (정부가 보상하기

7　아리스토텔레스의 유명한 말, '시는 역사보다 더 철학적이고 중요하다. 왜냐하면 시는 보편적인 것을 말하는 경향이 많고, 역사는 개별적인 것을 말하기 때문이다'라는 진술은, 개별적 사실들에 대한 해석과 가치판단으로서의 시인의 역할을 강조한 말로 이해할 수 있을 것이다. 아리스토텔레스, 손명현 역, 『시학』, 박영사, 1973, 72쪽.

8　장은영, 「고은의 『만인보』 연구─역사의 형상화와 정체성 문제를 중심으로」, 경희대학교 대학원 박사학위논문, 2011, 67쪽. 장은영은 고은의 『만인보』를 역사와 문학이 만나는 지점, 즉 역사에 대한 문학적 형상화 방법에 주목하고 있다. 『만인보』의 구성적 특질이라고 할 수 있는 '역사의 이야기화' 혹은 '이야기화 된 역사'의 문제는 향후 중요한 연구주제가 될 수 있는데, 장은영의 이 논문은 이런 관점에서 매우 탁월한 업적이라고 평가될 수 있다.

로 결정한 희생자 수:인용자) 공식적 희생자는 70명에 불과했다.'[9] 문제는 정부에 의해 광주민주화운동에 대한 객관적 성격 규정이 이루어졌다고 해도 '광주'는 국가 폭력의 결과였고, 국가 폭력의 해결 주체가 과연 국가일 수 있는가 하는 좀 더 근본적인 문제가 남는다는 사실이다.

> 사회구성원에게 과거의 사건을 지속적으로 기억하고 인지하도록 하는 방법은 무엇일까? 반복적 재현을 통해 기억을 계속 유지하도록 하는 것, 현재와 미래 속에 융화되어 끊임없이 생생하고 역동적 메시지를 줄 수 있도록 하는 것 등이 중요하다. 그러므로 이와 같은 방법들이 안정적으로 실행될 수 있는 다양한 조건을 만들고 조치들을 취하는 것이 요구된다. 이것을 흔히 '제도화(institutionalization)'라고 한다. 국가 폭력의 상흔을 치유하고 사건의 의의를 계승하는 방법으로서 제도화는 한국뿐만 아니라 과거 청산에 의지를 갖는 대다수의 사회가 채택하고 있다.[10]

이 같은 제도화는 외형적으로 역사적 사실에 대한 올바른 평가와 냉정하고 사실에 입각한 사건 처리를 지향한다고 할 수 있다. 그러나 제도화된 시스템을 누가, 어떻게 운영하는가 하는 문제는 어려운 점을 내포한다. 이미 지나간 과거의 사건, 이로 인한 상처를 치유하고 책임 있게 관리하는 주체는 국가이지만, 이때 국가는 일반적인 의미에서만 무한 책임을 지는 주체이다. 다시 말해 상처의 원인을 제공한 특정한 집단이나 개인을

---

9 신복진 사진집, 『광주는 말한다』, 눈빛출판사, 2006. 이 사진집은 책의 쪽수가 표기되어 있지 않다. 인용된 부분은 사진 '청소차에 실려 상무관에 도착한 시신을 인부들이 안으로 옮기고 있다. 1980.5.27'에 있는 내용이다.

10 정호기, 「5·18의 기억과 계승, 그리고 제도화」, 조희연·정호기 엮음, 『5·18 민중항쟁에 대한 새로운 성찰적 시선』, 한울, 2009, 454쪽.

대신하는 주체이기 때문에 국가가 진정한 책임 주체가 아니라는 역설이
성립된다.

> 따라서 국가 폭력의 청산에 대한 권한을 국가에게 위임하는 것은 항
> 상 상충적 논쟁을 야기할 수밖에 없다. 이와 같은 논쟁이 극단적으로
> 진행될 때에는 국가에게 위임된 권한의 회수는 거의 불가능하다. 결국
> 이 과정이 일정 기간 지속되면서 국가는 제도 실행의 전일적 주체이자
> 독점적 주체가 되어 버린다.[11]

국가가 상처 치유의 주체가 된다는 것은 담론 지배적 지위에 선다는 것
을 뜻한다. 이야기화된 역사에 대한 욕망, 혹은 이야기를 통한 역사의 재
해석은 바로 이와 같은 국가 지배적 담론에 대한 저항적 태도와 동일하
다. 역사를 이야기하고 재해석하며, 공식적이라는 통념과 지배적이라는
권위에 맞서는 일이 어떻게 문학작품을 통해 가능할까.

시가 역사적 사건에 대한 단순한 재현이 아니라는 말은, 모방의 한계를
드러내는 진술도 아니고 미학적 장치의 필연성을 지칭하는 개념도 아니
다. 시가 역사를 해석하고 이야기하는 행위는 권위적 체제에 대한 '반담
론(counter discourse)'으로서 역할을 수행하는 일이다. 이때 시는 은유와 비
유의 차원을 유보한다. 전체적이고 중층적이며 질서화된 담론 속에서 개
인이나 사건에 대한 개별적 진실은 쉽게 사라질 가능성이 많다. 시적 장
치의 복합적인 계기들이 통합적 화자에 의해 묻히는 이유는 여기 있다.
잘 짜여진 비유보다 사건과 사실에 대한 시적 통찰이 작품의 전면에 나서
게 된다. 시인은 이야기하는 자, 역사를 다시 서술하는 자, 파편화된 기억
을 통합하고 진술하는 자가 된다. 고은의 작품에 자주 붙여진 '해방된 언

---

11 정호기, 앞의 글, 455쪽.

어'[12]라는 개념은 이와 밀접하게 관련된다. 『만인보』는 수없이 많은 개별적 작품들을 중첩시키는 행위를 통해 지배적이고 권위적인 담론에 저항한다. 광주민주화운동에 대한 시적 형상화는 일회적 재현과 흩어진 경험의 복원만을 의미하지 않는다. 그것은 국가 폭력의 제도화에 대한 지속적이면서 근본적인(radical) 문학적 질문 방식이다.

그렇다면 제도화된 방식에 대응하는 이야기화된 역사의 한 장면을 재구성해보기로 하자.

그 새벽 지하실에서 아홉 명이 나를 에워싸고 서 있었다. 주무 수사관은 침착했다. 그러나 나머지 여덟 명은 나를 인간으로 취급하지 않았다. 온갖 협박과 폭언이 이어졌다. 나는 한 마리 물고기처럼 도마 위에 놓여 있었던 것이다. 다른 방에도 사람이 잡혀오는 것 같았다. 나는 한마디 했다.

"나는 고문당할 각오가 되어 있다. 그러나 나는 한쪽 귀를 수술하고 다른 한쪽 귀 수술을 예약한 상태의 환자다. 내가 왜 수술받아야 하는지는 이곳에서 더 잘 알지 않느냐. 그러니까 내 귀만은 건드리지 말기 바란다!"

이 말은 고문하되 그것만은 피해 달라는 뜻이었다.

"자식, 되게 살고 싶은 모양이구나!"

"임마, 너는 이제 끝장이야. 너하고 김대중하고 문익환하고는 끝장이라고. 뭐? 귀 두 쪽이 그리도 아깝냐?"

"너 1933년생이지. 이 정도 산 것도 충분하다. 새로운 세상에서 너 같은 건 필요 없어!"

---

12 김영무, 「해방된 언어와 민중적 삶의 예술적 실천」, 고은, 『나의 파도소리』, 나남, 1987, 454쪽. 김영무는 시집 『만인보』에서 우리는 시를 만들고자 하는 모든 종류의 안달과 조바심을 훌훌 벗어던지고도 정녕 싱싱한 시로 춤추며 살아나오는 해방된 언어를 만나게 된다. 그리고 큰 시인이란 다름 아닌 해방된 언어로 시를 쓰는 사람인 것이다.'라고 말한다.

인혁당 사건 당시 도예종을 담당했던 수사관이 나에 관한 몇 가지 사안의 조사관이었고 간첩 담당의 조사관도 내 사상 쪽 사안을 맡아 심문했다.

내 첫 오만은 한동안의 구타로 인해서 한풀 꺾여 버렸다. 새벽 4시쯤 주무 수사관이 쉬는 동안 다른 수사관이 자신이 쓰는 간이침대에 나를 눕혔다. 나는 이미 녹초가 되어 있었다.

그런데 지상에서 야근중이던 수사과장이 내려와 내 방으로 들어와 구둣발로 잠든 나를 짓이겼다.

"이 새끼를 왜 브이아이피 대접이야?"

나는 시멘트 바닥에 떨어졌다.[13]

1980년 5월 18일 0시 30분에 계엄사 합동수사본부에 압송된 후 고문을 받았던 기억을 시인은 마치 소설의 한 대목처럼 기록하고 있다. 고은은 여기서 심문을 받은 후 6월에 국가보안법이 아닌, 내란음모죄와 계엄법 위반, 그리고 서울대생 이해찬 등을 교사한 혐의 등 세 가지 사항으로 기소된다.

이후 그는 김대중, 문익환, 이문영, 예춘호 등과 함께 육군교도소로 이송되어 특별감방 7호실에 감금된다. '그곳은 교도소 감방처럼 복도를 두고 이어지는 감방이 아니라 미로를 들어가서 막다른 곳에 있는 감방이었다. 창살이 없어서 마치 사진을 현상하는 암실 같았다.'[14]

그런 상황에서 나는 하나의 원칙을 세웠다. 그 극한적인 지하실의 고난 속에서도 끝내 나는 신이나 타력적인 불타를 찾지 않았다. 내가 무교동에서 술에 취해 있을 때에도 신 따위는 찾은 적이 없었다. 그런 데 이런 고통 속에 있다고 해서 신불에게 의존한다는 것은 하나의 인

---

13 고은, 「그날 0시 이후」, 『우주의 사투리』, 민음사, 2007, 73~74쪽.

14 위의 책, 79쪽.

간적 비열함을 내보이는 것밖에는 아무것도 아니었던 것이다. 이대로 죽어도 나는 아무런 절대자나 대상 없이 죽고 싶었다. 손가락을 깨물었다. 아팠다. 그 아픔만이 내 것이고 내가 살아 있다는 증거였다.[15]

시인은 이러한 상황 속에서 대부분의 시간을 시를 구상하는 일로 보냈다고 진술하고 있다. '시를 구상하는 일 자체가 하루하루를 보내는 힘이 되었다. 내 문학은 세상을 구하는 것보다 나 자신을 구하는 일이 된 것'[16]이라고 말하고, 그러면서 '그때 '서사시 「백두산」과 「만인보」가 이미 태어났다.'[17]고 그는 진술한 바 있다.

그가 실정법 위반으로 기소되었다는 사실이 역사적 맥락에 속한다면, 이는 개인적 진실의 영역에 속하는 문제이자, 동시에 지배적인 담론에 가려진 일종의 저항적 담론화의 한 표정이라고 볼 수 있다. 기억의 글쓰기는 제도화된 질서를 해체하고자 하는 가장 비판적인 행위이자 허구화된 역사에 대한 대체욕망이라 할 수 있다. 시인이 이로부터 『만인보』 쓰기를 시작했고, 광주민주화운동이야말로 『만인보』라는 역사 이야기의 출발이 된 이유는 바로 여기에 있다.

3. 복수성의 이야기, 증언의 진실성

『만인보』의 광주민주화운동에 대한 시적 복원은 기억을 통한 기억의 사유화와 화석화를 거부한다. 『만인보』 27~30권에서 광주민주화운동이 직접적으로 형상화된 시편이 압도적인 이유는 기억을 일회적으로 소멸시키

---

15 고은, 『우주의 사투리』, 앞의 책, 80쪽.
16 위의 책, 82쪽.
17 위의 책, 같은 곳.

지 않기 위한 시인의 뚜렷한 의도에서 비롯된 결과이다. 광주항쟁에 대한 시쓰기는 기념탑이나 건축물을 짓는 행위와 근본적으로 다르다. 개별적인 체험을 공적인 체험으로 확대하고 이를 통해 지배적인 역사에 대항하려는 의도를 공고히 하려는 것이다. 여기서 시는 미학적 가공이나 인과 관계를 고려하는 고전적 방법론과 배치되는 성격을 갖는다. 시에 내재된 인과 관계의 필연성이 역사의 우연성을 넘어서는 가치이고 반드시 그러한 요건을 갖추어야 한다는 관점은 수정될 필요가 있다. 적어도 고은에게 광주에서 일어난 비극적인 살육과 죽음은, 인과 관계의 정밀한 그물망에 대한 의식을 넘어서게 하는 일이었다. 그의 시쓰기는, 이 땅 위에 존재했지만, 어느 순간 허망하게 사라져간 이들에 대한 문학적 경의의 한 표현이다.

> 문학은 고귀한 주제들과 비천한 주제들, 진술될 수 있는 능동적 삶들과 미천한 삶 사이의 차이를 폐기한다. 한 일생과 한 죽음은 영광스러운 일생과 죽음의 가치를 지닌다. 더 많은 가치를 지닐 수도 있다. 왜냐하면 어떠한 영웅적인 개별성도 이 진부성 자체에 은닉된 시적 역능을 지니고 있지 않기 때문이다. 이 새로운 원리는 하나의 필연적인 귀결을 동반한다. 어느 누구나의 "미천한" 삶이 위대한 인물들의 삶과 같은 가치를 지니려면 말없는 삶의 영역과 기억할 만한 말들과 행동들의 영역 사이의 분리가 파기되어야 한다.[18](강조는 인용자)

문학이 지향하는 민주주의적 글쓰기란 시와 역사의 고전적 이분법, 즉 필연적 인과 관계의 유무에 따른 구분을 폐기하는 데서 비롯될 수 있다는 판단은 광주항쟁에 대한 시적 형상화 욕망을 설명하는 중요한 근거가

---

18 Ranciere, J., 유재홍 역, 『문학의 정치』, 인간사랑, 2009, 307쪽.

된다. 사소해 보이는 사건, 미천한 일화라고 여기는 일들에 주목하는 시적 작업은 어떤 흐름과 가치에 대한 재해석이자 본질적이고 내재된 진실에 대한 드러냄이다. 따라서 '그들은 개인적 운명을 뛰어넘어 역사를 현시한다.'[19]

『만인보』에서 드러난 역사에 대한 기억과 기억을 통한 시적 재생산은 기억의 물신화를 거부하며 과거를 현재적 맥락에 위치시키는 데 기여한다. 그것은 이야기화된 역사에 대한 욕망이자 제도화된 역사에 대한 전복적 상상력이다.

> 기억이란 그 자체로서는 개별적 사건을 의식 속에서 단순히 반복하고 반추하는 것으로서, 이런 일회성의 기계적 반복만으로는 한 사건이 개별성을 뛰어넘어 보편성을 획득하게 되는 것은 아니다. (……) 기념을 위한 건물이나 기념탑이나 기념비 같은 다른 종류의 기념물은 물질성 속에 사로잡힌 기억이다. 그러나 물질성은 개별성의 다른 이름이다. 그런 까닭에 도리어 그런 물질화된 기억이란 역사를 박제로 만드는 것으로서 대개 망각을 감추기 위해 조작된 알리바이에 지나지 않는다.[20]

광주에 대한 고은의 시쓰기는 기억에 갇히기를 거부하는 기억의 글쓰기이다. 동일한 사건을 반복적이면서 중첩된 형태로 보여주는 행위를 통해 시인은 새로운 담론의 질서를 구축하고자 한다. 그것은 광주의 기념화, 물신화를 거부하고 현재의 삶 속에 여전히 움직이고 활동하는 역사에 대한 소망이다.

19　Ranciere. J., 유재홍 역, 앞의 책, 308쪽.

20　김상봉, 「그들의 나라에서 우리 모두의 나라로」, 최영태 외, 『5 · 18 그리고 역사』, 길, 2008, 320쪽.

① 5월 19일 그날 아침은 고요했다
  열 길 우물이 울음 그쳤다
  야만과
  야만 사이
  신록은 고요했다
  백 길 허공이 울음 그쳤다

  어제의 아비규환
  어제의 학살 뒤
  길바닥 여기저기 핏자국
  횟가루 뿌려
  하얀 밀가루 바닥
  신발 한짝이 남겨져 고요했다

  잡힌 학생들 소녀들
  팬티만 입힌 채
  길바닥에 눕혀 고요했다 입 열면 입 찢겼다
  오직 야만이 소리쳤다

  너 이 새끼들
  다 묻어버린다
  마지막 숨이나 쉬어라
  개새끼들
  그러자 저쪽 골목에서
  한 여인이 소리쳤다
  승훈아
  승훈아
  아이고아이고 너 제발 살아 있어라
  너 눈떠라 어서 눈떠 돌아오너라 승훈아

이쪽 공수가 달려가 곤봉을 휘둘렀다
이 쌍년아 입 닥치지 못해
네년도
입 닥치게 해주마

여인이 곤봉 맞아 넋 잃었다 고꾸라졌다

승훈아
승훈아

그날 아침의 고요가
거리의 고요가
여인의 넋으로
먼 무등산의 고요가 이름 불렀다
— 「5월 19일」(27권) 전문

이 장면을 목격하고 있는 화자는 물론 작품 밖에 존재하는 시인이다. 이 화자는 어떤 사건의 내부에서 서술하기도 하고, 등장인물의 목소리를 대신하기도 한다. 지금 화자는 1980년 5월 19일의 광주를 바라보고 있다. 신록이 고요한 아침과 잔인하고 야만적인 살육이 선명하게 대비되고 있는 모습이 그려진다. 화자는 마치 영화의 카메라처럼 도심의 상층부 어딘가에서 모든 그림을 담아내고 있다. 아침의 고요한 침묵과 공수부대원들의 목소리, 그리고 멀리서 달려오는 여인의 절규, 다시 군인이 여인을 내리치는 광경, 맥없이 고꾸라지는 여인, 그리고 다시 "승훈아/승훈아"를 외치는 긴 메아리. 시인은 아침의 침묵과 비이성적이고 야만적인 살육의 광경을 선명하게 보여주고 있지만, 『만인보』전편을 통해 이같이 미학적 구도를 고려한 작품은 그다지 많지 않다. 왜냐하면 이 작품은 바로 다음에 이어지는 작품을 준비하는 일종의 휴지(休止)처럼 보이기 때문이다.

② 그날 오후
　금남로뿐이 아니라
　금남로 골목뿐이 아니라
　시가지 어디
　다리 밑이나
　다리 위나
　그 어디
　대학생들
　여대생들고교생들 중학생들 두들겨맞아
　꽁꽁 묶여
　두 팔로 묶여
　끌려가
　엎어져 있다
　엎어져 있다가
　군용트럭에
　시청 청소차에
　한뭇 한뭇으로
　한다발 한다발로
　쓰레깃더미로
　어디론가 실려갔다

　대인시작 장사꾼들
　그 아낙들
　그 아범들이 일어섰다

　저 죽일 놈들
　벌건 대낮
　저 개만도 못한 놈들
　저 짐승만도 못한 놈들
　내 자식 끌려가는데
　내 자식 죽어가는데

어디 뒷짐만 지고 있느냐
어디 한숨만 쉬고 있느냐
어디 땅바닥만 치고 있느냐 울고만 있느냐

이윽고 일어섰다
일어서서 달려가
각목으로
몽둥이로
돌멩이 던지며 대들었다
집 밖에서
뒷골목에서
가게 앞에서
공수와 맞서 돌멩이를 던졌다
달아났다가
숨었다가
다시 달려들었다

(……)

이 개 같은 놈들
이 개만도 못한 놈들
이 살인마들
이 전두환 졸개들
이 천인공노할 흡혈귀들

이런 천박한 분노의 말들이
얼마나 거룩하냐

산수동 구멍가게 주인 앉은뱅이 아낙 나씨도 벌떡 일어섰다
—「다시 5월 19일」(27권) 부분

이 작품은 한 편의 고발사진과 다르지 않다. 5월 19일 착검한 공수부대 병사가 시민을 향해 뛰어가는 장면의 사진[21]이 가져다주는 충격 그 자체에 대한 시적 복원이다. ①의 경우 고요한 침묵과 처절한 울음의 대비를 통해 살육의 현장에 대한 야만성과 비이성을 고발하고 있지만, ②의 경우, 보다 직접적으로 상황을 서술하고 있다. 5월 19일 시가지의 풍경에 대한 묘사는 여러 번 중첩된다. 이는 하나의 서술자가 한 번 등장하는 일회성 작품으로는 도저히 담아낼 수 없는 서사적 풍경에 대한 시적인 대응 양상이라고 볼 수 있다. 이러한 성격은 '이야기의 복수성'을 통해 '증언의 진실성'[22]을 제고하려는 의도의 결과라고 할 수 있다. 이는 지배적이고 권위적인 제도화된 언술을 해체하고 새로운 유형의 담론, 즉 여전히 완결되지 못한 역사에 대한 지속적 이야기화, 혹은 기억의 존재론을 향한 글쓰기 욕망이다.

4. '사회화된 국가', 순수 정치의 공간

광주민주화운동에 대한 역사적 평가의 문제는 본고의 범위를 벗어나지만, '광주'가, '국가 폭력에 의한 좌절된 항쟁이었으나, 역설적으로 한국의 민주화를 가져오는 결정적 역할을 수행'[23]한 것이라는 판단은 주지의 사실이다. 군부정권에 의한 폭력과 야만성을 단지 기억해야만 할 과거의

---

21 신복진, 앞의 책, "M16 소총에 착검까지 한 계엄군은 시민들을 위협하며 광주시내를 온통 공포 속으로 몰아넣었다. 그들은 한 번 목표로 삼은 사람은 끝까지 쫓아가 곤봉을 내치쳐 피범벅으로 만들어 버렸다". '한 시민이 시내에서 계엄군에게 쫓기고 있다. 1980.5.19' 부분.

22 장은영, 앞의 글, 142~145쪽.

23 김형철, 「1980년 5월 광주민중항쟁과 한국민주주의의 현재성」, 한국정치연구회, 『다시 보는 한국민주화 운동』, 선인, 2010, 100쪽.

유산으로 인식하는 것은 역사를 화석화하는 일이다. 시를 통한 '광주' 이야기, 이야기화된 역사를 통한 '광주'의 재발견은 『만인보』가 담당하고 있는 중요한 역할 가운데 하나였다. 특히 '광주'라는 기표가 단지 상처와 폭력, 죽음만을 상징하기보다 여기에는 공동체에 대한 중요한 경험이 내포되어 있음을 시인은 주장하고 있다.

『만인보』는 무수한 타자들의 이야기이지만, 타자들은 곧 주체들의 '주체되기'의 전제가 되므로, 타자의 이야기는 곧 '우리들'의 이야기가 된다. 『만인보』에 등장하는 인물들의 유형은 크게 두 가지로 묶일 수 있다. 하나는 순수 자기동일성으로서의 인물과 타인으로부터 자신을 발견하는 인물이 그것이다.[24] 이때 순수 자기동일성이란, 가족이나 생활세계의 반경에서 살아가는 평범한 인물들을 가리킨다. 그들의 특징은 주어진 삶을 수동적이고 자기 중심적으로 살아가며, 현실이나 사회에 대한 비판적 안목을 드러내지도 않으며, 격동적인 역사의 현장에 서지도 않는 인물들이다. 다만 어떤 계기가 주어져 있지 않은, 다시 말해 현실적 문제에 연루될 가능성과 이를 통한 역사의 흐름에 동참할 잠재적 상태로 존재하는 인물들을 의미한다. 이에 반해 타인으로부터 자신을 발견하는 인물들은 대개의 경우 역사적 사건에 연루되거나, 이를 목격하고 직,간접적으로 체험이 가능했던 인물들을 의미한다. 물론 어떤 경우에도 시인은 개별적인 삶이 고립되거나 유폐(幽閉)된 것이 아니라, 지속적으로 역사와 시간이라는 운명적 흐름을 공유한다는 관점을 유지한다. 특히, 후자의 경우 경험된 사건에 대한 다각적이고 중층적인 진술, 복합적이고 반복적인 묘사를 통해 타자성에 대한 의미 부여에 중점을 둔 형식이라 볼 수 있다.

타자란, 자신과 무관하게 독립한 주체를 의미하는 것이 아니라, 자신의

---

24 졸고, 앞의 글, 70쪽.

삶 속에 내재된 또 다른 자기에 대한 기표이다. 이때 자기 자신은 자기 내부에서 주체로 정립되기 이전의 자아, 즉 주체의 주체되기 이전의 상태를 의미한다. 이 자아는 어떤 계기를 통해 또 다른 주체를 만나게 된다. 이것이 타자에 대한 최초의 의식단계이다. 타자의 존재를 인정하고 수긍하는 과정은 자기 자신을 인정하고 자기 자신의 주체성을 인정하는 일만큼 어려운 과정에 속한다. 하지만, 주체는 타자의 존재, 타자의 타자성을 인정할 수밖에 없는데, 그것이 사회적 관계, 혹은 공동체를 형성하는 인식론적 토대를 이룬다. 다시 말해 개별성에 대한 강조나 개별성을 끝까지 유지하고자 할 때 보편적 삶은 나타나지 않는다. 삶의 보편적 가치란, 개인들 간의 관계가 상호인정을 바탕으로 이루어진 시민사회로 결정화(結晶化)된다. 시민사회는 '인정투쟁을 통해 산출된 법적 인격체'[25]들의 공동체를 뜻하기 때문이다. 그러므로 타자의 타자성에 대한 인식은 개인들 간의 자유로운 의지작용이 결합된 공동체의 윤리를 산출한다.

시민사회의 개념을 하나로 규정하기는 어렵지만, '각 개인이 타자와의 관계에 들어감이 없이는 자기의 목적을 달성할 수 없는 상태'[26]를 바탕으로 하여 '개인의 자유가 타인의 존재, 타인의 승인으로부터 가능한'[27] 공간을 의미한다. 이는 시민사회를 가치의 개념으로 접근할 때 가능한 정의이다. 즉, 근대사회를 이해하는 다양한 방법과 준거들 가운데 인식론적이고 사회적인 관계의 확장을 주체들의 상호작용으로 설명하는 일이 가능하다. 자유로운 개별자들의 소멸을 통해 보편적 삶이 드러날 수 있으며, 이 보편적 삶의 공간 속에서 개별자들의 자유가 보장될 수 있다는 것이다.

---

25 윤병태, 「산다는 것의 인륜적 구조」, 한국헤겔학회, 『헤겔연구』 5권, 청아출판사, 1994, 74쪽.

26 Hegel. F., 이동춘 역, 『법의 철학』, 박영사, 1987, 59쪽.

27 졸고, 앞의 글, 75쪽.

이러한 원리가 현실적인 맥락에서는 단체, 집단, 혹은 영역으로 등장할 수 있다.

> (시민사회는:인용자) 유럽 정치학자의 시각으로 국민이 정치, 경제, 사회의 영역에서 만드는 공적·사적인 다양한 단체의 활동영역, 바꿔 말하면 한 국가에서 국가 이외의 모든 영역이 시민사회라고 이해하는 것이다. 다른 하나는 (……) 공적 영역과 사적 영역을 나누어, 공적 영역에서 활동하는 단체가 시민사회라고 이해하는 것이다.[28]

시민사회를 공적인 영역으로 한정할 경우 그것은 공중이라는 핵심적 개념과 만나게 된다. 공중(public)이란, '공동선에 관심을 가지고 그것에 관해 민주적으로 심의하는 능력을 가진 하나의 총체적 정치체제'[29]라고 정의할 수 있다. 시민사회는 이 같은 공중, 혹은 공적 영역에 개인들이 자발적으로 참여하고 이것이 정치적 의사결정에 중요한 영향을 미칠 수 있는 역할과 기능이 보장된 공간을 의미한다. 이러한 시민사회는 '국가에 대하여 자율적이고 독립적인 가치와 주장을 표명할 수 있는 영역으로서, 국가 권력의 논리를 넘어서 그것들을 규제할 수 있는 도덕적이고 규범적인 힘을 갖고 있다.'[30] 이러한 가치를 지니는 시민사회는 구체적으로 '가족을 포함한 일차집단과' '개혁지향적인 교회, 대학, 노동조합, 언론, 주민조직, 서클, 클럽, 상호부조단체, 시민단체, 문화단체, 직업 및 이익집단 등 다양

---

28 岩崎育夫, 최은봉 역, 『아시아 국가와 시민사회』, 을유문화사, 2002, 247쪽.

29 Edwards. S., 서유경 역, 『시민사회-이론과 역사, 그리고 대안적 재구성』, 동아시아, 2009, 120쪽.

30 정수복, 「시민운동과 민주주의」, 김병익 외 엮음, 『오늘의 한국지성, 그 흐름을 읽는다』, 문학과지성사, 1995, 287쪽.

한 결사체들'[31]을 포괄하는 개념으로 볼 수 있다.

　문제는 이러한 시민사회가 국가의 간섭과 통제, 혹은 폭력으로부터 자유로울 수 있어야 한다는 점에 있다. 서구 사회의 공론장(public sphere)이 어떻게 국가로부터 분리되었으며, 어떤 변화 과정을 걸었는지 살펴본 하버마스에 의하면, 근대적 관료주의 국가는 '시장을 통해 조절되는 경제가 정치적 지배라는 근대 이전의 질서로부터 분화되는' 양상을 보인다고 말한다. 이러한 분리의 과정에서 탄생한 것이 '사법적으로 조직되어 있고 헌법으로 보장된 경제사회의 경제적 자기 제어'[32]라는 것이다. 여기서 주요 관심사는 사회가 어떻게 국가적 폭력과 통제로부터 자유로울 수 있는가 하는 점이다. 다시 말해 폭력화된 국가의 '사회의 국가화' 시도로부터 벗어나 '국가의 사회화'[33]를 지향하는 일이 가능한가 하는 것이다. 이를 정치와 사회의 관계로 환치하여 생각할 수 있다.

　서구 시민사회의 공공영역은 지속적인 논쟁과 투쟁의 시간을 거쳐 형성되었지만, 5 · 18 광주는 시민사회를 경험하기 이전에 벌써 시민사회의 맹아를 보게 했던 귀중한 체험의 장이라고 판단할 수 있다.

> 　광주항쟁은 우리에게 국가, 정치, 사회의 관계에 대한 중대한 세계사적 경험모델을 보여주고 있다. 광주항쟁은 두 가지 측면을 지니고 있다. 하나는 광주학살이고 다른 하나는 광주무장항쟁과 해방광주의 실현이다. (……) 광주학살의 의미는 정치가 소멸하고 국가가 폭력 그 자체가 된 상황을 의미한다. 1980년 광주사건은 본질로서의 국가 폭력이 현실로서의 국가 폭력이 된 사건이었다.[34]

31　정수복, 앞의 책, 같은 곳.

32　Habermas. J, 한승완 역, 『공론장의 구조변동』, 나남, 2001, 27쪽.

33　위의 책, 같은 곳.

34　조희연, 「급진 민주주의'의 관점에서 본 광주 5 · 18」, 조희연, 정호기 엮음, 『5 · 18

국가의 폭력성은 국가가 성립되는 단계에 내재된 성격 가운데 한 요인으로 볼 수 있다. 다만 폭력성이 지배적으로 표출된 국가형태인가 아니면 국민의 자발적 동의에 근거한 시민사회의 가치를 수용한 형태인가 하는 문제는 역사적으로 다양하게 표출되어 왔다. 광주의 경우, 시민들의 자발성에 근거한 정치 행위의 경험이 가능했다는 점에서 '정치의 사회화의 최고 형태'를 보여준 드문 예에 속한다. '정치가 사회와 일체화되는 상태라 한다면, 광주항쟁에서 바로 이러한 정치와 사회의 일체화 상태가 실현되었고' 이를 '순수 정치'[35]라고 명명하는 것이 가능할 것이다. 5·18 광주는 자발적 참여를 통해 국가 폭력을 배제하고자 하는 욕망이 이루어낸 공동체의 경험을 가능하게 했고 시민사회의 특징을 그대로 보여주었던 최초의 근대적 경험공간이라고 말할 수 있다.

> 다방 언니가
> 다방 누이가 커피를
> 한 바께쓰 끓여왔다
> 아낙네가
> 세숫비누와 수건을 한 보퉁이 가져왔다
> 김밥 양푼이 무거웠다
>
> 거리의 차들은
> 시민의 번호가 붙여졌다
> 화물수송
> 환자수송
> 청소 위생 업무를 맡았다

민중항쟁에 대한 새로운 성찰적 시선」, 한울, 2009, 223쪽.
35 조희연, 앞의 글, 같은 곳.

시민 스스로 질서를 만들었다
시민 스스로
행정을 시작했다

어디에도 술은 없었다
술 마시는 자
술 파는 자 없었다
어느 집도 도둑맞지 않았다
은행도
문 열린 채
절도 강도 하나 없었다
생필품 사재기도 없었다

쌀집 쌀도
가마니쌀로 말살로 팔지 않고
되쌀로 팔았다
라면도 다섯 개 이상은 팔지 않았다
라면 한 박스 달라면
가게 주인이 꾸짖었다
너만 먹으려고 그려
다 같이 먹어야 혀
하고 구짖어 돌려보냈다

그 어디에나 나 없고 우리가 있었다

몇백년 만이냐 우리의 도시

아
함께 잠든 사람들
장흥선이도

육만술이도
공재욱이도
최옥자도
황영숙이도
그 이름들 없이
몇 백년 만이냐
그냥 우리

—「공동체」(27권) 전문

시민들이 서로 도우며 스스로 질서를 유지해가는 장면은 시민적 공동체의 실현이 가능하다는 점을 보여주었다. 그것은 정치가 사라진 자리에서 나타나는 자발적 순수 정치의 양상이었고, 이것이 위기를 극복하는 중요한 토대가 된 것이다. 5·18 당시 비극적인 상황 속에서도 광주 시민들이 보여주었던 성숙한 공동체의 모습은 역사상 매우 드문 경우에 속할 뿐 아니라, 어떠한 이론으로도 설명하기 어려운 양상이었다. 그것은 '유물론으로도 이러한 절대공동체의 정신에 접근할 수 없었던'[36] 장면이었다.

광주항쟁이 절대적 공동체의 현현이라는 것은 다른 무엇보다도 외적 필연성으로부터 벗어난 공동체, 또는 비슷한 말이지만 외적 인과성이 낮지 않은 공동체라는 의미에서 붙일 수 있는 이름인 것이다. 구체적으로 말하자면, 자본주의 체제가 낳은 계급적 모순이나, 호남지역에 대한 극심한 차별이나, 김대중씨의 구속 더 나아가 공수부대가 시위 진압 과정에서 보여준 극단적 잔인함조차도 광주항쟁의 발생이 될 수 있지만 항쟁을 통해 생성된 시민공동체의 놀라운 도덕성과 연대성을 설명해주지 않는다.[37]

---

36 김상봉, 앞의 글, 340쪽.
37 위의 글, 341쪽.

'순수 정치' 혹은 '절대적 공동체'의 시적 구현 양상은 다음과 같다.

공장 공순이들
식모들
시장 아줌마들
소매 걷어붙이고 나선 그네들
도청 뒷마당에
가마솥 걸고
냄비 걸고
밥 짓고
국 끓여내어
시민군 교대로 밥 먹였다
지루한 왈가왈부 회의만 하는
수습위원도 먹였다

어서 진지들 드셔라오
어서 식기 전에 드셔라오

시장에 가서 쌀 한가마에 에누리하여 팔고
거저 얻고
부식도 사고 얻고 하여 먹었다
차츰 식량 부식 궁했다
급식도 1일 3식이 1일 2식 또는 1일 1식이었다

도청 뒷마당
시신 늘어갔다
거리에 널린 시신 수습
도청 뒷마당에 늘어놓았다
총소리는 멀리서 가까이서 그칠 줄 몰랐다
뒷골목 돌아

장의사 찾아
관 구했다
베니어판 뚝딱뚝딱 관 만들었다

어이할거나
산 자 밥을 굶고
죽은 자 무덤 없었다

시민군 잠 설쳐 동요
수습위 딴생각 나며 동요

그때 추치사반 처녀들 아낙들이 외쳤다
끝까지 여기 있을 것이오
나 혼자만 살려고 도망가지 않을 것이오
하고 뭉쳤다

그러자 수습위 김성룡 신부의 말
생명 걸고 싸운 시민의 피 한방울
헛되게 하지 말자
우리 다
개나 돼지로 성을 바꾸고
네발로 기어다니며 지켜내자

그래서 조비오는 돈(豚)비오
홍남순은 돈남순
김성룡은 견(犬)성룡 윤영규는 견영규
송기숙은 돈기숙 명노근은 견노근이었다
　　　　　　　　　　　— 「돼지와 개들」(28권) 전문

이 작품을 낭만적 과잉이나, 혁명적 낭만주의로 읽는 것은 오류이다.

살육의 현장을 지켜보았던 시민들의 분노는 자발적 공동체를 낳았고 이것이 국가 폭력에 대항하는 시민적 이념을 창출하게 된 것이다. 『만인보』의 구성원리 자체가 개인적 차원의 삶을 보편적이고 공동체적 양상으로 확대하는 것에 놓였다면, 광주항쟁을 소재로 한 작품들은 가장 처참하고 비극적인 상황 속에서 가장 아름다운 시민사회의 맹아를 만들어내었던 5·18에 대한 시적 응전이자 증언의 이야기[38]였으며 이것이 역사를 이야기화하려는 시인의 의도였음이 밝혀진 것이다.

5. 결론 : 인륜성과 시민적 가치

역사 의식이나 역사에 대한 감각을 갖거나 역사를 올바로 이해하는 차원의 문제는 고은에게 그다지 중요하지 않았다. 시인에게 광주민주화운동은 인과 관계로 설명할 수 없는 죽음의 연속이었고, 이것은 마치 시인 자신이 한국전쟁 때 만났던 무수한 죽음들을 연상하게 만들었기 때문이다. 그래서 시인은,

> 왜 이 죽음일까
> 왜 이런 죽음일까
> 왜 이렇게 시시한 죽음일까
> 왜 이렇게 시시할 수 없는 죽음일까
>
> ─「김명숙」(30권) 부분

---

38 『만인보』는 죽은 자의 목소리가 많이 등장한다. 죽은 화자를 빌어 처참했던 상황을 재현하는 일은 살육의 현장에 대한 고발의지의 산물일 수 있다. 죽은 자의 목소리는 '증언'으로 기능하며 이는 진실성을 높이는 방안일 수 있다는 장은영(앞의 글)의 지적은 향후 좀 더 체계적인 연구의 대상이 될 수 있다.

라고 탄식하지만, 다시

> 어쩔 수 없이
> 이제 광주는 현실이 사상이 되어갔다
> 이제 광주의 현실은 광주의 사상이 되어갔다
>
> ―「이재술」(29권) 부분

고 결연하게 말한다. '시시한 죽음'이 '시시할 수 없는 죽음'으로 변화되는 상황에 대한 깊은 응시의 과정이 드러나고 있다. 광주의 시가지, 도청 앞, 금남로, 혹은 골목 등에서 쓰러져간 죽음은 모든 논리의 이전이거나 논리를 넘어서고 있다. 어떤 수사로도 쉽게 설명되거나 이해할 수 없는 장면이 만들어진 것이다. 죽음에 대한 이해, 혹은 죽음의 원인을 이야기하는 것은 그 죽음이 지나간 뒤의 일일 수밖에 없다. 이제 광주는 이야기되었고, 물론 여전히 이야기의 진행 과정 속에 놓여 있기는 하지만, 그 이야기는 시인 고은에 이르러 새로운 면모로 재등장하게 된다. 그것은 수많은 죽음에 대한 중첩된 드러냄이자 재생이고, 죽어가는 과정에 대한 살아 있는 증언이다. 『만인보』는 '광주'에서 시작하여 '광주'로 마감한다. 그것은 시적 수원(水源)으로의 회귀이자, 문학적 시원(始原, Anfang)에 대한 인식이다. 시인은 여기서 중요한 사실 하나를 증명한다. 그것은 처절한 살육과 죽음이 난무하던 공간이 사실은 가장 아름답고 명예로운 시민적 가치를 발견하고 시험하던 시간이었다는 점이다. 비인간적, 비이성적 정권에 의한 폭력과 감금, 협박과 고문은 한 개인의 체험을 떠나 근대적 경험의 왜곡과 불신, 저항과 파국을 가져오기는 했지만, 시인은 이 같은 상처를 제의적(祭儀的) 글쓰기를 통해 치유하고자 한다. 단순한 회피와 용서가 아니라 철저한 복원과 증언을 통한 사실성의 재현이야말로 상처를 극복하는 진정한 대안이 될 수 있었던 것이다.

역사를 이야기하고자 하는 욕망은 지배적이고 권위적인 정사(正史)의 담론을 해체하고자 하는 욕망이다. 이는 소외된 역사, 배제된 삶에 대한 전복적이고 전위적인 복원의지에 다름 아니다. 이러한 의지는 모든 근대적 담론을 넘어서 인륜성이 무엇인가라는 근본적인 질문으로 이어진다. 시인은 광주를 생각하며 결연하게 묻는다.

> 인간은 어디까지 인간인가
> 인간은 어디까지 인간이 아닌가
> (……)
> 인간이 인간을 말살하는 죽음의 시간이었다
> ── 「학살풍경화」(27권) 부분

인간이 더 이상 인간이지 못한 극한 상황 속에서도 역설적이게도 인륜적인 삶이란 무엇인가라는 물음이 제기된다. 인륜성이란 '권리를 갖는 인격', '소유권의 주체로서의 인격'을 의미하면서 '어떤 역사적 변화 속에서도 변하지 않는 절대적 삶의 자기동일성의 운동'[39]이라고 볼 때, '광주'는 인륜성의 상실과 절대적 억압의 공간이었던 것이다. 인륜성을 담지한다는 것은 주체의 삶을 유지하는 가장 기본적인 개념이었다. 하지만, 동시에 광주는 시민적 가치란 무엇인지를 보여주기도 하였다. 5·18 광주에 대한 시적 복원은 인륜성과 시민사회에 대한 중요한 질문의 형식으로 남게 되었다. 이것이 역사를 이야기하고자 했던 『만인보』의 욕망이자, 정치이며 시적 성취이다.

---

39 윤병태, 앞의 글, 79~82쪽.

시와 미적 근대성

— 1990년대 고은 시를 중심으로

1. 계몽의 논리와 시의 과제

'1990년대란 무엇인가'라는 질문을 제외하고는 고은 시의 전반을 고찰하기 어렵다. 1990년대는 고은에게 하나의 전환점이었고, 그 중핵에는 세계사적인 전환과 함께 국내적인 상황의 근본적인 변화가 놓여 있기 때문이다. 독일의 통일, 소련연방의 붕괴, 동구권 사회주의의 몰락과, 한국 내 진보주의 노선의 퇴화와 함께 그의 1990년대 문학은 공존하고 있다. 1987년의 6·10 항쟁 이후 진전된 민주화는 오히려 중산층 보수주의 논리[1]를

---

1 1987년 봄부터 벌어지기 시작한 민주화 시위는 6·29 선언을 통해 대통령 직선제를 얻어내면서 가시적인 효과를 가져왔지만 야권의 분열로 여당 후보였던 노태우를 대통령으로 만들었다는 점에서 '미완의 혁명'으로 회자되는 경우도 많다. 그러나 거시적인 관점에서 볼 때, 한국 민주주의를 상당히 진전시켰다고 판단할 수 있다. 이에 대해서는 강정인, 「민주주의의 수용과 전개」, 김병익 외, 『오늘의 한국 지성, 그 흐름을 읽는다』, 문학과지성사, 1995 참조. 하지만 대통령 직선제를 얻어내면서 대중들은 급격히 탈정치, 냉소주의적 태도를 보이기 시작했고 이와 함께 진보주의 노선은 전반적인 방향 전환을 겪게 된다. 이러한 현상은 '더 이상의 혁명은 없다'는 피로현상의 결과로 볼 수 있는데, 이를 '중산층 보수주의'로 명명하는 것이 타당하다고 판단된다. 이에 대해서는 졸고,

강화시켜주었고, 이 시기를 기점으로 대중은 급격히 탈정치적 경향으로 기울었다. 1980년대의 진보적이고 비판적인 논의들이 수면 아래 침잠하는 정황과 고은의 '90년대적' 시쓰기는 무관하지 않다.

고은의 문학이 한국 정치 상황과 밀접하게 관련되어 있다는 점은 주지의 사실이다. 특히 한국의 근대화 과정과 고은의 시쓰기는 모종의 상관관계를 지니고 있지만, 근대와 근대성에 대한 고은의 시적 대응 양상에 관한 문제가 구체적으로 밝혀졌다고 보기는 어렵다. 고은의 경우 근대성에 대한 시적 자각은 적어도 2000년대 이후에 이루어졌지만 근대성의 안티테제로서 미적 근대성의 시적 실천은 1990년대부터 시작되었다는 것이 이 논문의 가설이다.

최근에 완성된 시인의 『만인보』(1987~2010)는 '역사의 이야기화', '이야기화된 역사'를 통해 한국 근대화의 한 과정을 그려낸 것이고[2] 이는 파행적 근대화 혹은 근대성의 비극적 양상에 대한 '시적 인식'의 결과물이라고 할 수 있다. 광주항쟁 당시의 비이성적 상황에 대한 시적 복원은 근대성의 담론과 양립하는 미학적 근대성의 현현이기 때문이다. 본질적으로 세계에 대한 시적 인식의 기저에는 삶에 대한 순응과 부정이라는 양가적 혹은 분열적 관점이 자리 잡고 있다. 자본주의에 대한 예술적 이해는, 변혁이 불가능한 세계에 대해 자기 변혁적, 자기 해체적 태도를 드러냄으로써 완성된다. 동시에 현실의 제 문제를 비판적으로 제시하는 미적 결연함을

「한국문학의 현대성 비판」, 『비평의 거울』, 청동거울, 2001 참조.

2 장은영, 「고은의 '만인보' 연구─역사의 형상화와 정체성 문제를 중심으로」, 경희대학교 박사학위논문, 2011 참조. 또한 이 같은 관점에서 『만인보』의 '광주민주화운동'에 대한 기억과 재현 역시 역사를 '이야기'하는 방법을 통해 이루어지고 있다는 관점도 성립될 수 있을 것이다. 이에 대해서는 졸고, 「문학의 정치, '광주민주화운동'의 시적 재현」, 『한국문예창작』 통권 제23호, 한국문예창작학회, 2011. 12 참조.

정당성의 근거로 내세우고자 한다. 다시 말해 세계에 대해 '인정은 하지만 순응하지 못하는' 심리적 괴리감, 혹은 분열적 주체의 내적 열망[3]을 드러내는 방식이 시적 실천이고 이 같은 비판적 모더니즘이 한국의 근대성에 대한 인식의 결과물이었음은 주지의 사실이다. 자본주의적 삶에 대한 명징한 리얼리즘은, 따라서 모더니즘이라는 선언은 이미 오래된 명제가 되었다. 미적 근대성에 대한 논의의 저변에는 비판적 모더니즘으로써 한국 문학에 대한 이해가 전제되어 있기 때문이다.

고은의 시적 실천은 현실 상황에 대한 적극적인 개입의지 혹은 계몽적 지식인의 자세와 밀접한 상관 관계를 지녔다.[4] '정신의 변화와 함께 언어의 변화를 가져오게 한 저항의 시대'[5]와 그의 시적 담론이 병행한다는 사실은, 발전과 성장정책이 가져온 '도구적 합리성'[6]의 전일화로 설명되는

---

3 졸고, 「동시대 한국시와 비판적 패러다임의 형성」, 『비판과 성찰의 글쓰기』, 청동거울, 2005, 16쪽.

4 고은은 이렇게 말한 적이 있다. "1980년대 후반 『뉴욕타임즈』는 한국의 시와 시인이 한국 민주화와 통일(운동:인용자)에 크게 기여한 것을 기획 기사로 발표하기도 했다. 그것은 나 자신과도 관련된 것이지만 전혀 과장이 아니다. 아직도 일본이나 프랑스처럼 시인이 사회로부터 주변화되지 않는 이유 중 하나가 이러한 현실 개입의 배경에 있다." 고은, 「남과 북 그리고 문학」, 『우주의 사투리』, 민음사, 2007, 191쪽.

5 고은, 『나는 격류였다』, 서울대학교 출판부, 2010, 16쪽.

6 투렌은 현대사회를 특징적으로 설명할 수 있는 도구적 합리성이 개인과 집단의 여러 층위에 미치는 영향을 잘 설명하고 있다. 그에 의하면 소비와 마찬가지로 성에는 쇠퇴와 파괴가 있고 기업정책에 있어서도 이윤과 권력이 생산의 기능을 말살하며, 민족주의는 언제나 그 내부에 전쟁의 위험을 내포한다. 물론 그는 도구적 합리성이 상보적이라는 점에 주목한다. 즉 민족의 독립성은 경제 발전의 조건이며, 성은 사회의 통합과 문화의 재생산을 목적으로 하는 규범들에 대해 문제를 제기하며, 소비는 대기업의 생산을 유도하며, 다양해지는 요구를 충족시켜주기도 한다는 것이다. 다시 말해 도구적 합리성이야말로 현대사회를 규정짓는 중요한 요인임을 주장한 것이다. 여기서 그가 말하는 현대성은 그 내용상 근대성과 내포적 의미가 같다고 판단할 수 있다. 이에 대해서는

한국적 근대성에 대한 시적 성찰의 결과로 이해된다.

결국 고은의 시쓰기란, '계몽적 지식인의 미학적 실천'의 문제를 내포하고 있다. '시인의 명예는 혁명이 끝난 뒤의 일상에 있는 것이 아니라, 혁명이 요구되는 암흑 속에서 밤하늘의 별이 되는'[7] 것이라는 인식과 그의 '시가 거칠다는 일부 비평가들의 지적'[8] 사이에 그의 시가 놓였고, 이것이 소위 '저항의 시대'를 기점으로 고은 시를 이해하는 분기점이 되었으며 이에 대한 이해 없이는 1990년대 이후 고은 시의 변화를 설명하기 어렵다.

본고에서는 1990년대 고은의 시를 근대성의 계몽적 기획과 함께 미적 근대성의 구현으로 설명함으로써 고은 문학에 대한 단절적인 인식, 즉 그의 시가 '허무주의-계몽주의-미학주의'로 변화했다는 관점을 수정, 극복하고자 한다.[9] 이러한 구도가 그의 시를 편의주의적으로 이해하는 데 기여하고 있지만, 단절과 연속, 혹은 '단절적 연속'이라는 변증법적 변화를 충분히 설명한 것으로 보기는 어렵다. 따라서 1990년대 고은 시의 변화 양상을 미적 근대성의 실현으로 파악하는 일은 기존의 연구관점과 차별

Touraine, A., 정수복 · 이기현 옮김, 『현대성 비판』, 문예출판사, 1995, 137~139쪽 참조.

7 고은, 『나는 격류였다』, 앞의 책, 26쪽.

8 평론가 권영민은 고은이 현실 정치의 언어를 시 속에서 구현했고, 특히 『만인보』의 경우 다양한 사람들의 언어를 옮겨왔다는 점에서 시적 정치성(精緻性)을 구현하기는 힘들었겠지만, 그럼에도 불구하고 고은의 시가 미학적으로 세련되었다고 보기는 힘들다는 점을 강조한 바 있다. 이에 대해서는 고은, 『나의 삶, 나의 시-백 년이 담긴 오십 년』, 서울대학교 출판문화원, 2010, 69~70쪽, 참조.

9 고은의 시를 이와 같은 방법으로 이해하는 태도는, 그의 시가 걸어왔던 시적 여정의 윤곽을 파악하는 데 요긴했다는 점은 납득할 수 있지만 시인으로서의 본질, 변화하는 정치적 환경 속에서도 그는 여전히 시인으로 남았고 시쓰기가 지속되었다는 점을 감안할 때 매우 도식적이라는 점을 인정하지 않을 수 없다. 이 같은 관점에 대해서 부분적으로 극복하려는 시도가 없지는 않았다. 이에 대해서는 졸고, 『고은 시의 미학』, 한길사, 2001, 참조.

화되면서 동시에 고은 시의 위치를 정확하게 자리매김하는 일로 의미 있
는 작업이라고 판단된다. 본고는 1990년대에 발간된 그의 시집을 중심으
로 '계몽적 기획'이 주류를 이루었던 시대에도 그는 여전히 시적 성취를
이루었다는 점에 주목하고 이를 미학적 근대성의 발현 양상으로 설명하
고자 한다.

2. 비판적 모더니즘과 미학적 근대성

> 오늘의 리얼리즘과 나 자신의 로맨티시즘으로
> 이 최후 절벽의 세계 앞에 정정당당해야겠습니다.
> ― 고은, 「나」(『조국의 별』) 부분

서구적인 의미에서 미적 근대성은 혼종적인 개념이다. 이는 합리주의
적 근대성에 대한 예술적 반응양식인 동시에 계몽주의에 대한 비판적 대
응 논리이기도 하다. '부르조아의 몰락과 프로레타리아트의 승리는 불가
피한 것'[10]이라는 진단이 비록 현실적 유효성을 획득하기는 어려웠지만,
근대성에 대한 가장 전위적(radical)인 역할을 담당했음은 주지의 사실이
다. 근대성은 그것을 만들어내었던 모든 근대적 기제(mechanism)로부터
회의되는 양식이며, 동시에 그러한 반성을 정당성의 근거로 삼는 자기 분
열적 담론이다. 물론 근대란 '상호 모순적이고 대립적인 것들이 중첩되어

---

10 Marx.K, Engels. F. 지음, 남상일 옮김, 『공산당선언』, 백산서당, 1989, 89쪽. 물론 "헤
   겔은 현대에 속해 있는 최초의 철학자는 아니지만, 현대를 문제시한 최초의 철학자"라
   는 견해(Habermas. J., 이진우 역, 『현대성의 철학적 담론』, 문예출판사, 1994, 66쪽)도
   있지만, 마르크스야말로 자본 지배적인 요인을 근간으로 하는 부르주아 사회를 분석했
   다는 의미에서 현대성을 문제 삼은 최초의 철학자라고 판단한다.

있는 역사적 총체[11]라는 점을 부인할 수 없다. 그러므로 근대의 부정적 계기만 강조하는 일은 근대에 대한 올바른 이해는 아닐 것이다. 또한 근대가 자본주의적 양식만을 근간으로 성립하지도 않지만, 자본주의가 '경제합리성'과 '기술합리성 내지 그것을 받쳐주는 생산력 중심주의'[12]를 핵심적인 과제로 삼는 이상, 자본주의는 근대적 합리성에 가장 다가선 모델이라고 볼 수 있다. 따라서 기술적 합리성의 전일화라는 자본주의적 삶에 대한 가장 자본주의적 대응양식인 모더니즘[13]은 근대성에 대한 비판으로부터 새로움을 찾으려는 양상으로 출현하게 된다.

미적 근대성은 모더니즘 예술이 성립되는 필요 조건이며, 모더니즘 예술의 '예술적 자율성'이란, 합리적 규범으로 이해되지 못하는 인간에 대한 인식과 통찰의 깊이를 구조화하려는 적극적인 의지의 발현이다. 모더니즘은 역사적인 형식인 동시에 근대예술이 자리 잡고 있는 미학적 원천이기도 하다. 근대의 미학은 '위반을 전략으로 삼는 반미학의 정신'[14]이며,

---

11 하정일, 『20세기 한국문학과 근대성의 변증법』, 소명출판사, 2000, 171쪽.

12 이마무라 히토시(今村仁司), 이수정 옮김, 『근대성의 구조』, 민음사, 1999, 39쪽.

13 근대성에 대한 자기 반영 양상이 흔히 리얼리즘과 모더니즘으로 양분된다는 생각은 편의주의적이고 기계적인 관점으로 볼 수 있다. 한국적 상황, 한국 자본주의와 근대성 등을 고려할 때 적어도 한국전쟁 이후의 근대성에 대한 예술적 반응 양상은 지금, 여기의 상황을 한 치도 벗어날 수 없다는 비극적 인식의 결과물이라고 정의할 수 있다. 스스로 리얼리즘이라고 규정되기 원하는 작품 역시 전망과 시선에 있어서 당대적인 상황 논리로부터 벗어날 수 없었다는 점을 상기할 때, 한국 근대문학은 모두 모더니즘이나 모더니즘의 규범들을 내재화한 것으로 볼 수 있다. 이런 의미에서 모더니즘이 '근대 한국의 모더니티에 맞선 한국 문학의 존재 방식과 과제에 대한 성찰과 긴밀하게 관련되어 있'다라는 관점은 주목할 만하다. 이에 대해서는 김영찬, 『근대의 불안과 모더니즘』, 소명출판사, 2006, 13쪽.

14 김춘식, 「한국 신문학 초장기 문학장(文學場)의 형성과 서구적 개념의 미적 근대성 비교」, 『동서비교문학저널』 제12호, 2005년 봄·여름호, 178쪽.

이때 미적 근대성은 근대성에 대한 자기 인식의 예술적 결과물이기 때문이다. 여기서 미적 근대성은 사회적 근대성에 대한 미학적 자의식의 표현이고, 때로는 안티테제이며 동시에 모더니티에 대항하는 세계의 재구조화라고 부를 수 있을 것이다.

한국의 근대문학은 역사적이고 사회적 근대성에 대한 강한 부채 의식으로부터 출발하고 있다.[15] 근대적 경험이 '합리성의 생활세계화'라 할 때, 이것은 여전히 기획과 계몽의 의미를 내포하고 있으며, 해방 이후, 한국 문학의 근대성에 대한 성찰은 정치, 사회적인 제반 모순에 대한 질문과 다르지 않았고, 많은 작가들은 그 물음으로부터 자유롭지 못했다. 하지만 사회적 근대성에 대한 문학적 실천은 예술적 자율성의 확보와 대립하는 것으로 인식되어 왔고, 이러한 의식의 저변에는 '순수/참여'라는 형해화된 이분법이 자리 잡고 있었던 것도 사실이다. 고은 역시 자신의 시적 여정을 대결과 투쟁의 시대와 '내재적 순환기'로 나누어 이해하고 있다.[16] 그러나 이와 같은 이분법은 사회적 근대성의 실현이라는 강박관념의 결과이며, 소위 '현실 참여의 시'의 시대에도 시적 실천, 미학적 구현이 지속되는 상황에서 자

---

15 서구적인 의미의 근대적 합리주의는 한국전쟁과 독재정권의 시대를 거치면서 매우 무거운 문학적 과제를 남겨왔는데, 사실 이에 대한 문학의 자의식을 제외하고는 한국의 근대성과 근대문학을 논의할 수 없는 것이 사실이다. 이에 대해서는 졸고, 「한국문학의 현대성 비판」, 『비평의 거울』, 앞의 책 참조. 또한 이광호는 '20세기 한국에서의 식민지배와 분단이 한국 문학의 치명적 빈곤을 가져온 것이 아니라, 그 문제들을 문학이 반영해야 한다는 강박적 논리가 문학의 빈곤을 가져온 것'으로 설명했다.(이광호, 『미적 근대성과 한국문학사』, 민음사, 2001, 24쪽)

16 고은은 이렇게 말한 적이 있다. "1970년부터 1990년대까지의 20년은 그 이전과 이후를 아우르며 인상적으로 내 문학의 변화를 세 기간으로 설정하게 만들었다. 초기시와 현실 참여의 시 그리고 1990년대 이후의 내재적 순환기의 시로 구분하는 일이 그것이다." 고은, 『우주의 사투리』, 앞의 책, 164쪽.

신이 구축한 세계에 대한 이해를 협소하게 만들었다. 계몽의 시대에도 그의 시는 일정한 미적 성취를 이루었고, 언어를 통한 적극적인 현실 이해의 지평을 보여주었다. 문제는 이 같은 시적 성취를 인식하는 태도에 있는데, 그는 자신의 시적 실천을 '운동론'의 일부로 생각하고 있다. 고은 문학의 전반을 점검했던 한 저서에서 그는 다음과 같이 말하고 있다.

> 6월 항쟁 이후 자실(자유실천문인협회:인용자)을 새로운 민족통일, 민족문학의 촉진을 위한 단체로 발전시켜야 하는 당위에 즈음해서 민족문학가회의를 창립했습니다. 이어서 한국민족예술인총연합을 창립해서 문학 미술 음악 등 여러 예술 영역의 진보 세력을 규합했지요. 이때부터 내 활동은 예술활동이나 문예운동의 독자성과 연대성을 전략의 두 축으로 삼아 함부로 다른 부문 운동에 혼재시키지 않았습니다.[17]

이 언급의 핵심은 예술 활동, 즉 문학을 포함한 제반 예술을 '운동'의 차원에서 이해하고자 했다는 점에 있는데, 1980년대의 상황에서 볼 때, 이와 같은 관점은 당연히 현실적 의미를 획득한다고 판단된다. 그러나 시인의 지향점이 '운동'으로써의 문학인가, '문학'으로써의 운동인가 하는 점은 모호하다. 시적 실천, 미학적 구축 자체가 하나의 완결된 형식이고, 이것이 사회적 근대성과 양립하는 미학적 근대성의 실현이라는 점에 대한 이해가 부족했던 것이다. 문학과 운동을 구분하는 방법은 1920년대 카프(KAPF)문학의 주요 논쟁 주제 가운데 하나였던 '소설건축설'[18]과 일면 유

---

17 신경림 · 백낙청 엮음, 「고은 시인과의 대화: 그의 문학과 삶」, 『고은 문학의 세계』, 창작과비평사, 1993, 25쪽.

18 이는 1926년 김기진의 '소설은 한 개의 건축이다'라는 명제로 시작된 박영희 비판을 두고 이르는 프로문학의 내용과 형식 논쟁을 가리킨다. 이에 대해서는 김윤식, 『한국근대문예비평사연구』, 일지사, 1987, 49~56쪽 참조.

사해 보이지만, 그들의 논점이, 스스로 미학적 실천이라는 접점으로 수렴, 해소된다는 점을 이해하지 못했던 소산이므로 고은 문학과 수평적으로 대입하기는 어렵지만, 고은은 이미 시를 통해 두 항의 변증법적 통합을 이루고 있었다. 가령, 고은의 「화살」을 두고 "이 시는 1970년대 리얼리즘 시의 혼이다. 물론 최고의 리얼리즘에는 미치지 못하지만, 그 한계는 기실 시인의 것이라기보다는 1970년대 우리 사회의 몫이기도 하다"[19]라는 진단의 단편성이 이를 증명한다. 다시 말해, 「화살」의 미학적 성취가 자기 시대를 인식하는 사회사적 관점에 의지하고 있는 것은 사실이지만, 최원식이 스스로 지적하고 있듯, '지옥의 묵시록처럼 암울한 색조로 우리를 사로잡는'[20] 우울한 전망, 모더니스트적 매력을 리얼리즘의 미달이라 설정하고, 이 현상을 '70년대 우리 사회의 몫'이라고 환원함으로써 고은 시가 이루고 있는 미학적 근대성, 혹은 미적 자율성을 간과하고 있다는 점이다.

누가 나를 근대인이라고 말한다면 굳이 항의할 까닭은 없다. 근대로서의 나와 근대문학으로서의 내 문학이란 근대의 어떤 바깥에서도 가능하지 않을 것이다. 어떤 정신의 매혹도 그것의 발생 환경은 시대이기 때문이다. 하지만 그 정신은 자신의 시대라는 한계를 넘어설 보편적 본질을 가지고 있다. 아니 시대 역시 다른 시대와의 타자적 접속에 의해서 명기(銘記)될 것이다.[21]

19　최원식, 「고은, 서정시 30년의 역정」, 신경림 · 백낙청 엮음, 「고은 시인과의 대화; 그의 문학과 삶」, 『고은 문학의 세계』, 창작과비평사, 1993, 81쪽.

20　위의 글, 80쪽. 최원식은 같은 글에서 "그의 중기시는 「화살」과 같은 예외를 제외하면 초기 시에 대한 전면 반동 속에서 대체로 가파른 구호 시로 기운 바가 없지 않았다."(83쪽)라고 진단하고 있지만, 실상 '중기시'를 어디까지 한정할 것인가 하는 점이 모호하며, 중기시라는 구분이 정당하다고 해도 과연 그의 중기시가 '가파른 구호 시'인지는 정밀하게 따져봐야 할 것으로 판단된다.

21　고은, 「근대와 나」, 고은 · 모옌 외, 김태성 옮김, 『2007 한중문학포럼 ; 근대와 나의 문

고은에게 근대에 관한 사유는 "근대로서의 나"와 "근대문학으로서의 내 문학" 사이에 놓인다. 하지만 이 두 가지 패러다임이 각각 어떤 형식으로 자신을 규정하고 있는지, 시인 고은이 자각적이라고 판단할 근거가 불분명하다. 그것은 계몽적 지식인으로서의 삶과 그가 창조한 세계가 '자신의 시대라는 한계를 넘어설 보편적 본질'을 향해 어떤 변증법적 화해와 조화를 이루는지에 대한 명확한 자기이해의 부족을 의미한다. 그러나 그가 도달하고 구축한 세계, 시적 실천을 미학적 근대성의 관점으로 이해할 경우, 물론 이러한 이해는 시인이 가져야 할 덕목과 아무런 관련은 없지만, 고은 시를 이해하는 새로운 지평을 열어 보일 수 있음은 자명하다. 이것이 사회적 근대성의 시대와 미학의 시대로 이분화하는 기존의 관점을 넘어설 수 있는 대안이 되기 때문이다.

3. 미학적 근대성의 시적 실천 양상(1) : 시와 존재론

고은의 경우 근대는, 자신이 계몽의 시대 중심에 서 있다는 자각과 밀접한 관련이 있다. 이는 비판적 담론이 자기 시의 중심을 형성했고 또 그래야 한다는 믿음이 강했던 1980년대적 사유의 핵심을 이룬다. 그에게 근대는 반독재 투쟁의 시기와 분리될 수 없다. 1980년 5월 17일 자정에 강제 연행되어 육군교도소 특별감방에 2개월간 수감되었다가 1981년에 다시 대구교도소로 이감되어 격리 수용되고, 귀의 상태가 악화되어 또 다시 서울구치소로 이감되는 그의 경험은[22] 민주화 투쟁기의 정점에 해당된다. 이 같은 상황과 근대에 대한 인식은 불가분의 관계에 있다.

학』, 민음사, 2008, 19쪽.
22 고은, 『문학앨범』, 웅진출판, 1993, 282쪽.

과연 80년대는 이 땅의 모든 것을 새로 시작하게 하는 절망과 희망의 혼합 가운데서 나 같은 사람에게까지 이제까지와는 다른 단계를 요구했던 것이다. 그 요구에 대해 나의 모국어는 한층 더 가열하지 않으면 안 되었다. 이 점에서 80년대의 노동자문학이 만들어준 조건이 떠오른다. 말하자면 노동해방문학의 전위적 출현은 더 이상의 대변자를 바라지 않기 때문에 나는 내가 하고 싶은 일을 할 수 있었던 것이다.[23]

"이제까지와는 다른 단계"를 위하여 "한층 더 가열"된 모국어의 수준이 요구된다는 것은 무엇을 의미하는가. 다시 말해 1980년대의 시대적 상황에 맞는 가장 적극적인 대응양식에 대한 고민을 앞에 두고 시인은 "노동해방문학"을 내세우고 있다. 노동운동이야말로 "대중적으로 확대 발전했"고 오랜 "분단이데올로기의 금압에도 불구하고 꺼질 줄 몰랐다"는 시인의 판단[24]은 비판적 계몽운동의 시대적 유효성은 얻었을지라도 시인으로서 존재론을 설명하거나 지지하는 진술로 보기는 어렵다. 계몽의 주체가 '시인'이며 그는 시인이라는 자기 인식으로부터 절대 벗어날 수 없었기 때문이다.

시인은 시인이기 전에 수많은 날을 울어야 합니다.
시인은 세 살 때 이미
남을 위하여 울어본 일이 있어야 합니다.

시인은 손길입니다 어루만져야 합니다.
아픈 이
슬픈 이
가난한 이에게서 제발 손 떼지 말아야 합니다.
고르지 못한 세상

---

23 고은, 「나의 80년대기」, 『방황, 그리고 질주』, 미학사, 1990, 129쪽.
24 위의 글, 같은 곳.

시인은 불행한 이 하나하나의 친족입니다.

— 「시인」, 1~2연[25]

시인의 역할론에 대한 자각적 시학은 저항의 시대, 고은을 규정한다. 시인은 이미 태어날 때부터 '울음'의 운명을 타고난 것이다. '운다'[26]는 것

---

25 제3장에서 다루고자 하는 작품은 1984년에 발간된 『조국의 별』이다. 이 작품집이야말로 근대에 대한 비판적 인식과 시적 실천이 가장 극명하게 만나고 있다는 판단 때문이다.

26 고은 시에는 '운다'는 이미지 혹은 '울음'의 변형태가 자주 등장한다. 초기시, 즉 『문의 마을에 가서』(1974)까지의 시에서 행위 주체가 시인이거나 화자인 경우만을 시행 중심으로 살펴보면 다음과 같다(참고로 이는 1983년 민음사 『고은전집』 본의 제1권에 해당한다).

  '서서 우는 누이여'(「요양소에서」), '내 생각 하나로 눈물 어리네'(「눈물」), '별빛 하나에도 울 수밖에 없건만'(「해변의 노래」), '어제 나는 빈한한 등허리 굽혀 울며 묵은 무쇠낫을 갈았다'(「갈대를 베면서」), '내 이마에도 울음'(「산사감각」), '네 눈의 눈물 앞으로'(「시월의 숲」), '더 쓸 것이 없어서 눈물이 흐르네'(「어느 소년소녀의 사계가」), '이윽고 여름 한동안 저는 흙을 파먹기도 하며 울기도 했습니다'(「사치」), '내가 울다가 돌아오면'(「조선의 마당」), '내 눈으로 울지 않아도'(「수채화기념일」), '바람 사이에서 옷을 풀어도 울음이 없다'(「병후」), '어서 가서 울겠다/…/가서 흐득흐득 울겠다'(「제야」), '사람이 울면서 길을 물었을 때/무엇이라고 내가 대답할 것인가'(「소등」), '내 마음은 꽃처럼 벌 우는 소리'(「사구」), '울고 난 뒤 푸른 하늘의 철저한 소멸'(「손의 奧面」), '내 귀는 스스로 울며 파도를 찾고'(「그리이스의 창」), '제 미치지 못한 울음소리 따위가 되돌아와서'(「송별」), '사나이여 바다여 너 울어본 적이 있느냐'(「섬의 보리밭에서」), '이따금 서로 바라보며 끝으로부터 크르르하고 울기도 하자'(「겨울을 지내려면」), '네 큰 눈조차 울음이 가득하리라'(「새벽 만세」), '빈 밭으로 울면서 나는 달아났다'(「하계학교」), '다만 으흐흐 하고 울부짖으며'(「사형」), '외상술 마시다가 울어라'(「여수」), '그 울음 속에 살아도'(「강 건너 마을」), '젖은 몸으로 우는구나'(「정릉에서」), '아 잊어 버렸던 울음'(「서울의 비」), '눈 맞으며 껴안고 울자'(「강설」).

  이 같은 울음의 변형태가 소의 '저항의 시대'를 지나면서 어떻게 변화하는지 살펴보는 일은 중요하다. 특히 『조국의 별』(1984)에서 울음의 이미지는 사회적인 의미로 변화하는 경향이 있다. 가령, 그는 이렇게 외친다. '시인아 너야말로 그 민중과 함께/민중의 울

은 실존의 차원으로부터 사회 역사의 차원으로 나아가는 단초를 형성하는 행위이며, 이것은 시인의 존재론이자 역사를 이해하는 시적 방법론의 핵심이기도 하다. 계몽적 지식인과 시인의 역할, 이 두 가지 상황을 적절히 수렴하고자 하는 의지의 작용이 때로, 자기 희생적 모티브로 등장하는 것은 자연스럽다.

> 바람 부는 날
> 바람에 빨래 펄럭이는 날
> 나는 걸레가 되고 싶다.
> 비굴하지 않게 걸레가 되고 싶구나
> 우리나라 오욕과 오염
> 그 얼마냐고 묻지 않겠다
> 오로지 걸레가 되어
> 단 한 군데라도 겸허하게 닦고 싶구나
>
> (……)
>
> 나는 걸레가 되고 싶구나
> 걸레가 되어
> 내 더러운 한평생 닦고 싶구나
>
> —「걸레」, 1~3연

세계의 진실을 향한 내적 열망이 좌절될 때 나타나는 심리적 방어기제가 자기 희생의 모티브로 현현된다고 볼 때, 이 시에는 계몽의 역할과 근대에 대한 비판을 내면화하려는 태도가 이미 자각적으로 드러난다고 판단된다. 가령, 그는 "오늘의 리얼리즘과 나 자신의 로맨티시즘으로/이 최후

음을 우는 천한 곡비이거라 곡비이거라'(「곡비」)

의 절벽의 세계 앞에 정정당당해야겠읍니다"(「나」)라고 말하고 있다. 이때 리얼리즘은 삶의 논리이며, 로맨티시즘은 시의 논리이고, 시인은 이런 상황을 '분열적 통합'으로 이해하고자 한다.[27] 이것은 한편으로 계몽적 주체에 대한 반성적 자기 이해를 담고 있는 표현이기도 하다.[28]

그런데 그의 "로맨티시즘"에는 정신의 순결주의가 자리 잡고 있음을 발견하게 된다. 순결주의란, 일종의 도덕적 관념의 다른 이름이다. 어려운 시대를 살아갈수록 시인에게 주어진 윤리적 태도란 자기 시대를 견디는 가장 중요한 근거가 될 수 있다. 정당성의 근거를 확보하지 못할 경우 모든 비판은 성립될 수 없기 때문이다.

> 그러므로 제일 어려운 건 사시사철의 정신과 벽!
> ―「추석 무렵」, 2연

> 순결이야말로 쇠뭉치이며 깊이깊이 사상입니다 부활입니다
> ―「처녀를 위하여」, 3연

> 박꽃으로도 밤길 푸르무레 밝혀져서
> 나에게는 뚜렷이 부르는 사람 있다
> 고렷사람아 제발

---

27 그의 이런 시를 보자. "말하자면 리얼리즘이란/이 세상에 대하여/눈을 똑바로 뜨자는 것이외다/특히 제삼세계 사람들 눈뜨자는 것이외다//또한 나 자신에게도 전통에도 속지 말자는 것이외다//(……)//그러나 나는 이 세상에서 나이도 없이 /어린 로맨티스트이외다/그래서 혁명이 아름다움이외다 꽃밭이외다"(「나의 리얼리즘」)

28 하버마스는 "피계몽자에 대한 계몽의 수행자가 이론적으로 우월해야 한다는 요구는 불가피하다. 그러나 그것은 허구적이며 자기 수정을 요구한다. 계몽 과정에서는 동참자만이 존재할 따름이다."라고 말한 바 있다. 시인으로서 모종의 계몽에 참여하는 자의 자기 의식이 「걸레」와 같은 시로 드러났다고 판단되는 이유는 여기 있다. Habermas, J., 홍윤기 · 이정원 역, 『이론과 실천』, 종로서적, 1982, 43쪽.

이런 밤 떨리는 청년이거라
하나의 나라 청년이거라

—「동정」전문

　자기 희생의 모티브는 이와 같은 혁명적 순결주의, 염결성과 연결된다. 하지만 구체성과 리얼리티의 결여 형식은 그가 시인이면서 동시에 계몽주의자로 존재해야 하는 상황인식을 역설적으로 증명한다. 이 지점에서 미학적 근대성의 시적 실천 양상이 드러난다. 개발독재와 인권유린으로 상징화된 근대적 함몰 양상에 대한 대응과 비판은, 고은에게는 시적 실천의 모티브이자 상상력의 근간을 이룬다. 미학적 비판은 비판적 모더니즘의 다른 이름이며, 그는 가장 '리얼리즘의 시대'에 가장 전위적인 미학적 근대성을 실현하고 있었다.

　　광해원 이월마을에서 칠현산 기슭에 이르기 전에
　　그만 나는 영문 모를 드넓은 자작나무 분지로 접어들었다
　　누군가가 가라고 내 등을 떠밀었는지 나는 뒤돌아보았다
　　아무도 없다 다만 눈밭에 익숙한 먼 산에 대해서
　　아무런 상관도 없게 자작나무숲의 벗은 몸들이
　　이 세상을 정직하게 한다 그렇구나 겨울 나무들만이 타락을 모른다

　　슬픔에는 거짓이 없다 어찌 삶으로 울지 않은 사람이 있겠느냐
　　오래오래 우리나라 여자야말로 울음이었다 스스로 달래어온 울음이었다
　　자작나무는 저희들끼리건만 찾아든 나까지 하나가 된다
　　누구나 다 여기 오지 못해도 여기에 온 것이나 다름없이
　　자작나무는 오지 못한 사람 하나하나와도 함께인 양 아름답다

　　나는 나무와 나뭇가지와 깊은 하늘 속의 우듬지의 떨림을 보며

나 자신에게도 세상에도 우쭐해서 나뭇짐 지게 무섭게 지고 싶었다
아니 이런 추운 곳의 적막으로 태어나는 눈엽이나
삼거리 술집의 삶은 고기처럼 순하고 싶었다
너무나 교조적인 삶이었으므로 미풍에 대해서도 사나웠으므로

얼마만이냐 이런 곳이야말로 우리에게 십여 년 만에 강렬한 곳이다
강렬한 이 경건성! 이것은 나 한 사람에게가 아니라
온 세상을 향해 말하는 것을 내 벅찬 가슴은 벌써 알고 있다
사람들도 자기가 모든 낱낱 중의 하나임을 깨달을 때가 온다
나는 어린 시절에 이미 늙어버렸다 여기 와서 나는 또 태어나야 한다
그래서 이제 나는 자작나무의 천부적인 겨울과 함께
깨물어먹고 싶은 어여쁨에 들떠 남의 어린 외동으로 자라난다

나는 광혜원으로 내려가는 길을 등지고 삭풍의 칠현산 험한 길로 서
슴없이 지향했다

— 「자작나무 숲으로 가서」 전문

　시인은 지금 산에 오르는 입구에서 문득 자작나무 숲길로 접어든다. 이
뜻하지 않은 길에서 그가 본 것은 눈 쌓인 분지에서 자작나무의 "벗은 몸"
이었다. 그것을 그는 "타락"을 모르는 존재라고 여긴다. 울음이란 세상
을 정직하게 바라보는 행위라는 것을, 그는 우리의 역사에서 찾고자 한
다. 특히 여성의 삶이란 오랫동안 소외되고 핍박받는 대상이었음을 감안
할 수 있다. 여기서 누이의 이미지들이 시에서 나타난 "우리나라의 여자"
로 환치되고 있음이 주목된다. 이것은 초기시의 낭만적 경향을 스스로 부
정하는, "나 자신에게도 세상에도 우쭐"하는 자기 과장에 대한 비판으로
이해된다. "너무나 교조적인 삶" 역시 진정으로 역사와 민중의 해방을 위
해 기여하는 것이 되지 못한다는 반성이 두드러지고 있다. 따라서 "강렬
한 경건성"이란 타인을 위한 삶, 삶의 대자적(對自的) 속성에 관한 자각,

"사람들도 자기가 모든 낱낱 중의 하나임을 깨달을 때"가 온다는 기다림의 자세를 달리 표현한 것으로 보인다. 이를 위해 그의 선택은 "광혜원으로 내려가는 길"이 아니라, "삭풍의 칠현선 험한 길"이었다.[29] 물론 그 "길"은 비판적 지식인과 시인이 미학적 실천, 미적 근대성으로 수렴되는 공간을 의미한다.

결국 고은은 민주화에 대한 열망과 희생적 지식인의 역할이 중요했던 시기에도 비판적 미학, 미학적 비판을 통해 자신에게 주어진 근대성의 과제에 답하고자 했으며, 이에 대한 자각적 글쓰기는 1990년의 변화를 가져오는 바탕이 되었다.

4. 미학적 근대성의 시적 실천 양상(2) : 근원적 현실 이해

시인은 정치에 실패하는 것이 옳다.
나는 이 사실을 깨닫기 위해서 시인의 길을 걸어온 것인지도 모른다.
— 고은, 「아침이슬」, 시집머리 부분[30]

---

29 이 작품에 대한 해석은 졸고, 「고은이라는 타자」(『고은이라는 타자』, 청동거울, 2011)에서 부분적으로 인용했음을 밝힌다. 논의 전개의 과정상 매우 긴요하다고 판단했기 때문이다.

30 고은, 『아침이슬』, 동아, 1990, 5쪽. 고은이 1990년대에 발간한 시집은 다음과 같다. 제4장에서 분석한 작품은 여기서 인용하기로 한다. 편의상 번호를 붙였으며 앞으로 인용은 번호와 작품명으로 표시하기로 한다. ① 『아침이슬』(동아,1990), ② 『해금강』(한길사, 1991), ③ 『거리의 노래』(한국문학사, 1991), ④ 『뭐냐』(청하, 1991), ⑤ 『내일의 노래』(창작과비평사, 1992), ⑥ 『아직 가지 않은 길』(현대문학사, 1993), ⑦ 『독도』(창작비평사, 1995), ⑧ 『어느 기념비』(민음사, 1997), ⑨ 『속삭임』(실천문학사, 1998), ⑩ 『머나먼 길』(문학사상사, 1999).

고은의 1990년대[31]는 변화와 성찰의 동기를 모색하는 시기로 요약된다. 달라진 상황을 이해하려는 방법론에 대한 고민과 대안을 찾으려는 노력이 그것이다. 그 모색의 흔적이 1990년대의 그의 시에 각인되어 있다. 그 흔적은 시인으로서의 역할론에 대한 자각에 멈추지 않고 지나간 시간을 반추하기도 하며 다가올 시간을 그려보기도 한다. 시간에 대한 성찰은 흘러가버린 과거에 대한 이해에 머물 가능성도 있지만, 그에게 시간이란 새로운 세계를 구상하는 일이기도 하다. 그의 그림 그리기는 가령 이렇게 시작된다.

> 오늘도 나는 지도를 그리고 있다
> 영국과 노르웨이 사이 북해를 그리고 나서
> 동아시아 발해만 해안선을 그리고 나서
> 나는 이제까지 그린 지도를 찢어버렸다
> 이것이 아니란 말이다
> 이것이 아니란 말이다
> 때마침 바람이 창을 때리며 말했다
> 이 불쌍한 녀석아
> 네가 그릴 것은 새로운 세계란 말이다
> <u>흔해빠진 근대 일반 지도 그따위가 아니란 말이다</u>
> 바람만이 아니었다
> 비바람이 창을 때리며 말했다
> 나는 배가 아픈 것을 꾹 참으며
> 다시 지도를 그리기 시작했다
> 이제까지의 지도가 아닌 지도를 내일의 지도를

---

31 '1990년대'와 '1990년대적'이라는 개념은 상당히 다른 의미를 지닌다. 전자가 단순히 시기의 문제라면 후자는 민주화 투쟁기와 다른 의미의 시적 전환기를 의미하며 이것은 1980년대적인 상황과 대타적인 관점에서 사용될 수 있는 용어이다.

여기에는 아메리카도 없다 아시아도 없다
        — ⑥, 「지도를 그리면서」 전문(강조는 인용자)

그가 그리고자 하는 지도는 "근대 일반 지도"가 아니다. 그 지도는 서구와 동양이라는 물리적 경계나 영국, 노르웨이, 미국, 아시아 등의 단순 표지로써 그것이 아니라, 근대 일반을 '넘어서는' 행위를 의미한다. 그런데 그 방법론은 무엇인가. 근대 일반의 지도가 아니라면 어떤 지도를 의미하는가. 시인은 그것을 "내일의 지도"라고 모호하게 표현하고 있지만, 여기엔 중층적인 의미가 내포되어 있다.

그는 "새로운 것은/결코 새로움만으로 오지 않는다"(⑦, 「내일」)라고 말한다. 새로움은 과거에 대한 이해와 성찰을 통해서 얻을 수 있는 덕목이지만, 그에게 '내일'은 현재성에 대한 올바른 이해와 더불어 존재할 수 있는 시간이다. 가령 "참여란 어제까지도 오늘입니다/내일에 이르는 오늘입니다"(⑧, 「참여시」)라는 진술에서 보듯, 어제와 내일은, '지금/여기'라는 현재성의 바탕 위에서만 성립되는 개념이다. 그런데 그 현재성에 대한 갈망은 시인이 서 있는 자리에 대한 인식, 부조화와 모순이 사라졌다는 믿음에 대한 비판, 혹은 열정이 휘발된 건조한 삶에 대한 응시 등을 포괄하고 있다. 즉,

이제까지의 체제가 무너졌다
        — ⑤, 「폭염 이후」 부분

무작정 탐욕만이 퇴폐만이
쓰라려본 적 없는 가슴을 채워
한밤중을 지켜온 사상 따위
그따위

쓰레기통에 넣어버린 시대

— ⑤, 「새벽 종소리」 부분

어쩌란 말인가
이제 진지한 시대가 끝나버렸는가

— ⑥, 「잠 깨어나서」 부분

와 같은 깊은 회한이 그의 현재성에 대한 인식에 포함되어 있다. 과거,
진보적 문예운동이 자신의 실존적 조건을 이루었던 시간에 대한 추억은
달라진 시대환경을 어떻게 수용할 것인가의 문제 앞에 그를 놓이게 한
다. 성찰과 자기 부정은 고은 시를 이루는 중요한 방법론이 되기도 한다.

오랜만이다
〈그러나〉로 시작하는 글을 쓰고 싶다

한갓 기쁨은
쏜 화살처럼 휭 날아가버렸다
날아가
박힌 곳 몰라

도대체 그 화살이 떨어진 지점 어디란 말이냐
거기 가서
〈그러나〉로 시작하는 글을 쓰고 싶다

— ⑧, 「그러나」 전문

　날아가버린 화살이 방향성을 상실했다는 진단이야말로 근본적인 자
기 부정이 아닐 수 없다. 낭만적 열정의 결정물이었던 저 1980년대의 '화
살'과 비교했을 때, 비판의 대상을 잃어버렸다는 진술이야말로 달라진 삶

과 환경, 이에 대응하는 시인의 태도를 가장 적실하게 보여주고 있다. 하지만 시인은 이 지점, 상실감의 극점에서 "〈그러나〉로 시작하는 글을 쓰"겠다고 다짐한다. 이 전환점의 모색이 그의 시를 미적 근대성의 발현 양상으로 읽게 하는 계기가 된다. 그는 "돌아왔다/쓰레기/꽃처럼 피어 있는 곳/여기가 그렇게도 그리웠던 세상"(⑧, 「귀향」)이라고 말한다. 이것은 거의 '선언'의 수준인 바, 그 '귀향'은 "내가 부른 노래/내가 부르지 못한 노래들이/(……)/불 켜들고 내달려오는/나일 줄이야/이 찬란한 후회가 나일 줄이야"(⑧, 「자화상」)라는 반성을 거쳐,

> 이제부터 내가 꿈꾸는 것은
> 시간의 확대이다
> (……)
> 모든 욕망을 삼켜버린 시간의 확대이다
>
> — ⑧, 「제주도」 부분

라는 고백으로 이어진다. 그렇다면 "시간의 확대"는 무엇인가. 시인에게 그것은 적극적인 미학적 실천을 통한 삶의 인식이라고 규정할 수 있다. 그가 그리고자 했던 "내일의 지도" 역시 이 같은 미학적 실천을 위한 고민과 결정의 과정이었으며, 시적 실천이야말로 불우한 근대를 견디고자 했던 가장 적극적인 행위였음이 드러난 것이다. '근원적 회귀'라고 명명할 수 있는 이 같은 전환은 과거와 현재에 대한 변증법적 자기 이해[32]를 통한

---

32 ⑦에 실린 「산」이라는 작품에서는 '산'에 대한 이해를 통한 시인의 자기 인식의 과정이 잘 드러난다. 즉 유년시절, 출가시절, 7, 80년대의 산은 각각 그에게 실존적 이해가 형성되는 공간이면서도 동시에 타자에 대한 이해를 가능하게 했던 지점이기도 했다. "그러다가/산을 떠나서/파도소리 어느 바다였던가" 하는 방황을 반성의 계기로 삼아 그는 "산이 말한다/그 푸른 눈매 지워/오고 싶거든 어서 오라/태어난 산이거든/그것이 돌아

'시원(Anfang)'에의 복귀를 의미한다. 연어의 모천회귀를 그린 서사시[33]에서 그는 회귀의 의미를 묻고 있는데, 이것은 근대적 삶에 대한 가장 근본적인 성찰이면서 동시에 미학적 근대성에 대한 시적 외화 형태라고 볼 수 있다. 『머나먼 길』에는 개인과 공동체, 과거와 현재, 시간과 공간, 억압과 투쟁, 성찰과 반성, 방황과 좌절, 길과 떠남, 나와 타자성 등에 대한 사유가 유려하게 드러나고 있으며, 이는 1990년대 고은 시의 미적 결정(結晶)이라고 할 수 있다.

5. 결론

미학적 근대성은 사회적 근대성이 전일적인 가치라고 믿었던 시대에 예술 행위의 가치를 새롭게 인식하게 한다. 사회적 삶과 예술 행위의 불일치 혹은 예술의 존재원리의 특수성을 설명하는 데 미학적 근대성이라는 개념은 매우 긴요하다. 그것은 자기 시대를 이해하려는 예술의 비판적 속성이면서 동시에 타자성으로서의 예술적 존재론을 가리킨다. 예술의 시대성은 반시대성이며, 사회적 근대성에 대해 예술이 제시하는 심미성은 삶의 거울로 자리하기 때문이다. 미학적 근대성은 미적 실천의 연속성을 확보하게 하며 시대적 유효성과 예술의 심미성을 통합적 관점 위에 성립하게 한다. 현실의 제 문제를 적극적으로 시화하고자 했던 고은에게 미적 근대성은 그의 시를 읽는 새로운 방법론으로 작용하고 있다. '투쟁의 시대'를 전후로 하여 고은의 시를 단절적으로 이해하고자 했던

갈 산이므로/다시 나는 산이었다"라고 회귀한다. 이 시는 산에 대한 이해와 자기 이해의 변증법이 잘 형상화된 작품으로 볼 수 있다.

33 시집 『머나먼 길』에 대해서는 졸저, 『고은이라는 타자』의 5장과 6장에 자세하게 분석되어 있다.

기존 논의의 문제점을 수정, 극복하는 데 이 같은 관점이 기여했다고 판단하기 때문이다.

고은의 시적 전개 과정이 전후의 허무주의를 거쳐 반독재 투쟁기를 지나, 1990년대 이후에 미학주의로 변화하고 있다는 논의들은, 계몽적 지식인의 역할과 시인을 분리시키고 있으며, 나아가서는 이론과 시적 실천, 순수와 참여 등의 이분법에서 비롯된 허구라고 판단된다. 시인의 시적 실천은 이미, 그가 근대적 삶의 가치를 의식하는 순간, 미학적 근대성의 지평을 열어 보였고, 1980년대의 민주화 투쟁기에 고은은 이미 '근대성의 시적 인식'이라는 지점에 도달하고 있으며, 1990년대 이르러 그는 미적 결정으로서 근대의 내면화를 시도하고자 했다. 내면적 자유와 자유분방한 모더니스트의 삶으로부터 현실적인 문제에 대한 적극적인 인식의 전환점을 마련했다고 판단되는『조국의 별』(1984)을 거쳐, 반성과 회한, 추억과 성찰의 담론이 지배적인 1990년대의 시를 통해 고은은 파행적 근대화 과정에 대한 미학적 근대성의 지평을 제시한 것이다. 연어의 일생을 그린『머나먼 길』(1999)이 1990년대 고은을 상징하는 가장 극명한 미적 결정이라고 판단되는 이유는 여기 있다.

시의 공간 소재와 미의식

― 고은 시를 중심으로

"이로부터 나 손 대신
발로 쓰는 시이고 싶어요"
　　　　　　　　　― 고은, 「면봉(緬奉)」(『내 변방은 어디 갔나』) 부분

"운명에 대한 사랑에서 세상에 대한 사랑으로……
세상은 그 곳에 처참함을 부여하는 사람들에게만
처참함으로 인식된다."
　　　　　　　　　― M. 마페졸리, 『노마디즘』 부분

1. 서론

공간 혹은 공간 소재를 중심으로 고은의 시를 연구하는 일은, 시인 고
은에게 매우 자각적이었던 '시인'의 존재론을 탐색하는 작업으로 볼 수 있
다. 시인으로 '존재한다'는 사실에 대한 의미화 과정이 시인 자신으로부터
비롯된 자기 검열, 혹은 자기 의식의 결과물이었음을 확인하는 일은 중요
하다. 고은에게, 시인은 자기 시대의 거울이어야 하고, 그 거울은 시인의
역할에 대한 자기 반성의 매체이기도 했다. 민주화에 대한 열망으로 가득

했던 시대에서 시인이었던 '나'를 문제 삼는 방식이 고은의 시적 존재론이었음은 시의 여러 맥락에서 발견된다. 그에게 시인은 '유랑'하는 존재이다. 그 유랑은 일회적인 의미에서는 방황이지만 시적 사유와 시인으로서 존재를 문제 삼는 차원에서는 방법론적인 것이며 성찰적인 태도를 내포한다. 고은에게 방황은 '유랑 의식'을 사상의 차원으로 승화하려는 의지의 작용이다. 시인의 유랑은 시인 자체에 내재된 운명적인 형식으로 인식되는 경우가 많은데, 고은은 이를 현실 정치와 사회적 상황에 긴밀하게 결합하고자 한다. 여기서 고은의 자의식은 하나의 접점을 형성한다.

그 접점은, 시인으로서 존재론적 자의식을 드러내는 일이 공간 소재와 만나 한 편의 시로 구성되는 경험을 의미한다. 그러므로 고은에게 시쓰기는 유랑을 통한 공간의 재구성, 시인으로 존재하는 일의 의미 묻기로 요약된다.

고은의 삶은 그 자체가 방황의 일종이었고, 시쓰기가 삶의 이력과 병행한다고 볼 때, 시인으로 존재하기와 방황, 즉 공간의 이동은 내적인 상관성을 지닌다고 볼 수 있다. 출가, 환속, 제주도 체험 등으로부터 1990년대 이후의 북한 방문, 해외 체류 등에 이르기까지 그는 공간을 역동적인 상상력의 실제화로 이해했고, 이를 적극적으로 작품화했으며 그 이면에 놓인 방황의 사회적 의미를 끊임없이 되묻고자 했다.

본고에서는 그의 이러한 방황은 시인의 존재론적 자기 정체성 찾기와 연결된다는 가설하에 그가 만난 실제적 공간을 실증적으로 파악하는 작업을 수행하고자 한다. 특히 시와 정치, 문학과 현실주의의 상관성이 강했던 1980년대 이후 작품들이 공간에 대하여 자각적이라는 판단 아래 1984년 발간된 『조국의 별』에서 2011년 간행된 『내 변방은 어디 갔나』까지를 연구의 범위로 설정하고자 한다.[1] 시의 의미론적 연관성을 구명하기

---

1 본고의 분석 대상은 다음과 같다. 『조국의 별』(창작과비평사, 1984), 『전원시편』(민음사,

위한 분석이 지금까지 시 연구의 주류를 이루었다면 시의 소재, 특히 공간과 배경에 대한 서지적 접근은 기존의 관점을 보완하는 일로 평가될 수 있을 것이다. 뿐만 아니라 이와 같은 시도는 고은 연구사상 처음 시도되는 작업으로 향후 고은 연구에서 논쟁적 쟁점의 하나로 부각될 가능성도 있다는 점에서 연구의 의의를 찾을 수 있다.

2. 방랑의 사회학

M. 마페졸리에 의하면 방랑은 현대생활의 모든 규칙화된 삶의 리듬에 대한 일종의 '저항'이라고 부를 수 있다. 근대성은 오히려 '무위의 필요성'을 가져오고 인간적인 산책에서 볼 수 있는 '공허와 정지의 중요성'을 일깨운다는 것이다.[2] 제도화, 체계화가 가져오는 무력함 혹은 징후를 드러내는 기표들은 사회적인 맥락에서 찾아질 수 있는데, '히피, 방랑자, 지표를 상실

1988), 『시여, 날아가라』(실천문학사, 1986), 『네 눈동자』(창작과비평사, 1988), 『아침이슬』(동아, 1990), 『해금강』(한길사, 1991), 『거리의 노래』(한국문학사, 1991), 『선시뭐냐』(청하, 1991), 『내일의 노래』(창작과비평사, 1992), 『아직 가지 않은 길』(현대문학사, 1993), 『독도』(창작과비평사, 1995), 『어느 기념비』(민음사, 1997), 『속삭임』(실천문학사, 1998), 『남과북』(창작과비평사, 2000), 『두고 온 시』(창작과비평사, 2002), 『늦은 노래』(민음사, 2002), 『부끄러움 가득』(시학, 2006), 『허공』(창작과비평사, 2008), 『내 변방은 어디 갔나』(창비, 2011). 이후 본문의 인용은 작품명과 시집명만 표시하기로 한다.

분석 대상 시집을 이와 같이 한정한 것은 다음과 같은 이유가 있다. 첫째, 1984년 이전의 시편들에서는 공간에 대한 시적 인식이 자각적이지 못하다고 판단했다. 둘째, 연구 대상 기간의 시집들에서도 공간성의 문제가 두드러지지 못한 시집은 제외했다. 셋째, 『만인보』 전 30권(1986~2010)은 공간성의 문제보다 다른 관점에서 접근하는 것이 타당하다고 판단하여 추후 연구 과제로 남겨둔다.

2 Maffesoli. M., 최원기 외 역, 『노마디즘』, 일신사, 2007, 38~39쪽.

한 청소년, 시인' 등이 여기에 해당된다는 것이다.[3] 이럴 경우 방랑은 사회적 조건으로서 인간의 본질을 규정하는 매우 포괄적인 개념으로 이해되며 '모험 자체도 상상력, 꿈 또는 여타의 환상들처럼 사회적 신체 전체를 통해 이루어지고 있는 숨겨진 원천'[4]으로 인식될 수 있다.

시인의 존재론적 특성 가운데 하나는 그가 속한 사회의 중심적 담론과 역학 관계로부터 타자적 위치에 선다는 것과 함께 순환과 유동성을 동시에 내재한다는 사실이다. 물리적인 시간의 불가역성을 극복한다는 의미는, 삶이 지속적으로 자기 내부로 환원되고 있다는 사실을 자각하는 것이고, 그것은 정주성에 대한 안티테제로 성립되는 명제가 방랑이라는 점을 일깨운다. 그것은 일종의 '역동적 뿌리내리기'의 하나이다.

> 현대성이 지속되던 시기에 중요성을 지니고 있던 개인적 영역화(정체성)와 사회적 영역화(제도)는 이제 새로운 시대를 맞이하여 그 중요성을 달리하고 있다. 현재의 시대는 명확한 정체성과 제도적 안정성을 중요시하던 시대를 넘어서 불명확성이라는 것에 대한 새로운 모험을 감행하기 시작하는 대규모의 탈출이 주류를 차지하는 시대가 되고 있다.[5]

근대적 삶의 질서와 체계는 시인으로 존재한다는 사실과 명백하게 대립된다. 상호교합이 불가능하다는 사실로써 오히려 유의미함을 생성하는 이 둘의 관계야말로 '방랑하는 시인'의 사회사적 울림을 적시한다. 개인의 영역은 이제 더 이상 폐쇄적이고 고립된 섬이 아니라, 다른 영역들과 혼재된다는 전제하에서만 성립하는 사회적 영역이 된다. 시인은 더 이상 개

---

3 Maffesoli. M., 최원기 외 역, 앞의 책, 31쪽.

4 위의 책, 51쪽.

5 위의 책, 129쪽.

인이 아니라, 주변으로 자기 존재의 영역을 확산할 때만 유의미성을 확보할 수 있다. 방랑은 기투된 존재의 사회적 의미 확보를 위한 자기 극복의 한 방법론일 수 있기 때문이다.

현대적 삶의 다양성과 경험의 다층성을 설명하는 많은 개념 가운데 노마디즘[6]은 인간의 생활을 근본적으로 성찰하는 계기를 마련한 것으로 볼 수 있다. 정주(定住)하기 위한 고투가 아니라, 방랑의 유전자를 잃고 정주를 택할 수밖에 없었던 인류의 삶은, 생활이 기억으로 퇴화하는 과정과 유사하다. 방랑의 오랜 시간은 현대인에게 기억의 화석처럼 남겨진다. 그것은 체계화와 일상이라는 억압적 울타리에 대한 깊은 저항의 하나로 기록될 것이다. 시인은 이 같은 방랑의 기억을 온 몸으로 체득한 자이며 그 자체로 미적 근대성을 육화한 존재로 인식된다. 시인은 자기 변형과 장소의 이동, 정주성에 대한 강한 거부감을 내면화한 자이다.

어쩌면 자기 기억력을 변형시키거나, 다른 존재가 되거나, 이 몸에서 저 몸으로 여행을 하거나, 태어날 곳을 정하기 위해 시간을 거슬러 올라가거나 새로운 모델이 욕망을 자극하면 곧바로 자기 자신은 노마드적 사물로 내버려지거나 하는 이 모든 일들이 가능해질 수도 있다.[7]

---

6 호모 노마드는 '유랑하는 인간' 혹은 '떠도는 인간'이라는 의미를 내포하고 있다. 이는 단순히 도회적 삶과 대비되는 의미에서 이동성만을 지칭하는 것이 아니라, 오랜 역사를 통해 다양한 문화권과 만났던 경험, 즉 사회와 국가를 이루었던 집단적인 정주성(定住性)만을 문화, 역사 연구의 대상이 되었던 기존의 관점을 넘어서 인간의 역사를 방랑의 과정으로 설명하려는 새로운 의미를 내포하는 개념으로 읽힌다. 아딸리는 노마디즘을 세 개의 차원으로 설명한다. 삶의 과정에서 자연스럽게 이루었던 자발적 노마드와 상업적 노마드, 그리고 최근의 문화적 환경을 반영하는 유희적 노마드가 그것이다. 이에 대해서는 Attali, J., 『호모 노마드, 유목하는 인간』, 웅진닷컴, 2005 참조.
7 위의 책, 34쪽.

방랑은 창조적인 생산의 다른 이름으로 볼 수 있다. 주변부에 대한 적극적인 인식은 자기 시대의 규율과 제도에서 볼 때, 원심력으로 작용할 수 있다. 하이퍼노마드[8]적인 이러한 요인들은 흥미롭게도 정주성에 대한 안티테제로 움직인다.

유목의 유전자를 지닌 존재에게 방랑은 역사적으로 타협되거나 억압되면서 조율된 양식으로 기억되어 있다. 현대에 와서 그것은 개인적 삶의 취향처럼 변화해왔지만, 실은 권력과 중심, 거대담론과 구심점에 대한 저항 의식으로 퇴화되어 있다. 이를 일깨우는 자는 바로 자기 스스로를 노마드로 만들어가는 일, 세계의 주변을 배회하는 일, 그리고 삶의 경계에서 사유하는 일이다. 시인의 존재론은 여기서 출발하고 기원한다.

3. 공간의 의미론

문학공간이 근대성에 대한 인식과 생활세계에 대한 변화의 결과물이라는 판단은 중요하다. 이러한 관점은 공간(space)이라는 추상적 모형이 '인간화된 공간', 즉 장소(place)로서 의미화된다는 생각과 다르지 않다. 다시 말해 근대적 패러다임은 개인과 친족 혹은 작은 공동체 중심이 아니라, 공간적 규범과 속성에 의하여 인간의 욕망이 재구성되는 차원이므로 공간 개념 역시 '공간의 구도'가 중심이 된다는 것이다.

근대세계에서는 인간 삶에 걸맞은 장소의 창출보다는 공간구도에

---

8 아딸리에 의하면, 하이퍼노마드에는 창의적인 직업을 가진 사람들, 고위 간부, 연구원, 음악가, 통역사, 안무가, 연극배우, 연출가, 영화감독, 짐 없는 여행자 등이 포함된다. 시인을 직접 언급하지는 않았지만, 그가 든 직업군의 성향에 비추었을 때 시인 역시 같은 부류에 속한다고 볼 수 있다. Attali. J., 앞의 책, 418쪽.

걸맞게 삶의 조건을 환원하는 것이 관건이며, 존재를 비호하던 장소의 속성이 퇴색한 자리에 공간이 구성되는 형국이 펼쳐진다.[9]

공간에 대한 인식은 집이나, 땅, 고향과 농촌 등의 장소적 소여성(所與性)으로부터 이익사회, 도시, 타향 및 이국 등으로 확산된 관점을 요구한다. 근대적 삶은 공적이며 가치 중립적 관계양식을 중시한다. 비의적(秘義的)이고 개인적인 장소보다는 다양하고 중층적이며 확산된 '공간적' 삶과 마주할 수밖에 없기 때문이다. 이런 의미에서 근대적 삶의 양식 가운데 드러나는 집, 땅, 도시 등은 이제 더 이상 개인의 관념 속에 존재하는 것이 아니라, 관계, 소통, 확산과 대응이라는 초개인적, 탈주체적 공간 속에서 재구성된다.

문학공간에 대한 최근의 관심은 문학작품의 존재, 즉 '자체적으로 완결적이며 시간과 서사 혹은 언어적 구축이 혼종적 형태로 재구축된 결과물'로서 얻어진 공간성으로부터, 작품이 놓인 물리적, 의사소통적 관계로 확산되고 있다.

문학공간은 문학의 생산과 소비라는 문학 행위가 상호 관계하는 접점이기도 하다. 작품을 생산하는 작가의 입장에서 그것은 체험의 내면화와 내면화된 체험을 재구성하는 매개이며, 독자의 관점에서는 해석과 재해석을 통해 유추된 경험의 일부를 이룬다. 이는 작가와 독자 사이에서 형성될 수 있는 사회적 경험, 다시 말해 구성원들 사이의 의사소통이 가능한 '문화적 기억공간'으로 작용할 수도 있다는 의미를 내포한다.[10]

---

9 장일구, 「장소에서 공간으로—한국 근대 소설에 드러난 이종공간의 몇 가지 표지」, 『현대문학이론연구』 제36권, 현대문학이론학회, 2009.

10 졸고, 「문학과 공간」, 『비판과 성찰의 글쓰기』, 청동거울, 2005, 70쪽.

문학작품은 개인의 경험과 사회적 시간을 문화로 융합하고 이를 현실 공간 속에 구현하게 한다. 그것은 "기억의 보전과 재생산"이며 "과거 체험의 현재화"[11]이고, "역사적 경험을 추체험"하는 일이다. 문학공간의 현재화 혹은 입체화 작업에 놓인 이론적 근거는 여기 있다.

문학공간에 대한 시적 인식은, 여기서 방랑의 체험과 밀접하게 연결된다. 방랑은 공간의 이동이며, 이때 공간은 개인화된 차원의 새로운 경험으로 재탄생한다. 즉 공간이 장소성을 획득하는 지점에서 시인의 자의식과 작품을 통한 자기 검열이 일어나기 때문이다.

작품에서 구현된 장소란 "사회경험의 구조와 궤적을 제약"하며, 동시에 "실존의 사건과 행위"[12]를 개진한다. 이는 의미화된 공간에 대한 기억 행위이며 이때 장소란 문학적 경험과 지리적 경계의 접점이기도 하다. 이 공간에 대한 경험은 사적인 체험을 공적인 차원으로 전환하는 것이며 과거의 기억을 현재화하는 일이고, 다가오지 않은 시간에 대한 추체험을 가능하게 한다. 문학공간이 시간과 구별되는 한정적인 의미만을 지니는 것이 아니라, 작품 자체에 이미 공간의 요인, 공간성의 개념 자체가 내포되어 있다는 점이 중요하다는 것이다.

문학공간에 대한 인식론적 관점은 근대성과 필연적으로 결부된다. 사물의 속성에서 공간은 사실공간과 자연공간으로 구분될 수 있고 인간의 속성에서 그것은 의미공간이라 부를 수 있는데, 이는 "인간과 공간의 관계가 내면적"[13]이라는 사실을 부각시킨다. 물론 내면적이란, 인간적인 관점에서 그 유용성과 필요성, 혹은 이해가능성을 모두 포함하고 있으며, 이로부터 공간에 대한 상호작용 역시 가능하다는 사실을 말해준다. 인간

---

11 졸고, 앞의 글, 71쪽.

12 장석주, 「문학지리학 서설」, 『장소의 탄생』, 작가정신, 2006, 30쪽.

13 니카노 하지무, 최재석 옮김, 『공간과 인간』, 도서출판국제, 1999, 110쪽.

이 공간을 의식한다는 것은 자연 대상으로의 공간이 아니라 인간의 관점에 의해 재해석된 장소에 대한 인식을 의미한다. 이러한 재해석은 근대적 인식소(episteme)에 대한 다양한 관계 맺음으로부터 가능하다. 따라서 공간 혹은 공간성에 대한 인식은 근대적 삶에 대한 새로운 해석을 요구한다. 문학공간이 근대적 삶의 양식과 관계 맺는 양상에 대한 문학적 질문 형태는 다양하다.

도시공간은 일차적으로 근대적 삶과 인식이 배태되는 공간이다. 도시공간에 대한 문학적 인식은 상당히 비판적인 관점 위에서 성립되었다. 그것은 한국적 근대성과 도시화의 경험이 갖는 특수성에 기인한다.

> 도시화는 근대적 가치가 실현되기 위한 중요한 기반이다. 도시화를 전제하지 않고서는 근대화를 상정하기 곤란하다. 하지만 한국 근대사에서 도시화는 1960년대 이후 개발지상주의에 의해 무계획적으로 이루어졌음은 주지의 사실이다. 근대적 가치가 인간에 대한 옹호, 자유와 아름다운 삶에 대한 보장이라면 적어도 1960년대에 형성되기 시작한 도시화는 이와 같은 기준에 미달한 것임은 분명하다.[14]

근대적 공간으로서 도시는 상실과 결핍의 요인을 선험적으로 내포한다. 그것은 공동체 경험의 상실과 계량화와 수치화로 표시되는 인간 관계 등으로 외화(外化)된다. 일제 강점기 이상의 「날개」에 집약되었던, 의식의 유폐적(幽閉的) 공간으로서 '방'이 역설적으로 인식했던 훼손된 근대적 세계가 이를 적확하게 말해준다. 이는 당시의 경성, "식민도시의 문명성이 식

---

14 졸고, 「한국현대문학과 도시공간의 의미」, 『한국문예창작』 제14호, 한국문예창작학회, 2008, 10쪽.

민성에 의해 폭력적으로 잠식"[15]되는 현상으로 설명할 수도 있다.

문학의 공간성에 대한 인식은 크게 볼 때 (1) 작품 내적 질서와 (2) 작품의 환경적 상황으로 나누어 생각할 수 있다. 대개의 경우 작품 내적 질서에 대한 고찰은 언어적 규칙과 서사의 진행 자체가 시간성에 '대한' 공간적 특성으로 작용하고 있다는 것이며, 환경적 요인의 경우 작품 내에서 삽입된 공간에 대한 이해를 의미한다. 후자의 관점은 다시 (1) 지리적 경험에 대한 이론적, 실천적 관심과 (2) 문화콘텐츠화로서의 가능성 모색으로 분류된다.

중요한 점은 최근 문학공간에 대한 관심이 지리적 공간과 문화콘텐츠의 가능성을 염두에 두고 있다는 사실이다. 이는 주제별로 볼 때, (1) 도시공간과 자연공간의 특성파악, (2) 공간과 지역성 혹은 지역문화의 상관 관계 규명, (3) 공간과 역사적 사실과의 관련 양상 연구 등으로 대별된다. 가령, 문학공간을,

> 텍스트 내적 공간과 텍스트 외적 공간으로 구분하는 것이다. (……)
> 텍스트 내의 문학공간은 다시 절대 텍스트 공간과 작가의 체험적 문학공간, 그리고 지리적 문학공간으로 나눌 수 있다.[16]

는 논의를 통해, 지리적 공간 내에서 작품 속에만 등장하는 '절대공간'이라는 관점으로 작품 분석을 시도하여 문학공간과 문화콘텐츠의 가능성을

---

15 최현식, 「근대계몽기 '한양−경성'의 이중 표상과 시적 번역」, 『상허학보』 제26호, 상허학회, 2009, 198쪽.

16 김창호, 「소설 『태백산맥』 문학공간의 공간 분류에 따른 콘텐츠화 연구」, 『현대문학이론연구』 Vol.23, 한국현대문학이론학회, 2009, 53쪽.

탐색하기도 한다.[17]

결국 고은 시에 등장하는 공간 소재에 대한 접근은 두 가지 차원에서 가능하다. 첫째 시인으로서 자의식이 형성되는 지점에 방랑이 중요한 소재적 원천을 제공한다는 점을 탐구하는 일과 둘째, 물리적, 지리적 소재로 등장하는 장소를 구체적으로 확인하는 작업이 그것이다.

4. 시적 공간과 방랑의 의미

고은의 시적 이력은 방랑과 '경계넘기'[18]를 본질적으로 내포한다. 그의 방랑은 실존적이며 사회적이고, 역사적인 의미를 지니고 있는데, 제의적, 상징적 차원에서뿐 아니라 방랑은 그의 작품을 이루는 중요한 구성원리이다. 그에게 방랑은 유희적 차원이라기보다 자기 자신의 실존적 해방을 꿈꾸는 존재론적 결단으로 출발한다.

> 시대의 트라우마라는 것은 실로 운명적이기까지 했습니다. 사람들이 나를 미쳤다고 했습니다. 나는 자주 산꼭대기에 올랐다가 내려갔다 하다가 가출 사건을 되풀이 했습니다. 고향이란 내 뿌리는 뽑혀버렸지요. 가출을 할 때마다 아버지가 잡아옵니다. 그러다가 세 번째 가출이 출가가 됩니다.[19]

---

17 공간성에 관한 이론적 접근은 졸고, 「문학공간 연구의 쟁점과 맥락」(『문학마당』, 2013년 겨울호)에서 부분적으로 인용했음을 밝힌다.

18 그는 세 번의 자살시도를 통해 삶과 죽음의 문제에 정면으로 마주한 적이 있다. 이는 방랑의 의미를 궁극적으로 내면화한 것으로 판단되는데, 이는 삶과 죽음의 경계에서 치열하게 고뇌한 경험이라고 판단된다. 이에 대해서는 고은, 『문학앨범』, 웅진출판, 1993 참조.

19 고은, 「나는 격류였다」, 『나는 격류였다』, 서울대학교 출판부, 2010, 281쪽.

에세이가 자기 미화의 욕망으로부터 자유롭지 못하다는 점을 감안하더라도 그의 이러한 진술의 의미를 전적으로 간과할 수는 없다. 많은 산문을 통해 고은은 이 같은 내용을 유사하게 반복하고 있는데, 이를 통해 윤리적 진실을 시적 진실의 차원으로 대체하고자 한다.[20] 그의 방황은 다분히 실존적 차원으로부터 시작되지만 시인으로 살아간다는 것의 의미, 특히 현실적인 정황과 자신을 조우하려는 노력이 동반된 것이었다. 역사적인 구성물인 노마디즘이 시인에게 정주할 수 없음의 비의(pathos)로 해석되는 이유는 여기 있다.

> 길을 보면
> 나에게 부랴부랴 갈 데가 있다
> 신영리나 내리 마을을 보면
> 나에게 저 마을을 지나서 갈 데가 있다
> 그렇도다 마정리 애움길 하나에도
> 장호원 이백리 길도
> 나에게 그냥 잠들지 못하게 한다
> 길을 보면
> 나는 불가피하게 힘이 솟는다
> 나는 가야 한다
> 나는 가야 한다
> 어디로 가느냐고 묻지 말아라
> 저 끝에서 길이 나라가 된다
> 그 나라에 가야 한다

---

20 고은의 산문과 시의 관계는 매우 중요한 의미를 갖는다. 고은은 산문을 통해 지속적으로 자신의 시적 정황과 주변에 대해 이야기하고 있는데, 이는 고백을 제도적 장치로 설정하여 이를 통해 시적 진실을 제고하려는 욕망의 소산으로 볼 수 있다. 이에 대해서는 졸고, 「시적 진실과 정치적 진실-고은 『우주의 사투리』에 나타난 내면성 연구」, 『한국문예창작』 제19호, 한국문예창작학회, 2010.8 참조.

한평생의 추가령지구대
그 험한 길 오가는 겨레 속에
내가 살아 있다
남북 삼천리 모든 길
나는 가야 한다
기필코 하나인 나라에 이르는 길이 있다
나는 가야 한다
나는 가야 한다

—「길」(『조국의 별』) 전문

'길을 간다'는 일만으로도 한 편의 시가 쓰여지던 시대에 고은은 살았
다. 그 길은 한 인간의 형성기에 경험했던 세상으로 나아감이기도 했지
만, 실존의 범주가 사회, 역사와 조우하는 순간, 그는 시인의 위치에 서
있었던 것이다. 그의 '시인되기'는 이같이 현실공간과 만나는 접점에서 이
루어졌던 일종의 제의(祭儀)였다. 루카치의 오래된 전언에 의하면 '고독한
존재가 더 큰 고독과 만나는 과정'[21]이 시인의 길 가기라고 볼 수도 있다.

1980년대 이후 고은의 시적 여정은 지속적인 방랑의 과정에 자신을 위
치시키는 일로 요약된다. 여러 차례의 자살 미수사건과 가출 및 환속 이
후 그의 시는 하나의 결절점을 지나 현실의 문제에 눈을 돌린다.[22] 이 과정

---

21 루카치는 "(시인의) 방랑의 전 여로는 고독에서 고독으로 이어지면서 인간의 공동체를
지나쳐버리며, 위대한 사랑들이 사라져버리는 것을 두루 겪으면서 다시 자신의 고독으
로 되돌아간다. 그리고 난 다음에는 새로운 길을 따라서 점점 더 고통스럽고 더 높은 결
정적인 고독을 향해 나아가는 것이다"라고 말한 바 있다. 이는 시인의 존재론적 특징을
'고독한 주체의 자기 승화'에서 찾으려는 시도라고 판단된다. 루카치, G., 반성완 외 역,
「새로운 고독과 그 고독의 시」, 『영혼과 형식』, 심설당, 1988, 146쪽.

22 고은이 초기의 존재론적 경향에서 현실의 문제에 관심을 전환시키는 과정에 대해서
는 졸고, 「고은 시의 '누이콤플렉스' 극복과정」, 『한국문예창작』 제12호, 한국문예창작
학회, 2007 참조.

은 존재론적인 질문으로부터 공동체의 문제에 대한 관심의 전환을 의미
하는 것으로, 방랑의 역사적 무게를 체화하는 과정과 동일하다.

> 나는 네가 되어 사라지기 위하여 간다
> 지하 계단을 올라
> 내 달싹대는 십이지장과
> 십이지장을 통과하는
> 꿈도 아닌
> 현실도 아닌 그것을 담고
> 오로지 나는 사라지기 위해서 체험한다
> 한밤중 서울역전은 언제나 슬프더라
> 휘황찬란한 것과 황량한 것이
> 하나의 무정으로
>
> 그러나 가고 싶어라
> 신의주로
> 회령으로 웅기로
> 목포로
> 삼량진으로
>
> 가서 캄캄한 밤 내뿜으며 돌아오고 싶어라
> ―「서울역 광장」(『거리의 노래』) 전문

　'서울역'은 한 인간이 시인이 되었다가 역사의 현장을 증언하는 지사(志
士)가 되는 공간이다. 그가 경험하는 현실의 공간, 즉 "지하 계단"을 올라
마주한 "한밤중 서울역"은 "꿈도 아닌/현실도 아닌" 상태, 오로지 "사라지
기 위"한 격정에 사로잡힌 시인에게, 더 이상 현실의 대상이 아니다. 그것
은 "신의주", "회령", "웅기"로 또한, "목포"에서 "삼량진"으로 확산되는 '비
실재적 실재'의 공간이다. 이 경우 체험적 공간과 의식 속에서 구성된 공간

은 모두 시인의 존재론적 역할을 설명하려는 의지의 결과물로, 시인은 그 공간들 속에 자신을 유동하는 존재로 위치시키고자 한다.

어쩐지 서러운 날이면
나는 세계지도를 펼친다
여기는 아프리카 케이프타운
여기는 솔로몬 군도
여기는 민스크
아 여기는 알류산 열도

어쩐지 서러운 날이면
나는 우리 나라 지도를 펼친다
내가 가고 싶은 곳
여기 혜산
여기 자성 강계
여기 초산
여기 황해도 재령
아 여기 안변 석왕사
여기 여수 오동도

어쩐지 서러운 날이면
내가 갈 수 없던 곳에
내가 가 있다
내가 갔던 곳에도
내가 가 있다

이 얼마나 유치찬란인가
나는 이 일을
열두 살때부터 했고
여든다섯 살까지 하리라
　　　　　　— 「서러운 날」(『아직 가지 않을 길』) 전문

시인의 연보에 의하면 장래의 희망을 천황이라고 말했다가 곤욕을 치루었고, 새로 부임한 교장을 몰아내자는 동맹휴학을 주도하기도 했던 때가 1945년이었고 당시 그는 12세였다.[23] 이후 실제로 그는 수많은 지역과 공간을 시적 상상력의 수원(水源)으로 삼았다. 이것이 유랑의 존재론이자, 공간의 시론이다.

이제 그 공간의 대상, 상상력을 통해 재구성된 '비실재성의 실재성'이 어떤 지역적 분포를 갖는지 살펴보기로 한다.

5. 공간 소재와 구성방법

시인 고은이 자신의 시에서 얼마나 많은 공간 소재를 활용하고 있는가 하는 점을 탐구하는 일은 시의 구성원리를 이해하는 중요한 방법론이 될 수 있다. 고은은 전국의 수많은 지역을 실제로 여행하면서 이를 적극적으로 시화하였다. 남한뿐 아니라 북한 지역, 강과 산, 바다 등 그의 시에 나타난 공간 소재는 그 층위가 매우 다양하다. 물리적인 공간을 그가 어떻게 시적 소재로 활용하고 있는지 파악하는 것은 시의 서지적 정보를 한층 유의미하게 만든다.

존재론적 차원에서 공간 소재를 어떻게 시에서 활용했는가 하는 점을 조사하는 방법을 통해 그를 이해하는 일은 고은 연구의 새로운 관점을 제시할 것이다. 이를 위해 분석 대상 시집에 실린 작품 가운데 공간 소재가 드러난 시를 모두 살펴보면서 다음과 같은 표를 작성해보았다.

주어진 분석 대상 시집은 19권이고 여기에 실린 작품의 수는 총 836편이다.

---

23 고은, 『문학앨범』, 앞의 책, 277쪽.

<표1> 고은시의 공간 소재 분류 방법

(A) 연도	(B) 시집명	(C) 시제목	(D) 지리적 장소	(E) 행정 구역	공간의 구성방법(주된 표현방법)					
					(F) 개인적 체험	(G) 사회 역사 등 공적 체험	(H) 내면적 으로 변형된 체험	(I) 복합형 I (F+G)	(J) 복합형 II (F+H)	(K) 복합형 III (G+H)

여기서 지리적 장소란, 시에 등장하거나 작품의 주요 소재로 나타난 지명이나 행정지역 명칭을 의미한다. 그런데 총 836편의 시에 거의 예외 없이 하나 이상의 공간이 등장하고 있어 D유형(지리적 장소)만으로는 변별력을 기대할 수 없어 이를 E유형(행정구역)으로 묶어서 살펴볼 수밖에 없었다. 공간 소재에 대한 분류는 시의 의미상 공간이 어떤 시적 의미를 갖는지 유형화하는 방법을 선택하였다. 이를 통해 (F) 개인적 체험 : 유년시절의 기억, 가족, 사적인 관계를 노래한 시, (G) 사회, 역사 등 공적 체험 : 역사 문제나 사회적인 상황을 노래한 시, (H) 내면적으로 변형된 체험 : 공간을 죽음 등의 다른 의미로 전환시켜 노래한 시로 나누어보고, 이 유형에 속하지 않는 시들을 (I) 복합형 I (F+G), (J) 복합형 II (F+H), (K) 복합형 III (G+H)으로 분류하였다.

1) 시집별 공간 빈도

분석 대상 시집 19권에 나타난 공간 소재는 행정구역 명칭 및 행정구역과 자연 소재로 나누어 살펴보았다. 그 결과 『거리의 노래』에 등장하는 공간 소재의 빈도가 가장 높게 나타났다. 이 시집의 제목이 의미하는 바와 같이 시인은 전국 곳곳을 시 속에 등장시키고 있으며, 그 지역의 의미를 주요 모티브로 삼고 있다. 『남과 북』의 경우[24]는 북한의 지명이 많이 등장하고 있다.

〈표2〉 시집별 공간 빈도

연도	시집명	빈도(%)
1991	거리의 노래	133(13.9)
2000	남과 북	118(14.1)
1984	조국의 별	104(12.4)
1988	전원시편	90(10.8)
1991	해금강	61(7.3)
1986	시여, 날아가라	59(7.1)
1990	아침이슬	48(5.7)
1988	네 눈동자	33(3.9)
2002	늦은 노래	32(3.8)
2011	내 변방은 어디 갔나	23(2.8)
1997	어느 기념비	19(2.3)
2006	부끄러움 가득	18(2.2)
1998	속삭임	18(2.2)
2008	허공	17(2.0)
2002	두고 온 시	16(1.9)

---

24 시인은 남한 지역만이 아니라 북한 지역도 적극적으로 시화한다. 정치적, 환경적인 이유로 인하여 그의 북한 지역 답사는 매우 제한적일 수밖에 없으며 때로는 상상력과 문헌에 의한 창작도 병행되었다고 볼 수 있다. 이 경우 공간에 대한 체험이 사실인가의 여부는 중요하지 않다. 문제는 작품 속에 어떤 지명이 어떻게 등장하는가 하는 점이기 때문이다. 『남과 북』의 공간과 시적 의미에 대해서는 졸고, 「원형을 찾는 순례」, 『비평의 거울』, 청동거울, 2002 참조.

1992	내일의 노래	15(1.8)
1995	독도	14(1.7)
1991	뭐냐	9(1.1)
1993	아직 가지 않은 길	9(1.1)
	합 계	836(100)

2) 공간구성 유형별 빈도

공간구성의 의미와 유형을 분석한 결과 시 속에 등장하는 공간이 개인의 사적 체험에 관련된 부분이 가장 많이 조사되었고 사회, 역사 등 공적 체험과 관련된 부분이 그 다음으로 많이 나타났다. 이 같은 결과는 시인으로서의 자기 정체성을 사회적 체험으로 결부하고자 했던 시적 의지를 반증한다.

〈표3〉 공간구성 유형별 빈도[25]

유형	빈도(%)
(F) 개인적 체험	372(50.8)
(G) 사회 역사 등 공적 체험	114(15.6)
(H) 내면적으로 변형된 체험	94(12.8)
(I) 복합형 I (F+G)	56(7.7)
(J) 복합형 II ((F+H)	29(4.0)

---

25 어떤 유형으로도 설명하기 어려운 작품들도 상당수 발견되어 전체 836편으로 합산되지 못하였다. 문학작품을 유형화한다는 것이 바로 이런 이유 때문에 상당히 위험한 시도이기는 하지만 전체적인 관점에서 주요 분포만을 고려한 판단도 가능하다고 보아 그대로 싣기로 한다.

(K) 복합형 Ⅲ(G+H)	67(9.2)
합 계	732(100)

3) 연도별 빈도

공간 소재가 시 속에 가장 많이 등장한 시기는 1990년대로 나타났다. 이러한 결과는 정치적인 투쟁의 시기였던 1980년대를 지나면서 시인으로서 자기 반성 및 자기 정체성의 확인을 위한 방랑이 창작의 한 방법론이었음을 확인하게 한다. 1990년대부터 시인의 해외체험이 본격화된 것도 이를 설명하는 근거가 된다.

〈표4〉 연도별 빈도

연도	빈도(%)
1980 ～ 1989	334(40.0)
1990 ～ 1999	396(47.4)
2000 ～ 2011	106(12.7)
합 계	836(100)

4) 행정구역 상위 빈도

행정구역에서는 서울 및 경기도를 소재로 한 시가 가장 많았고 시인의 고향 군산을 중심으로 한 지역이 그 다음을 차지했다. 북한 지역도 많았으며 제주도 역시 두드러졌다. 행정구역 빈도의 경우 시의 특성상 산, 강 등의 자연물이 소재하는 지역과 분리하기 어려웠기 때문에 중복되거나 누락된 부분이 있어 행정구역 빈도와 자연 소재 빈도를 각각 산출할 수 없어 두 분포를 다음과 같이 합산할 수밖에 없었다.

<표5> 행정구역 상위 빈도

행정구역	빈도(%)
서울특별시	100(12.7)
경기도	97(12.3)
전라남도	57(7.3)
북한	56(7.1)
전라북도	45(5.7)
제주도	44(5.6)
강원도	39(5.0)
경상북도	38(4.8)
광주광역시	32(4.1)
대구광역시	29(3.7)
충청남도	28(3.6)
부산광역시	21(2.7)
충청북도	16(2.0)
대전광역시	12(1.5)

5) 자연 소재 상위 빈도

자연 소재의 경우 북한 지역의 강이 가장 많이 나타났다. 작품의 소재
가 체험의 범위를 넘어 시인의 의식 속에서 재구성되어 나타난 경우가 많
았다는 점을 보여준다. 북한 지역에 대한 시인의 관심이 많이 드러난 것
이 이를 설명한다.

<표6> 자연 소재 상위 빈도

자연 소재	빈도(%)
강(북한)	23(2.9)
산(북한)	19(2.4)

산(강원도)	9(1.1)
산(경기도)	5(0.6)
강(경상북도)	5(0.6)
강(경기도)	4(0.5)
산(제주도)	4(0.5)
산(전라북도)	3(0.4)
산(서울특별시)	3(0.4)
산(경상남도)	3(0.4)
호수(북한)	3(0.4)
강(강원도)	2(0.3)
강(전라북도)	2(0.3)
강(충청북도)	2(0.3)
바다(충청남도)	2(0.3)
산(경상남도)	2(0.3)
산(전라남도)	2(0.3)
산(충청남도)	2(0.3)
국외(러시아, 인도, 중국)	11(1.5)
1개 이상 포함 지역	116(10.7)
합계(행정구역 및 자연 소재)	836(100)

고은 시에 나타난 소재로서 공간이 어떤 지역적 분포를 보이는지 살펴
보는 일은 고은 연구의 방법론적 새로움을 모색하는 작업이다. 그에게 시
적 공간 찾기는 방랑하기의 결과물이고 여기에는 시인의 존재론, 왜 시인
이어야 하는가, 라는 근본적인 물음이 결부된다. 특히 공간분포에서 개
인의 체험을 사회 현실적인 문제와 결합한 유형이 많았다는 점은, 시인을
공적인 관점, 다시 말해 계몽적 지식인의 하나로 인식하려는 태도를 반증
한다. 민주화와 인권의 보장, 언로(言路)의 확보와 대중적 의사소통 등이
중요했던 시대의 시쓰기란 시인의 시대적 역할론, 즉, 개인으로부터 역사
를 성찰하려는 의지의 작용으로 설명할 수 있다. 여기에 '유동하는 존재'

로서 공간성에 대한 인식, 공간 소재에 대한 자의식은 호모 노마드의 시 쓰기로 구체화된다. 고은 특유의 시적 감각과 방법론이 향후 지속적인 연구의 가치를 갖는다고 판단하는 이유는 여기 있다.

6. 결론

고은에게 유랑은 시인으로서 자기 정체성의 모색으로 출발하여 사회, 역사적인 차원의 의미 발견을 위한 여정이었다. 전후의 폐허에서 시작된 그의 시쓰기는 모더니즘의 의장(意匠)과 결부되었다가 현실주의적 상상력에 의해 수정되었다. 특히 민주화에 대한 열망이 강했던 1980년대에 들어 그의 시에는 매우 다양한 차원의 공간 소재가 등장하는바, 이는 시인으로서 자기 확인 욕구, 정확히 말하면 개인의 차원과 공적 차원을 결부하려는 의지의 소산이다. 그에게 공간을 이동한다는 것은, 삶의 유동적 속성에 대한 인식과 더불어 '정주할 수 없음'에 대한 자각적 표현이다. 그에게 유랑은 놀이나 유희가 아니라, 스스로가 부여한 질서와 책임에 응답하는 절대적 소명이었고, 그 소명은 역사적으로 구성되었던 유목민적 세계관의 시적 발견과 응축으로 설명될 수 있다.

매우 다양한 지역에 대한 시적 소재화를 통해 그는 시인으로 새로운 탄생을 갈구하였다. '나는 쓴다, 고로 존재한다'는 차원에서 '나는 간다, 고로 쓰여진다'는 차원으로 그는 이행한 것이다. 그것은 '발로 쓰는 시'에 대한 자기 확인 욕구에 다름 아니다. 시적 존재론을 다양한 층위의 공간 소재로 구현하고자 했던 고은이야말로 매우 독특한 시적 발견을 이룬 시인으로 기록될 것이다. 방랑하는 자신을 공간 소재 속에서 찾으려는 자의식이 현실의 모순과 만나는 장면이 이를 말해준다. 향후 고은 시를 통한 문화콘텐츠 제작, 혹은 문화산업의 가능성을 타진할 경우 이와 같은 점검은 이론적 근거로 놓일 것이며, 문학의 현장성에 대한 이해를 제고할 것이다. 결국, 고은 시 연구의 전 과정에서 볼 때, 시의 의미를 규명하는 작업과 함께 시의 생산 과정에서 공간 소재를 탐구하고 정리, 연구하는 일은 고은 연구의 새로운 관점을 제시했다는 유의미성을 획득한 것으로 볼 수 있다.

다만, 그의 시에 등장하는 다양한 공간 소재들의 의미론적 차이, 개별 시에 구현된 구성적 방법의 차별성, 공간의 지역적 분포가 지니는 문학적 의미 등에 대한 보다 정밀하고 구체적 접근은 향후 연구 과제로 남겨둔다.

시와 사랑

— 김남조의 경우

1.

김남조는 1948년 연합신문에 시 「잔상」을 발표하고, 1953년에 시집 『목숨』을 발간하면서 본격적인 시작 활동에 나선다. 이후 수십 권의 시 집과 시선집, 수필집 등을 발간하면서 60년 가까운 작품 활동을 하고 있다. 해방과 한국전쟁 직후 소위 '여류문인'이 적었던 시절 그녀의 시 작 활동은 문단적인 사건이라 할 수 있었고, 1980년대 이후 그의 산문 은 광범위한 독자층을 형성하기도 했다. 이후에도 언급하겠지만 그녀에 대한 대중적 인기는 어떤 근거를 지니는지, 또한 그녀가 일관되게 추구 해온 사랑과 생명의 세계에 대한 탐색은 어떤 내면적 정황과 세계관에서 비롯되는지 살펴보아야 할 것이다. 뿐만 아니라 그녀의 작품 활동에 비 해 상대적으로 적었던 비평적 관심이 '끊임 없는 자기 부정과 준열한 노 력을 덜 보여주기 때문'[1]이라는 진단에 대해서도 생각해야 할 것이다.

---

1 김재홍, 「김남조, 사랑시학의 한 지평」, 『한국 현대시인 비판』, 시와시학사, 1994, 197쪽.

김남조 시인을 앞에 두면 다음과 같은 질문이 새삼스럽게 떠오른다. 서정, 혹은 서정성의 상실로 요약되는 시대에 그의 시를 읽는 일은 어떤 의미를 지니는가? 최근 시와 문학에 대한 전반적인 관심 이탈 현상과 새롭게 대두된 일련의 시적 경향에 대해서 어떻게 이해해야 하며, 김남조의 시를 어떤 관점에서 읽어야 하는가? 한편 김남조의 시세계를 오랜 시간 동안 관류하는 몇 가지 특징적 현상들을 앞에 두고 볼 때, 서정의 시대적 유효성에 대한 물음은 그 중요성이 얼마나 되는가?

서정 혹은 서정성은 그 사전적인 의미보다는 그것이 개인과 상황에 따라 어떻게 내면화되고 수용되는가 하는 점을 보여주는 일이 보다 중요하다. 서정성은 사물에 대한 '동일화/비동일화'의 욕구가 만들어내는 정서적 반응양식이며, 차이 혹은 균열이 가져다주는 내면적 공명현상이라고 진단할 수 있다. 그러나 무엇보다도 중요한 것은 서정적 울림은 주체와 대상 사이의 긴장이 유발되는 과정을 면밀하게 보여줄 때 아름답다는 사실이다. 서정성은, 사물과 사건을 대하는 즉자적 감각이 도달할 수 있는 가장 추상화된 차원을 그대로 언표화하는 일을 거부하는 언어적 긴장을 의미한다. 외로움, 사랑, 아름다움 등의 추상어가 생경하게 노출된 시를 대체로 좋은 작품으로 보기 어려운 이유가 여기 있다. 하지만 김남조의 작품세계를 지배하는 몇몇 정서적 패러다임을 이러한 관점에서만 이해할 수 있는가? 제시된 이 문제가 사실은 매우 양면적이라는 점을 고려하지 않을 수 없다.

김남조는 해방 이후 한국 시단에서 가장 일관되게 사랑의 문제를 시적 화두로 삼아온 시인이다. 그의 시에서 사랑은 '소재이자 제재이고 주제를 구성하는 하나의 존재론적 원리'[2]이다. 그의 시세계를 가장 특징적으로 요

2　김재홍, 「김남조, 사랑과 희망의 변증법」, 『생명 · 사랑 · 자유의 시학』, 동학사,

약하고 있는 이러한 진단에 대개의 연구자들이 동의하고 있지만, 여전히 왜 이러한 시적 방법론이 그에게 주효하고 있는지, 어떤 과정을 거쳐서 어떤 이유 때문에 그의 이 같은 방법론이 하나의 세계관을 이루게 되었는지에 대한 답은 그다지 명쾌하게 제시되지 못한 듯하다. 사랑, 진실, 영혼의 아름다움 등을 적절하게 시화하고 있는 김남조 시세계의 특질을 분석하려면 1) 시대적인 상황에 대처한 그녀의 시적 방법론 2) 내면적 상황을 인식하는 시적 태도 3) 추상화된 가치를 수용하는 시적 방법론 등에 대한 탐구가 이루어져야 할 것이다. 이는 생애와 문학을 결부하는 역사주의적이면서도 동시에 작품현상의 내적 의미를 추적하는 발생적 구조주의의 방법이기도 하다.

2.

김남조의 문학적 출발은 한국전쟁이 시작되던 해방기 혼란 상황과 관계 있다. 한국전쟁을 전후한 시기를 이데올로기 대립의 정점이라고 요약한다면, 시대적 상황을 가장 예민하게 감지했을 청년의 관점에서 어떤 형식으로든 이에 대한 내면화 과정이 수반되었을 것이다. 이십대의 젊은 나이에, 전쟁에 대한 논리적인 이해와 역사적 인식을 갖추기 어려웠던 김남조에게 한국전쟁은 일차적으로 혈연적 유대의 붕괴와 친연 관계의 단절로 다가왔다.

> 6 · 25 사변의 가장 큰 특징은 이별과 죽음이 풍족한 배급처럼 골고루 나눠지는 일이었다. 내 주변의 많은 젊은이들이 이 일을 겪었고 내게 있어서도 하나뿐이던 동생이 죽고 그 천문학 교수는 납북되었다.

1999, 175쪽.

그 해 엄청난 장마와 유별난 땡볕은 그 자체만으로도 비극의 한몫을 연기하는 것과 같았다.[3]

그에게 전쟁은 '사변'이었고, 동생을 죽였으며, 마음으로 흠모하던 스승을 떠나게 한 것이다. 이와 같은 고통을 당한 사람이 물론 김남조 한 사람만은 아니었으며, 그녀의 고통이 남다른 면이 있는 것도 아니지만, 문제는 이러한 현실적 상황을 어떻게 내면화하는가에 달려 있다. 다시 말해 외부적인 상황 변화를 인식하는 태도가 다분히 개인적인 취향, 성격에 따라 다를 수 있어 면밀한 분석과 고찰이 요구되지만, 그녀에게 전쟁은 즉자적인 상태의 수준에서 다가온다. 전쟁의 참혹함을 내면적으로 굴절시키는 방법에 주목할 필요가 있다.

아직 목숨을 목숨이라고 할 수 있는가
꼭 눈을 뽑힌 것처럼 불쌍한
산과 가축과 신작로와 정든 장독까지

누구 가랑잎 아닌 사람이 없고
누구 살고 싶지 않은 사람이 없는
불붙은 서울에서
금방 오무려 연꽃처럼 죽어갈 지구를 붙잡고
살면서 배운 가장 욕심 없는
기도를 올렸습니다

반만 년 유구한 세월에
가슴 틀어박고
매아미처럼 목태우다 태우다 끝내 헛되이 숨겨간

---

3 김남조, 「세 갈래로 쓰는 나의 자전 에세이」, 『시와시학』, 1997년 가을호, 47쪽.

이 모두 하늘이 낸 선천의 벌족(罰族)이더라도
돌멩이처럼 어느 산야에고 굴러
그래도 죽지만 않는
목숨이 갖고 싶었습니다

— 「목숨」 전문

이 시는 전쟁 상황 속에서 죽어간 사람들과 이를 바라보는 시인의 태도가 가장 선명하게 드러난 작품이다. 시인은 참혹한 상황 속에 살아가는 사람들을 "가랑잎"과 같은 목숨이라고 진단한다. "눈을 뽑힌 것처럼 불쌍한" 존재들의 "불붙은 서울"을 시인은 "금방 오무려 연꽃처럼 죽어갈 지구"라고 생각한다. 전쟁의 화염으로 인해 죽음으로 뒤덮힌 세계의 삶을 "지구"라는 단어로 확산시킨 것이 일차적인 낯설음이고 "연꽃"의 이미지가 죽음으로 비유되는 과정이 두 번째로 이질적이지만, 시인은 죽어가는 생명들을 보고 이 지구 전체가 죽음에 싸여 있다고 생각한 것이다. 이후 이런 상황을 두고 시인은 기도를 올린다. 충분히 가능한 상황인데 그 기도의 내용이 문제적인 요인을 드러낸다. 이 땅에서 헛되이 숨져갈 수밖에 없었던 목숨은 "하늘이 낸 선천의 벌족"의 결과였다고 시인은 진단한다. "선천의 벌족"을 어떻게 해석하느냐가 문제의 관건인바, '하늘로부터 벌을 받은 민족'이라고 풀이될 경우, 이는 김남조 시인의 청년기 세계관의 일단을 드러내는 중요한 단서가 된다. 즉, 개별적인 상황을 보편적 가치로 환원하려는 태도가 우세한 것이다. 태생적인 잘못으로 인해 벌을 받는 상황에서 구원의 주체는 초인간적인 권능에 의해서만 가능한 것이다. 이것이 그녀의 기도를 이루는 핵심이었다. 현실의 구체적인 정황이 그녀의 내면 속에서는 일종의 추상의 세계로 전환된다.

나의 이십대는 전란과 궁핍의 채색으로 밑그림을 그린 그 위에 삶의 잡다한 구조물들이 위태로이 얹히는 연대였다. 하지만 지금껏 기억에 잡히는 건 구체적인 사건류이기보다 내면의 은밀한 연쇄 충격들, 생선 비늘처럼 푸스스 떨궈지던 심히 비릿한 심정의 조각들이었다.[4]

이 대목은 음미할 만하다. 일반적으로 오랜 시간이 지났기 때문에 어떤 구체적인 사건이 정확하게 기억나지 않는 것은, 그 사건의 시간과 공간적 배경이지 사건의 줄거리나 핵심 자체는 아니다. '내면의 연쇄 충격들'에 대한 시인의 기억은 구체적 사건들에 대한 재생이 아니라, '생선의 비늘처럼 푸스스 떨궈지'는 이미지와 수사의 형태로 남아 있다. 이것은 시인의 생래적인 태도와 세계관으로부터 연유된 것이라고 생각할 수 있다.

김남조는 (……) 13세까지 대구에서 유년기를 보냈으며, 1940년에서 1944년까지 가장 감수성이 예민한 시절 일본에서 교육을 받았던 것이다 국가적으로 가장 어려운 시기에 더구나 여성으로 유학할 수 있었다는 것은 그만큼 경제적 여유와 교육에 대한 이해가 컸다고 보겠는데 이는 그의 성장기가 외형적으로는 유복한 출발이었다고 할 수 있다.[5]

그런데 해방된 나라의 정국은 어지럽기만 했다. 좌우익 이데올로기 싸움은 마침내 학원 내에 회오리를 몰고 왔다. 그 틈바구니에서 이 시인은 고독을 짓씹고 시를 매만졌다고 한다. (……) 이런 사태(한국전쟁-인용자)에 부딪치면 상당히 신경이 무딘 사람도 집단, 종족, 이념, 정치를 표방하고 이루어지는 작태들에 회의를 품지 않을 수가 없게 된다. 그런데 김남조는 체질적으로 매우 유약한 품성을 지니고 있었다.[6]

4 김남조, 앞의 글, 46쪽.

5 김영선, 「삶과 신앙의 문학적 상상력」, 『한국문예비평연구』, 한국현대문예비평학회, 2005, 35쪽.

6 김용직, 「시와 사랑하기의 변증법」, 『시와시학』, 1997년 가을호, 93쪽.

시인은 자신의 20대 시절이 불행했다고 하는데, 그것은 전쟁과 관련된 시국의 정황을 의미하는 것으로 이해가 되며 초등학교 졸업과 일본 유학은 커다란 변화를 동반하지 않았던 비교적 순탄한 생활이었다고 생각할 수 있다. 성장기의 시인에게 중요한 것은, 그의 기억에 의한다면 병약했던 체질과 자신을 가르쳤던 스승에 대한 연모의 추억이었다. 결국, 김남조는 사물과 사건의 구체적 상황에 대한 탐구보다는 그것을 내향적 차원으로 전환하려는 태도가 우세했던 것으로 판단된다. 자신과 외부세계의 갈등구조로 비롯된 비동일화의 과정을 그 자체로 응시하기보다는 화해 가능성에 대한 모색이 우위를 차지하고 있는 것이다. 『겨울바다』(1967)에 실린 작품 한 편을 보자.

> 유월은 구름이 낭만인 달
> 신문지 한 장으로 가슴을 덮고
> 아카샤나무 아래 등의자에 기대면
> 나른한 식물처럼 잠이 든다
>
> 잘 가거라,
> 꿈결에도 외로워지는 말
> 잘 가거라,
> 실상 울고 있을 때가 많다
>
> 유월은 옛날에 내가 이별한 달
> 못다 준 말.피멍든 몇 마디를
> 손에 익은 책장처럼 젖혀 놓는다
>
> 때로 나의 진실은 소망에 있고
> 그 어지러운 몽상에 있었건만
> 더 많이 나의 진실은 사랑에 있고

그 무량한 번뇌에 있었건만
잘 가거라.
오늘 나의 진실은 지난날의 이별에 주는
아득한 축원에 있다

　　　　　　　　　　　— 「다시 유월에」 전문

　김남조는 자신의 모습을 자주 시로 그려왔다. 가령 '자화상'이라는 제목
이 들어가거나 혹은 그와 같은 의미로 읽힐 수 있는 시편들이 많은데, '내
향적 시쓰기'의 차원에서 보면 이 같은 현상은 자연스럽다. 이 작품 역시
그의 세계관의 일단을 명징하게 드러낸 시라고 할 수 있다. 이 작품은 정
황으로 보아 한국전쟁에 대한 이야기를 담고 있는 것으로 보인다. 초여름
으로 접어드는 유월은 하늘이 어느 때보다도 아름다운 달이다. 시인은 유
월을 "신문지 한 장으로 가슴을 덮고/아카샤나무" 아래서 "나른한 식물처
럼 잠이" 들 수 있는 날로 표현하고 있다. 매우 참신하고 독특한 이미지의
조합이 아닐 수 없다. 그런데 문제는 이런 날에 시인은 과거를 기억해야
한다는 것이다. 그것은 "유월은 옛날에 내가 이별한 달"이기 때문이다. 그
유월은 "못다 준 말 피멍든 몇 마디"가 가슴을 아프게 하는 달이다. 이로
인해 "울고 있을 때가 많다"고 고백하지만, 시인은 "그 어지러운 몽상"과
"무량한 번뇌"를 극복하고 지난날을 "아득한 축원"으로 보내기로 한다.
그것은 "더 많이 나의 진실은 사랑에 있"기 때문이다. 김남조의 사랑학은
이 같은 성격을 지닌다. 즉, 모든 아픔과 상실감을 포회하면서도 초월하
는 힘, 구체적 정황과 사건을 내면적으로 구심화하려는 노력이 그것이다.

　3.

　김남조가 오랜 시간이 지나도록 사랑과 생명의 문제에 천착한 시인이

라는 사실에 많은 연구자들이 동의하고 있지만, 사랑의 구체적인 내용이나 사랑의 중요성과 숭고함에 이르는 과정은 그다지 정밀하게 논의되지 못한 것도 사실이다. 다만, 그녀의 체질적인 특성과 내향적 기질은 구체적 상황과 갈등을 드러내기보다, 화해의 지평으로 전환하려는 욕구로 자주 나타난다고 설명할 수 있다. 그렇다면 그의 사랑, 혹은 시를 통한 사랑학은 어떤 논리적인 특성을 지니는지 또한 어떤 언어적 조탁의 과정을 거쳐 드러났는지 살펴보아야 할 것이다.

우선 김남조는 성장형 시인으로 볼 수 있다. 그는 이렇게 고백한다.

> 나는 청소년기에 정상적으로 국어교육을 이수하지 못한 강점기 연대에 속하므로 언어소양의 부실을 안고 시를 써왔다. 이의 보완책으로 우선 뜻의 확충을 생각할 수 있건만 이 역시 쉽게 도달할 일이 아니었다.[7]

이러한 진술은 물론 일제 강점기에 소년기를 보낸 사람들에게 대개 적용되기도 하겠지만, 우리말로 사유한다거나, 글 쓰는 일에 대한 언어적 자각이 시인에게 특별히 요구된다는 점을 시인이 깨달은 것은 한참 후의 일이다. 김남조를 포함한 초창기 '여류' 시인들의 작품에서 발견되는 상투어에 대한 비판[8]이 의미가 없는 것은 아니지만, 우리가 주목할 것은 시인

---

7 김남조, 앞의 글, 53쪽.

8 김현은 1960년대에 여류시인들의 작품에서 발견되는 상투형은 '감정적 오만'에서 비롯되었으며, 이는 '정서적 긴장'의 와해를 불러와 '일종의 굳어진 언어'를 만든다고 비판하고 있다. 김현의 지적은 사랑, 고독, 외로움 등이 여류시인들의 시에 너무 빈번히 일어나고 있다는 점에 대한 비판이지만, 이러한 비판이 '언어의 세련성'과 '이미지의 조화'의 결여를 의미하는 것이라면, 반드시 여류시인들에게만 해당되는 말은 아닐 것이다. 흥미로운 사실은 이 비판이 『한국 여류문학 전집』 6권에 실렸던 평론이라는 점이다. 이에 대해서는 김현, 「감상과 극기」, 『김현 문학전집 3』, 문학과지성사, 1993 참조

스스로 그 상투형에서 벗어나려는 노력을 얼마나 하고 있는가 하는 점이다. 『정념의 기』(1960)에는 이런 시가 실려 있다.

오늘은 내 열 손가락이
낱낱이 미아의 형상이라
아무 까닭도 없이 일곱 빛 무지개를 본다면
환각일 텐데

계보 없는 감정이래요
셈을 치르고 남은
햇빛 같은 것 앞에 솟았거니와
이건 숨소리도 없이 자라온 거래요
지문 하나도 묻히지 않고
훨훨 날아다니고 싶은
슬픔이래요

—「계보 없는 감정」 부분

작품의 밀도가 높다고 할 수 없는 이 시에서 시인은 자신의 시적 위상을 나름대로 진단하고 있다. "계보 없는 감정"의 실체는 무엇일까. 시적 영향 관계를 의미하지 않는다면, 이것은 감정의 구체성이 결여된 상태를 의미한다고 볼 수 있다. "숨소리 없이 자라온" 정서, "지문 하나도 묻히지 않" 은 내면성에 대한 표현으로 읽힌다. 이런 자각은 시인 자신의 시쓰기에 대한 자의식의 발로이면서 동시에 그녀의 시가 일종의 성장형이라는 사실을 말해준다. 이런 자의식은 훗날 자신의 언어 자체, 삶 자체를 관조적인 태도에서 바라볼 수 있게 한다. '계보 없는 감정'이 일종의 논리적 체계를 갖추는 모습을 그녀는 다음과 같이 담담하게 서술한다.

나의 언어는
불행히도 위험하지가 않다
오늘 나의 언어는
충격을 동반하지 않으며
과도한 고통을 품지도 않는다

이순의 나이 넘은
나의 언어는
포도 낟알 술로 익을 때까지
시간의 봉인 지켜 기다리잔다
모든 걸 말로 못할 바엔
침묵이 괜찮은 화법이라며
낮은 풍향에도 몸 굽히려 하는
나의 언어는
다행히도 위험하지가 않다

— 「나의 언어」 전문

『평안을 위하여』(1995)에 실린 이 작품은 그의 시가 여백과 기다림, 화해와 용서라는 매우 포괄적인 세계에 이르렀음을 말해준다. 그가 볼 때 위험한 언어란, 현실 모순에 대하여 관심을 갖고 그 해결책을 모색하는, 투쟁적인 소통 방식을 의미한다. 그런 방법은 처음부터 그녀의 시에 어울리지 않았다. 물론 감상의 상투형으로부터 벗어나 이제는 "포도 낟알 술로 익을 때까지" 기다리는 법을 배웠다는 점이 강조될 뿐이다. 시가 현실에서 '위험한 소통 방식'의 하나라는 관점이 설득력 있게 다가왔던 시대도 있었고, 시가 본래 그런 기능을 담당하고 있다는 점 역시 이해할 수 있지만, 김남조의 이런 화법 또한 현실 상황에서 반담론(counter-discourse)의 역할을 지니고 있었다는 점을 부정할 수 없다. 오히려 그녀의 시를 지금 다시 읽고 있는 이유는 이러한 의미에 주목하기 때문이기도 하다.

4.

『젊은 베르테르의 슬픔』의 주인공, 베르테르의 로테에 대한 사랑이 사
실은 자기 욕망의 재생과 증식에 기여한다고 하면서, 사랑의 특질을 분석
한 롤랑 바르트는 이렇게 쓰고 있다.

> 나는 상상적인 것을 위해 이미지를 희생한다. 그러다 어느 날인가
> 그 사람을 정말로 단념해야 하는 날이 오면, 그때 나를 사로잡는 격렬
> 한 장례는 바로 상상적인 것의 장례이다. 그것은 하나의 소중한 구조
> 였으며, 나는 그이/그녀를 잃어버려서 우는 것이 아니라, 사랑을 잃어
> 버렸기 때문에 우는 것이다. (나는 프와티에의 저 감금된 여인이 그녀
> 의 지하감옥, 말랑피아로 되돌아 가고 싶어 했던 것처럼, 다시 사랑으
> 로 되돌아가고 싶다.)[9]

'시적 사랑학'이라고 명명될 수 있는 김남조의 시는 사랑의 대상과 방법,
혹은 경험의 구체성을 사상한 지형도라 할 수 있다. 대상에 대한 이미지는
매우 추상화되어 있다. 그의 이미지들은 사랑이라는 상상적인 가치를 위
해 희생된 듯 보인다. 청년기의 김남조에게 강하게 남아 있는 사랑에 대한
기억은 그의 회고에서도 보이듯 일본 유학시절의 체육 선생님과 대학 때
만났던 천문학 교수에 대한 연모의 감정이 주를 이룬다.[10] 그들을 통해서
사춘기 때의 감성을 일깨웠고, 사랑의 의미에 대해서 터득하게 된 것이다.
그러나 이후 그는 이런 구체적 사랑의 경험을 이미지화하면서 사랑이라는
구조를 만들어간다. 그에게 사랑은 현실적이기보다 상상적인 것이며, 사
랑의 구조 속에 자신의 언어가 어떤 형식으로든 구조화된다는 점을 중요

---

9   롤랑 바르트, 김희영 역, 『사랑의 단상』, 문학과지성사, 1991, 51쪽.
10   김남조, 앞의 글 참조.

하게 생각한 것이다. 따라서 구체적이고, 심지어는 육체적인 사랑조차 김남조에게는 모종의 결핍, 부재, 외로움 등의 추상적 구조물로 변형된다.

> 때로 좋은 음악을 들으면 철철 눈물을 흘린다오
> 해마다 첫눈이 오는 날이 좋아
> 한 아름의 붉은 털실을 사러 나가지
> 왕국을 얻기보다 참다운 연인 하나가
> 더 행복을 주느리라고 배운 적도 없이
> 열네 살부터 믿어 왔다누나
>
> 해 저물면 어둠 속의 바람을 향해
> 영혼의 팔을 벌리느니
> 밤에 거울을 보면 거기 또 있는 「나」라는 여인,
> 정녕 이는 누구일까
>
> ― 「자화상」 부분

그녀의 명상은 사랑의 대상에 대한 사유이며, 어둠과 바람 속으로 향하는 "영혼의 팔"은 자신에게 존재의 의미를 부여하는 사람에게 뻗어 있다. 물론 이때의 대상이 어떤 특정한 사람에게만 국한되는 것은 아니다. 뿐만 아니라, 사랑으로 인한 고통과 분열을 응시하기보다 김남조는 화해와 포용을 강조한다. 연인을 하나 얻는 것이 왕국을 얻기보다 더한 행복을 준다는 믿음을 생래적으로 지녔던 시인에게 사랑으로부터 파생되는 모든 감정의 편린들은 그 사랑을 추구하는 과정의 아름다움과 내면적 수용으로 전환된다. 그의 이러한 사랑은 '최종적 화해를 향해 끊임없이 움직이며 때로는 현실, 역사, 상황, 제도 등의 가치체계를 배제 내지는 부정'[11]

---

11 김용직, 앞의 글, 80쪽.

하기도 한다. 젊은 시절의 사랑에 대한 기억과 경험이 그녀의 삶 전반에서 여러 층위의 인간에 대한 사랑으로 그 외연이 확대되는 모습을 시적인 논리로 추적하기는 어렵지만, 사랑이 그 자체의 자기 재생산을 통해 모든 가치를 관류하는 지평에 시인이 서 있다는 점은 부정하기 어렵다. 생을 바라보는 원숙한 깊이를 드러내는 최근의 작품들이 이를 증명한다.

1

그대 사랑타령이
나잇값에 어울리길 빌겠어
있는 피 죄다 따르어
물동이 채우던
어리궂은 상습의 짝사랑도
그대 몫의 축복에선
기실 최고이던 게야

그 사람들
사랑스러워 주었기에
이제도록 살아남고
가슴 아직 따뜻하니
얼굴 가득 미소지어 주렴
너로라 귀한 이로라
머리 끄덕여 주렴

2

그대 삶 타령도
나잇값에 합당하길 빌겠어
만감 다 넘쳐도
이젠 못 견디게 아프질 않아
어른이시여

처음 한 번 도포자락을 잡아보는
평화, 그의 왕림이라

이렇게 되면
고통이 새로 솟아야겠어
사랑하는 단 한 사람의 세월
손 흔들어 작별하고
사랑하는 천만 사람이
가슴 안에 맵고 아리게
붐벼야겠어
논 오는 저물녘의
은보라빛 어둠 고이는
이 그윽한 무게
삶은 깊을수록 유정한 것이구나
헌 옷 입은
이순의 여인이여

— 「이순의 여자」 전문

　　이 작품은 시라기보다는 철학적 사유의 지평을 열어보인 명상록에 가
깝다. 사랑의 존재론에 대한 자기 성찰이 매우 아름답고 유현(幽玄)하기
때문이다. 시인 스스로 사랑학의 실체에 대한 질문을 내포하고 있으며,
사랑의 대상이 인간 관계 전반에 대한 긍정과 이해의 영역으로 확대되어
있음을 알게 한다. 삶이 이제는 "못 견디게 아프질 않"기 때문에 "고통이
새로이 솟아야겠어"라는 다짐은 그의 삶이 관조적인 상태에 이르렀음과
동시에 어떤 형태로든 시적 긴장이 새로운 변화를 수반해야 하는 지점에
도달했음을 의미한다.

5.

김남조의 시적 사랑학은 종교적 성찰과 구원의 표상과 무관하지 않다. 그는 시인이기 전에 종교인이었고, 시적인 자기 구원과 종교적 귀의는 그의 문학세계에서 분리될 수 없는 양면을 이룬다.

> 나의 시가 후반부에 오면서 신앙적인 색조가 많다고 말한 것은 바로 보았다고 할 수 있다. 그러나 이로써 전부인 것이 아니다. 나는 삶과 신앙의 대상을 동의어로 파악하며 유착된 덩어리로 가슴 깊이 품고 있다. 때문에 신앙시가 곧 삶의 시이고, 삶의 시가 필연 기도의 율조를 지닌다.[12]

신앙에 관해서 그는 생래적인 면을 갖고 있다. 문제는 하느님의 목소리를 내면적인 울림을 통해 언표화하는 일이 시적 긴장을 유지하기는 어렵다는 점이다. 여기서 시적 긴장이란, 삶의 다양한 층위에서 발생할 수 있는 갈등의 요인들을 바라보면서 자신의 정서와 조율해가는 일인데, 종교적 구원과 신의 절대성을 강조하는 작품에서는 이미 화해와 보편적 가치가 압도하기 때문에 시적 긴장의 강도가 약화될 수밖에 없다. 문학작품을 신앙인의 관점에서 읽을 때와 다른 이유는 여기 있다. 하지만 김남조가 추구했던 사랑이, 가치의 절대성으로 도달한 지점이 종교적 구원의 지평과 닿는다는 점은 확인할 필요가 있다. 가령,

> 죄와 울음의 여자
> 일곱 귀신이 몸 속에 살아

---

12 김남조, 앞의 글, 57쪽.

일곱가지 귀신굿을 하던 여자
모두 잠들면
이럴 수가 차마 없는 여자
적막한 여자

일곱 번의 일곱 갑절
남자를 사랑해
끝내 한 사람의 영혼과도 못 만난 여자
어둡고 더 추워서
누구와도 다르던 여자

— 「막달라 마리아 · 2」 부분

와 같이 고통의 이미지를 동일화하는 데서부터 시작하여,

사리를 쌓아
태산을 이룰 때까지
선혈을 탈색하여
증류수의 강으로 넘칠 때까지
천지간 오직 변치 않는 건
죽음과 참사랑뿐
하여 당신에게선
어느 새벽 어느 밤에도
손발에 못박는 아픔
그치지 아니합니다

— 「막달라 마리아 · 4」 부분

라는 작품에서 보이는 자기 희생의 숭고함에 이르기까지 김남조에게 참
다운 사랑은 종교적 구원의 기표와 같은 맥락을 이룬다. 이러한 상황은
'사랑의 주체가 현실을 벗어나 관념세계를 지향하고 그 대상을 신적인 존

재 즉 절대자로 격상시켜 사랑의 플라토니즘을 완성'[13] 한 것으로 이해된다. 그렇다면 김남조에게 이 같은 종교적 구원의 이미지는 어떤 내면적 동기를 갖고 있을까.

아주 옛 시절에 나는 예수님이라는 초능력자가 계시고 그의 집은 예배당이라고 알고 있었다. 한 번은 심하게 앓고 있었는데 신열이 치솟는 한밤중에 천장의 문양이 꽃뱀 뭉치로 엉켰다 풀어지곤 하는 환각에 시달렸다. 희미하게나마 부모보다 힘있는 분이어야 한다는 궁리로 예수님에게 무서운 환영이 원래대로 그림 속에 흡수되게 해달라고 부탁을 했었는데 나의 첫 기도인 셈이다.[14]

생래적으로 종교적 분위기를 체득한 시인에게 그것은 '운명적인 계약'과 같은 것이었고, 이런 경우 그가 선택한 가톨릭은 한치의 의심도 허용하지 않는 선험적 세계관을 이룬다. 그런데 그가 선택한 신앙의 기저에는 어머니에 대한 연민과 사랑, 안타까움이 전제되어 있다는 특징을 드러낸다. 그의 어머니는 아들 둘과 딸 둘을 두었으나 두 명을 잃은 상태에서 한국전쟁의 와중에서 나머지 아들마저 잃는다.

그 당시 나도 혈담을 뱉곤 하던 참담한 병중이라 어머니 혼자서 미아리 공동묘지에 어린 아들을 파묻고 오셨는데, 서울이 두 번째 탈환된 1·4 후퇴에 모녀가 피난을 갔다가 몇 해 만에 정부의 환도를 따라 다시 돌아온 후 어머니의 치열한 집념은 아들의 묘소를 확인해내는 그 일이었다. 끝내 허사로 돌아가자 급격한 시력 감퇴로 두세 번 안과 수

---

13 오세영, 「사랑의 플라토니즘과 구원」, 김남조, 『김남조시전집』, 국학자료원, 2005, 1133쪽.

14 김남조, 앞의 글, 56쪽.

술을 받아야만 했고 그 고통 중에 생애를 마치셨다.[15]

이런 어머니에 대한 기억을 그는 모성적 감성을 통해 시화했으며, 이것이 수난받는 '막달라 마리아'의 이미지, 구원의 징표로 재생된 것이다. 삶의 본질은 구원의 계시에 의해 정해져 있으며, 인간에게는 그 '주어진' 시간을 얼마나 충실하게 보내는가 하는 문제만 남는다는 생각이 그에게는 중요했다. 이미 삶은 '출생부터 어떤 타자의 결정'[16]에 의한 것이라는 사유가 그것이다. 절대적 진리를 신뢰하는 삶을 사는 일이 삶의 충만함을 일깨우는 행위라는 점을 시를 통해 보여주고자 했다는 점에서 그의 신앙시는 곧 자신의 삶 그 자체와 양항적이다. 김남조에게는 '초절성(超絶性)의 거부를 위한 선택은 현대시에게 허무의 체험을 가르쳐 주는'[17] 것으로 이해된 듯하다. 삶 자체가 절대적 가치의 세계 밖으로 나아갈 수 없다는 신념의 내면화에 그의 시가 이르고 있다는 의미이다.

그런데 초기의 시에 비해 최근 작품에서 그의 신앙적 고백과 체험이 상당히 공적인 수준, 사회적 차원에서 언급된다는 점은 주목할 만하다. 개인의 해탈과 구원으로부터 그 외연을 확장하려는 시도는 사랑시의 자기갱신의 의지를 드러내는 징후로 보여 주목된다.

> 못 사는 부모와 더 못 살게 될지 모를
> 자식들의 나라에
> 당신의 장기이신
> 파도 같은 통곡과 참회

---

15 김남조, 『예술가의 삶 7』, 혜화당, 1993, 25쪽.

16 김남조, 「세 갈래로 쓰는 나의 자전 에세이」, 『시와시학』, 1997년 여름호, 56쪽.

17 자끄 마리땡, 김태관 역, 『시와 미와 창조적 직관』, 성바오로출판사, 1985, 200쪽.

그리고 사랑을
울창한 숲으로 땅 끝까지
자라게 해 주실는지요

— 「막달라 마리아 · 7」 부분

자기 구원의 욕망을 사회적인 차원으로 이해하려는 태도는 최근에 간
행된 『희망학습』 이후 시편들에 자주 드러난다. 삶의 깊이와 연륜이 차분
하면서도 절제된 표현으로 드러나고 있는 작품들을 보면, 그가 여전히 쉬
지 않고 자신의 언어에 대하여 성찰하고 있다는 믿음을 갖게 한다. 신앙
의 차원과 시적 욕망이 그의 삶에서 행복하게 조우하는 모습을 다음과 같
은 작품에서 발견하는 일은 자연스럽다. 오랜 세월의 부침을 따라 시와
삶을 온몸으로 살았던 시인의 깊은 탄식을 보면 그에게 신앙은 곧 삶이면
서 시 자체였음을 알게 한다.

망망대해에서
아슴히 육지가 보일 때의
겸허한 희망,
그러나 육지에 닿기까지
아흔아홉 번은 더 절망하리라

마침내 뭍에 닿아
닻을 내릴 일이언만
어느 날 또다시 출항하여
만경창파 갈피갈피에서 읽는
암울한 글씨들에 취하고 지쳐
사람 세상 그 지평을
거듭 그리워하는
다함없는 되풀이려니

안식 없는 삶이여
지금은 어디로 가고 있는가
잃은 것과 얻은 것은 무엇이며
사라져 파묻혔다가
새살 돋아 되살아난
궁극의 가치는 무엇인가

모처럼 영혼까지 따스하던
은총의 한 시절은
누구와 나누었으며
그 다음은 어찌 되었는가

정녕 어찌 되었는가
높고 깊으며
마음 실타래 죽기까지 풀리는
유정한 삶이여

　　　　　　　　　　—「사라짐과 되돌림을 위하여」 전문

　이 작품은 시라기보다 한 편의 명상록이라 할 수 있다. 삶은 절망의 연속이지만, 절망으로 인해 절망하지 말고, 희망을 발견했다 해도 겸허해져야 한다는 일종의 잠언으로 읽히는 작품에서, 시인은 자신의 생을 "사람 세상 그 지평을/거듭 그리워하는" 일이었다고 회고한다. 삶은 안식이 없으며 늘 어디론가 가고 있어 "잃은 것과 얻은 것"의 구별 자체가 무의미함을 시인은 말하고자 한다. 삶에 대한 체념과 허무가 아니라 삶 자체의 속성을 깨달을 때, 그것은 "새살 돋아 되살아난" 아름다움과 "은총의 시절"이 가져다주었던 고마움, 그리고 "유정한 삶"의 깊이를 체득할 수 있는 것이다. 여기가 김남조의 문학이 도달한 정점이다.

6.

여전히 서정 혹은 서정성은 문제적이다. 시가 읽히지 않는 시대의 삶을 반영하는 또 다른 형태와 내용 역시 서정의 내면성에 속한다는 진단 역시 의미가 있다. 평생을 하나의 화두와 함께 살아온 김남조에게 갈등과 세계의 변화는, 화해와 용서의 메커니즘이 외화(外化)되는 대상일 뿐이다. 서정은 그 자체로 삶을 문제적으로 읽는 방식의 하나이다. 나와 세계의 틈을 인식하는 최초의 자아가 시인이며, 시인의 이 같은 문제 의식을 통해 삶의 아름다움이 반추될 수 있다는 믿음을 버리기 어렵다. 사랑과 화해, 진실과 구원의 문제를 시의 존재원리로 삼았던 김남조에게 이러한 간극은 내면적으로 포회된다. 드러내기보다는 감싸안고, 말하기보다는 기다리며 침묵하려 했으며, 또한 이를 언어화하려는 역설적 자세를 통해 시인의 존재 의미, 시인으로 살아가는 또 다른 모습을 보여주었다는 점에서 김남조의 시와 삶은 문제적이지 않을 수 없다.

앞으로도 그의 시가 서정의 본질에 대한 질문을 지속적으로 일깨우는 데 바쳐지길 바라는 것은 서정의 자기 갱신과 더불어 삶의 본질을 향한 의식의 각성이 매우 중요하리라는 믿음 때문이다. 이것이 그의 시를 다시 읽는 이유이자, 사랑학의 논리적 근거를 밝히는 목적이기도 하다.

제2부

어떤 귀소(歸巢)

― 김수복의 근작[1]

1. 길

김수복은 길 위의 시인이다. 등단 이후 10여 권의 시집을 간행하는 동안 그의 길 가기는 여러 가지 경로로 이루어지고 있음을 보여주고 있다. 길 위에서 그는 사람들을 만나고 이야기하며 또 사색에 잠기기도 한다. 이때 길은 은유가 아니다. 살아가는 과정이라는 비유적 의미의 길이 아니라, 그의 길은 생활 그 자체이기 때문이다. 수풀이 우거진 도심의 길을 걷거나, 바다가 보이는 작은 오두막집을 찾아 며칠을 헤매기도 하며, 천 년

---

1 이 글은 김수복의 시에 대한 나의 세 번째 글이다. 나는 김수복 시인과 몇 차례 여행을 한 적이 있다. 인상 깊었던 기억 가운데 하나는 오래되고 낡은 도시의 미로 같은 길을 걸으면서 그가 내게 한 말이다. '길 위에서 죽을 수도 있고, 정말 그럴 수만 있다면 좋겠다'는 것이다. 큰 눈을 껌벅이면서 내게 한 그 말은 내게, 그를 마치 '사원으로 촛불을 켜들고 올라오는 나귀'('나귀')를 연상하게 하였다. 그의 이런 특징을 가리켜 나는 길의 경계, 삶의 울타리 너머를 걸어가는 나귀라고 명명한 바 있다. 이 글 또한 그때의 기억에 부분적으로 기댈 수밖에 없었음을 고백한다. 이에 대한 것은 졸고, 「시간의 경계를 넘어가는 나귀의 노래; 김수복론」, 김수복, 『우물의 눈동자』, 청동거울, 2004 참조.

이 넘는 오래된 도시의 뒷골목을 배회한다. 그의 길 가기는 삶의 갈피와 일상의 공간 도처에 존재하는 일종의 제의(祭儀)와 같다. 그 일을 하지 않으면 텅 빈 공허감으로 인해 삶의 의미가 송두리째 사라져버릴 것만 같은 불안감에 사로잡히거나, 시간의 견딜 수 없는 속박으로부터 벗어나야 할 것만 같은 생각에서 자유롭지 못하기 때문일 것이다. 그만큼 그의 길 가기는 본질적이고 근본적이다. 도심의 주변을 배회하는 산책자의 운명이란 가공할 속도로 대표되는 자본의 운동을 비판하는 척도로 작용하기도 하지만, 그에겐 좀 더 내성적이고 자기 회귀적인 울림을 확인하는 일이 더 중요해 보인다. 오래도록 그가 걸어온 길은 여전히 그의 시를 길어 올리는 수원(水源)이자 삶의 방법론으로 작용하고 있다.

다시 말해 그는 길 위의 시간에서 길에 대한 사유를 통해 존재의 근원과 마주하며 살아온 것이다. 길은 그에게 삶이고 은유이며 존재를 증명하는 방법론이었다. 가령, 그가

> 세월에 젖은 길들도
> 이제 다시 살이 올라 시가 될 것을 믿는다
> 그대의 가슴속으로 성큼성큼 걸어들어가는
> 저녁 들길이 될 것을 믿는다
> 노래를 부르는 길이 되리라 믿는다
> ─「자서」(『모든 길들은 노래를 부른다』) 부분

라고 말한 것에 주목한다면, 길의 의미가 좀 더 선명해질 것이다. 그것은 '나는 간다, 그러므로 존재한다'는 전언으로 요약되는 삶을 이른다. 그 길은 일차적으로 외부로 향하는 그리움과 사물에 대한 관심으로부터 시작되었지만, 궁극적으로 자신의 내면으로 수렴될 것이다. 그러므로 그 과정에 주목해볼 필요가 있다. 길이 그의 시적 아우라를 설명하는 주요한 대

상(object)이라면, 그는 길 위에서 여전히 무엇을 꿈꾸고 있는지 살펴야 하기 때문이다. 그는 오래 전에 이렇게 노래한 적이 있다.

> 길가에 서서도
> 길 위로 가는 길은
> 너무도 멀다
> 그대의 마음속으로 가는
> 길도 너무 멀다
> 멀리 서 있는 그대가 아름답다는
> 가을도 지나고
> 나는 아직 이쪽에 남아 있다
>
> 건너편에 있는 그대가
> 겨울강이거나
> 아니면 굳은 돌처럼 보인다
> 드디어 사랑도 돌이요
> 평화도 식지 않는 돌이다
>
> 물기 젖은 돌처럼
> 가을 햇빛 속에 빛나는 길
> 그 길 위로 가는 길은
> 너무, 너무도 멀다
> 다리가 아프도록
>
> — 「저문 거리에서-壁詩 3」 전문

이 작품과 함께 실린 연작들의 앞뒤 관계를 고려해볼 때 이 시는 불행한 현실의 상황을 노래한 것으로 해석될 여지가 없지 않지만, 무엇보다도 그가 길을 가는 가장 중요한 이유가 "그대의 마음속으로 가"기 위함이라는 사실이 명시적으로 드러나 있다. 하지만 "그대"를, 사랑하는 대상이라는 협소한 의미로 읽을 경우 김수복 시의 특징적인 의미를 놓치게 될 것이다. 여기서 "그대"란 부재하는 대상, 실재하지 않는 존재를 가리키는 기호이기 때문이다. 그의 길 가기는 이같이 비실재의 대상을 찾아가는 일을 의미한다.

2. 부재

그의 시에서 보이는 서정적 울림은 그러므로 근원적인 성격을 지녔다고 판단된다. 파괴적이고 폭력적인 세계 앞에 무기력하게 노출된 삶을 근본적으로 반성하는 방법 가운데 하나는 존재하지 않는 대상을 그리워하는 일이다. 문학적 상상력의 사회적 의미를 묻는다면 바로 이 같은 전위적 꿈꾸기가 가능하다는 사실을 보여주는 데 있을 것이다. 그가 노래하는 자연과 혹은 현실에서 사라진 대상에 대한 시적 복원이야말로 이 같은 꿈꾸기의 전형이 아닐 수 없다. 그는 쉬지 않고 비실재의 공간을 찾아 나섰고 지금도 그는 그 걸음을 멈추지 않고 있다.

> 무릉역을 지나면 眉川에 닿는다 우리 한평생 넘어오는 가을 등 뒤로
> 연기를 내뿜는 지친 무릉의 어깨를 지나면 眉川에 닿는다 사람이 내리
> 지 않는 역사 뒤 늙은 공장 연기 사이로 가을은 사라지고 돌아오지 않는
> 眉川을 따라가면 사람이 내리지 않는 역사를 지나서 眉川은 노을 속으
> 로 갈 길을 서두르고 새들은 사라진 가을의 등 뒤를 날아오른다
> ─「무릉역을 지나며」 전문

그가 찾아나선 무릉역과 미천의 실재성 여부는 중요하지 않다. 오히려 이들의 비실재성이 그의 시를 풍요롭게 하는 요소로 작용하기 때문이다. "사람이 내리지 않는 역사"가 갖는 의미심장함에 이 작품의 핵심이 놓인

다. 이 시는 일종의 풍경화이다. 중요한 것은 작품의 풍경 속에 사람이 존재하지 않는다는 점이다. 다만 가을날을 배경으로 낡은 역사의 뒤편 어디쯤에서 연기가 피어오르고 황혼을 배경으로 새 한 마리가 고독하게 날아오를 무렵, 화자는 미천의 끝자락을 먼 발치에서 지나치며 바라보는 모습이 그려지고 있을 뿐이다. 결국 사람이 내리지 않는 역, 열차가 서지 않는 낡은 역사를 감싸고 흐르는 미천에 대한 그리움, 혹은 그곳에 닿아보고 싶은 충동이 이 시를 의미 있게 한다. 그렇다면 궁극적으로 무릉역, 혹은 미천은 인간의 현실적인 삶의 공간 밖에 존재한다는 말인가. 안에 있으면서도 밖에 있는 것, 부재하는 것, 혹은 경계의 저편에 존재하는 대상을 찾아가는 순례가 김수복 시의 의미망을 형성하고 있다.

그것은 좀 더 구체적으로 자연의 사물, 혹은 지나가버린 기억, 역사 속으로 지워진 흔적, 흘러가버린 청춘의 시간 등으로 변주된다. '사라지거나' 혹은 '살아진' 아름다움(김수이)은 고통의 흔적으로부터 귀납된 결정(結晶)이다.

옥탑방으로 이사 온 후 며칠동안 밖을 나가지 않았습니다 빗소리가 가슴을 두드리고 가끔 새들이 먼 소식을 던져놓고 건너갑니다 지상으로 내려가는 길은 너무 멀고 계단은 하늘 가까이로만 뻗어 있습니다
며칠 쉬다보면, 능소화 몇 송이도 질 것이고 구름 속의 폐렴도 화염을 식히며 지나갈 것이고 멀리 서 있는 상처의 노을도 서산을 넘어갈 것입니다 모두 돌려서 내려보내고 홀로 맨발을 씻고 문을 닫고 몇 층의 슬픔을 오르내리며 개울물 소리도 듣고 나뭇잎 스치는 소리도, 멀리서 울리는 천둥소리도, 쫓기던 소나기 발자국도 듣고 한 며칠 쉬고 싶습니다

을지로 5가 방산 시장 골목 안 은하장 여관 옥탑방에서 보낸 그 해 겨울의 빈 의자와 쓸쓸한 전화 몇 통, 밖으로 나돌 수 없었던 침묵 속

의 미로들, 출구를 봉쇄당한 슬픔, 자꾸만 내려가고 싶었던 뜨거운 계단, 돌을 던지고 싶었던, 그러나 가 닿지 않았던 막연한 공중, 창문을 열 수 없었던, 아니 창문이 없었던, 그림자도 지우고 숨어 있었던, 아니 뜨거운 그림자를 가슴에 품고 뛰었던, 사랑하는 사람을 사랑한다고 말할 수 없었던, 모른다 모른다 모른다라고만 말했던, 그러나, 밤마다 은하수 흐르는 옥상에서 하늘을 우러러보았던, 은하장 여관 옥탑방,

옥탑방으로 이사 온 후 며칠 동안 앓았습니다 빗소리가 가슴을 두드리고 지나가고 새들이 그 동안 잊고 있었던 먼 소식을 던져놓고 하늘을 건너갑니다 밖에는 갓 피어난 능소화들이 낡은 계단을 타고 올라옵니다

— 「옥탑방」 전문

이 작품에서 나타나는 유폐적 자의식은 청춘의 열망과 내면성을 구체적 경험과 함께 보여주고 있지만 그의 시세계를 특징짓는 중요한 동기를 내포한다. 즉, 부재와 비실재성에 대한 그리움, 혹은 침묵과 소통 불가능성에 대한 시적 의미화를 지향하고 있다. 이 같은 인식은 한때 '어두움'의 표상으로 극명하게 드러나기도 했다.

저편 마을의 마구간이 보이지 않고, 마을 앞 냇가 가문 바닥이 보이지 않고, 당산 나무숲이 보이지 않고, 이윽고 그대가 보이지 않고, 그대의 마음이 보이지 않고, 그대의 사랑이 보이지 않고, 이리 뛰고 저리 뛰고 날아다녀도 풀리지 않는 이 어둠이여

— 「반딧불」 전문

결국 보이지만 없는 세계를 그리워하거나, 있지만 보이지 않는 세계를 찾아가는 길 가기가 그의 시를 직조해왔던 구성원리였음이 밝혀진 것이다. 그의 길 가기가 공간적 이동을 통한 세계의 발견, 그곳에서 생의 시원

을 찾으려 한 것이었다면, 최근 그는 낡아간다는 것, 시간의 갈피 속에 사라지는 것의 의미 탐구에 몰두한다.

3. 시간

김수복은 일찍이 사물과 자연, 자신과 우주가 조화로운 화성(和聲)의 울림을 자아내는 지평을 그리워했다. 세상의 모든 길 가기를 통하여 그가 획득한 시적 지평은 자신으로 회귀하는 여로를 발견하는 일이었다. 타자로 향한 관심의 궁극적인 도달점은 그 관심의 진원지인 자신의 내면, 존재의 시원이 다름 아닌 내 안의 욕망임을 깨닫는 일 그 자체인 것이다.

> 내 몸에는
> 寺院이 있다
>
> 막 어둠이 걷히는
> 몸속
> 오랫동안
> 비워있던
> 사원이 있다
>
> 오래된 문을
> 밀고 들어서면
> 낡은 문 앞에 누워있던
> 길, 일어서는 소리,
>
> 무거운 짐
> 땅위에 내려놓고
> 다시 새순의 등불

가슴에 켜드는 나무들,

오랜 잠에서 깨어나
다시 나는
새들,

내 몸에서
다시 울리는
寺院의 새벽 종소리

—「사원」 전문

　'몸 속의 사원'이 내포하는 초월지향적 의식은 먼저, 자기 탐구적인 태도
에서 비롯된다. 그것은 다름아닌 자신의 내면을 응시하는 자세와 '경계 밖'
의 세계에 대한 동경을 함께 포회하려는 의도이다. "막 어둠이 걷히는 몸
속"과 실제로 그가 여행길에서 만나게 되는 오래된 사원들은 같은 비중으
로 시화된다. '몸으로부터 열리는 세계'와 '세계로부터 열리는 몸'은 동궤
에 놓인다. 즉자적 상태에서 몸이란, 육체적 현존 그 자체를 의미하지만,
항상 타자와 관계하는 존재이며, 타자를 통해서만 그 '몸'의 현존성을 인정
받는 존재이기도 하다. 그러므로 그에게 몸이란, 육체적 실존성에 대한 인
식의 도구이면서 '자기 자신'이라는 타자성을 드러내는 매체이기도 하다.
"오래된 문"과 "길" 혹은 "일어서는 소리"는 몸과 길이 하나라는 것, 내면
적 자기 응시와 길 가기를 통한 세계 이해로부터 그의 시가 직조되고 있음
에 대한 자각적 표현이다. 길 가기를 통해서 "내 몸에서/다시 울리는/사원
의 새벽 종소리"를 듣는 일이 그의 시간과 공간을 형성하고 있다. 그래서
그는 "널려있는 길을 통과했을 때 몸에는 새벽빛이 빛났다"(「몸의 새벽」)
라고 말할 수 있는 것이다. 지속적으로 사물(풍경)과 상응하는 내면에 대한
발견, 이것이 김수복 시의 패러다임이다.

4. 귀소(歸巢)

이제 그는 이러한 자기 인식의 지평을 좀 더 자신의 내면으로 확장한다. 그것은 바로 시간에 대한 깊은 이해, 낡아가는 풍경에 대한 긍정이다.

　　세상의 모든 저녁 의자에는
　　죽음이 앉았다 간다

　　늙은 의자에 앉아
　　새로 먼동 트듯이
　　하늘의 목소리 들려온다

　　나무의 몸에서 들려오는 태몽
　　죽어도 할 말 없는
　　갓 피어오르는 나무의 몸꽃
　　명자나무 사이로 새들 지나간다

　　너와 나 사이에도 저녁 하늘 같이 먼 사랑이
　　일출의 몸꽃으로 피어올랐던가

　　아, 죽어도 좋아 죽어도 좋아 소리지르며
　　새떼로 날아올랐던 적 있었던가

　　눈가에 번지는 노을
　　의자에 앉아 구름의 장례식을 바라본다

　　저녁 노을에 몸을 던지는 새들
　　하늘 의자에 앉았다 가는 죽음을 바라본다

　　구름의 상여가 지나간다

노인 몇몇이 여름 저녁 골목에 나와
앉았다가 들어가는 늙은 의자
담벽에 기대어 앉아있다
                    —「늙은 저녁 의자」 전문

골목 안 어디쯤 늙은 의자 하나가 놓여 있다. 누군가 내다버렸을 그 의자는 한때 매우 소중하고 귀한 물건이었을 것이다. 하지만 이제 그 의자에는 아무도 앉지 않는다. 그 의자엔 이제 시간의 무게가 고스란히 얹혀 있다. 시인은 그 의자에서 지나간 세월을 생각한다. 한때의 격정적인 사랑이 지나고, 이제는 "저녁 노을에 몸을 던지는 새들"처럼 석양 무렵에 다달은 시간을 헤아린다. 모든 낡아가는 세상의 풍경 속에 존재하고 있는 자신을 발견하는 일은, 먼 길을 돌아와 "늙은 의자/담벽에 기대어" 있는 모습을 무연히 바라보는 것과 같다. 하지만 이러한 응시는,

먼 바다의 아들도 이제 파고를 넘어 돌아오고
올리브나무 사이 새들도 별이 되었다
죽은 숲들도 깨어나 저녁 식탁의 등불을 내걸고
별이 되어 돌아오는 새의 숲이 되는 소리를 듣는다
                    —「메아리—파트모스 시편 1」 부분

처럼, 자신의 내면 속으로 돌아오는 풍성한 귀소(歸巢)라고 볼 수 있다. 마치 "격렬한 한낮의 소나기가/골목을 밟고 지나"간 이후에야 비로소 도달할 수 있는 "먼 시간의/자궁 안"(「달의 두 엉덩이를 두드리다」)처럼, 그의 돌아옴은 처연하도록 아름답다. 그러나 그가 어떤 물리적 지점 앞에 멈춘 것은 결코 아니다. 그 먼 길로부터 이제 겨우, 잠시, 돌아온 것일 뿐, 그에겐 또 다른 출발이 예정되어 있을지 모른다. 그의 마음속에는 이미 고독한 순례자들이 걸었던 산티아고의 촛불 켜진 식당이거나, 무수히 오갔던

우면산 자락이거나, 혹은 가을꽃이 무더기로 피어 있는 양재천의 물가가 자리 잡고 있을 것이다. 밤 늦게 집으로 돌아가는 길에서도 그는 어디론 가 떠나는 생각을 지우지 못할 것이다. 그것이 나귀의 본성인 것을 어찌하랴.

소멸의 운명, 부활의 형식

— 김수복, 『외박』

─────────

이 세상의 일들은 왜 그렇게 지나가고, 무엇이 삶을 이끌어가며, 인간
은 왜 그 시간 앞에서 무력할 수밖에 없는가. 어려운 질문에 대한 답은 여
러 가지 방식으로 제출되어 있지만, 오로지 자신에게 주어진 삶의 의무를
이행하는 것으로 이 물음에 답할 수밖에 없으며, 그것은 죽음을 눈앞에
둔 사람의 마음 상태와 같다고 한 철학자는 말한 바 있다(G. 루카치). 어
떤 경우든 가장 강한 영혼의 힘과 가장 아름다운 풍요로움은 운명으로 인
한 상처를 인식할 때 완성되는 것이며, 기다리면서 견디는 일이야말로 운
명을 건 응시이며, 조용한 힘의 분명한 모습이라는 것이다. 이때 운명은
물론, 이해할 수 없으며 신비롭고 주술적인 '선험적 힘'이 아니라, 생각과
편견, 만남과 이별, 관습과 도덕적 계율 등이 만들어내는 '신성한 일상'의
세계, 그 자체를 의미한다. 일상은 우리 앞에 주어진 냉혹한 질문 형식이
자, 사유의 울타리이며, 벗어날 수 없음에 대한 자의식의 거울이기도 하
다. 일상을 운명으로 이해하고 내면적 형식을 만들어가는 자가 시인이며,
시인은 그 형식을 통해 거꾸로 자신의 운명을 직조한다고 말할 수 있다.

누구에게나 일상이라는 이름으로 주어진 현실이 있고, 이를 어떻게 이

해하고 수용하는지에 따라 삶의 방식은 달라지게 마련이지만, 시인에게 일상은 수동적인 태도만을 요구하는, 단순하며 계기적인 순간성이 아니라, 운명을 건 '내기'의 대상이며, 그 상호 관계 과정이 곧 존재론의 일단을 보여주는 공간이 아닐 수 없다. 일상이란 시간의 다른 이름이고, 이 시간의 의미를 무수한 이미지들로 내면화함으로써, 삶이 얼마나 처연한지 그 처연함을 나는 왜 노래해야 하는지, 궁극적으로 그것이 어떻게 생명적 아름다움이나 삶의 심연을 발견하게 하는지를 시인이 일깨워야 하는 이유는 여기 있다.

김수복의 시에는, 운명 앞에 선 자의, 자신에게 주어진 삶의 의무에 대해 응답하려는 의지가 강하게 엿보인다. 역설적이게도 그 의지는 죽음을 이해하고 사라지는 것들을 노래하는, 소멸에 대한 인식으로부터 출발된다. 그러므로 김수복의 운명은 일상에 대한 시적 인식이라고 말할 수 있다. 시인으로서, 주어진 일상성을 시화해야 한다는 평균률적 의미가 아니라, '소멸의 아름다움'을 발견하는 일이 왜 삶의 생성적 의미를 견인(牽引)하는지 보여주고 있기 때문이다.

① 늙은 의자 하나 담벽에 기대어
  새로 먼동 트듯 들리는
  하늘의 목소리 듣고 있는 중이다

  목련꽃 지는 골목 저녁 의자에
  죽음이 앉았다 간다

  몸에서 들려오는 먼 땅속의 태몽
  갓 피어오르는 나무의 몸꽃으로

  저녁 하늘같이 먼 사랑이

일출의 꽃으로 피어올랐던가

아, 죽어도 좋아 죽어도 좋아 소리 지르며
새떼로 날아올랐던 적 있었던가

② 노을 의자에 앉아
구름의 장례식을 바라보고 있다

저녁노을에 몸을 던지는 새들
구름의 상여가 되어 지나가는,

여름 저녁 골목에 나와 앉아 담벽에 기대어
구름의 운구를 바라보고 있다
　　　　　　　　　— 「늙은 의자의 저녁」 전문(번호는 인용자)

　골목 안 담벽에 의자 하나가 앉아 있다. 누군가가 앉았던 의자는 텅 비어 있다. "하늘의 목소리"를 들으며 이제 생의 마지막을 기다리고 있는 의자는 "목련꽃이 지"듯, 죽음의 무게를 담고 있다. 한때, "일출의 꽃"처럼 피어 올랐던 사랑의 기억도 있지만, "죽어도 좋아 소리 지르며" 열망에 사로잡히지 못했음에 대한 회한을 깊이 새기고 있을 뿐이다. "몸에서 들려오는 먼 땅속의 태몽"이나 "갓 피어오르는 나무의 몸꽃" 같은 흔적조차 시간의 무게를 이겨낼 수는 없다.
　여기서 중요한 점은 작품을 두 부분으로 크게 나눌 때, ①번 부분(1연~5연)의 행위 주체가 "늙은 의자"였다면, ②번(6연~8연)에서는 "노을 의자에 앉아" 있는 화자가 행위 주체로 변화되고 있다는 것이다. 다시 말해 ①에서 화자가 "늙은 의자"와 자신을 동일시했다면, ②에서 화자는 스스로 "노을 의자에 앉아" 대상을 바라보고 있다. 이제 "늙은 의자"는 "노을 의자"로 바뀌고, 그 "노을 의자"에 앉은 사람은 다름 아닌 화자가 된 것이다. '소멸해간다는 것'의 시적 의미가, "늙은 의자"라는 '공간화된 시간'으로 잘 표현되고 있다. 다시 루카치에 의하면 '어떤 운명적 시간이 지니는 무한히 감각적인 힘을 통해 표현된 것'을 시의 본질이라고 할 때, 김수복에게 그 시간은 "저녁 노을에 몸을 던지는 새"로 예각화된다. 이러한 감각은 가령,

> 정박해 있는 배들은 묵묵 폐경
> 아이를 낳지 못하는 무덤이다
>
> ──「썰물이 지나가는 진통」부분

> 탯줄이 끊긴지 오래인 바다
>
> ──「청모시조개 피는 눈빛」부분

> 새벽부터
> 저녁까지
> 종일 나오지도 않는 젖을 빨고 있다
>
> ──「나귀」부분

처럼, 고갈되고 메마른 이미지로 변화되기도 하지만, 소멸하는 운명을 견디는 힘은 형식의 발견으로부터 비롯된다는 점을 시인은 잘 인식하고 있다. 삶은 길 가기의 다른 이름이고, 길 가기를 거부할 수 있는 운명은 존재하지 않으며, 그 길에서 마주한 운명과 자신의 목숨을 건 투쟁을 해야하는 것이 생이기 때문이다. 그러므로 모든 길 가기는 운명의 형식을 만들어가는 일이다. 김수복은 수많은 길 위에 있었거나, 여전히 길을 가고 있다. 집 주변의 산책로, 낯선 지방의 시외버스 정류장, 인제 내린천, 도미니꼬 사원이 바라다 보이는 카페, 폭풍이 몰아치는 살라망카의 언덕, 비 내리는 파트모스의 해변에 이르기까지 길 가기는 그의 시를 직조하는

매우 중요한 원천이 된다. 길 가기가 시를 만들어내는 소재의 차원에 멈추는 것이 아니라, 그 길에서 그는 운명의 형식을 발견하고자 한다. 그것은 다름 아닌 모든 소멸하는 존재의 아름다움 속에 깃든 처연한 삶의 욕망, 살아 있기 때문에 아름다운 존재에 천착하는 일이며, 이를 적극적으로 언어화하는 일이다.

좀더 쉬었다 갈게요! 하느님,

늦게 핀 들꽃도 꽃이잖아요

골목 안, 평생 사람과 사람들 사이에 핀

이 개망초꽃 두고 갈까요?

저 분도 바르지 않은 눈물 보이지 않으세요?

전 이 골목 안, 저, 오래된 국수집 담 밑에 핀

어머니 살아 돌아온 꽃

사람과 사람 사이에서

하느님 좋아하시는 사람꽃도 피었네요

아직도 갈 곳 없어 다가오는 구름도,

아, 그 아득한 첫사랑 파도도 아직 피어 있잖아요

도저히 저 해가 바다 너머 고요히

잠들기 전엔 가지 않을래요

아무리 부르셔도 이 골목 안

저 사람꽃 질 때까지

복종하지 않을래요

하루만,

딱 하루만 더 피어 있을래요!

—「외박」 전문

영혼의 명징함과 아름다움은 가장 단순하고 미시적인 사물들에 정면으로 마주할 때 드러난다. 시적인 울림은 거대한 담론 속에 가려진 미세한 파토스의 발견을 통해 확산된다. 삶에 대한 의지가 권력과 지배욕망의 크기에 비례하지 않듯, 또한 "사람과 사람 사이에서 시가 태어나듯"(「동백꽃 지는 저녁」), 존재와 그 생명성에 대한 옹호야말로 지상 위의 삶이라는 가장 거대한 명제를 실현하는 구체적 방법론이 되는 것이다. 지금, 여기의 삶이란 "하느님"의 세계에서 보면 '외박'인 것, 잠깐 나갔다가 돌아갈 곳은 이미 정해진 것, 다만 자신의 모든 것을 건 운명적인 시간 앞에 잠시 머물다가 돌아가는 것이 유일한 진실이라는 관점이 이 작품으로 잘 형상화되고 있다. 이것이야말로 '신성한 일상'에 대한 시적 육화이며, 소멸의 운명, 운명적 소멸에 대응하려는 시적 의지가 아닐 수 없다. 하지만 생은 그런 의지와 달리, 짙은 체념과 모멸을 가져다준다, 가령,

모두 저 숲으로 가서 죽거나
아침 해로 다시 태어날 것이리라
그러나, 저문 인생의 가게에서
떠나간, 먼저 떠나간 사람을 그리워하지 않으며,
다시 떠오를 해를 기뻐하지도 않으며,

나무들은 짙은 안개의 숲 속에서
무덤이 된 저녁의 젖을 빨고 있다
　　　　　　— 「나무들은 늦은 저녁의 젖을 빨고 있다」 부분

는 진술 속에 담긴 시선에 주목할 경우, 시간 위에 존재하는 일은, 죽음을
통해 자기를 인식하는 행위, 곧 죽음의 타자화를 경험하는 것임을 수용
하지 않을 수 없다. 그러나 운명을 건 형식의 발견이란, 그것을 어떻게 내
면화하는가, 나아가서는 어떻게 생성의 언어로 치환할 수 있는가를 묻는
행위와 같다. 모든 길은 지나온 길이며, 관계의 다양성이 육화된 기억으
로 각인된 공간이다. 소멸에 대한 의식은 그 길의 끝을, 여행의 마감을 바
라보는 자의 내면적 풍경이다. 관계의 의미를 되묻기도 하고, 시간에 대
한 두려움을 갖기도 하지만, 시인은 그 풍경 속에 자신의 실존적 좌표를
덧붙이는 자이며, 그러한 책무를 지닌 사람이다. 그래서 시인은 자기 영
혼을 증명하고자 한다. 이 세계의 덧없음에 대해 노래한다는 것은 곧 생
의 처연함이 이해되는 순간, 바로 그 좌절의 징후 속에서 생성하는 것들
을 찾아야 한다는 점이다. "가장 잘 자란 나무 밑에는/가장 잘 썩은 시체
가 누워 있다"(「봄 나무에게서 꽃이 피는 저녁에」)는 역설은, 영혼의 투명
성이 자신을 증명하는 '가능 의식의 최대치'에 해당된다.

저렇게 핏줄은 말라갔을 것이다
흘릴 눈물도 없는 눈물을,
만 리 밖 바람의 간절한 소리를
제 귀에도 들리지 않는 목소리로
그 긴 강물의 탯줄을
속에서 밀어 올렸을 것이다

툭툭, 땅속 폐경이 된 자궁을 들어올려

아득히 능선 위로 자지러지는
태양을 몸 안으로 조이고 조여서
씨를 받아내었을 것이다

노을에 퍼져
재가 될지라도
천년 몸속 光源을
지는 태양 속으로 고이 간직해 내보이면서
한 잎 두 잎, 입을 벌리며 태어나듯이
죽은 몸으로 다시 살아날 것이다

—「노을이 물드는 화석」 전문

　이제 시인은 생성을 노래한다. "강물의 탯줄"은 고갈된 "핏줄"과 메마른 "눈물"이 "만리 밖 바람의 간절한 소리"를 만나 이어진 결과이며, "폐경의 자궁"은 "태양을 몸 안으로 조이고 조여서/씨를 받아"낸다. 시간은 "불꽃을 피워 재가 되는/눈물"(「숲」)이 아니라, "노을에 퍼져/재가 될지라도" "죽은 몸으로 다시 살아"나는 빛으로 전환된다. 이와 같은 변화가 가능한 이유는 어디에 잠재되어 있을까. 그것은 최근 김수복 시에서 자주 목격되는 비판적 현실 이해의 힘이라고 판단된다. 하지만 그 비판 행위가 시인의 세계관을 설명하는 근본적인 방법으로 보기 어려운 이유는, 모든 권력관계와 자본의 움직임조차 소멸의 한가운데를 지나지 않을 수 없다는 생각에 그의 시가 근거하고 있기 때문이다. 본질적인 것은, 존재하는 일은 소멸한다는 것이며, 운명적인 일은 그 소멸을 견디는 형식을 만들어가야 한다는 준엄한 시적 현실이다.

죽고

다시 사는 일이란

아침에서 저녁으로 건너가는 일

이 나무에게서 저 나무에게로 건너가는 일

나의 슬픔에서 너의 슬픔으로 건너가는 일

너에게서 나에게로

나에게서 너에게로

죽음에서 이승으로 건너오는 일인 걸

새벽 눈발을 맞으며

새벽 산허리에 감기는 일인 걸

훨훨, 죽음을 넘나드는 눈발이 되어

한 며칠 눈사람이 되어 깊이 잠드는 일인 걸
　　　　　　　　　　　　　　　　—「겨울 메아리」 전문

　　모든 삶에 대한 사유는 죽음에 대한 사유이지만, 생의 의미를 깊이 이해하지 않고서는 죽음으로부터 가벼워질 수 없다. 주어진 시간을 정직하게 바라볼 수 있는 자만이 자신의 영혼을 증명하는 형식을 만들어낸다. 시인에게 그것은 소멸의 운명을 생성의 힘으로 치환하는 일이다. 그리하여 죽음을 생의 의지로 우화(羽化)하려는 고투 속에서 그의 시는 빛날 것이다. 그는 이제 "말이 꽃이 되어 다시 피어"나는 모습을 바라본다. 그리하여,

　　　　나비가 날아올라 황금빛 죽음을 펼쳐 보이는
　　　　무덤 앞에서 절규하던 침묵의
　　　　무덤 앞에서 무덤이 되었던

저 꽃봉오리들
저 함성들
저 봄나무들
저 죽음의 혁명들

　　　　　　　　　　　　　　　　—「부활」부분

처럼, 다시 새로운 시간 앞에 설 것이다. 그것은 무덤과 침묵, 죽음으로
부터 이어지는 노래이자, "타올라/하늘까지 타올라/지상의 몸속/불씨가
되"(「詩」)기를 염원하는 지상의 울림이다. 이것이 소멸하는 삶을 응시하
는 부활의 노래이자, 김수복 시의 운명이 아닐 수 없다.

시인 구보 씨의 디스토피아, 일상
— 조현석의 근작

리토르넬로(ritornello), 시간

일상이라는 기표에는 단조롭고 반복적인 근대의 시간이라는 의미가 내재되어 있다. 일상은 산업화 시대를 거치면서 우리들에게 뚜렷하게 인지된 개념 가운데 하나이다. 매일 매일 반복되는 노동과 삶은 오래 전부터 있어왔지만, 그것이 일상 혹은 일상성으로써, 분석의 대상으로써, 우리를 둘러싼 하나의 타자로써, 각인되기 시작한 것은 오래되지 않았다. 생산과 노동에서 소비와 유희로 대체되기 시작한 후기 산업사회의 시간적 패러다임도 그 자체로 친숙한 권태를 만들어내는 무한한 자기동일성의 세계로 뒤바뀌기 시작한다.

시인 조현석은, 소설가 구보가 걸었던 식민지 시대 경성의 종로를 내면적인 시간으로 바꾸어서 일상의 흔적으로 채색한다. 일상은 시인의 하루이자, 모든 개별자들의 시간이다. 다시 말해서 시인 조현석이 움직이는 생활의 동선을 따라가보면 어느덧 우리는 자신의 얼굴과 마주치고 타인을 보려고 하면 할수록 그 시선은 자신의 시각과 일치하게 된다. 1930년대 이상은 "내 안구에 보이지 않는 것은 내 안구 뿐"이라고 말하면서 바라보는 주체의 우월성 혹은 구성되는 주체에 대하여 자각한 바 있지만, 2000년대의 구보들은 "내 일상에 그려넣지 못할 대상은 일상이라는 공허한 시니피앙뿐"이라고 선언할 법도 하다. 일상은 반영의 주체이면서 객체이며, 결별된 타자처럼 보이면서도 사실은 그 안에서 한 발자국도 벗어날 수 없는 뫼비우스의 띠이기도 하다. 자본의 메커니즘을 넘어선 밖을 허용하지 않는 것은 자본주의라는 이념만이 아니라 일상이라는 시간의 절대공간도 해당된다. 지루하고 단조로운 공간을 일정한 간격과 간극을 두고 오가는 삶. 자본주의의 리토르넬로(ritornello).

숲으로 퇴근하기

시인은 이렇게 쓴 적이 있다.

> 그가 가꾸는 숲은 어디 있는가
> 도시의 황사바람을 통과하여,
> 뜨거울수록 좁아지는 사막의 문을 지나,
> 저물녘 펼쳐지는 황혼의 커튼을 찢고,
> 아니다 그렇게 어렵고 멀지 않다
> 구름 한 점 없는 별의 희망이 시작되는 저녁
> 때, 그의 외출은 시작된다
> ─「그의 퇴근, 혹은 화집」, 1연

시인 구보가 길을 나서는 저녁나절이다. 숲은 어디 있을까. 육중한 회전문을 밀고 나서는 시인에게 숲은 어떤 의미와 상징의 기표인가. 숲은 황사바람과 사막과 황혼의 커튼 너머에 있다. 회전문을 가운데 두고 서로 마주 보고 있는 두 개의 시간이 있는데, 시인은 숲의 시간을 지향한다. 새벽까지 반딧불과 놀 수도 있는 시간이 숲에 존재한다. 숲은 신성한 시간만을 가리키지 않는다. 세속적 시간과 양항적인 것. 이 점을 이미 알고 있기 때문에 시인은 숲에 이르러 명상(冥想)과 명정(酩酊)을 동시에 수행할 것이다. 온몸으로 지탱해야 할 수행원칙으로부터 잠시 이탈하는 시간. 하지만,

> 숲에서 숨쉬는 것들의 두려움이던 어둠 속을
> 이리저리 날아다니는 반딧불을 시작으로
> 가깝게 같이 지내다, 새벽이 올 즈음
> 그는 숲으로 간 흔적을 남김없이 지우며
> 돌아온다 돌아오는 일상으로의 길은
> 아침이 오는 새벽 하늘, 너무 가깝다
>
> ─「그의 퇴근, 혹은 화집」, 3연

라고 생각하면서 그는 일상의 시간으로 돌아온다. 매일 반복되는 일이지만, 신성한 직무를 이행하기라도 하듯이 그는 이렇게 매일 퇴근한다. 매일 숲을 찾아 나선다.

혼자 먹는 일

혼자 있다는 사실을 가장 절감할 시점은 무엇인가를 먹거나, 먹어야 할 때이다. 먹는다는 일은 무엇인가 공유하고 나누는 일이다. 특정한 공간에 함께 있거나 같은 행위를 하고 있다는 점을 자각하고, 동일한 음식을 먹었다는 점을 기억하는 행위, 그것이 함께 식사한다는 행위의 의미일 것이다. 그런데 혼자 먹는다는 것은 이러한 관계 맺음으로부터 철저하게 분리되거나 소외되는 일이다. 의도적이든 그렇지 않든, 혼자 먹는 밥은 사

회적 관계를 일차적으로 배제하는 일이다. 우리는 많은 만남을 먹는 일을 통해 수행한다. 만남과 먹는 일은 떼어놓기 어려운 과제이다. 먹는 일을 통해 만남이 이루어지면서 차원 높은 사회적 관계를 형성하는 과정은 그야말로 밥 먹듯이 자주 일어난다.

사회적 관계, 즉 일 때문에 만나는 사람들, 혹은 친구, 연인, 그리고 부부에 이르기까지 이 모든 얽힘과 엮임이 사실상 함께 나누는 밥으로부터 기원한다면, 음식을 가운데 두고 나누었던 시간의 균열은 동시에 그 관계의 파국과도 밀접한 관련이 있다.

> 사내는 양은 냄비에 물을 끓인다
> 구불구불하게 꼬인 매운 라면을 넣을까
> 속을 알 수 없는 커피를 타서 마실까
> 잠깐 고민하다, 격한 감정 가라앉은 후
> 허기도 달랠 겸 지난 시간 돌아볼 겸
> 라면을 끓이고 커피도 탄다
> ──「가스레인지 앞에서」, 1연

무엇인가 먹어야 한다는 사실 앞에서 망설이는 이유는, 누군가 함께했던 시간의 균열을 감지하고 있기 때문이다. 가스레인지 앞에서 시인은 사랑했던 사람과의 시간을 떠올린다. 하지만 그것은 불협화음의 노래만 지속했던 과정이다. 사랑한다는 말의 갈라짐과 어긋남이 그것. 함께 음식을 만들면서 콧노래를 흥얼거리던 장면이 겹쳐지기도 하지만, 바라볼 상대가 없는 식탁 위에 앉아, 시인은 비등점이 넘은 분노와 격정의 시간을 추억하는 시간을 보내야만 한다.

시간의 공간화, 어떤 사진

일상의 계기적인 흐름 속에는 가장 가깝고 친밀한 대상을 잃는 경험이 포함된다. 사랑했던 사람을 떠나보내야만 하는 일. 가족 중의 누군가를 잃는다는 일은 시간의 준엄함에 마주 선다는 뜻이다. 죽음은 언제나 살아남은 자의 몫이다. 떠나는 사람은 죽음을 의식하지 못하기 때문이다. 따라서 살아가야 하는 사람에게 죽음을 이해하고 수용하는 방식의 차이가 중요한 것. 어떤 방법으로 죽음을 이해하고 내면으로 승화시키는가의 문제가 남는다. 어머니의 죽음은 아카시아 향으로 대체되고, 어머니를 빼앗아간 시간은 그녀의 젖가슴인 듯, 주렁주렁 달린 아카시아 꽃잎으로 전환된다(「주렁주렁 아카시아」).

뿐만 아니라, 어머니가 떠나간 이후에 맞이한 어버이날, 아버지와 함께하는 식사를 묘사한 작품은 그 자체로 하나의 풍경이다. 설렁탕을 나누어 먹는 장면은 여느 아버지와 아들과 다를 것이 없지만, 이는 시간의 흐름이 만들어놓은 함몰과 고통에 대한 일종의 보상 의식으로 읽힌다. 세월이 흘러서 떠나간 사람이 있지만, 40년 전의 전통이라는 빛바랜 간판이 걸린 식당에서 아버지와 아들은 '되돌릴 수 없는 시간들이 푹 고아진 설렁탕'을 먹는다. 설렁탕 한 그릇이야말로 화해와 용서에 이르는 일종의 제의(ritual)가 아닐 수 없다. 시인이 여기서 한 편의 사진을 보여주고 있다는 데 주목할 필요가 있다.

맨 뒤쯤 눈에 익은 사진 한 장
무표정으로 카메라 렌즈를 쳐다보는 아버지는 오른쪽
퉁퉁 부은 눈의 엄마는 왼쪽
스웨터를 입은 배불뚝이 어린 내가 그 가운데
어색하고 기묘한 침묵이 채색된 그날의 가족사진

이 사진! 십대, 이십대, 삼십대 때도 보았다
무심코 지나쳤던 그것 마흔다섯 먹은 오늘
다시 보면서 갑자기 그날 상황이 그려진다
어린 조카 나이였을 즈음 언제 찍은 사진이냐, 고
어머니께 물었었다. 밤새 싸웠다고
뱃속에 남동생을 둔 후 몇 차례 일어난 일이었다며
엄마의 고향은 삼팔선 위 황해도 강계
찾아갈 친정도 없는 서울에서 부부싸움 끝에 맞은 아침
밤새 실랑이하던 아버지가 제안한 일
잘 살아보자고 마음 합해 제일 먼저 찾아간 사진관
—「어떤 가족사진」, 2연

　현실의 시간이 분화되고 계기적인 것이어서 질서와 규칙이 존재하는
것이라면, 기억 속의 시간은 미분화되고 혼돈처럼 보이지만, 이별과 고통
이 태동되기 이전을 의미한다. 시간의 틈을 기억하는 일, 되돌아보는 것,
자기 존재의 시원(始原)을 꿈꾸는 일이란 현재의 균열을 응시하고 그 간극
을 넘어서려는 의지의 다른 표현이다. 사진 속의 아버지와 어머니 그리고
시인은 일종의 화해 의식을 치르고 있는 셈이다. 새로운 출발을 기약하는
시간으로 돌아가서 그 시간으로부터 사유하는 일이야말로 건조한 시간
위에 서 있는 시인이 할 수 있는 가능 의식의 최대치에 해당된다. 시간의
계기적 흐름을 공간적 개념으로 치환하는 일의 미학적 성취가 주목되는
부분이다.

디지털 시대의 시인 구보

　자주 찾아오는 불면의 밤은 일상이 허용하고 있는 가장 내밀한 틈, 공간
이다. 시인이 말했듯이 역설적으로, 그것은 즐거운 불면이고 다시 세속의

시간으로 귀환하기 위한 준비 과정이기도 하다. 디지털 시대의 시인 구보는 잠들기 전에 반쯤 남은 캔맥주에 소주를 부어서 마시고, 새벽녘에 내리는 빗줄기를 바라보기도 하며, 충혈된 눈으로 아침을 맞이하기도 하지만, 눅눅하고 축축한 삶에 대한 허탈함과 그럼에도 불구하고 이 시간을 견뎌야 한다는 새로운 희망으로 뒤섞인 하루를 시작한다. 하지만 이렇게 하루를 시작하고 매일을 보내는 사람들은 시인만이 아닐 것이다. 희망은 그 성취의 대상이 있어서라기보다는 막연하지만, 그래도 꿈꾸고 있다는 사실을 확인시켜주기 때문에 소망하지 않고서는 하루도 버틸 수 없는 것이 우리 시대의 삶이 아니겠는가. 그래서 사람들은,

> 서로 다른 곳에서 같은 시간
> 머물러, 안부를 묻는
> 어느 한순간 짜릿하게 번쩍 빛나는
>
> ― 「블로그의 아침」, 7연

어떤 공유점을 발견하고 싶은 것이고, 이것이 지속적으로 사회적인 관계와 만남을 원하게 하는 동력이 되지 않을까. 우리 시대의 시인 구보가 만나는 블로그의 아침, 시인의 시간은 디지털 시대라는 문화적 환경 속에서 무언가 새로운 길을 열어줄 수 있을까. 그의 디스토피아 일상이 어떤 희망으로 전환될 수 있을까. 이 질문을 안고 그는 여전히 오늘도 육중한 회전문을 밀고 시간의 갈피 속으로 잠입해갈 것이다. 다시 숲을 향해서 그 문을 밀고 나올 때를 꿈꾸면서.

기억의 살갗을 문지르는 욕망의 언어

— 임수경, 『문신, 사랑』

시는 사라진 시간과 기억의 흔적이다. 시를 생각하거나 시에 대한 이야기를 할 때면 종종 떠오르는 그림이 있다. 침침한 조명 아래 싸구려 물고기 수족관이 있고, 모조 가죽으로 씌워진 노란색 소파가 놓인 다방의 풍경. 차이코프스키의 〈안단테 칸타빌라〉, 거쉰의 〈랩소디 인 블루〉를 자주 들었으며, 수업을 빼먹은 동료 몇몇이 아예 가방을 던져두고 다방 문을 들락거리는 모습이 보였고, 청자를 피웠으며, 누군가 막걸리 한 잔 하자는 제의를 해오지 않을까 눈치를 보기도 했던 시간. 그때 우리는 가능한 깊숙이 소파에 몸을 묻은 채 시를 읽었고, 그런 자신의 모습이 그다지 절망적이지 않다고 위로했으며, 시를 쓰기보다는 시인이 되어보는 연습이 중요하다는 풍문을 확인하기 위해 낮부터 술 마시는 법을 익혔다. 시는 기억이고, 열정이었고, 추억이라 명명되는 시간의 재생음반이었다.

그런데 마른 먼지 뽀얗게 날리며 산모퉁이를 돌아나가던 시외버스의 뒤꽁무니를 망연히 바라보던 기억만큼이나 시를 둘러싼 시간들은 멀리 있다. 너무 멀리 와버려서 시가 언제 우리 곁에 존재했었는지조차 모를 일이 되어버린 느낌. 시 읽기가 힘겨운 요즘, 한 편의 시로써 이런 기억을 반추하게 한다는 일 자체로도 의미 있는 일이라고 생각할 수밖에. 그런데 기억의 존재론, 기억하는 일의 아름다움에 다시 주목한 작품이 있다. 기억의 지층에서 시가 살아 있다는 점을 최근 임수경이 보여주고 있다.

　임수경의 첫 시집 『문신, 사랑』은 사랑의 체험과 기억, 혹은 그와 관련되거나 내재된 수많은 언어들의 흔적으로 가득하다. 그녀의 언어는 오래된 사랑의 그림자 주변을 거닐거나 시간의 그늘 속에서 고독하게 자신을 응시한다. 지나가버린 사랑, 혹은 대상은 현재 그녀가 '기억하는' 자리에서 지속적으로 언표화된다. 기억하는 일은, 기억 자체의 시니피앙으로 시집 도처에서 발견된다. 무엇을 기억하는가의 문제보다는 기억으로 인해 삶은, 현실의 맥락 속으로 확장과 재생산이 가능한 것처럼 보인다. '그'와 관련된 감정과 의식, 함께한 시간들이 언어의 육체성을 이루고 있다. R. 바르트 식으로 말하자면 그녀에게 (기억의) '언어는 살갗이다'. '그 사람'을 그녀의 언어로 문지르는 것. 바르트가 말했던 것처럼, 마치 손가락 대신에 말이란 걸 갖고 있다는 듯이, 그녀의 언어는 욕망으로 전율한다. 이 두근거림은 '그를 욕망하는 나', '내 언어는 너를 욕망한다'는 진술로 모아지거나, 혹은 그 사람을 내 말 속에 둘둘 말아 어루만지고, 애무하며, 이 만침을 얘기하고, 관계에 대한 논평을 지속하고자 온 힘을 기울인다. 하지만 중요한 것은 이러한 욕망은 기억이라는 매개 속에서만 존재하는, 차단된 욕망이라는 점이다. 어긋난 시선과 잘려나간 욕망 사이에서 그녀는 늘 길 위에 존재한다. 길 위에 서 있는 자신을 발견하는 일, 그것이 욕망의 균열과 갈라짐 사이에서 피어나는 시적 아우라를 형성한다.

　　　오랜 시간을 항해하다가 돌아왔다, 고
　　　당신에게 속삭였어
　　　굳이 오래 걸릴 필요가 없었는데

어제부터 바람의 방향이 바뀌어서
등 뒤로 흘러가 다시 담기가 힘들더군
초저녁부터 바람 끝으로 비가 내리기 시작했고
외로운 것들이 서로 부둥켜안고 우는 통에
바람은 서둘러 귀를 막았고, 길은 어리석게도 갈 길을 잃었고,
건넜어야 했던 바다를 두고 내내 더듬거리게 되었지
내 짐을 정리해주는 당신의 손은 기억만으로도 따뜻해
굳이 오래 걸릴 필요가 없었는데
기억의 부스러기들 허공처럼 등에 지고
돌아오는 길 위로 어제부터 장마가 시작되었어
처마 밑에서 잠시 서 있었을 뿐인데
몸 위로 거미줄이 쳐지고 길은, 멀게, 아득해지더군
거미줄에 맺혔다가 스르륵 타고 떨어지는 빗방울,
막아내는 것보다 젖는 것이 더 두려웠다면, 당신이 웃을까
너무 오래 헤맸어, 돌아누운 당신의 젖은 등으로
세상을 퍼덕이던 또 한 세상의 하루가 감춰지고
난 당신의 손을 끌고 밖으로 나가 비를 맞았지
보여? 그 옛날 흙으로 빚었다는 바짝 마른 몸이 쩍쩍 갈라지는 게
손바닥이, 발바닥이, 눈꺼풀 아래가
단단하게 굳어진 몸에서 삐죽이 싹이 피어오르기 시작했어
당신이, 세상이 녹아 흘러내리며 바다가 되는 군
그러므로, 치명적인 오늘 나는, 여전히 길게
당신의 시간을 되새김질 하는 중이야

— 「치명적인 어제」 전문

이 작품에서 중요한 것은 이미지들의 변화와 흐름이다. 시인은 오랜 시
간을 항해하다 돌아온다. 그 항해는 자주, 놓쳐버린 바람의 방향처럼 힘
겹다. 바람은 다시 비를 불러오고, 길은 길을 잃고 만다. 바다를 다 건너
지 못해 방황하고, 기억 속에서 "당신의 손"을 떠올린다. 비는 이제 장마
로 확대되고 길은 더욱 아득해지고 만다. 세상에서 젖는 것이 더 두려운

일이라고 생각하면서 시인은 기억 속에서 "당신의 손을 끌고 밖으로 나가 비를 맞"는다. 여전히 시인은 "당신이, 세상이 녹아 흘러내리며 바다가 되는" 곳을 "치명적인 오늘"의 시간이라 여기며 "당신의 시간을 되새김질하는 중이"다. 항해(또는 행성), 바다, 바람, 길, 비, 젖는 일(혹은 물), 시간 등은 임수경 시의 공간 내에서 기억의 프리즘을 통해 분사된 이미지들이다. 시인은 이미 "존재는 없지만 기억은 점점 더 길어질 것이다"(「멸종」)라고 선언하고 있다. 이와 같은 언급은,

> 그대, 내 <u>기억</u> 중층 하단에서 두 번째
> 단면 화석으로 남아
>   —「불면증」 부분(이하 강조는 인용자)

> 그 슬픈 <u>기억</u>으로 다시 시작된 오늘, 황사
>   —「황사프리즘」 부분

> 저 영원한 파멸의 반복을 바라보며 그대와 내가 사랑을 속삭였다는 것을, <u>기억</u>한다.
>   —「사진 · 2」 부분

> 나는 낙타다.
> 나는 전생을 거쳐 사람 사이를
> 횡단 중이다. 그리고 이것은
> 당신, 의 <u>기억</u>이다
>   —「낙타의 성」 부분

> 강을 따라 걸어도 끊이지 않은 체기가 향한 낡은 <u>기억</u>
>   —「고독한 연애」 부분

처럼, 당신, 혹은 그에 대한 기억으로 수렴된다. 지나가버린 사랑에 대한

추억이 시집의 전면에서 담론화되고 있지만, 문제의 본질은 그녀의 기억 행위가 과거의 시간 속에 존재하는 그 혹은 당신에 대한 연민이 아니라, 현재의 삶에 대한 존재론적 불안에서 비롯되었을 가능성이 매우 크다는 점이다. 다시 말해 그녀에게 주어진 삶의, 일상의 시간은 늘 비에 젖어 있거나 '길 위에서 길을 잃는' 형국으로 그려진다. 그녀에게는 "자궁길을 따라 나온 세상의 모든 길에선 비가 내리"(「어머니는 외출 중」)기 때문이다. 그것은 부재이거나, 단절이거나, 혹은 고독과 외로움의 징후를 보여주는 장치로 읽힌다.

> 배꼽 아래로 길이 하나 나있나 보다
> 내내 그 길 아래로 졸졸 지하수가 흐른다
> 밤새 배를 지구 자전방향으로 문질러주시던 할머니
> 새벽 치성에 잠시 한눈판 사이
> <u>물이 넘쳐 발을 질척인다</u>
> <u>홀로 선 길, 낯선 길에서 길을 찾는 일이란</u>
> <u>지방 국도 위로 뛰어올라 납작해진 무당개구리 따위를</u>
> <u>무심하게 바라보는 정도</u>
> 길을 따라 걷다가 돌부리에 걸려 넘어지고서야 뒤를 돌아본다
> 고불고불, 울퉁불퉁허니 참 용케도 걸어왔다 싶다
> 미처 무릎을 털기도 전에 천둥과 함께 비바람이 몰아친다
> 앞뒤 가릴새 없이 머리를 양 팔로 막고 뛰다가 보니
> <u>서 있던 길에는 비를 피할 그늘막도 하나 없었구나</u>
> 앗차, 배가 아프기 전엔 왜 몰랐을까.
>
> ― 「복통」 전문

　그녀에게 길 위에서 젖어가는 존재, 무당개구리는 자신의 현존성을 우화적으로 투사한 대상이다. 시끄러운 이 세상에서, 혹은 "내 위로 지나가는 굉음의 바퀴들 속"(「무당개구리」)에서, 그래도 "이곳에 오길 잘했어"라

고 스스로를 위안하는 모습은 과거의 시간을 '기억'하고 있는 자신과 병행되는 이미지이다. 그것은 불안하고 위태로운 실존으로부터 배태된 자의식이다. 사랑을 잃었다는 사실은 모든 '부재의 담론'을 형성하는 근원이다. 다시 바르트식으로 말하자면, 모든 글쓰기는 '사랑의 감정을 표현하려는 욕망이 야기하는 속임수, 갈등, 막다른 길'이기 때문이다. 하지만 그녀의 이와 같은 상실감의 근원, "부재에 대한 그 뚜렷한 이유"에는 "기억의 통조림"에 내재된 "울렁거리는 냄새"(「사진·1」)로 자리한 어머니에 대한 기억이 존재하기 때문이다. 구체적인 사실 관계를 확인할 수는 없지만 그것은 "암전"된 기억, 상처로 남아 있다.

이러한 상실감과 부재 의식은 삶을 이해하는 독특한 개안으로 이어진다. 그것은 세상과 소통하기 어려운 절대적 고립감과 유폐적 자의식, 즉 '거울에 비추어진 나'가 아니라 '거울 속의 나'라는 진술로 상징화된 자신의 절대적 타자화를 통한 그로테스크한 인식론으로 나타난다. 가령,

> 언제부터였을까,
> 거울의 여자는 다리가 없었다
> 몸뚱이만 둥둥 떠서
> 언제나 그곳에 붙박이로 서 있었다
> (……)
> 귀를 틀어막으면 거울 가득 여자는 증발했다. 다시 서 있다
> (……)
> 오, 나의 그림자여
> 절대로 나는 나를 사랑하지 않는다
>
> ——「거울에 사는 여자」 부분

와 같은 선언에서 그녀는 스스로 세상의 삶과 자신을 유리시키거나 차단된 상태로 몰아간다. 물론 거울의 공간에서, 즉 자신이 설정한 유폐적 공

간에서 "사과를 한 입 베어무는 순간, 넌 시인이 되는 거야"(「거울에 사는 여자·2」)라고 위안하고 있지만, 좀 더 본질적인 것은 거울 속에서 그녀는 좀 더 치명적인 고독과 만난다는 점이다. 그것은 "은밀한 부분에서 근질거리는 열병"에 뒤척이거나 "끝없이 이어지는 자위 속에서/되태어났다 죽어버리는 그대"(「불면증」)를 생각하거나, 혹은 "두 다리 사이에 얼굴 묻고/오래오래 어깨를 들썩"(「물새 보행법」)이거나 "텅 빈 지하실에 메아리치는 슬리퍼 끄는 소리"를 듣거나 "황량한 내면을 따라 흐르는, 끊이지 않는 얕은 수도/관, 계에 대한 소망"(「고독한 연애」)으로 아파하는 일이다. 결국 그녀의 거울은 자신의 삶의 현실과 같은 공간이 된 셈이다.

이 같은 고독과 불안감을 견디는 방법으로 그녀가 선택한 행위는 '잠'이다. "불이 들어오지 않는 방에서 모로 누워 잠"(「물의 나라」)이 들거나 "옷 벗고 뿌리째 쓰러져 낮잠을"(「버스 142번, 종점」) 자거나 "그래, 나는 잠만 자라"(「춘곤증」)고 선언하는 일이 그것이다. 잠은 불안과 고통, 부재와 상실감으로부터 자신을 지키는 유일한 일인데, 잠이 현실적 상황을 이겨내려는 소극적 자기 방어라면 여기에 시인은 좀 더 적극적인 언어적 메커니즘을 만들어낸다. 그것은 메마르고 건조한 기억, 단절과 차단의 시간을 화해와 생산의 공간으로 전환하고자 하는 의지로서 '물' 혹은 '바다'의 상징성이다. 물속에서 그녀는 과거의 시간을 유추할 수 있고, 비 내리는 현재에서도 젖은 몸의 기억으로 되돌아갈 수 있다. 그것이 불안한 현재를 견디면서 과거를 기억하는 시인이 도달한 자기 세계 구축방법이다. 여기서 그는 새로운 삶을 준비한다.

> 태초에 말씀이, 인간이, 어둠이, 비가 내리는 방이, 그리고
> 있었다, 젖은 청바지를 한 슬픈 그림자
> 벽마다 하늘을 닮은 누런 물곰팡이가 있었다
> 밤새 스멀스멀 피어오른 지리한 슬픔의 끝자락

기억마저 가물한 당신마냥 뿌옇게 차지한 틈새
이제 막,
<u>나, 멸종되다</u>

(……)

기억도 길면 지루하다

—「멸종」부분

멸종된 자기 의식으로부터 그녀는 새롭게 태어나는 계기를 마련한다. 오래된 기억으로부터 그녀가 빠져나올 수 있다는 점은 보여준 것인데, 이로부터 시인이 탄생한 것이다. "존재는 없지만 기억은 점점 더 길어질 것이다"라고 한 선언으로부터 이제 "내가 빠져나갔다 이 후각같은, 변기 속 콧구멍 같은 사랑이여"(「시인 탄생」)라고 그녀는 말하고 있지 않는가.

임수경의 첫 시집 『문신, 사랑』은 사랑의 부재에 대한 기억의 담론이면서 기억 자체가 시적 자기 재생산의 기제로 작용하고 있음을 잘 보여주고 있다. 그것은 고립되고 갇힌 존재로서의 현실적 자아가 선택한 고독한 몽상이었지만 물의 상상력과 잠의 상징성을 통해 자기 자신과 세계의 화해를 구하고자 하는 의지로 전환되기도 하였다. 치명적인 사랑이 만들어놓은 기억의 지층이 뿌리째 썩어 들어가 오랜 시간 발효되면서 시적 수원(水源)을 형성할 수 있었다는 점에서 그녀의 시는 깊은 공감을 형성할 수 있었다. 하지만 자기 의식의 내밀한 곳에서 자신도 모르게 덧나고 있는 갈망들, 영혼과 육체, 일상과 혼돈의 조화에 대한 욕망을 좀 더 치열하게 언어화하지 못한 아쉬움이 전혀 없는 것은 아니다. 그러나 이제 겨우 첫 번째 시집일 뿐이다. 이제 그녀는 겨우 첫 발을 내딛은 것이다. 무엇인가 잘될 것이라는 예감이 든다. 그녀의 말대로 "케세라세라"(「시인 탄생」)!

푸른 늑대와 나무의 시간

── 이재무의 근작

　이재무의 근작들은 최근 더욱 뚜렷한 정향점을 지닌다. 일상의 다양한 풍경들을 내면 속에서 다스려 의미의 결정(結晶)을 이루려는 의지와 이를 통해 주어진 삶의 현실을 아름답게 긍정하려는 노력이 분명해졌기 때문이다. 시간이 직조하는 여러 가지 정경과 사건을 보면서 시인은 이를 차분하게 자신의 눈으로 이해하고 수용한다. 산다는 일은 사실 자신의 뜻과 의지에 맞지 않는 일, 혹은 사람들 사이에서 언제나 자신의 욕망을 절제하고 통어하는 과정이 아니겠는가. 시를 읽고 쓰는 일이 모두 이와 같은 과정의 하나일 뿐이라는 점이 최근 이재무 시를 읽으면 더욱 분명해진다.

　세월이 흐른다는 것은 자신에 대한 성찰의 깊이와 두께가 한층 더해간다는 점과 다르지 않다. 시인이 말했듯이 "생각하면 우리는 모두 죽음을 사는 것"(「빈 자리가 가렵다」)이기 때문에 언젠가는 소멸할 삶에 대해서 지속적으로 의식하고, 때로는 "생이란 본래/잠시 빌려쓰다 제자리에 놓고 가는 것"(「신발을 잃다」)이라는 잠언적 각성을 통해 스스로를 일깨우는 일이 중요하다는 점을 시인은 잘 알고 있을 것이다.

　그렇다면 이재무에게 세월이 흐른다는 것은 좀 더 구체적으로 어떤 표정으로 나타나는가. 그것은 "푸른 늑대"(「푸른 늑대를 찾아서」) 혹은 수성(獸性)의 동적인 시간으로부터 돌과 나무의 정적인 시간으로 회귀한다는 것을 의미한다. 최근에 간행된 『저녁 6시』는 일상의 시간 속에 숨겨진 의식의 공간, 다시 말해 시간의 불가역성을 너무나 처절하게 인식하는 자아가 발견하는 삶의 여백과 자기 긍정의 공간으로 읽힌다. 물론 그것은 물리적인 대상은 아니다. 지나온 시간을 회상하거나 추억하고 기억하는 행위는 시간의 불가역성에 대한 인식이라고 할 수 있는데 가령, 고시원 옥상에 비닐장식이 벗겨진 채 버려진 의자, 비에 젖고 있는 의자(「넘어진 의자」)가 이를 상징적으로 말해주는 것은 아닐까. 휴식과 영광의 과거가 고스란히 담긴 의자를 통해 시인은 현재의 자신 시간을 반추한다. 하지만 남루한 삶과 누추한 세월의 흔적을 바라볼 수 있다는 것이 어쩌면 좀 더 성숙해가는 과정일지도 모른다. 이를 어떤 과정을 통해 이해하고 어떤 방법으로 긍정하고 수용하는가 하는 점이 주목의 대상일 뿐이다.

시인 스스로 과거와 현재를 가장 극명하게 드러낸 작품 하나를 보자.

> 몸속에 꿈틀대던 늑대의 유전인자,
> 세상과 불화하여 광목 찢듯 부우욱
> 하늘 찢으며 서슬 푸른 울음 울고 싶었다
> 곧게 꼬리 세우고 송곳니 번뜩이며
> 울타리 침범하는 무리 기함하게 하고 싶었다
> 하늘이 내린 본성대로 통 크게 울며
> 생의 벌판 거침없이 내달리고 싶었다
> 배고파 달이나 뜨는 밤이 올지라도
> 출처 불분명한 밥은 먹지 않으려 했다
> 그러나 불온하고 궁핍한 시간을
> 나는 끝내 이기지 못했다
> 목에는 제도의 줄이 채워져 있고

줄이 허락하는 생활의 마당 안에서
정해진 일과의 트랙 돌고 있었다
체제의 수술대에 눕혀져 수술당한 성대로
저 홀로 고아를 살며 자주 꼬리
흔들고 있었다 머리 조아리는 날 늘어갈수록
컥,컥,컥, 나오지 않는 억지울음
스스로를 향해 짖고 있었다

—「울음이 없는 개」 전문

　야생성을 상실해가는 짐승을 통해 시인은 자신의 입장을 적절하게 비유하고자 한다. 하지만 여기서 야생성이란, 단순히 동물적 상태나 감정만을 의미한다기보다 오히려 이념적 맹목성과 절대순수에 대한 자기 도취 등으로 확대하여 해석될 필요가 있다. 시인의 반성은 생활과 제도의 틀에 의해 순치되어 가는 자신의 모습이 야생성을 상실하여 울음을 잃어버린 늑대와 같다는 데 있지만, 이러한 성찰은 반드시 부정적 자기 이해를 의미하는 것은 아니다. 이는 어쩌면 세계에 대한 피상적, 관념적 일별로부터 구체적인 인식으로 전환되는 성숙한 자기 이해를 뜻하기 때문이다. 그러므로 시인이 자신을 '울음이 없는 개'로 비유할 때에도 그는 내부에서는 끊임없이 울고 있었으며, 이 울음은 좀 더 내면적으로 자신을 가다듬는 시간, 그리하여 "돌 속에 핀 꽃"(「웃음의 시간을 엿보다」)을 바라보거나, "돌 안에는 우리가 모르는 물의 깊이가 새겨져 있다/얼마나 많은 물이 그를 다녀갔을까/단단한 돌은 물이 만든 것"(「물 속의 돌」)이라는 각성에 수렴하는 계기를 마련한다.

　이번에 새롭게 발표된 시인의 신작에도 이와같은 정서나 태도는 그대로 이어지고 있다. 먼저 발견되는 것은 '돌'의 이미지이다.

돌 속으로 들어가 돌과 함께

허공 소리치며 날던 때가 있었다

번쩍이는 것들,

유리창을 만나면 유리창을 부수고

헬멧 만나면 푸른 불꽃 피워 올리며

맹렬한 적개심으로 존재를 불태웠던

질풍노도의 서슬 퍼런 날들이 가고

돌들은 흩어져 여기 저기 땅 속에 쳐박혔다

돌 속에서 비칠, 어질 사람들이 나오고

비로소 돌로 돌아간 돌들
저마다 각자 장단완급의, 고요한

풍화의 시간 살고 있다.

— 「돌로 돌아간 돌들」 전문

이 작품에 등장한 돌은 하늘을 날다가 유리창을 부수거나 헬멧 등과 만나서 푸른 불꽃을 피우던 시간을 살다가 땅 속에 박혀버린 존재이다. "질풍노도"의 시간으로부터 "여기 저기 땅 속에 처박"힌 시간으로의 이행은 이 작품에서 중요한 맥락을 형성한다. 즉, 과거 맹목적으로 움직이던 동적인 시간에서 "고요한/풍화의 시간"으로 시인의 삶이 변화되었으며, 현재 그를 둘러싼 삶의 환경 자체가 이와 같이 달라졌다는 진술로 읽히기 때문이다. 여기서 돌이 움직인 공간, 즉 이 공간과 저 공간으로의 이동은 곧 시인의 생이 옮아간 시간의 변화를 의미하며, 정열과 열정의 한 시절은, 이제 시인의 내면 속에서 조용히 퇴적되고 있음을 보여준다.

그런데 이와 같은 돌의 상징성은 또한 마음의 아픔 혹은, 여전히 살아가면서 지워야 할 상처의 흔적으로 변주되기도 한다. 청춘의 한때를 증명하듯 '하늘을 날던' 돌이 땅에 박혀 풍화의 시간을 거쳤지만, 이제 다시 그것조차 빼내어야 할 대상, 그 돌의 존재 자체를 지워야 하는 시점에 이른 것이다. 부처를 만나 부처를 죽이는 일과 유사한 것.

숲 가운데 앉아 서산낙일 바라다본다

저곳은 내 미래의 거처

누군가 부르면 대답할 준비가 되어있다

밭 일궈 골라낼 돌 아직 수북한데

벌써 홑이불 되어 고랑 덮어오는 산그늘 서늘하다
— 「저녁 산책」, 1~5연

산다는 일은 죽음을 사는 일, 곧 "삶은 여윌수록 두껍게 죽음을 껴입는다"(6연)는 사실을 알아가는 것이 곧 이 생임을 시인은 처연하게 노래하고 있다. "뜨겁던 속도"의 한때가 지나고 나면 남아 있는 것은 무엇일까.

달군 쇠처럼 뜨겁던 속도 한때,

불 떠난 굴뚝처럼 식어가는데

그토록 오래 떠돌았으나

결국 나 또한 붙박이 나목에 지나지 않았던 것

맨살 추워 보이는 건초들아

너희도 사랑 잃고 추워 떨며

신음처럼 낮게 노래 불러본 적 있느냐

오고 가며 요란한 것들아,

사람의 한평생

산밭 산개한 자갈 두어 삼태기 골라내는 일밖에 무엇 있으랴
— 「저녁 산책」, 7~16연

  결국 시인이 깨달은 것은 그 모든 시간의 흐름 뒤에 남은 "나목"의 존재이다. 헐벗은 나무들처럼 맨살의 추위에 떨면서 지나간 시간을 추억하거나 노래를 부르지만 인생은 바로 그 박힌 돌을 거두어내는 일에 있다는 점을 시인은 아프게 인식한다. 때로는 "오래 굶주린 적막이라는 짐승"(「雪夜」)으로 인해 외롭고 힘들기도 하지만 시인은 자주 고독한 시간을 대상화하는 노력을 통해 흘러가버려서 되돌릴 수 없는 과거의 경험을 현재화한다.

  봉해놓은 묵은 서랍을 연다
  몽당연필, 부러진 양초, 향나무 한 토막, 소인 찍힌 편지 봉투, 미완성 초고 시편, 쓰다만 연애편지, 고장 난 손목시계, 촉 없는 만년필, 녹슨 못, 세금 고지서, 고인 된 선배와 함께 시골 간이역 배경삼아 찍은

흑백 사진, 마른 꽃가루 등속
요술 상자인 양 어제가 불쑥불쑥 맨얼굴 내밀어 온다
　　　　　　　　　　　　　　　　　—「雪夜」, 2연

　한밤중에 깨어나 눈 내리는 풍경을 배경으로 서랍을 열어 지나간 시간의
흔적을 더듬는 모습은, 시인 이재무의 현재를 가장 적실하게 드러내는 광
경이 아닐 수 없다. 그 적막한 밤의 시간에 그는 또 하나의 그림을 그리는
데 그것은 바로 자신의 내면 속에서 여전히 울음을 우는 짐승의 울음을 나
무의 그것으로 옮겨놓는 일이다. 혹은 나무의 모습 속에서 여전히 잠재워
지지 못하는, 욕망하는 자아에 대해 성찰하는 일이 그것이다. 수성(獸性)과
수성(樹性) 사이의 시간에 그는 깨어 있거나 존재하고 있다.

　　저 수목들 속에 들어앉은 獸性이 두렵다
　　　　　　　　　　　　　—「늦은 밤의 귀가 길에서」, 9연

　그는 여전히 길들여지지 않은 내면의 야생성을 어떻게 통어하고 제어
하는가에 몰두하게 된다. 그가 발견한 것은 바로 나무라는 대상, 나무의
존재론이다. 이번 신작시집의 의미의 귀착점은 바로 이 나무에 관한 명상
이다.
　이사를 온 아파트 앞, 오래된 오동나무 한 그루를 보면서 시인의 명상
은 시작된다. 시인은 그 나무 안에 "구성진 가락과 음표들"이 있을 것이라
생각한다. 오래된 노래를 품고 있는 듯한 나무를 마주 대하고 있으면 그는
마음이 가라앉는다. 침묵하는 법을 통해 많은 말을 할 줄 아는 현자처럼 나
무는 그의 삶을 비추는 거울이 된다. 나무와 동갑내기인 시인은 그 나무로
부터 배우고 자신을 성찰한다. 시인은, 처음부터 삶에 대한 지혜는 아무
것도 없었다는 듯이 나무를 마주하는 그 풍경 속에 자신을 그려넣는다.

바깥에서 생활에 지고 돌아온 저녁 그가 또 손짓하여 나를 부른다

참 이상하다 벌써 골수백 번도 더 들은 말인데

그가 하는 말은 처음인 듯 새록새록,

김장 텃밭에 배추 쌓이듯 차곡차곡 귀에 들어와 앉는 것인지

생각할수록 신통한 일이 아닐 수 없다

불편한 속 거짓말처럼 가라앉는다

그의 몸속에 살고 있는 가락과 음표들 절로 흘러나와서

뭉쳐 딱딱해진 몸과 마음 구석구석 주물러주고 두들겨주기 때문일
것이다
— 「오동나무」, 21~28연

이재무는 시간이 흐르고 세월이 흘러가고 있는 상황을 매우 진솔하게 표현해내고 있다. 최근 한국 시에서 가장 있을 수 있는 우리 시대의 삶의 표정을 가장 정직하게 드러낸 작품을 발견하는 일은 의외로 쉽지 않다. 자기 기만과 허위 의식에 무감각하고 자기 중심적 해석과 욕망의 정당화에 골몰하고 있는 작품이 많기 때문일까. 이재무의 시는 이런 의미에서 매우 친숙하게 다가온다. 친숙하다는 것은 쉽게 이해된다는 뜻과 함께 공감의 폭이 넓다는 의미를 내포한다. 자연스럽게 마음을 움직이는 시를 읽는 것이 매우 큰 기쁨이어야 한다는 점을 강조할 필요가 있다. 이재무는 누구보다도 자기 안에 존재하는 야생성에 대하여 잘 알고 있는 시인이다. 세월의 퇴적층에서 풍화되는 자신을 발견하는 일, 혹은 지치고 힘

겨운 자신을 응시하는 행위를 반복하면서 그는 생의 깊이를 체화할 것이다. 이런 의미에서 간과하기 어려운 시 한 편을 보이기로 하자.

> 겨울나무들의 까칠한 맨살을 통해
> 보았다. 침묵의 두 얼굴을
> 침묵은 차마 많은 수다와 잡담을 품고서
> 견딘다는 것을 나는 알았다
> 겨울숲은 가늠할 수 없는 긴장으로 충만하다
> 산 이곳저곳 웅크린 두꺼운 침묵.
> 봄이 되면 나무들 가지 밖으로
> 저 침묵의 잎들 우르르 몰려나올 것이다
> 봄비를 맞은 그 잎들 빵긋빵긋
> 입을 떼기 시작하리라
> 나는 보았다
> 너무 많은 말들 품고 있느라 수척해진
> 겨울숲의 검은 침묵을
>
> ―「겨울숲에서」 전문

이제, 삶과 일상에 대한 시인의 성찰이 그가 바라본 침묵의 시간을 통과하면서 더 아름다운 시적 지평을 열어보일 때를 기다리는 일만 남은 셈이다.

시원(始原)에 대한 문학적 탐색

— 이영광의 신작시

1.

누구에게나 삶은 지나온 길을 돌아보거나 되묻는 시간을 갖게 한다. 어떤 사건이나 정황에 대한 반성을 넘어서 앞으로 맞이하게 될 미래에 대한 성찰적인 전망을 포함하는 사유 과정이 필요한 이유는, 주어진 삶이 사실은 대단히 고단하거나 난관에 자주 놓이기 때문이다. 역사를 기억하는 일 역시 오늘의 삶에 대한 거울의 의미를 부여하기 위함이듯이, 실존적인 차원에서 일어나는 무수한 성찰도 결국 인간의 관계가 만들어놓은 여러 가지 사회적 억압에서 비롯된다. 이럴 때 가장 상징적이고 비유적인 의미에서 시원(始原)에 대한 시적 모색이 이루어지는 것은 자연스럽다. 현대의 삶은 어쩌면 내면과 본질을 잃어버린 개인들이 만들어내는 텅 빈 관계들의 그물일지도 모른다. 자기 실현이 가능하다는 믿음은 사실상 환상이며, 지속적으로 반복되는 상황 앞에서 마모된 삶만 목격하는 체험이 자주 일어난다. 자신의 내면성, 혹은 존재론적 의미에 대하여 묻는 행위는 우스꽝스럽게 변질되고 충동적이며 소비적인 일상성만 가볍게 부유(浮游)하고 있는 것이 현실이다. 이럴 때 자아를 찾는다든가, 본래의 모습을 회복한다는 것은 어떤 의미를 지니고, 어떤 방법을 통해서 가능할까. 혹은 그 방법은 '방법적 모색' 자체로서 충분한 의미를 지니는 것인가.

시적 사유 과정은 목적지향적일 수 없다. 시원에 대한 문학적 탐구는 자기 정신의 발현 지점에 대한 질문이지만, 그것은 어떤 물리적 형태에 대한 것이 아니라, 지속적으로 반성과 성찰을 통한 내면 회귀적 특징을 지니므로 시원에 대한 물음은 과정 그 자체로 충분한 의의가 있다. 따라서 시원에 대한 모색은 방법론적 선택의 하나이며, 그것은 현실세계에 내재된 모든 구체적 사물이나 정황으로부터 비롯되면서 동시에 시인의 내면적 상황으로 수렴된다.

2.

본질의 회복에 대한 문학적 갈망은 여러 가지 관점에서 정의될 수 있다. 그것은 소외를 가져오는 자본주의의 임노동과 교환가치로만 환원되는 관계를 차단하는 일이며, 상실된 자기 세계에 대한 그리움일 수 있다. 혹은 예외적 주인공의 길 가기이며, 고독한 존재의 산책일 수 있다.

어떤 형태에서든 본질의 현현 혹은 응시는 현대사회가 만들어놓은 또 다른 기제(機制)가 되어버렸다. 모순의 해결법은 모순이 비롯된 지점에서만 찾아질 수 있다는 말을 비유적으로 해석할 때, 현실에서 파생된 여러 가지 난관은 그것을 바라보는 자의 내면 속에서 화해될 수 있고, 그 내면을 찾아가는 여정은 자기 존재의 시원을 향한 걸음이기도 하다. 헤겔식으로 표현하면 시원(Anfang)이란, '최초의 것이 최후의 것이 되면서 존재의 궁극적 근원을 형성하는 원환적인 형성운동'인데, 이를 우리는 자기 존재의 저변을 이루는 체험과 기억으로 부르거나 특정한 시/공간에 대한 비유적 장치로 사용하기도 한다.

3.

이영광의 신작은 사물의 자재성(自在性), 혹은 존재의 본질을 향한 시적 갈망으로 수렴된다. 「휴식」이라는 작품은 일상성의 폭력적 시간 앞에 노출된 삶의 문제를 짚어내고 있다. 골목길을 지나다 자주 목도되는 풍경의 하나가 바로 거리에 내어 놓여진 가구들이다. 시인은 그런 가구들로부터 낯선 시각 하나를 제시한다. 그것은 일종의 휴식이라는 것. 어떤 사물로부터 본래의 자기 기능, 즉 그 사물의 핵심적 속성을 제거하고 났을 때 더 이상 그 사물이 아니라고 한다면, 제거된 그 속성을 두고 사물의 본질이라고 우리는 명명한다. 그러나 그 사물의 본질이 사실상 사회적 관계에 의해서 강요되었거나 구성된 것이라면 문제는 달라진다. 이를 비유적인 차원에서 이해하자면 분업화된 사회적 노동으로부터 우리가 일정하게 격리되었을 때를 시인은 그려 보이고자 한 것이다. 그러므로 "의자에게도 의자가/소파에게도 소파가/침대에게도 침대가/필요"한 것이다. 침대가 침대의 역할을 한다는 것은 인간의 관점, 즉 타자의 시각에서만 그럴 수 있다. 침대가 침대의 역할에서 벗어나서 침대에 누워서 쉰다는 설정의 반어적 재미가 이 작품에 녹아 있는 것이다.

4.

산기슭의 마을,
집들은 어둑어둑 흐린 빛인데
무덤과 人家 사이
억새를 흔들고 가는 바람은 累代의 것.
사람들은 집에서 무덤으로
사람들은 다시금 무덤에서 집으로 영원히

그러므로 바람도 스치지 못하는
하늘 드높은 데서 보면
이것들은 모두 한곳에 모여 있을 것이다
이웃처럼, 희미한 길을 사이에 두고
산천에 단단히 갇힌 한마을일 것이다

지도에도 나온 적 없는
나의 살던 고향

— 「나의 살던 고향」 전문

　이 작품에서 시인은 '자신이 살던 고향'이라고 말했지만, 실상 그것은
죽음과 삶이 공존했던 어떤 시/공간에 대한 기억과 관련된다. 이때의 고
향은 모든 사물의 원형을 이룬다. 시인에게는, 고향은 저녁 밥을 짓는 연
기가 피어오르는 목가적인 풍경이 아니라, "무덤과 人家 사이"의 공간으
로 기억된다. 삶과 죽음이 한데 어우러진 시간은 어쩌면 도시적 삶과는
무관한 것이다. 죽음이 자연의 한 현상이고 인간의 시간에 포함되는 친연
성을 지녀야 한다는 관점에서 보면, 도시적 삶은 죽음을 낯설게 하고 배
제한다. 도시는 삶과 죽음을 분화시키고 죽음을 충격적인 대상으로 만든
다. 근대적인 삶의 분화된 형국에서 우리는 매일 낯선 죽음을 목격하게
된다. 느닷없는 사고나 사건에 휘말린 죽음들은 그래서 본질적인 죽음이
아니다. 병을 얻어서이든 자연의 수명을 다한 것이든, 죽음은 우리에게
더 이상 그로테스크한 타자가 되어서는 곤란하다. 그런 의미에서 삶과 죽
음이 공존하는 어떤 풍경을 자기 정신의 근원적 현상으로 보지(保持)할 수
있다는 것은 아름답다.
　따라서 죽음을 곁에 두고 이어가는 삶이란, 삶의 의미를 더욱 풍요롭고
친숙하게 만든다. 죽음과 크게 구별되거나 동떨어지지 않은 삶에 대한 기
억은 존재론적 시원에 대한 깊은 상징성을 갖는다고 할 수 있다. 관을 열

어 보게 된 뼈를 두고 "저승이란, 발밑 아니겠느냐"(「뼈2」)는 진술이 가능한 것도 이러한 이유와 가깝다.

5.

죽음의 역설적 친연성에 대한 시적 사유가 구체화된 작품을 보자.

> 아버지 세상 뜨시고
> 몇 달 뒤 형이 죽었다.
> (……)
> 사람이 떠나자 죽음이 생명처럼 찾아왔다.
> 뭍에 끌려 나와서도 살아 파닥이는 銀빛 생선들,
> 바람 지나간 벚나무 아래 고요히 숨쉬는 흰 꽃잎들,
> 나의 죽음은 백주 대낮의 백주대낮 같은
> 반짝이는 그늘이었다.
> 나는 그들이 검은 기억 속으로 파고 들어와
> 끝내 무너지지 않는 집을 짓고
> 떵떵거리며 살기 위해
> 아주 멀리 떠나 버린 것이라 생각한다.
>
> — 「떵떵거리는」 부분

여기서는 고통을 승화시키는 내면적 결정(結晶)이 돋보인다. "생명처럼" 찾아온 죽음이라는 표현과 "백주대낮 같은/반짝이는 그늘"이라는 역설은 아버지와 형의 죽음을 내면화하는 시적 장치이면서 동시에 객관화를 통한 극복의 한 형식일 수 있다. 죽음에 대한 그의 기억은 시인에게 또 다른 의미에서 존재론적 시원의 그늘을 형성하게 할 것이다. 죽음에 대한 기억은 살아 있는 자들의 것이므로 죽음은 삶의 연장선에 있다. 엄밀한 의미에서 죽은 자에게 죽음은 인정되지 못하는 것이다. 그에게 죽음은 삶

(잠을 자는 행위)의 연장일 뿐이다. 따라서 죽음은 살아 있는 자들의 의식 속에 존재하는 것이며, 그런 의미에서 죽음은 대타적이며 사회적인 것이고, 삶의 다른 이름일 수 있다. 결국 죽음으로부터 오는 슬픔 혹은 괴로움을 어떻게 극복하는가 하는 문제는 그것을 어떻게 내면적인 공간으로 치환시켜 '바라보는가'의 문제와 같다. 시인에게 그것은 '그늘이 만들어 놓은 집'이다. 여기서 그늘은 일반적인 비유에서 고통이라는 말과 다르다. 시인은 그 그늘을 인식하고 바라보려 하기 때문이다. 위 작품의 중간쯤에 나오는 "아버지가 형을 데려갔다고들 했다./깊고 맑고 늙은 마을의 까막 눈들이/똑똑히 보았다는 듯이"라는 진술에 주목할 경우, 시인에게 죽음은 더 이상 망각을 통한 배제의 대상이 아님을 알 수 있다. 그늘은 기억이며, 추억이고 향후 시인에게 또 다른 시간의 회로를 엮어낼 시적 수원(水源)인 것이다.

6.

이영광의 근작에서는 죽음의 문제가 깊이 형상화되고 있지만, 그것은 어쩌면 존재의 본질에 대한 시원적 탐색의 형식일 수 있다. 직선으로 뚫린 굴을 빠른 속도로 지나면 갑자기 나타나는 눈부심이 마치 작열하는 태양을 온몸으로 받고 있는 '사막'과 같을 때가 있다고 시인은 말한다.(「굴」) 어둠과 빛의 교차를, "빛 속으로 내던져진 기억"이거나. "생의 눈부신 사막화"이며 혹은 "먼저 죽어간 자들을/곧 죽어 없어질 자들을/조문"하는 행위로 읽는 시인의 시선이 흥미롭다. "백삼십 킬로"의 속도로 달리는 삶의 시간 속에서 어떤 '근원적인 것'에 대한 갈망이 점철되는 현상을 목격한다는 시인의 진술에 주목하는 이유가 바로 존재론적 시원 모색에 대한 시적 필요성 때문일 것이다.

아득한 수면 위로
깨뜨릴 수 없는 금이 새로 납니다
물밑으로 흘러왔다
물밑으로 돌아가는 뒷모습
흰 푸른 가슴뼈에
탁본하듯

—「탁본」 부분

하는 발걸음에서조차 시인은 시간의 앞편과 뒤편을 세밀하게 주시한다. 강물은 "당신의 부재"를 관통하며 흐른다. 부재조차 "평안"한 것이고, 다시 "나의 평안을/당신의 평안이 흔들어" 균열을 이룬다. 이는 혼돈이 아니라, 균형이고, 존재의 방식일 수 있다. 한겨울 얼음 밑으로 흐르는 물을 바라보는 시선을 통해 삶의 성찰적 계기를 마련해가는 방식은 그래서 앞으로도 계속 주목될 것이다. 이영광에게 함몰과 부재 혹은 죽음은 다른 시간 위에 존재하며 꿈꾸는 방법일 뿐이다.

적막한 풍경의 미학

— 김명인, 『파문』

김명인의 시집 『파문』은 공간성에 대한 시적 변형이 직조해낸 시간의 사유라고 할 수 있다. 시간에 대한 성찰은 이미 오래된 철학적, 문학적 주제이지만, 그는 이번 시집에서 매우 구체적인 일상적 체험의 공간을 통해 '살아간다는 일'에 대해서 명상한다. 시간이란 어찌보면 반성하거나 성찰의 대상이 될 수 없는 선험적인 물리적 기제(mechanism)이지만, 바로 같은 이유 때문에 지속적인 관심과 극복의 대상이 되었으며, 여전히 미학적 재구성의 주요 요인으로 작용하고 있는지 모른다.

근대적인 사유의 중심에 시간과 공간에 대한 여러 가지 형식의 담론이 존재하지만, 주목할 논의는 죠셉 프랑크의 '공간적 형식'이라는 점은 주지의 사실이다. 조각과 같은 시각예술과 문학의 차이점에 대한 해명을 내포하고 있는 이 글에서 필자는 문학의 언어가 불가피하게 분절적인 음성을 통해서 순차적인 흐름을 지닐 수밖에 없으며, 건축과 조각은 병치라는 기법을 통해 한순간의 제시가 가능한 예술 형식이라고 말한다. 우리는 여기서 예술의 근대적인 형태를 공간적 구현양식이라는 말로 요약할 수 있으며 이 같은 개념이 모더니즘 예술을 설명하는 주요한 이론적 근거가 된다고 생각하는 것이다.

이제 시간의 흐름을 공간적 기법으로 재구성한다는 의미는 무엇인가? 시간이 흐른다는 사실에 왜 우리는 그토록 자각적이며, 시인은 왜 시간에 대하여 사유하는가? 이런 질문들에 대한 답이 김명인의 이번 시집을 통해 매우 아름답고도 유현(幽玄)하게 드러나고 있음을 확인할 수 있을 것이다.

김명인의 시간에 대한 사유는 엄밀히 말해서 시간을 분절적으로 인식한 후 시간과 시간이 이루는 공간, '틈'을 바라보는 행위로 요약된다. 이는 시간이 함몰된 지점을 찾아가거나, 시간적 흐름을 의도적으로 차단하는 노력을 통해서 얻어지는 생의 공간을 확인하는 일이다. 따라서 그에게 시간이란 조롱의 대상이 되거나, 관념의 작용을 통해 의도적으로 그 의미가 약화되기도 한다. 시간의 흐름을 절단하고 그 자체의 존재를 잊는 순간, 그의 의식은 추억의 공간으로 이행하고 모든 언어는 침묵의 자장으로 흡입된다.

신발을 벗어놓은 채 깜박 졸았나
주춤거리는 기적 속으로
화들짝 뛰어내린 뒤
미처 신발 챙기지 못해 맨발인 걸 알았다

언젠가 초상집 조등 아래 놓여 있던
흰 고무신 한 켤레
亡者들은 어째서 신발만은 이승에 남겨놓으려는가
반포대교에 차를 버리고 강물로 뛰어든 사내도
난간 앞에 가지런히 신발 벗어놓았다 한다

신이 실어 나르던 몸의 나룻배에서 내려
맨발로 가 닿는 또 다른 세상은

땅조차 밟지 않는 복지일까
열차에 두고 내린 것은 낡은 신발이 아니라
살이 닳도록 헤맨 바닥의 시간일 것이니

낯선 듯 낯익은 듯 환한 플랫폼에 서서
어깨에 달랑 가방 하나만 맨 채
순식간에 족적 감추는 신발 뒤축을
망연히 바라보고 섰다

—「신발」 전문

시인은 플랫폼에 내리다가 신발을 잃어버린다. 내린 뒤에야 신발을 벗어놓고 왔음을 알았다는 것이다. 흥미로운 상황이 아닐 수 없다. 여기서 시인의 신발에 대한 명상이 시작된다. 언젠가 초상집 조등 아래 놓였던 고무신, 그리고 자살하는 사람들이 신발을 벗어놓는다는 이야기가 떠오른다. 이제 자신이 잃어버린 것은 무엇인가. 그것은 신발이 아니라 "살이 닳토록 헤맨 바닥의 시간"이라고 말한다. 이때 시간은 살아온 나날들, 힘들고 지친 나날들에 대한 기억일 것이다. 신을 신고 다닌 기억이란, 어쩌면 그만큼 살아온 날들에 대한 다른 이름이 아니겠는가. 시인은 신발을 신고 다시 어디론가 가야만 하는데 그럴 수 없는 것이다. 플랫폼에 서서 순식간에 사라지는 다른 사람들의 신발 뒷축만 바라보는 모양으로 남게 된 것이다. 신이 있어야 지금까지 지속된 시간을 연장할 수 있으며, 다른 공간으로 이동이 가능할텐데, 시인에게는 불가능하다. 이때 시인이 딛고 선 플랫폼의 불빛 아래는 시간이 멈춘 지점, 차단된 공간이다. 시인은 사유의 공간으로 전환된 시간의 간극, 틈을 보여주고 있다. 다른 사람들의 발걸음만 망연히 바라만 보고 있는 그 자세와 표정이야말로 시집 『파문』이 담고 있는 가장 아름다운 전언 가운데 하나일 것이다.

시간의 흐름이 홀연히 사라진 지점에서 시인은 침묵한다. 그것은 의도된 행위가 아닐 것이다. 사물을 바라보는 시선, 혹은 그 시선의 주체인 '나'의 존재만 투명하게 인식되는 상황은 모든 언표를 거부한다. 적요(寂寥)한 시간의 이면으로 떠오르는 풍경화 같은 시 한 편이 있다.

> 연기군 조치원읍 봉산동 그 향나무를 만나고 나서
> 틈 날 때마다 남의 일기장을
> 들춰보는 버릇이 생겼다
> 손짓과 표정 사이에 시간을 섞어 그대에게 들키는
> 내 침묵의 전언처럼
> 사백년도 더 된 향나무 한 그루의 내력이
> 고해성사로 읽혀진들 스스로 옮겨 앉지도 못해
> 滅門 되어버린 이웃의 폐가에게
> 이 집 연보를 새삼 들춰 보일 필요가 있을까
> 문짝까지 뜯겨져 나간 폐가 마당에서 주운
> 조치원여고 2학년 梅반 이영금
> 1979년의 학생증으로도 나는 밤늦도록 불 밝히고 앉아
> 서른서너 살 내 행적 되짚어볼 테지만
> 그때 무성했던 가시조차 메말라버린 지금
> 어떤 가지가 여기 뿌리내리고 살아온
> 향나무의 지제라는 것일까
> (……)
> 흔적조차 남김없이 지워버리는 떠돌이
> 집들에겐 저쪽의 폐가라도
> 도대체 몇 대가 뻗어나갔거나 이울었거나 다시
> 쌓으면서 무너뜨렸다는 것일까
> 집이라면 나도 허술한 반백으로만 가구를 들여서
> 서툰 수화라도 더듬고 싶어지는
> 이 침묵의 일기장

몸 전체가 古宅으로 쭈그리고 앉은 저기 향나무나
그 곁 판자로 입을 봉한 훨씬 젊은 폐가에겐
아직도 고백하고 싶은 하루하루가 남아 있는가 보다
향나무는 금세 썩어버린 서까래에게 못이기는 척
제 무거운 가지를 부축 받고 서 있다
                                                  ―「향나무 일기장」 부분

　시인은 아마도 사람이 살지 않은 고택을 찾았을 것이다. 그곳에서, 지
금은 아마도 삼십대 중반쯤이 되었을 법한 한 여학생의 일기장을 발견하
게 된다. 일기장에는 그 집에 들어 살았던 사람들의 이야기가 기록되어
있다. 일기장이란 시간의 흔적을 담고 있는 기억의 공간이 아닌가. 그것
은 "침묵의 전언"이다. 말하고 있지 않지만, 많은 이야기를 하고 있는 시
인의 "손짓과 표정 사이"처럼, 사라진 폐가의 흔적은 시간이 함몰된 공간
이라고 그는 생각한다. 남아 있는 존재는 "몸 전체가 古宅으로 쭈그리고
앉은 저기 향나무" 한 그루와 "침묵의 일기장"이다. 그것이 한때의 시간을
기억하고 증명하는 방식이었다고 시인은 노래한다. 쓸쓸하고 고요한 풍
경이 아닐 수 없다.
　이같은 침묵과 적요는 시간의 심연에 닿고자 하는 욕망과 병치된다.

　　한 이틀 머물고자 한 계획이
　　나흘이 되고 이레를 넘긴다고 해서 조바심칠
　　일이 아니다 파도 위에 일정을 긋는
　　설계란 쉽게 틀어지기도 하므로
　　저렇게 초원을 건너왔더라도 허옇게 거품 뒤집는
　　누떼의 사막에 갇히면
　　기린 같은 통통배로는 어김없이 며칠은 그르쳐야 한다.
　　지진이 아니라면 종일 바람 길에나 서서
　　동동도 서도도 제 책임이 벗다는 듯

풍랑에나 원망을 비끄러맨 채 민박집을
무료하고 무료하고 무료하게 하리라
출렁거리던 나날의 어디 움푹 꺼져버린
삶의 세목들을 허허로운 수평으로 복원하려 한다면
내 주전자인 바다는 처음부터 이 무료를
들끓이려고 작정했던 것
행락은 끊겼는데 밤만 되면 선착장 난간 위로
별들의 폭죽 떠들썩하다 밤 파도로도 한겹씩
잠자리를 깔다보면 하루가 푹신하게 접히지
그러니 뿌리치지 못하는 미련이라도 너의 계획은
며칠 더 어긋나면서 이 무료를
마침내 완성시켜야 한다 지상에서는 무료만큼
값싼 포만 또한 없을 것이니!

— 「무료한 체류」 전문

　여행이란 '지금, 여기'의 시간으로부터 이탈된 공간에 대한 체험이다. 물론 되돌아와야 한다는 것, 일상의 시간을 이어가고 관계의 공간 속으로 다시 편입되어야 한다는 사실을 거부할 수 없지만, 그것 때문에 오히려 지속적으로 그 시간으로부터 벗어나고 싶은 것이 여행의 본질이 아니겠는가. 여행은 지속으로 타인의 시간과 공간에 틈입되고 싶은 욕망의 표현이다. 그것은 낯선 것에 대한 동경과 낯익은 것에 대한 환멸을 내포한다. 그러므로 여행은 의도된 일탈이며, 합법화된 저항이다. 여행과 유사한 심리적 동기를 갖는 행위가 산책인데, 그 역시 가장 반현실적인 상상력의 소산으로 볼 수 있다. 시간적 순서를 이어서 생산하고 소비하는 자본주의적 질서에 대한 반역적 태도가 산책이 아니겠는가. 시인의 여행도 이 같은 속성을 내포한다. 시간의 단층을 탐색하는 모반의 욕망이란, 일상의 시간을 잘라낸 자리에 유폐적 의식의 공간을 만들고자 하는 시적인 반란의 한 형태이다.

길을 걷다 뒤를 돌아보는 것은, 비유적으로 말해 자신이 걸어온 흔적을 바라보거나 혹은 자신의 발자취는 얼마나 아름다운지를 가늠하기 위한 행위가 아닌가. 시간의 관성 앞에 대책없이 내몰린 일상의 삶이 시인으로 하여금 지속적인 성찰의 대상이 되는 까닭은 여기 있다. 김명인에게 길 가기는 무수히 많은 유혹의 날개를 잘라내기 위해 "한참씩 멈칫거리거나 오래 꿍꿍대야"(「길」) 하는 지난한 작업이었다. 이제 그는 "눅눅한 내 무정란의 시간"(「꽃을 위한 노트」)으로 벗어나 걸음을 멈춘 채 자신이 선 자리가 한없이 적요하고 아름답기를 기원한다. 침묵과 응시로부터 탄생하는 깊은 호흡의 삶을 그는 꿈꾸기 때문이다. 적막조차 따스한 이유가 여기 있다.

아직은 제 풍경을 거둘 때 아니라는 듯
들판에서 산쪽을 보면 그쪽 기슭이
환한 저녁의 깊숙한 바깥이 되어 있다
어딘가 활활 불 피운 단풍 숲 있어 그 불 곁으로
새들 자꾸만 날아가는가
가을이라면 어느새 꺼져버린 불씨도 있으니
그 먼 데까지 지쳐서 언 발 적신들
녹이지 못하는 울음소리 오래오래 오한에 떨리라
새 날개짓으로 시절을 분간하는 것은
앞서 걸어간 해와 뒤미처 당도한 달이
지척 간에 얼룩 지우는 파문이 가을의 심금임을
비로소 깨닫는 일
하여 바삐 집으로 돌아가면서도
같은 하늘에서 함께 부스럭대는 해와 달을
밤과 죽음의 근심 밖으로 잠깐 튕겨두어도 좋겠다
조금 일찍 당도한 오늘 저녁의 서리가
남은 온기를 다 덮지 못한다면
구들장 한 뼘 넓이만큼 마음을 덥혀놓고

눈물 글썽거리더라도 들판 저쪽을
캄캄해질 때까지 바라봐야 하지 않겠느냐
— 「따뜻한 적막」 전문

"들판 저쪽"을 한없이 응시하는 시인의 자세가 아름답다. 시간 사이에
서 발견한 적막한 풍경을 따뜻하게 내면화하는 시적 성취가 돋보이기 때
문이다.

물빛 일상에서 건져 올린 시

— 강희근, 『그러니까』

식민지 시대를 살았던 한 시인은 사는 게 어려운데 어떻게 시가 쉽게 쓰여질 수 있는지 반문했다. 이 물음은, 시는 치열한 자기 성찰이 전제될 때 가능한 것이고, 자기 시대에 대한 이해가 결여된 상태에서 시쓰기란 어쩌면 유희에 불과하다는 지적일 수도 있다. 상당히 공감할 수 있는 이야기이다. 열망과 상처의 깊이가 덜한 요즘은 시인에게 어떤 시를 요구하는가. 상당히 어려운 물음이 아닐 수 없다.

모든 글쓰기의 근저에는 자기 치료적인 성격이 놓여 있다는 것이 최근 문화의 경향이다. 개인의 실존적인 문제가 그 어떤 가치보다 우위에 서 있기 때문이다. 모든 글쓰기가 시대적인 문제, 계몽과 비판에 바쳐진다고 생각했던 시대도 있었다. 하지만 현실적인 맥락과 자신에 대한 이해를 무차별적으로 동일시하는 시쓰기는 처음부터 성립할 수 없었다. 결여와 간극, 자기 분열적인 글쓰기가 시의 운명이라는 점에 착안한다면, 시를 통해 현실을 뒤바꿔놓기는 어려운 일이다. 시의 본질인 낭만적 자기 이해와 장식적 내면성은 현실 변혁의지와 곧바로 연결되지 않는다. 열망이 사라진 시대를 살고 있다는 진단은, 현실의 제 문제를 시적 울림으로 삼아야 한다는 강박관념에서 비롯된 것이다. 열망은 내적인 동기에 의하여 충분히 확인될 수 있는 가치이다. 중요한 점은, 그 동기부여가 어디에서 이루어지는가, 어떤 방법에 의하여 찾아질 수 있는가 하는 문제에 대해 시인이 자각적이어야 한다는 사실이다.

강희근의 최근 시집 『그러니까』는, 시를 쓰겠다는 열망, 정확히는 시에 대한 자기 확인의 욕망이 여전히 살아 있다는 점이 돋보인다. 이 세계가 남루하고 비루하며, 허위로 가득해서 시인이 아니면 그 허구성을 드러낼 수 없다는 사명감이 감동을 주었던 시대에도, 자기 시의 수원(水源)에 대한 성찰과 모색이 결여된 시인은 시를 이어올 수 없었다. 변화된 환경에서 자기 시가 가야 할 방향성을 정확하게 짚어내는 일이야말로 요즘 시인들의 고민이자 숙제가 아닐 수 없다. 그런데 강희근은 그 지점을 잘 포착하고 있다.

> 그리움을 위하여 시는 쓰는가
> 그리움이 다 가고도 남아서 시는 쓴다
> 그늘진 그늘을 위하여 시는 쓰는가
> 그늘이 다 벗겨지고도 햇볕에 앉아 시는 쓴다
> 우리를 위하여 시는 쓰는가
> 우리들 뿔뿔이 흩어지고 더 어디
> 모꼬지에 갈 데가 없어도 시는 쓴다
> 역사를 위하여 시는 쓰는가
> 역사의 뒤안길로 들어가다 역사의 배경 하나 둘
> 사람의 뒷머리를 쳐도 시는 쓴다
> 노래를 위하여 시는 쓰는가
> 노래가 불려질 자리 동서남북 외진 골짜구니
> 메아리 한 줄 들려오지 않아도 시는 쓴다
> 밥을 위하여 밥그릇을 위하여 시는 쓰는가
> 허기 가득한 밥그릇에 밥알이 들어가 앉고도

시는 쓴다
아, 그러므로 시는 무엇을 위하여 쓰여지지 않는다
무엇 때문에만 쓰여지지도 않는다
더구나 나, 나만을 위하여 쓰여지지도 않는다
　　　　　　　　　—「무엇을 위하여 시는 쓰는가」 전문

　일종의 시로 쓴 시론인 바, 주목할 것은 '쓴다'와 '쓰여진다'의 시적 변
증법이다. 시인이 시를 쓰는 동기와 이유에 대해서 그는 이야기하고 있
다. 그리움, 그늘, 공동체, 역사, 노래, 외로움, 경제 등 시인을 둘러싼 모
든 환경과 조건의 변화에도 불구하고 삶이 지속되듯, 시도 지속될 수 있
고 또 그래야 한다는 결연함마저 내포하고 있는 이 작품에서, 시를 쓰는
주체는 중첩되어 나타난다. ① '시인이 시를 쓴다'가 아니라, ② '시인이
시는 쓴다'라고 읽히는 문맥이 중요하다. ①의 진술에서는, 시는 쓰여지
는 대상이지만, ②의 진술에서는 시는 쓰는 주체가 된다. 시인인 나도 쓰
지만, 시도 쓴다. 그래서 시는 "무엇을 위하여 쓰여지지 않는다"고 단언할
수 있는 것이다. 시 역시 자신을 구성하는 주체이기 때문이다. 그렇다면
왜 시가 주체일 수 있는가. 그것은 시가 하나의 생명이고 자기 의지를 가
졌으며, 따라서 시인과 대등한 관계에 놓여서 서로의 타자성(他者性)을 확
인할 수 있는 존재이기 때문이다.

　　　화분을 들어 옮기는데
　　　올라온 꽃송이가 그의 이마로 내 목을 쓰윽
　　　밀고 있다
　　　성냥개비다 잠자던 감각의 끝에 불똥이 튄다
　　　침묵하던 영혼의 감실에
　　　불을 켤 수 있겠다
　　　　　　　　　　　　　　　—「안시리움」 부분

"잠자던 감각"을 다시 일깨우는 존재, 이것은 꽃, "안시리움"이 아니라, 시적 욕망, 시가 만들어내는 욕망, 아니 시 자체의 존재론적 욕망에 대한 확인이 아닐 수 없다. 이 발견을 통해 강희근은 시적 여정에 오를 수 있었다. 그것은 다름 아닌 시간과 공간에 대한 성찰, 삶의 일상성에 대한 편력이다. 그는 줄곧 어디론가 '간다'. 그 여정은 실재하는 지점을 통과하는 행위로 볼 수도 있지만, 욕망이 만들어내는 다양한 삶의 표지들에 대한 인식이다. 컵라면을 먹고, 종이커피나 막걸리를 마시거나, 엿장수나 이동식 거리빵을 사면서 유년의 추억에 빠지거나, 혼자 요리를 하면서 자신을 지휘하는 "지휘자"가 된다고 생각하면서도 시인은 이런 모든 행위가 "그렇게 어디로 가"(「그러니까」)는 것이라고 여기고 있다. 이는 모든 일상성에 대한 시적 실천의 결과이다. 일상을 시로 전한하는 것이 아니라, 시가 곧 일상이며, 삶이라는 이야기이다. 그래서 시인은, "삶은 아프지만 우리들의 병고는 물빛과 같기를"(「저녁 강의 가는데」) 소망한다. 시인에게 물은 화해와 순치(馴致)가 이루어지는 시간에 대한 상징이다. "봄은 물에서 먼저 온다"(「봄은 물에서 먼저 온다」)라거나, 조용한 호수에 이르러 "고요로 사는 나무들, 벌써 물빛으로 기울어져 있다"(「문동 저수지」)는 진술에서 보듯, 물은 그에게 일상의 안온함과 성찰의 깊이를 가져다주는 대상이자 인식의 매개물이다. 그 일상의 시공간을 그가 이동한다는 것은 단순히 장소에 대한 애착이나 기호에 머물지 않는다. 문자를 보낼 때도 없이 외롭거나(「진주에서의 강희근씨」) 혹은 절대고독의 철학적 지평 위에 설 때,(「서 있음으로」) 그는 '간다'. 그 길 위에서 그는 삶의 현실적 열정을 확인하기도 하고(「만나야 한다」) 상상의 깊이를 깨닫기도 한다(「상상의 길」). 그의 길 가기는 곧 시쓰기이며, 시를 통해 그의 길은 확인되기 때문이다. 국내외의 기념물이나 박물관, 도시나 유적지를 찾아다니는 그의 행로에서 그는 여전히 시간의 그늘에 숨어 있는 물빛 일상의 흔적들을 찾아낼 것이다.

> 첫사랑이 아무런 조건 없이 부서져
> 소리 하나로 생애를 헌정해 왔던가
>
> 견디고 또 견딘 다음 부러지지 않는 마디 하나 만들고
> 우수수 댓잎 우는 소리
> 카랑한 바람 물살 떨리며 감겨 온 일 있던가
>
> 나는 차라리 낙엽이 되고 싶다
> 무너지기 위해 쌓이는
> 계절을 다 채워 내게로 무너지기 위해 쌓이는
> 낙엽이 되고 싶다
>
> ── 「낙엽은 첫사랑보다 가깝다」 부분

그 흔적들은 자기 안으로 "무너지기 위해 쌓이는" 존재들을 향한 모색의
여정이 될 것이 분명하다. "여행은 이제부터 시작이다"(「조선국 기행」).

시인의 길

— 이승하, 『취하면 다 광대가 되는 법이지』

이승하의 근작시집 『취하면 다 광대가 되는 법이지』는 보기 드문 시적 지평을 열어 보인 것으로 평가할 수 있다. 여기서 새로운 시적 지평이란 최근 한국 시의 위상과 밀접한 관련을 갖는다. 서정과 서정시에 대한 논란이 지속적으로 제기되는 이유 가운데 하나는 시가 읽히지 않고 있는 현실 상황에서 그 원인과 방향을 모색하려는 시도라 볼 수 있다. 서정성이 무엇이고, 왜 최근 시에서는 흔히 말하는 정서적 반향이 부족한가에 대한 진단은 의미 있는 작업일 수 있다. 그러나 무엇보다도 시적 긴장과 함께 정서적인 감동을 결여하고 있는 시는 이제 그 위상이 약화되고 있는 것은 분명하다. 문제 의식을 바탕으로 당대의 삶을 다양한 관점에서 포착하고 이해하려는 시도가 시를 통해 이루어진다는 점이 긍정적인 의미를 지니지만, 여기서도 정서적인 울림과 감동의 요인을 배제할 수는 없다. 시적 감동이라는 가장 기본적이면서도 근본적인 미덕을 배제한 채, 시가 대중과 더욱 가까이 갈 수 있다는 생각은 오류일 것이다. 시를 통한 문제 제기, 현실적 쟁점의 형상화 등 역시 내적인 울림을 통해서만 가능한 일이다.

시적 감동이라는 요인과 함께 고려해야 할 사항은 바로 시를 통한 새로운 문화적 양식의 창출이라는 과제이다. 시의 역할과 기능이 한 개인의 내면적 성찰과 자신에 대한 이해라는 범주를 넘어서 이제는 하나의 틀과 양식으로서 소통과 창조를 가능하게 하는 패러다임을 형성하는 시대에 와 있음을 주목할 필요가 있다. 문화적 환경의 변화를 능동적으로 이해하고 시의 위상과 방향에 대한 지속적인 성찰을 통해서 시가 무엇을 할 수 있는지, 혹은 시가 어떤 생산적 가능성을 지닐 수 있는지 생각해야 한다.

이런 의미에서 이승하의 이번 시집은 매우 다양한 의미와 새로움을 내포하고 있다. 한 편의 서정시가 많은 이야기를 담는 서사적 의미로 해석될 수 있고, 스토리텔링이라는 기본적 원형으로 작용할 수 있다는 점을 보여주기도 한다. 고전작품에 대한 패러디와 재해석을 통해 과거와 현재를 매개하기도 한다. 특히, 광대, 구도자, 예인 등을 통해서 예술적 상상력과 삶에 대한 깊은 긍정과 의미 부여가 가능했으며, 진정한 시와 시인의 길을 제시함으로써 시 영역의 심화와 확대에 기여했다고 판단할 수 있다.

광대-경험의 원초성

이승하에게 광대는 삶을 노래하고 다른 사람들이 볼 수 없었던 세상의 이면을 비추는 등대이다. 술에 취한 채 물 속으로 사라진 백수광부는 술과 함께 삶을 살아간 광대의 전형이었고, 거문고를 위해 한평생을 살았던 백결은 세상에 없는 음을 창조한 사람이다. 광대는 많은 사람들의 아픔과 시름을 달래주는 주체이지만, 실은 자기 자신의 삶에 대한 '풀이'의 한 형식을 만들어가는 존재이기도 하다는 것이 시인의 전언이다. "아픈 이 세상 크게 울게"(「광대를 찾아서 2-백결」) 하는 대상이 광대이다. 이때 울다, 웃다, 춤추다와 같은 행위가 한 사회의 지배적 동일성으로부터 이탈하고자 하는 욕망으로 읽혔던 시대가 있었다. 엄숙하고 고답적인 지배문화에 대한 일종의 반담론이라는 점에서 바흐친의 원심적 담론과 유사하다. 역사적 사실에 대한 기존의 해석과 정형화된 가치판단은 시인의 시선과 의식이 만들어내는 문학적 진실 앞에서 무너진다. 그것은 현재를 살아가는 시인에 의해 변형되고 재해석되어 삶이 무엇인가에 대한 가장 근본적인 물음으로 수렴된다. 원효를 노래한 부분에서는 이런 표현이 등장한다.

> 첩첩 산골 암자에서 구한 것들이
> 저 저잣거리 사람 사는 마을의 장터에서
> 다 팔고 있었소 불(佛)은 무엇이며
> 법(法)과 승(僧)은 또 무엇이겠소
> 나 이제 저 사람들 앞에서
> 가진 그대로 있는 그대로
> 노래하고 춤추려 하오
> ─「광대를 찾아서 5-원효」, 3연

진정한 의미에서 삼보(三寶:佛, 法, 僧)라는 것은 대중과 유리되지 않은 곳에서 구해지는 것이며, 대중 속에서 노래하고 춤출 때만 얻을 수 있다는 메시지는, 시인의 시적 체험 혹은 시적인 영감이 존재하는 방식에 대한 비유로도 읽힌다. 광대의 존재 방식처럼.

시인에게 광대의 존재, 광대로 살다간 사람들은 반드시 역사적인 층위에만 있는 것이 아니다. 역사적인 사건의 주역은 아니지만, 삶이 이어지는 동안 끊임없이 대중과 아픔을 함께하는 존재가 광대였다. 시인은 이러한 광대의 삶에 언제부터 관심을 가졌을까. 유년시절의 체험이 고스란히 담긴 작품 「광대를 찾아서 11-동춘서커스단」에서 시인의 고백에 주목할 필요가 있다.

내 생애 최초, 최고의 황홀경은 그렇게 왔었네
나 그날 밤에 난생 처음 몽정이란 걸 했다네
동춘서커스단 그 가시나가 자꾸 눈웃음을 치며
내 옷을 벗기고 자기도 옷을 벗고서 이상한 짓을…
서커스 동춘 서커스봐도 봐도 신기하고 희한해서
연짱 사흘날을 나 그 차일 안에서 살았네 나 그때
아부지한테 들켜서 죽지 않을 정도로 얻어맞고

나 지금도 '동춘서커스단' 펄럭이는 깃발을 보면
흥분을 못 이겨……반은 미치네, 아니, 미쳐버리네
　　　　　　　　— 「광대를 찾아서 11-동춘서커스단」 부분

이 같은 경험이란 실은 개인적인 편차와 특성이 있겠지만 시인에게는
매우 중요한 원체험에 해당된 것이다. 시인이 시인일 수 있었던 원인과
동기가 조금 드러난 셈이다. 변두리로부터 삶을 이해하는 하나의 방식이
노래와 유랑이었음은 시인의 유전자에 남겨진 하나의 흔적이다.

구도자의 노래-비판과 성찰

전근대적 삶의 울타리에서는 세계의 이치를 깨닫는 일이 궁극적으로
자신의 내면을 지향하는 일로 이해되었을 가능성이 크다. 하지만 삶의
외연이 확대되고 존재한다는 일의 사회적 의미를 강조할 경우 개인적 깨
달음은 모종의 관계 속에서 검증되어야 할 것이다. 근대적 양식은 개인
의 해탈을 사회적 층위에서 인식하게 하고, 또한 그럴 때 그 의미가 배가
된다.

시인은 고전에 등장하는 인물들의 삶을 지나가버린 시간 속에 가두지
않는다. 고전의 의미는 새롭게 해석되고 이질적인 가치가 혼효되는 과정

을 통해서 그 의미가 깊어지기 때문이다. 운암과 자상의 일화를 소개하는 자리에서 시인은 느림의 상상력을 결합시킨다.

> ·늦은 봄 하늘의 구름이여
> 아침 산책길에 내가 밟은 달팽이여
> 줄을 쳐놓고 잠자듯 죽은 듯 기다리는 거미여
> 이 세상의 모든 느림보들아
> 빠르면 얕아지고 늦으면 깊어질까
>
> 빠르게 움질일 줄 몰라 느린 것과
> 느리니 것이 좋아 느리게 사는 것들이 있으리
> 빠르게, 더 빠르게! 수많은 사람이
> 0.001초를 단축하려 땀 흘릴 때
> 운암과 자상이 껄껄껄 함께 웃는 소리 들린다
> ─「구도자를 찾아서 1-운암과 자상」, 4~5연

이때 시인의 상상력이 발견한 느림의 상상력은 일종의 비판적 거울이 될 수 있으며, 이것이 과거와 현재를 소통 가능하게 하는 시적 장치이기도 하면서 동시에 현재를 비판하고 좀 더 나은 삶을 향한 성찰의 매개가 된다.

노래와 예인-시의 원형을 찾는 순례

시는 기본적으로 노래의 형식을 통해서 변형되어 왔다. 노래한다는 일은 세계를 자신의 내면 속으로 수용하거나 긍정적인 태도를 통해 자신과 일치시키고자 하는 욕망의 소산이다. 대상과 사물을 노래하는 일은 시적 상상력의 본질이다. 시는 노래로부터 유래한다. 최초에 노래가 있었고, 그로부터 쓰는 일, 즉 시적 창조가 분리되어온 것이었음은 주지의 사실이다. 그 노래의 원형을 찾아서 시인은 고전의 세계로 길을 나선다. 「황조가」, 「구지가」, 「공무도하가」, 「치술령곡」, 「선운산가」, 「혜성가」, 「풍요」, 「안민가」, 「처용가」, 「가시리」 등 한국의 고전작품과 여기에 등장하는 주요한 인물과 모티브를 재해석하여 시인은 끊임없이 세계와 대화하면서 현재적인 삶의 층위로 그들을 되살려온다. 「혜성가」의 작자 융천사를 생각하면서 시인은 다음과 같이 노래한다.

> 벌거벗은 땅에서 내 짧은 생을 살며 숨쉬며
> 외치는 저 하늘을 매일 본다
> 기쁘다, 우주와 나는 혈연이고
> 나도 하나의 별자리를 이룰 수 있고, 무엇보다
> 나 지금 살아 있구나, 살고 있구나, 융천사
> 지금부터 76년 후 흙이 되어 우리 만나게 된다면
> 내 무덤 위에 와 춤출 저 핼리혜성을
> 어느 누가 와 또 노래할까 술 뿌리며 노래할까 몰라
> 길 쓸 저 별, 장엄한 빛과 어둠의 화촉을
>
> 유한한 것은 너무 아름답다
> ── 「노래를 찾아서 8-융천사에게」, 3~4연

하늘에서 이루어지는 우주의 움직임에 대한 불안과 공포, 혹은 이를 극복하고자 하는 주술적 태도가 나타났던 원작으로부터 시인은 우주적 질서의 무한함을 공포의 대상이 아니라, 순응하고 내면화하는 방향으로 이끌어간다. 우주가 무한하기 때문이 아니라, 인간의 삶이 그 자체로 유한하고 한정되었기 때문에 아름다운 것이라는 전언이야말로 시인이 의도하는 새로운 창조의 세계를 뒷받침한다.

또한 노래와 춤, 창과 타악의 세계를 주도하는 예인들의 삶 역시 시인

의 관심사 가운데 하나이다. 그들에 대한 시적 관심은 전기적 사실과 함께 그들의 작품에 대한 통찰로 이루어진다. 사물놀이패 김용배나 별신굿의 김유선, 병신춤의 일인자 임순이, 도살풀이의 김숙자 등의 삶이 모두 시인의 관심 대상이다.

이승하의 신작 『취하면 다 광대가 되는 법이지』는 최근 시와 시인의 역할과 책임이라는 범주에서 생각해볼 때, 다음 몇 가지 중요한 의미를 지니고 있다.

첫째, 이야기 시로서의 가능성이다. 시는 기본적으로 서정의 양식, 정서적 반응을 주된 골격으로 하지만, 일정한 이야기를 내포한 시편들은. 그 자체로 폭넓은 문화적 생산물을 산출하는 원형으로 작용한다는 점이다. 스토리텔링의 역할과 기능이 증대되고 있는 시점에서 이번 시편들이 하나의 문화적 가능성(one source)으로 존재하고 있음을 주목해야 한다.

둘째, 고전작품에 대한 재해석을 통해 과거와 현재를 창조적으로 매개하는 담론을 형성하고 있다는 점이다. 시기적으로 멀어 보이는 대상을 특정한 상황에 국한시키지 않고, 시인이 존재하는 현재적 관점에서 새로운 의미를 부여함으로써 고전작품이 존재하는 이유를 문학적으로 설명하고 이해하고자 하는 시도의 참신성이 돋보이고 있다.

셋째, 이번의 시집은 궁극적으로 예술적 상상력에 대한 옹호라는 관점에서 평가될 만하다. 광대, 구도자, 예인 등은 일종의 장인(匠人)정신의 소유자이면서 동시에 삶의 감추어진 이면과 다양성을 추구한다는 점에서 예술의 존재 방식을 가장 적확하게 증명하는 대상이다.

넷째, 따라서 이들을 포괄하는 존재, 즉 삶을 가장 깊은 관점에서 이해하려는 태도의 소유자로서 시인의 삶이 자연스럽게 관심의 대상이 되며, 궁극적으로 진정한 시인, 시의 세계를 찾아가는 걸음을 보여주었다는 점에서 이 시집의 의미가 존재한다고 볼 수 있다.

　최근의 정황에서 보기 드물게 시 영역의 확대와 심화에 이 시집이 기여했다는 평가가 가능한 이유는 여기 있다.

명료하지 않은 세계 위를 줄 타는 거미

— 강정, 『들여주려니 말이라 했지만,』

세계의 모호성을 이해하는 척도 가운데 하나가 무의식의 좌표나 향방을 쫓아가는 일임을 상기할 때, 시는 태생적으로 명시성의 결여 형태라 할 수 있다. 현실적인 시공간의 움직임을 담아내는 의미는 일종의 그물로 작용하면서 언어의 외피를 이룬다. 하지만 무의식의 그것은 지속적인 변화와 자리바꿈, 혹은 의미의 재의미화와 탈의미화를 통해 메시지의 일상적인 통용을 거부한다. 무의식도 언어적 기제처럼 구조화되어 있다는 라캉의 말을 빌리자면, 흐름과 단절, 변용과 재생산의 복잡한 계기를 내포하는 시적 연상 역시 무의식의 언어화 과정과 유사한 면모를 보인다. 시인의 독특한 체험이 내면적인 반향을 일으키고 이것이 적절한 언어적 선택을 통하여 시적 구조화에 기여하는 과정을 면밀하게 밝히는 일은 사실상 불가능하지만, 보통 직관에 의한 체험의 미적 변용이라고 정리하기도 한다.

강정의 시집 『들여주려니 말이라 했지만,』에서 나타나는 시적 연상과 상징화 과정은 의미의 연관을 쉽게 허락하지 않는 난해성을 내포한다. 그의 이미지들은 각 시편에서 매우 자유로운 형태로 나열되고 있지만 일정한 상징화의 과정을 포함한다고 볼 수 있다. 이질적인 요인들의 결합이 두

드러져서 일상적인 관점에서 이해하기 쉽지 않은데 가령, '새벽'이라는 대상이 불, 물, 노래, 신음소리, 고함을 거쳐서 "붉은 이빨 불을 뿜는 아가리 속으로/마침내 사라지시는/인간이 아닌,/내 어머니"(「새벽」)로 인식되는 경우이다. 그의 시에서 '불'과 '물'은 "젖어 불타는 이 순간"(「불꽃벌레」)과 같은 표현에서 보듯, 충만한 생명적 의미를 함축하기도 하며, 소멸과 회한, 반성과 외로움에 대한 매개로 작용하기도 한다.

자유로운 연상을 통한 상징화 과정에서 두드러지는 점은, 그의 시가 두 가지 중요한 기준점을 갖고 있다는 사실이다. 즉 '시간/기억'으로 이름 붙여진 변주된 체험과 '자궁/항문'으로 상징되는 소멸 혹은 탄생의 의미연관이다. 그것은 "어떤 분명하지 않은 始原을 암시"(「알을 품은 시인」)하고자 하는 의도와 밀접한 연관이 있어 보인다. 시간의 안과 밖, 살아 있음과 진공, 항문과 산기(産氣), 풍경 속의 나와 풍경 밖의 나, 탄생의 자궁과 소멸의 미궁, 잠과 깨어 있음, 상상과 실재, 현존과 미래 등의 대척점이 그의 시에서 공존하고 있다. 이러한 혼효는 "명료하지 않은, 더 깊은 세계의 포말"(「알을 품은 시인」)에 대한 시적 반영태라고 볼 수 있다. 시인은 그 불명확한 세계에 존재한다는 사실 자체가 '도착지가 없는 무모한 질주의 아름다움'이라고 생각한다. 이성적으로 견고하다고 믿었던 세계는 "맹목의 날선 눈물 앞에서" "완전하게 허물어지는 것이다"(「한밤의 모터사이클」). 왜 그렇게 생각해야만 하는 것일까. 그에게 현존은 "영원한 현재 속에 갇힌 짧은 죽음"(「낮잠, 바람의 묘지」)으로 이해되기 때문이다. 오후에 시인은 얕은 수면 속에 빠져든다. 창밖에서 들려오는 피아노 소리는 슬픈 곡조만 헛된 꽃가루처럼 날린다. 그는 구차한 슬픔과 세월이 빠져나간 듯한 몸에 대해서 생각한다. 그러면서 "오로지 빚을 진 데라고는 죽음밖에 없는 내가 순간마다 바뀌는 바람의 방향 속에 모든 죽음"이 완성된다고 생각한다. 그것은 마치 오래전에 적어놓은 미래의 기별과도 같기 때문이다. 그러면서 시인은 "뚜렷하게 죽어 있느니 혼란스레 사라지리라"(「낮잠, 바람의 묘지」)고 말한다.

논리적이거나 이성적인 판단, 예측 가능한 질서 등이 의미 있는 삶의 주요한 지표라는 생각은 강정의 시에 이르면 매우 낯설거나 우스꽝스러워 보인다. 최근 일련의 시편들에서 나타나는 기괴하거나 생소한 이미지들의 결합 관계들이 정말 감동을 주는 문학 행위와 어떤 관련을 가져야 하는지 진지하게 생각해보고 싶다. "감각이 열릴 때, 세상 도처가 나의 거처다"(「거미인간의 시ー새벽거미」)라는 선언이 어떤 언어적 공감을 형성하면서 새로운 시적 지평을 열어갈지 주목하는 이유는 이 때문이다. 소비적이고 우울한 일상에 대한 마조히즘적 응시가 시인이 지닐 수 있는 가능 의식의 최대치인가, 아니면 조악한 세계에 대한 멸시와 조롱을 통해 의미 있는 비판의 패러다임을 만들어가는 것이 중요한가 하는 문제에 대한 선택은 전적으로 시인의 세계관에 따라 달라지지만, 한 가지 궁금한 것은 최근 작품들에서 왜 이런 정공법의 질문이 자각적이지 못할까 하는 점이다. "들판을 달리는 토끼가/모든 걸 보아버렸기 때문"(「들판을 달리는 토끼」)인가, 삶을 너무 빨리 체념해버린 때문인가. 아니면 이런 질문의 유효성이 이미 사라져버렸기 때문인가. "생의 전반을 선회하던 시간"(「허공의 다리」)을 찾아나서는 일이 조금 의미 있게 보이는 이유가 여기 있다.

비움과 여백의 자기 성찰

— 임강빈, 이건청, 손종호의 근작

살아가는 일이 여러 가지로 힘들고 어렵다는 점을 새삼스럽게 깨닫는 시절이다. 세월이 흐른다는 사실 앞에, 모든 것이 변화하고 허물어져 간다는 외면할 수 없는 진실 앞에 절망하기도 하고 때로는 체념하면서도 어떻게 하면 그 숙명적 일회성, 삶의 불가역성을 나름대로 극복하고 넘어설 수 있을지를 고민하는 일이 시 쓰고 읽는 일이 아닌가 하는 생각을 지우기 어렵다. 여전히 현실의 삶은 지속되고 있으며 문제에 마주했을 때 나름대로 그것을 풀어가려는 해법을 통해서 우리 시대의 의미를 파악하면서 되돌아보는 일, 그것이 삶이고 문학이며, 시가 아닐는지.

서정이라는 장르와 삶의 문제는 오래도록 분리되기 어려운 과제를 안고 있다. 서정이란 무엇인가라는 질문만큼 그 답을 유보할 수밖에 없는 물음 또한 없을 것이다. 하지만 분명한 것은 서정이 어떤 문제에 대한 내면의 울림을 언어화한다는 점, 그로 인해 격정과 분노, 사랑과 친숙함을 통해서만 서정의 존재 의미를 확인시킬 수 있다는 점이다. 어찌보면 아무리 시대가 변하고 정보화가 진행된다 하더라도 서정적 울림, 혹은 인간의 내면에 감추어진 욕망과 감응에 대한 자기 확인 욕구는 사라지지 않을 것이다. 영화라는 양식이 갖는 힘은 이를 시각화한다는 점에 있지 않은가. 최근 실험적이며 전위적인 몇몇 시편들이 어떤 의미에서 우리 시의 내일, 혹은 거울이 될 수 있는지 잘 알기 어려운 이유는, 가장 보편적이며 이해 가능한 정서적 반응을 의도적으로 제거하거나 소멸시키고 있기 때문일 것이다. 논리적이고 분석적인 이해조차 일차적으로 시적 영감, 정서적 소통이 전제되어야 성립될 수 있다.

이런 의미에서 최근 밀도 있는 서정의 자기 인식에 도달한 몇 권의 시집을 읽게 된 것은 작은 기쁨이 아닐 수 없다. 임강빈의 『집 한 채』, 이건청의 『소금창고에서 날아가는 노고지리』, 손종호의 『새들의 현관』은 보기 드문 언어적 밀도와 시적 긴장을 통해 무엇인가 정신없이 바쁘고 혼란스러운 우리 시대의 삶을 위무해준다고 생각한다. 여백의 미와 비움의 덕목을 결합한 임강빈, 선명한 자연 소재로 도시적 삶의 곤궁함을 일깨우는 이건청, 내면으로 돌아가는 자기 응시의 시적 성찰을 감각적으로 보여주고 있는 손종호의 시를 통해 우리 시대의 서정이 서 있어야 할 의미와 위상에 대하여 다시 한 번 생각할 수 있었다.

임강빈의 『집 한 채』는 여백과 가벼움의 시학이라고 할 수 있다. 일상이라는 시간의 견고한 움직임 속에서 별 여유 없이 살아가는 것이 요즘의 삶이라고 할 때, 여백을 찾아보고 응시하려는 시인의 노력이야말로 가장 전위적이고 비판적인 행위가 아닐 수 없다. 일상은 그냥 단순히 매일 맞이하는 일과라는 뜻이지만, 벗어날 수 없는 시간의 억압구조와 마주 선다는 의미도 내포한다. 그 일상을 어떤 관점에서 인식하는가 하는 점이 세계관의 차이를 가져온다. 임강빈의 이번 시집에서 가장 두드러지는 점은 비움과 절제의 아름다움이다.

시인 한 분이
처음으로 우리집을 찾아와
한번 휘둘러보더니
참, 간단명료하다고 했다

거실 소파도 버린 뒤였고
변변한 가구도 없고
액자 하나 붙어 있지 않아
썰렁하니
정곡을 찌른 셈이다

흔히들 나의 시를 보고
간단명료하다고들 한다
칭찬인지 폄하인지는 몰라도
별 거부감을 느끼지 않는다
무엇을 따진다거나
복잡한 것은 질색이다

간단명료
나에게 썩 어울린다
그러고 보니
집과 그 주인은
찰떡궁합 아닌가

— 임강빈, 「간단명료」 전문

　　그의 시집 전반을 아우르는 시적 아우라는 이같은 단조로움이다. 단조
롭다는 것은 무미건조하다는 말과 다르다. 그것은 모든 일상의 시간을 경
험한 후에야 비로소 깨닫게 되는 삶의 방법론이자, 자각에 이른 결과이다.
현학적으로 포장된 시쓰기, 이론적으로 해석되는 위장의 글쓰기로부터 자

기 스스로를 지킬 수 있다는 점이 돋보인다고 할 수 있다. 임강빈의 이 같은 단조로움은 지속적으로 비우려는 노력으로부터 비롯된다.

오솔길을 가다가
아침이슬을 등에 업고 핀
예쁜 꽃에
말을 건네 봤지만 답을 주지 않더라

길을 오르내리며
때로는 울부짖기도 하고
소곤소곤 달래도 보았지만
아무 반응이 없더라

해거름
둥지로 바삐 가는 새
찍찍 몇 마디 하긴 하던데
통 알아들을 수가 없더라

그래도 기댈 것은
무궁무진한 이 거대한 허공
비어서 언젠가는
한말씀 들려줄 것으로 믿는다
— 임강빈, 「허공」 전문

이 작품은 그 구조에도 주목할 필요가 있다. 시인의 시선이 꽃과 새, 그리고 허공으로 이동하고 있는데, 수평적인 존재로부터의 초월적 상징으로 허공이 나타나고 있다는 점이 특징적이다. 허공은 무한히 비어 있는 듯 하면서도 사실은 가득 찬 공간이며, 그 반대의 경우도 성립된다. 비어 있지만 충만한 세계를 지향하는 행위, 임강빈의 시쓰기는 "무궁무진한 이

거대한 허공"을 응시하는 일과 닮아 있다. "이름 없는 새의 날개가 가볍다/얼마나 시원할까"(「인연」)라는 독백의 진정성에 그의 시적 관심이 집중되고 있다. 가벼움을 지향한다는 것은 삶의 무게를 인식한 후에야 가능한 정신적 초월의 특징적인 징후이다. 명함 한 장 없이 가볍게 살다간 사람의 이야기(「생애」)나, 날아오르는 새들에 대한 이미지의 변주 등은 그의 시적 이정표가 정신적 초극과 일상성으로부터의 해탈을 가리키고 있음을 알게 한다. 가령,

> 이름 모를 새 한 마리
> 찍 똥을 갈기고 간다
> 작은 부리로 열심히 쪼아 먹던
> 그 기억을 공중에 버린다
>
> 아, 시원하다
>
> — 임강빈, 「한거(閑居)」, 3~4연

와 같은 작품이 지니는 직관적 성찰과 시적 재미를 간과하기 어렵기 때문이다.

이건청의 시적 상상력은 현실에 대한 좀 더 직접적인 반응 양상을 내포하고 있다. 전통적 리얼리즘의 방법론이 아니라, 가장 고전적인 의미에서 현실을 이해하고 이를 초극하려는 태도가 드러난다는 점에서 그렇다. 시인은 자신이 서 있는 자리와 이에 대하여 대타적으로 설정된 공간을 병렬적으로 보여준다. 물리적인 의미에서 그것은 '도시'와 '산촌', 혹은 '지금, 여기'와 '현존하지 않는 대상'의 대립이고 상징적으로는 '딱딱한 것'과 '출렁이는 것' 사이의 관계이다. 주목할 것은 최근 시인들의 작품에서 빈번하게 드러나는 자연 소재, 전원적인 삶의 양상들을 어떤 관점에서 읽어야 하

는가 하는 점이다. 자연에 관한 이미지들이 곤궁한 삶을 보상하고 비판하는 상대적 의미를 지니고 있다는 점은 이해할 수 있지만, 화석화되어 이미 자연과 분리된 삶을 살고 있는 우리에게 자연의 소재란 한낱 복고적이고 엘리트적이며, 부유한 소수에게만 허락된 낭만적 취미가 아닌가 하는 우려의 목소리도 경청할 문제 의식을 지니고 있기 때문이다. 관건은 자연적 소재와 탈도시적 이미지들에 대한 시적 경도가 시인의 세계관으로 작용하고 있다는 증거를 작품 내에서 발견하는 일이다.

> 평생을 도시에서 살던 사내가 낙향해서 숲 속에 집을 짓고 살았는데, 어느 날 꽃가지에 동공을 찔려 시야가 닫히고 말았다. 사내가 장님이 되자 철 따라 이 산에 흘러와 살다 가는 새들이 하늘 별자리의 운행을 전해주고, 해와 달의 순환도 일러주고 갔다. 바람은 연초록 새싹 냄새와 철 따라 이 숲에 피어나는 꽃향기를 하나도 빠짐없이 속삭여주었다. 장님이 된 남자에게 마음대로 오갈 수 있는 길을 숲이 열어주었다. 눈이 닫힌 사내는 그가 세상에 태어날 때의 이목구비를 다시 지니게 되었고, 그 숲의 진짜 주인이 되었다.
>
> — 이건청, 「숲에 사는 남자」 전문

이 작품의 논리에 의하면, 보는 일은 도시적이고 감각적인 삶의 비유적 표현이다. 보는 일이 불가능해질 때 새로운 마음의 문이 열리기 시작한다는 것인데, 이를 불교적인 관점으로 해석할 수도 있지만, 여기서는 세계관에 대한 패러다임의 전환으로 읽을 필요가 있다. '눈이 멀어서 마음의 문을 연다'는 모티브는 설화적이고 신화적이다. 문제는 시인의 태도, 즉 삶의 방법과 도구로써 자연의 소재와 자연적 삶이 친화력을 지니고 있다는 전언의 진실성이다. 초극에 대한 갈망이 엮어내는 미적 성취를 가늠하는 작품이 있다.

한때, 나는 소금창고에 쌓인 흰 소금 속에 푹 묻히고 싶은 때가 있었다. 소금 속에 묻혀 피도 살도 다 내어주고 몇 마디 가벼운 말로 떠오르고 싶은 때가 있었다.

　마지막엔 '또르르 또르르' 목을 울리는, 한 마리 노고지리 되어 푸른 보리밭 쪽으로 날아가고 싶은 때가 있었다.

　　　　　　　　　— 이건청, 「소금창고에서 날아가는 노고지리」 전문

　현실의 삶에 반드시 필요한 존재가 되어야 한다는 생각, 신산한 일상이지만 그래도 견뎌야 하고 고통스럽지만 삶은 의미 있게 개선될 수 있다는 믿음은, 한편으로는 삶을 유지하고 지탱하는 동력이 되기도 하지만, 집착과 아집일 수 있다는 점에 대한 각성이 중요하다. 발전과 개선의 삶에 대한 자기 희생의 태도를 시인은 '딱딱한 결정'이라고 생각한다. 그는 "나는 이 딱딱한 결정을 버리고 싶다. 해안가 함초 숲을 지나, 유인도 무인도를 모두 버리고, 수평선이 되어 걸리고 싶다. 이 마대 자루를 버리고, 다시 물이 되어 출렁이고 싶다."(「소금」)라고 말한다. '딱딱한 결정을 버리고 물이 되어 출렁이고 싶다'는 전언은 "한 마리 노고지리 되어 푸른 보리밭 쪽으로 날아가고 싶은" 욕망과 같은 맥락이다. 이를 두고 비움과 초극의 미학이라고 할 수 있다.

　손종호의 작품세계는 '나'로 돌아오는 길, 자기 자신으로 회귀하는 시쓰기라고 요약할 수 있다. 세계를 인식하거나 창조하는 중심에는 언제나 주체가 존재한다. 이성적 주체에 대한 회의나 불신, 혹은 주체 자체에 대한 의심의 시각이 역사적인 의미를 지니는 것도 사실이지만, 주체의 이성적 판단이 전제되지 않고서는 '세계 내의 삶' 역시 의미를 지니기 어려울 것이다. 나아가 주체에 대한 새로운 인식과 관심이야말로 무모하고 혼란스러운 상대주의, 문화적 방만함을 견제할 수 있을 것이다. 시인의 이런 진단이 의미심장하게 들린다.

> 먼 바다의 이마에
> 손 얹은
> 노을의 장엄한 몰락
> 반복되는 것들의 아름다움 끝에는
> 언제나 허망의 무게가 눈떠 있다.
> 오늘의 장미숲에는
> 어제의 흑장미가 숨어 있고
> 강의 상류에는
> 내일의 강물이
> 홀로 구비쳐 내려오고 있다.
>
> 더 이상 속을 수는 없다.
> 이 지극한 시간의
> 어지러운 물살
> 빠른 보법 뒤에 숨은
> 늙은 쥐의 견고한 이빨
> 아니, 저 높은 감나무 가지 위에
> 둥지를 튼
> 까치 일가의
> 평화에조차.
>
> — 손종호, 「새들의 현관 · 2」, 2~3연

시인에 의하면 아름답다는 것의 본질적인 의미는 주체의 의지 내에서 자발적으로 인식된 가장 구체적인 대상, 경험 등을 가리킨다. 모든 판단의 주체는 자기 자신인 바, 일상적으로 반복되고 인습화된 관념이 부정된다. "'아름답다'는 말은 허위다. 빛들의 교묘한 굴절, 혹은 판단착오다. 성급한 도취, 잃어버린 에덴의 부질없는 집착이"지만, 보편성의 함정과 매너리즘을 극복하는 단 하나의 길, 즉 아름다움의 근본을 이해하는 방법은 "결국은 나의 주관이다. 허위가 아니라 내가 본 별빛, 판단착오가 아니라 나의 선택이다"(「꽃의 태반을 향해」). 그래서 시인은 매일 반복되는 노을의 장엄함에도 허망의 늪이 감추어져 있다고 말한다. 중첩되어 회색의 회색을 더해도 회색인 세계에서 진정한 아름다움이 어디에 존재하는지를 시인은 진지하게 묻고 있다. "더 이상 속을 수 없"는, "이 지극한 시간의/ 어지러운 물살"을 건너서 시인이 찾고자 하는 것을 무엇일까.

> 노자여 1이 태어난 후
> 그것이 나뉘어 2가 되고 다시 3이 만들어져……
>
> 그러나
> 1은 무엇인가, 그 중심은?
>
> 나는 이제 1로 돌아간다.
> 그 따뜻한 原型
> 흙 속의 불, 자유자
> 나의 어머니에게로.
>
> — 손종호, 「마지막 假宿에서 · 2」, 1~3연

분화되기 이전의 세계, 논리정연하다고 믿는 질서가 사실은 억압과 허위로 가득하다면, 혼돈일지라도 미분화된 공간이 있다면, 그것은 자기 존재의 시원(始原, Anfang)이 될 것이다. 그 "따뜻한 원형"이야말로 시인이 찾고자 하는 대상이자, 시적 수원(水原)이다. 그런데 시인이 향하는 원형으로의 길은 언제나 자기 회귀의 동선 안으로 수렴된다.

> 길을 찾아 나서면
> 길은 언제나 내 집으로 닿는다.

대문에는 시초의 낯익은 달빛이 두려운 지문처럼 찍혀 있고,
내 방은 깊어가는 어둠의 자궁,
어느새 바람소리에 떠내려 간다.
— 손종호, 「피 속으로의 여로」, 1연

자기 자신으로 향하는 길이 비록 언제나 새로운 출발을 예견하듯이,
즉, "길은 내 안에서/결국 끝나지 않을 것을"(「신원사의 가을」) 예측할 수
있지만, 그의 자기를 찾아가는 여정은 지속될 것이다.

삶을 채색하는 한 가지 풍경

— 정호승, 「옥산휴게소」

삶과 죽음을 하나의 관점에서 파악하는 일은 쉽지 않다. 그만큼 삶에 대한 애착은 강하고, 죽음에 대한 두려움은 크기 때문이다. 하지만, 생각해보면 삶이란 죽음에 대한 연습이자, 제의적 과정을 통한 승화이며, 시간에 대한 순치 과정이 아니겠는가. 그러므로 산다는 일은 문득 문득 발견되는 타인의 죽음으로부터 자신의 소멸을 생각하는 일이며, 자신의 죽음을 타자화하는 과정이고, 죽음을 친숙하게 수용하는 행위일 것이다. 죽음을 삶의 시간 속에 삽입하여 수첩을 펴듯 볼 수 있는 사람을 시인이라고 부르기로 하자.

> 아침 일찍 경부고속도로를 달리던 장의차 한 대 주차장에 멈춰 선다
> 흰 치마저고리를 입고 머리에 실잠자리 같은 상장 핀을 꽂은 젊은 여자들
> 우르르 차에서 내려 급히 화장실로 향한다
> 하늘은 푸르고 날은 따스하다
> 장의차 꽁무니에 타고 있던 관 속의 시신과 나는 차에서 내려 자판기 커피를 뽑아 들고 먼 산을 바라본다
> 산에는 진달래 한창이다

문득 지금이라도 알 수 없는 꽃의 마음을 알고 싶다

재빨리 우동 한그릇 먹고 나와 장의차 운전사가 시신에게 담배를 건
넨다

이것은 여행이 아니다

누구를 믿어야 사람은 죽어도 살까

꽃도 피면 다 부처님인가

인생에는 설명할 수 없는 일이 너무 많다고

남들이 가진 것을 다 가지려고 하면 아무것도 가질 수 없다고

시신의 어머니가 담배를 피우는 시신의 손을 가만히 잡아끈다

시신은 장지까지 가는 길이 너무 멀고 지루하다

화장실을 다녀온 시신의 아들은 휴대폰을 꺼내 어디론가 급히 문자
메시지를 보낸다

시신은 담배를 끄고 어머니를 따라 다시 장의차를 향해 흐느적흐느
적 걸어간다

노란 유치원복을 입은 아이들이 버스에서 내려 병아리 떼처럼 화장
실로 뛰어간다

선운사 동백꽃을 보러 가는 관광버스들이 줄지어 들어오고

더 이상 울지 않는 장의차가 급히 주차장을 떠난다

— 정호승, 「옥산휴게소」 전문

아침이 되면 새로운 하루가 시작되고 정해진 시간의 규칙에 따라 움직
여야 하는 것이 우리의 일상이다. 일상은 문자 그대로 매일 매일이 거의
같은 질서에 의해 반복되고 있다는 의미를 갖는다. 이것을 두고 흔히 삶
이라고 부른다. 하지만 삶을 간단명료하게 정의하기가 얼마나 어려운지
우리는 알고 있다. 이해하기 어려운 삶의 의미를 그래서 우리는 거꾸로
죽음의 뜻을 생각하면서 풀어보기도 한다.

죽음은 삶의 관점에서 볼 때 동떨어지거나 낯선 대상이 아니다. 엄밀한
의미에서 죽은 자에게 죽음은 인식되지 못한다. 죽은 자에게 죽음은 삶
의 연장 위에 있는 것. 잠에서 깨어나지 못한 상태의 지속이 죽음이기 때

문이다. 따라서 죽음을 이해하고 인식하는 행위는 살아 있는 자들의 몫이다. 그래서 죽음은 삶의 관점에서만 파악되고 수용되는 사회적 관계의 일부이다.

그런 죽음을 우리는 매일 마주한다. 출근길에서 장의차 행렬을 만나는 일은 아주 흔하다. 고속도로 휴게소. 죽음을 대하는 방식에 대해 이해하는 일이 사회화 과정의 하나라는 점을 우리는 잘 알고 있지 않은가. 시인은 아마 선운사 동백꽃을 보러 길을 나선 듯 하다. 그는 우연히 한 휴게소에서 장의차를 만난다. 차에서 내린 사람들이 화장실로 달려가기도 하고, 상주는 문자 메시지를 보내기도 한다. 유치원생들이나 관광에 나선 중년들이 왁자지껄 모여들기도 한다. 죽음이 일상의 범주에서 이해된다는 것은, 죽음을 망각의 기제로 바꾸어가야 한다는 또 하나의 규칙에 대한 수용을 의미한다. 여기서 흥미로운 점은 그 장의행렬을 바라보는 시인이 자신의 죽음을 생각해본다는 것이다. 누워 있는 시신은 이제 시인이 된다. 시신은 장지까지 이어진 일상의 시간이 조금 지루하다고 생각하지만, 제의로 가득한 상징의 질서를 통과해가는 과정이 곧 삶이듯, 그 관문을 차례로 빠져나가야만 우리는 생의 다른 세계에 도달할 것이기 때문이다. 하지만 인생이 그리 간단하게 요약되기는 어렵다. 설명하기 어려운 일이 자주 일어나는 것이 삶의 논리이고, 살면서 생을 초극하는 일이 무엇인지는 더욱 난해한 일에 속하기 때문이다. 하지만 시인은 죽음을 이해하는 한 가지 방식을 통해서 삶의 내면을 들추어보고자 한 것이다.

죽음이 일상의 맥락을 이루는 한 가지 형태이지만, 그 또한 쉽게 '일상화'되는 모습을 통해 삶의 쓸쓸한 풍경 하나를 시인은 걸어놓고 있다.

신화적 화해의 미학

― 박현덕 시조의 구조

시를 쓴다는 것은 사물의 중심에 자신을 위치시키는 일이라고 말할 수 있다. 이는 다른 말로 표현하면 자신을 통해서 사물과 세계를 이야기하는 일, 자신이 세계의 중심에 서서 또 다른 세계를 창조하는 일이다. 이때 어떤 언어를 선택하는가, 어떤 방식으로 노래하는가의 문제가 발생하는데, 이러한 방식이 제도화된 형태를 장르라 할 수 있을 것이다. 따라서 세계를 재해석하고 직조하는 유형이나 틀로써 장르란, 자기 시대의 일정한 의식적 규범을 반영한 것으로 볼 수 있다. 그런데 의식의 규범이란 일방적으로 교육하고 학습하는 성질이라기보다 자기 시대 구성원들 상호 간의 의사소통 속에서 형성되고 움직이는 생물적인 특징을 지닌다는 점은 널리 알려진 사실이다. 문학의 장르는 형성되고 소멸하는 과정으로 자신의 존재를 드러낸다는 것이다.

시조는 넓은 범위에서 볼 때 서정 장르에 속한다. 서정이란 '세계를 자아화'(조동일)하여 표현하고자 하는 의식과 감성의 작용을 의미한다. 시조 역시 이와 같은 장르적 특징을 보여주고 있는데, 주목할 점은 시조가 매우 오랫동안 창작되고 향유되고 있다는 점이다. 이와 같은 현상을 어떻게 설명할 수 있을까.

최근에 시조에 대한 관심은 두 가지 관점에서 접근할 필요가 있다. 하나는 문화적 차원에서 시조를 전통의 하나로 인식하는 경향이고, 다른 하나는 시조라는 형식이 갖는 세계관의 문제로서 개인의 선택과 관련된다.

문화적인 차원에서 시조를 보호해야 할 가치로 생각하는 태도는 일간지의 시조대상 선발 프로그램과 시조 전문 문예집 발간 등의 일종의 문화사업을 들 수 있는데, 이와 같은 현상은 역설적으로 시조의 위기론으로 읽힐수 있다. 역사적으로 볼 때, 문학의 범주로 수용되는 형식은 인위적인 교육과 학습에 의해 만들어지지 않는다. 마르크스적 관점을 빌지 않더라도 형식은 사회적 삶의 문제와 긴밀하게 연결되면서 동시에 의식적 필요에 의해서 이루어진다. 당연히 문학의 제도로써 장르는 삶의 내용이 선행될 때그 요구를 담보하는 형태로 형성된다. 오늘날의 경우 시조라는 형식, 시조자체의 문화적 전통이라는 생각이 앞서 있는 형국이라고 말할 수 있을 것이다. 형식의 지속성, 혹은 장르의 전통을 위해 '시조적 사유'가 재생되고 있는 것은 아닌가 하는 점을 생각해볼 수 있다.

하지만 이런 현상이 가치의 우열을 가리는 문제는 아니다. 어떤 이유에서든 시조는 창작되고 있으며 일정한 향유층이 있다는 점은 사실이기 때문이다. 뿐만 아니라 시조의 형식에 내포된 아우라가 정보화 사회의 누적된 모순을 상쇄한다는 의견 또한 설득력이 있는 것이 사실이기 때문이다.

그러므로 본질적인 문제는 시조라는 장르의 선택에 있다. 왜 시조라는 장르가 시인에게 선택되었을까 하는 것인데, 이 물음에 답하기는 매우 어려운 것이 사실이다. 개인에게 장르의 선택이란 일종의 삶의 방법론 선택과 유사하다. 장르라는 제도가 선행하는가 아니면 삶 자체의 내용이 선행하는가 하는 이분법이 반드시 옳다고 볼 수는 없어도 음미할 만한 타당성이 전혀 없지는 않기 때문이다. 가령, 일제 강점기 '고전에 대한 직관과 애정적 처리'가 '역사적 심정과 결부되어 역사적 방법론이 객관적으로 모색'(김윤식)되었다고 판단되는 '문장파'의 시조쓰기와 고전주의, 그리고 '인문평론파'의 개방적 장르선택의 문제는 문학사적인 의미망을 형성하고 있으며, 개인에게 있어서도 그것은 자신의 운명을 좌우하는 문제이기도 하였다.

논의가 조금 확장되었지만, 박현덕 시인의 작품을 읽으면서 줄곧 떠나지 않는 생각은, 시조가 그 형식적 특징을 통해 전달하는 울림이 현대시의 그것과 어떻게 다른가 하는 점이었다. 현대시가 연상의 자유로운 표현을 통해서 의미의 연결과 조합에 치중하고 있다면 시조는 절제와 긴장의 언어 사용에 있어서 매우 자각적이라는 차이를 발견할 수 있다. 이는 자연스럽게 정서적 긴장의 차이를 가져온다. 즉, 훼손된 세계라는 동일한 조건을 형상화하는 방법에 있어서 현대시는 좀 더 현실적 인식을 추구한다면 시조는 내면적 화해와 자기 완결적 미학을 목표로 한다고 볼 수 있다.

정형적 시 형식을 선택하고 있는 박현덕 시인의 최근작은 매우 낮은 시선으로 삶의 이면 혹은 "우물의 뚜껑을 열어 내부를 몰래"(「주암댐, 수몰지구를 지나며」) 바라보고자 하는 욕망으로 가득하다. 현재의 자신보다는 과거의 자신, 추억과 기억의 욕망이 시인의 내면에 가득하다. 수몰된 주암댐을 지나면서 시인은 이렇게 노래한다.

> 페달 힘껏 밟을수록 더욱 더 선명해진 언덕배기 학교도 정미소도 사
> 당도 더러는 강바닥에 누워 두 눈을 부릅뜬다.
>
> 때늦은 장대비가 사정없이 퍼붓는다 물 속에서 걸어 나온 수의 걸친
> 사람들 백비(白碑)처럼 서 있다.
> ─「주암댐, 수몰지구를 지나며」, 2~3연

지금 시인은 운전을 하면서 과거의 시간을 회상하고 있다. 댐으로 인해 수몰된 지역을 지나면서 시인은 수몰되기 전의 마을을 생각한다. 그 과거가 지금은 "백비(白碑)"로 재현되는데, 물의 이미지가 매개되고 있다는 점이 주목된다. 즉 '과거-장대비-현재'의 구조를 지닌다. 박현덕 시인의 최근작에서 돋보이는 이와 같은 구조적 특질은 물의 이미지가 갖는 탄생과 재생의 신화적 모티브와 유사한데, 그것은 자주 소멸로부터 구원과 죽음으로부터의 환생 등의 이미지로 변주된다.

늦저녁 부고장 받고 광주를 몰래 나와 심야버스에 몸 맡긴다 치렁치렁 걸린 안개. 가로등 허공에 떠서 사라진 길 더듬는다

해남 지나 남창으로 허겁지겁 달려가니 상갓집을 알리는 등(燈)들 둥둥 떠다니고 아직도 잠 덜 깬 바다는 알몸으로 누워 있다

부시다 아침해를 한 바가지 퍼 밥 짓는 수부의 집 부엌에선 바다가 납작 엎드려 후우우 아궁이를 향해 파란 불씨 날린다
—「완도를 가다」 전문

이 작품의 핵심은 부고장을 받고 달려간 상갓집에서 맞이하는 아침의 풍경에 있다. 즉 1연에서 제시된 '부고장'과 2연의 '바다', 3연의 '파란 불씨'의 설정은 '죽음-불-재생'이라는 구조를 이루고 있다. 죽음을 위로하기 위해 찾아간 상갓집에서 바라본 등불과 '알몸의 바다'는 다분히 소멸에서 재생으로 이어지는 의미로 해석된다. 3연은 이 작품의 메시지가 가장 확연하게 구성되는 이미지로 결합되어 있는데 '아침해', '밥 짓는 수부', '아궁이', '파란 불씨' 등이 가지고 있는 희망적 이미지의 연관성이 그것이다.

죽음과 소멸의 이미지를 재생과 환생의 의미로 재해석하려는 태도는

신화적 이야기 구조와 유사하다. 다시 말해 고단한 현재의 삶을 위무하고 좀 더 나은 형태의 삶을 지향하는 일종의 제의적(祭儀的) 의식의 드러냄이 그것이다. 이승의 삶은 유한하고 제한적이며 죽음이라는 가장 커다란 두려움을 동반하는 것이므로 이를 극복하기 위해 인간은 무한하고 자유로우며 영생이라는 새로운 질서를 추구하게 된다. 인간의 삶이 카오스라는 혼돈으로부터 질서의 세계로 이행되었다고 판단할 수 있지만, 엄밀한 의미에서 인간은 분화된 질서의 삶으로부터 다시 카오스의 상태를 지향하면서 죽음의 두려움을 극복하고자 한다. 즉 '카오스-코스모스-카오스'의 이행은 '혼돈-질서-연속성'이라는 의미로 재현될 수 있다.

이와 같은 의식구조를 가장 잘 드러낸 작품을 읽어보자.

> 아파트 베란다에서
> 저수지가 보이네
> 간혹 개를 꼬실리는
> 연기가 피어 오르고
> 치매 든 당골 할머니가
> 나비 잡다 빠졌네
>
> 아파트 베란다에서
> 저수지가 보이네
> 나무 헤집고 들여보면
> 앙증맞은 자궁 같아
> 물알을 쑥쑥 낳아주는
> 전라도 어머니네
>
> ─「저수지」 전문

저수지에 치매 든 노인이 나비를 잡다가 빠져 죽었다는 이야기는 다분히 신화적이다. 이때의 죽음은 생의 마감이 아니라 새로운 삶의 시작으로 볼 수 있다. 당골 할머니의 죽음을 매개하는 것은 '나비'이지만, 더 본질적인 것은 저수지의 물이 갖는 의미이다. 그것은 "물알을 쑥쑥 낳아주는/전라도 어머니"이기 때문이다.

하지만 신화는 단순히 비과학적인 상상의 영역에만 존재하는 것은 아니다. 신화의 적극적인 의미는 현대적인 삶을 통해서 그 역할과 기능이 설명될 때 유효성이 있다. 그러므로 신화는 지속적으로 재해석되고 구성되어야 한다. 다시 말해 '연속성의 아름다움'을 지상 위의 삶에 재현하고자하는 의식적인 노력 자체가 문학이고 시의 본질이라 할 수 있다. 신화적 질서는 텍스트 속에 머물고 있는 고정될 실체가 아니라, 늘 새로운 의미를 갖고 재생되는 역동적인 생물이라고 할 수 있다. 신화의 질서를 지속적인 순환 속에서 새로운 탄생이라고 정의하는 이유는 그것이 생의 매 순간을 의미 있게 만들고 정화하는 통과제의(通過祭儀)로 인식되기 때문이다.

> 진눈깨비 흩날리는 노역의 섬을 나오기 위해
> 벌써 늦은 아홉시 공장버스에 몸 맡긴다
> 집 향한 허연 길들이 자물쇠처럼 열리지 않고
>
> 버스에서 내려 가드레일 노란점 따라 걷는다
> 백합 향기에 취해가는 눈이 먼 첫사랑아
> 이 멍든 가슴 쓸어 내리는 저것은 소금불일까
>
> 희망아파트 상가 옆 포장마차 구석에 앉아
> 잠시 동안 걸었던 흰 길들을 꼭 껴안고
> 마흔의 푸석푸석한 몸 머리부터 술 붓는다
> ──「저녁, 길을 나서다」 전문

이 작품은 고단한 일상을 살아가는 사람의 평범한 삶을 서정적으로 포착하고 있다. 밤 늦게까지 일에 시달린 노동자가 집으로 돌아가고 있다. 버스에서 내려 길을 걷다가 첫사랑을 기억하기도 하지만 포장마차에 홀로 앉아 한 잔의 술로 시름을 달랠 수밖에 없는 삶의 풍경이 잘 제시되고 있다. 여기서 주목할 점은 고단한 일상과 술의 상관 관계이다. 이를 구조화하면 '고단한 일상-소금불- 술'이라는 이미지의 결합 관계를 보이는데, '불'과 '술'의 이미지는 현재의 고통을 극복하고 새로운 의미로 재생하는 신화적 모티브로 해석할 수 있다. 따라서 이 작품은 고단한 일상의 시간을 제의적으로 극복하고자 하는 의식이 잘 형상화된 작품으로 이해된다.

박현덕은 자주 죽음이나 소멸에 대해서 이야기하고 있지만 이는 죽음이라는 제의적 형식을 통해서 새로운 시간을 기다리고자 하는 욕망의 표현으로 읽힌다. 가령, "저 싱싱한 꿈으로 몸이 다시 기우뚱/오늘도 관에 벌렁 누워 죽는 연습 되풀이한다"(「하지」)와 같은 진술에서(유년시절의) '싱싱한 꿈'과 '죽음'의 병치가 이를 설명해준다. 이와 같은 구조는 삶을 이해하고 수용하는 시인의 태도가 그대로 드러난 것으로 보인다. 즉 그는 현실적인 고통과 어려움, 신산한 삶의 현재를 내면에서 화해하는 방법론을 가지고 있는데 그것이 바로 제의적 사고, 신화적 모티브이다. 꽃, 불, 눈, 바다 등의 이미저리를 통해 그는 일상의 규칙적이고 반복적인 삶의 리듬으로부터 초극하고자 하는 것이다.

박현덕 시인이 보여주고 있는 화해의 미학은 시조라는 형식이 갖고 있는 운명적인 특징과 무관하지 않다. 시조는 기본적으로 발단, 전개, 절정의 구조를 통해 상황 제시, 정황의 이해, 내면화라는 의미망을 형성한다. 시조가 갖는 이와 같은 특징은 분화된 현실에 대한 외연의 확장보다는 이를 바라보는 자아의 내면적 응축에 좀 더 다가선다. 그러므로 시조는 감성의 자유로운 현현을 일정한 구조를 통해 절제하고 통제하는 형식이라 할 수 있다. 형식은 운명이고 장르는 제도이다. 한 시인이 선택한 장르를 통해 자신의 운명을 고스란히 드러내 보일 수 있다면 그것은 매우 행복한 일이다. 박현덕 시인의 장르 선택과 신화적 모티브의 제시를 통해 우리는 오랜만에 삶의 풍경들을 매우 단아한 모습으로 볼 수 있게 되었다. 이는 오랜만에 만나는 즐거움이 분명하다.

전후 시의 맥락

— 김춘수, 김수영, 고은

1. 존재와 성찰의 굴절 언어-김춘수

김춘수는 전후 한국 시단에서 가장 낯선 시인에 속할 것이다. 한국전쟁의 상황으로부터 그의 시쓰기가 자유로울 수는 없었겠지만, 상징과 주지적 경향, 그리고 알레고리의 기법 등은 전후 시사에서 그의 시를 두드러지게 하는 요인으로 작용한다. 전쟁이 남긴 폐허와 의식의 공동화를 극복하고자 하는 직접적이고 현실적 고투와 상당한 거리를 지닌 자리에 그의 시가 놓이는 듯하지만, 바로 그러한 기교를 통하여 존재론의 새로운 지평을 열어보이고자 한 실험은 분명 전후 시단의 낯설음에 속한다. 그의 시적 방법론이 가장 체계화된 것은 『꽃의 소묘』(1959) 이후이다. 그의 고뇌는 언어 행위와 존재론의 문제, 즉, 존재를 언어적 의미화의 범주 밖에서 인식하려는 시적 노력이다. 대상은 발화 순간, 혹은 의미화를 시도하는 순간 사라져버린다.

> 〈꽃이여!〉라고 내가 부르면, 그것은 내 손바닥에서 어디론지 까마득히 떨어져 간다.
>
> — 김춘수, 「꽃 2」 부분

그의 이 같은 언명은 현실의 시간을 무한의 궤도 속으로 편입하려는 욕망의 소산이다. 언어적 범주화를 거부하고자 하는 노력에 비추어볼 때, 「부다페스트에서의 소녀의 죽음」과 같은 시는 오히려 '김춘수적'이지 못하다. 그는 영원의 것, 연속적인 삶, 현실적 제약으로부터 벗어난 무한의 세계를 지향한다. 혹은 그러한 과정이 시쓰기의 일환이라고 생각하고 있다.

> 겨울 하늘은 어떤 불가사의의 깊이에로 사라져 가고,
> 있는 듯 없는 듯 무한은
> 무성하던 잎과 열매를 떨어뜨리고
> 무화과나무를 나체로 서게 하였는데,
> 그 예민한 가지 끝에
> 닿을 듯 닿을 듯하는 것이
> 시일까,
> 언어는 말을 잃고
> 잠자는 순간,
> 무한은 미소하며 오는데
> 무성하던 잎과 열매는 역사의 사건으로 떨어져 가고,
> 그 예민한 가지 끝에
> 명멸하는 그것이
> 시일까,
>
> — 김춘수, 「나목과 시 序章」 전문

이는 언어의 의미작용을 무력화함으로써 '의미의 탈의미화를 지향하는 의미화'로 볼 수 있다. 그의 무의미 시론은 대상을 제거하고 남은 연상작용의 무한 과정으로 요약되기 때문이다.

> 대상이 있다는 것은 대상으로부터 구속을 받고 있다는 것이 된다.
> 그 구속이 긴장을 낳는다. (……) 그러니까 무의미라는 말의 차원을 전

연 다른 데서 찾아야 한다. 다시 말하면, 이 경우에는 반 고흐처럼 무엇인가 의미를 덮어씌울 그런 대상이 없어졌다는 뜻으로 새겨야 한다. 대상이 없으니까 그만큼 구속의 굴레를 벗어난 것이 된다. 연상의 쉬임없는 파동이 있을 뿐 그것을 통제하는 힘은 아무 데도 없다. 비로소 우리는 현기증 나는 자유와 만나게 된다.[1]

그가 말하는 자유의 구체적인 내용이 무엇인지는 모호하지만, 그 모호함으로 하나의 상징을 이루려는 노력이 엿보인다. 릴케의 영향을 바탕으로 그가 추구하고자 하는 시적 세계는 '휴면한 것을 벗어나려는 상태, 꿈과 같은 상태'와 유사한 '난센스의 경지'[2]로 설명되기도 하지만, 그의 실험은 전후의 정신적 공동화를 극복하고자 하는 의식의 소산일 수 있으며, 허무를 대체하는 기교적 방법론에 대한 모색의 결과였을 가능성이 크다. 김춘수의 시는 대상으로부터 언어의 의미화 작용을 탈색시켜 순수풍경의 세계를 그려보이고자 한 데 있지만, 자신의 시론과 작품 사이의 간극을 보여주었다는 점에서 그의 한계는 명확하다. 그러나 존재론과 내면 탐구의 시적 방향 탐구는 의식적이든 무의식적이든 이후 많은 시인들을 그의 영향 관계 속에 놓이게 했다는 점에서 그의 시사적 위치 또한 분명하다고 볼 수 있다.

2. 자유와 자기 연민의 시-김수영

한국 시 문학사상 김수영에 대한 평가처럼 시대적인 의미와 유효성을 지니는 논의도 드물다. 그에 대한 연구 자체가 역사적인 상황에 따라 달

---

1 김춘수, 「대상·무의미·자유」, 『전집 2 시론』, 문장, 1986, 377쪽.
2 김현·김윤식, 『한국문학사』, 민음사, 1973, 272쪽.

라졌는데 이는 그만큼 김수영의 시가 문제적이라는 점을 반증한다. 그가 1960년대적인 상황을 반영했다고 하는 일반적인 견해는 4·19 학생혁명과 5·16 군사 쿠데타를 기점으로 달라지는 시적 경향에 근거한다. 자유의 문제가 그의 시의 핵심에 자리 잡고 있음은 부정하기 어렵다. 다만 그가 취했던 일련의 시적 행동이 다분히 추상적 차원에서 머물고 말았다는 평가로부터도 자유롭지 못하다. 하지만 그의 태도 자체는 비판과 저항을 위한 방법론적인 것이었다. 반란과 저항이라는 시적 화두는 그의 초기시와 후기시를 통해서 모두 감지된다. 이상적 상태의 자유를 상정하는 것이 아니라, 자유를 말하는 것 자체가 현재의 모순을 인지하고 관심의 상태로 진입하는 행위라는 점을 그는 적극적으로 보여준다. 비판과 자기 연민이 그에게 동의어처럼 보이는 이유는 현실에 대한 극복 가능성의 문제를 제기하기 때문이다. 다시 말해 비판이 삶의 개선을 지향하는 것이지만, 그것은 그가 발 딛고 선 자리의 한계 상황을 인식하지 않을 수 없기 때문이다.

> 더 넓은 전망이 필요없는 시간 우에서
> 산도 없고 바다고 없고 진흙도 없고 진창도 없고 미련도 없이
> 앙상한 육체의 투명한 골격과 세포와 신경과 안구까지
> 모조리 노출낙하시켜가면서
> 안개처럼 가벼웁게 날아가는 과감한 너의 의사 속에는
> 남을 보기 전에 네 자신을 먼저 보이는
> 긍지와 선의가 있다
> 너의 조상들이 우리의 조산과 함께
> 손을 잡고 초동물세계 속에서 영위하던
> 자유의 정신의 아름다운 원형을
> 너는 또한 우리가 발견하고 규정하기 전에 가지고 있었으며
> 오늘에 네가 전하는 자유의 마지막 파편에

스스로 겸손의 침묵을 지켜가며 울고 있는 것이다.
— 김수영, 「헬리콥터」 부분

이미지즘의 유혹이 생경한 표현으로 노출되어 있지만 이 작품에서 주목되는 것은 그가 지향했던 "자유의 정신의 아름다운 원형"이라는 것이, 사실 착륙해야 하므로 '울지' 않을 수 없다는 점을 지니는 비상[3]이라는 사실에 있다. 이 같은 정황이 그를 자기 연민과 비애에 함몰되게 하는 이유일 수 있다.

4·19 학생혁명은 그의 시를 가장 정치적으로 변모시킨다. 권력에 대한 비판과 부조리에 대한 적극적인 관심은 매우 직설적이면서 과감한 시어를 선택하게 한다.

우선 그놈의 사진을 떼어서 밑씻개로 하자
그 지긋지긋한 놈의 사진을 떼어서
조용히 개굴창에 넣고
썩어진 어제와 결별하자
그놈의 동상이 선 곳에는
민주주의의 첫 기둥을 세우고
쓰러진 성스러운 학생들의 웅장한
기념탑을 세우자
아아 어서어서 썩어빠진 어제와 결별하자
— 김수영, 「우선 그놈의 사진을 떼어서 밑씻개로 하자」 부분

그의 이런 비판이 어떤 정치적 의도나 분명한 목적 의식이 전제된 것이라고 보기에는 무리가 있다. 4·19 학생혁명 직후에 쓰여진 듯 보이는 이

---

3 김현, 「자유와 꿈」, 황동규 편, 『김수영전집 별권—김수영의 문학』, 민음사, 1983, 108쪽.

작품이 미학적인 완성도를 지녔다고 보기는 어렵다. 시가 구호의 역할, '침을 뱉는' 기능으로 작용할 수 있다는 점을 감안한다 해도 열거법의 반복[4] 외에는 뚜렷한 미적 성취를 발견할 수 없기 때문이다. 따라서 김수영에게 학생혁명과 군사정변으로 이어지는 일련의 시기는 그가 지향했던 부정의 정신성과 자유의 문제가 가장 현실적으로 구체화되었던 기간이었다. 그것은 거꾸로 자유라는 화두가 추상화되고 있음을 반증하는 일이다. 한 라디오 방송의 원고로 보이는 글에서 그는 '자유를 논하는 문제는 신을 논하는 것처럼 두려운 일'이라고 말하고 나서, 책방에서 마음껏 책을 읽지 못하고 쫓겨난 일 등을 예로 들어 '이러한 사회는 자유가 없'다고 진단한다.[5] 그의 지적은 사실상 매우 중요한 의미를 담고 있는데, 그것은 다름아닌 시민사회의 보편적 가치 즉, 주체의 상호승인이 이루어진 사회에 대한 인식이다. 하지만 그의 이해가 논리적인 차원에서 정립되지는 못한 듯하다. 사회에 대한 비판이, 어떤 목표를 향하거나, 혹은 비판의 과정으로서 의미를 지니는 것이기도 하다는 사실을 자각하지 못한 상태에서 그는 자기 자신을 조롱과 연민의 대상으로 간주한다. 어쩌면 이 지점이 김수영 시의 미학적 성취가 가장 돋보이는 대목이라고 할 수 있다.

> 왜 나는 조그만 일에만 분개하는가
> 저 왕궁 대신에 왕궁의 음탕 대신에
> 오십원짜리 갈비가 기름덩어리만 나왔다고 분개하고
> 옹졸하게 분개하고 설렁탕집 돼지같은 주인년한테 욕을 하고
> 옹졸하게 욕을 하고

---

4 한명희, 『김수영 정신분석으로 읽기』, 월인, 2002, 33쪽.
5 김수영, 『김수영 전집 2 산문』, 민음사, 1984, 33~35쪽.

(……)

모래야 나는 얼마큼 적으냐
바람아 먼지야 풀아 나는 얼마큼 적으냐
정말 얼마큼 적으냐……
— 김수영, 「어느날 고궁을 나오면서」 부분

그렇지만 소시민의 자기 연민은 현실에 대한 적극적인 관심으로 배태
된 시적 자의식이 아닐 수 없다. 그만큼 삶의 문제에 대하여 치열하게 고
민했고 이를 적극적으로 언어화하려 했던 그의 고투는 여전히 문제적 가
치를 지니고 있으며, 1960년대적 사유의 한 축을 이루게 한 동력이었음은
부인하기 어려울 것이다.

3. 좌절과 허무의 시적 의장(意匠)―고은

고은의 삶은 고통스러움을 통해서 지속되었고 그의 시는 그 질곡으로
부터 배태된다. 한국전쟁은 자기 존재의 문제에 천착하는 중요한 계기가
되었다. 전쟁의 참혹함은 그로 하여금 거의 정신적 이상 상태를 경험하게
하면서 가출과 방황의 질곡으로 유인한다. 18세가 되던 해, 그는 고향 앞
바다에서 자살을 시도한다. 그의 허무주의적 충동은 당대의 현실적 상황
과 무관하지 않았다. 그는 19세에서 29세까지 승려생활을 한다. 이 기간
동안에 그는 시인으로 등단한다.

1960년 『피안감성』으로부터 그의 시쓰기는 시작된다. 그는 한국전쟁의
폐허 속에서 문학적 새로움을 갈망했다. 그가 지향했던 세계는 전후의 신
세대로서의 자의식이 반영된 세계, '자기 참조적 구성'방법을 통한 새로
운 시쓰기였다. 여기엔 세계를 비극적으로 바라보는 허무주의적 시선이

강하게 침투한다. 여기서 허무주의란, 방법적 회의를 통한 창조적 사유를 지향하기보다는 맹목적 부정, 소멸의 충동을 내포한 다분히 감정적 편향성에 가까운 것이었다.

그의 초기시에는 '바다'와 '죽음', 그리고 '누이'의 이미지가 매우 강하게 나타난다. 바다라는 공간은 그가 유년시절을 보냈던 장소이면서 동시에 삶과 죽음, 부활과 소멸의 상상력을 가능하게 했던 소재이다. 뿐만 아니라, 그의 세 번에 걸친 자살 시도에서 바다는 빈번하게 등장한다. 18세 때와 30세 때, 그리고 37세 때 그는 자살을 시도하는데, 물론 37세 때의 자살 시도는 정치적인 동기와 관련되지만, 처음 두 번은 바다에서 시도되었다는 점이 흥미롭다. 그에게 바다는 시적 체험의 근원이자 기억의 원천이며, 바다를 통해서만 그는 실존의 억압으로부터 자유로울 수 있었다.

> 내 지나간 노을이 밀려 가다 남아 있어도
> 내 어둔 하늘이 가랑비가 되어도
> 물이 있듯 사랑이야 있었다.
> 옛날은 내 뒷 모습의 어디에도 멀어지며
> 옛날에는 시내가 스미기 시작하였다
> 비록 시냇물 소리가 살아나기 전에도
> 아조 아는이여 내 지나간 사랑은
> 물소리 살아나는 새벽이었다
>
> 밤이 자도 나는 자지야 않았다
> 한 갈래 물소리는 온갖 소리를 담아 흐르며
> 어둔 물소리는 쌓여 오르고
> 내 몰라하는 구비에서는 숨지다가도
> 이윽고 어릴적에 돌아가

눈부시게 오는 머언 칠팔월
흰 밤바닷물이 넘쳐 나타나듯이

— 고은, 「誘惑」부분

　지나가버린 시간 속에 숨은 상처를 기억하는 일이란, 그 상처의 고통스
러움에도 불구하고 아름답다. 시간이 흐르면서 고통은 기억할 '무엇'으로
자리 잡고 그 상처를 기억하는 행위 속에서 가끔은 현재 살아 있음의 의
미가 눈물겹도록 아름다울 수 있다. 기억 속의 상처는 그래서 힘이 될 수
있다. 언어로 탈바꿈한 고통은 지속적으로 새로운 언어의 외피를 쓰고 나
타나야 한다. 시인이 '시인'일 수 있는 이유는 고통스러움도 언어의 의장
(意匠)을 통해 아름다움으로 변화시킬 수 있기 때문이다. 고은에게 지난
시간들은 "지나간 노을"이며 "어두운 하늘"이다. 자신은 어두워가는 하늘
한켠에 조금 남아 있는 석양의 잔영이며, 가끔은 초라하게 지상 위를 적
시는 "가랑비"에 불과하다. 그렇지만 기억할 무엇이 있다는 사실만으로도
불면의 밤을 지킬 수 있다. 물이, 흘러가버린 시간의 불가역성을 상징한
다면 "물소리"는 과거가 부활하는 소리, 시간의 불가역성을 뒤집어보려는
몸부림이다. 그 몸부림 속에서 그는 언제나 "바다"로 향하는 자신을 발견
한다. 바다는 움직이고 출렁인다. 움직이지 않는 바다란 바다가 아니다.
고여 있는 물은 바다로 가지 않는다. 자신의 존재를 말하지 않는 바다는
없다. 그러므로 "노래하라/바다위의 모든 것"(「해변의 頌歌」)과 같이 시인
의 바다는 살아 있다. 그것은 시인 자신의 존재를 확인하는 행위이며, 자
신이 살아온 생애의 질곡을 인식하게 되는 매개가 되기도 한다. 가령,

　　젊은 어머니여 젊은 어머니여
　　밀물로서 바닷가를 쳐들어 왔다가
　　허무의 부르짖음으로 밀려나간다.

세계를 가장 고요하게 하는 부르짖음
바라보라 이 죽음의 되풀이를

— 고은, 「바다의 무덤」 부분

에서처럼 바다는 "허무의 부르짖음"이면서도 "젊은 어머니"처럼 열정을
안으로 간직한 존재이다. 시인은 바다를, "세계를 가장 고요하게 하는 부
르짖음"이라고 노래한다. 왜 바다는 되풀이되는 죽음인가. 그는 바다에서
죽음을 생각하고 바다에서 재생을 꿈꾼다. 그러므로 바다는 기억의 원천
을 제공하며, 바다를 생각할 때 그는 자신이 처한 좁고 답답한 세계에서
자유로울 수 있다.

바다에 대한 집착은 그의 초기시를 특징 짓는 중요한 요인이 된다. 그
것은 곧 소멸을 자기 시의 방법적 원리로 삼으려는 태도로 이어진다. 이
소멸의 충동은 어딘가에 갇히고 싶은 욕망, 유폐적 상상력의 세계로 그를
인도한다. 그것은 병적인 세계, 무엇인가 심한 결핍에 사로잡힌 영혼을
묘사하는 데 바쳐진다. 그것이 소위 '누이 콤플렉스'로 명명된 세계였다.
그의 등단 추천작 「폐결핵」(1958)은 이같은 정신적 편향성을 선명하게 보
여주는 작품이다.

누님이 와서 이마맡에 앉고
외로운 파―스.하이드라짓瓶 속에
들어있는 情緒를 보고 있다
뜨락의 木蓮이 쪼개어 지고 있다.
한 번의 기인 호흡이 창의 하늘로 삭아가버린다.
오늘 하루의 이 午後
肋骨에서 두근거리는 체온의 되풀이
머나먼 곳으로 간다.
지금은 틀거울에 담은 祈禱와

아래 얼굴
모든 것은 이렇게 두려웁고나
기침은 누이의 姦淫,
언제나 실크빛 戀愛나
나의 시달리는 홑이불의 日曜日을
누님이 보고 있다.
누님이 치마끝을 매만지며
化粧얼굴의 땀을 닦아 내린다

　　　　　　　　　　　　　　　　— 고은, 「폐결핵」 부분

　그러나 초기 고은의 시는 절망적인 포즈와 낭만적 과잉으로 인해 허무
주의가 갖는 생산적인 역할을 하지 못하고 말았다. 허무주의는 삶에 대한
전면적인 체념과는 구분된다. 그것은 생을 이해하는 하나의 방법이기 때
문이다. 그것은 권력과 제도, 억압적인 권위, 물화된 일상성에 대한 적극
적인 부정을 통해서 자유의 문제, 진실의 문제에 도달하려는 의지로 이해
된다. 고은의 시는 이와 같은 문제에 깊이 닿지는 못했다. 그는 전후의 폐
허를 딛고 문학적 새로움을 통한 자기 이해에 도달하려는 모더니스트적인
감각에 심취했기 때문이었다. 그가 선택한 시적 장치들, 바다, 죽음, 누이
의 이미지들이 형상화되는 과정이 이를 말해준다.
　허무주의의 시적 발현이라는 평을 가능하게 한 소멸적 심상들은 실상
관념적 죽음이 빚어내는 생의 욕망과 다르지 않다. 그가 선택한 죽음은
형이상학적인 것이었다. 출가와 환속을 거듭하면서 생에 대한 심연을
경험해버린 한 허무주의자의 내면에는 살기 위한 몸부림이 미학적 수
준에서 형상화되어야 한다는 강박관념이 존재했던 것이다. 도(道)를 닦
기 위한 선승의 방황이라면 모를까 문학이 요구하는 삶은, 육질의 고통
을 떠안을지라도 언어라는 외피를 쓰지 않을 수 없었던 것이다. 불완전
한 삶의 반영 형태로서의 시는 도의 세계에서 보면 생에 미달하는 것이

다. 시인이 몸을 바꾸면서 새로운 '탈(persona)'을 써야 하는 이유가 이것이다. 시적 장치로써 정신의 해탈을 추구하는 일이 죽음과 소멸의 '기제(mechanism)'였다. 제주도 시절(1964.5~1967.5)을 회상하는 자리에서 그는 이렇게 말한다.

> 나는 과장된 감수성으로 제주체험의 삶을 시작했던 것이다. 낭만주의가 발달하다가 그 끄트머리에서는 아주 무책임한 자기 과장만이 남아 있는 시대가 있었다면 나는 바로 그런 시대의 더럽혀진 낭만적 잔재에 자리 잡았다.[6]

그러므로 고은에게 삶의 방황은 시를 산출하기 위한 방법적 장치가 된다. 이 방법의 미학적 수준을 논의하는 일이 고은의 초기시의 본령을 이해하는 통로가 된다.

고은은 1964년 5월부터 1967년 5월까지 약 3년 동안 제주도에서 생활하게 된다. 그의 제주생활은 『피안감성』 이후 『해변의 운문집』과 『신, 언어 최후의 마을』을 통해 주요한 시적 체험으로 형상화된다.

초기 고은은 절망과 부정을 하나의 세계관으로 그려 보이고자 했다. 그것은 전후의 정신적 공동감(空洞感)을 극복하려는 방법론의 하나로 작용하고 있었으며, '누이' 이미지에 대한 시적 변용 역시 이 같은 과정에서 산출된 상징이었다. 하지만 그의 시에 자주 등장하는 죽음과 좌절, 혹은 소멸과 절망의 부정적 상상력은 관념적인 죽음을 통한 생의 의지, 부활에 대한 갈망으로 이해된다. 특히 '누이' 이미지의 발현은 전후 신세대의 세대론적 감각, 즉 기존의 문학적 전통에 대한 도전 의식으로부터 배태된

---

6 고은, 『濟州島』, 일지사, 1976, 8쪽.

것이었다. '부재하는 것'에 대한 병적인 갈망은 자기 자신을 창조적 바탕으로 삼는 모더니즘적 방법론에 다가선 것이었으며, 고은은 자신의 낭만적 감수성의 밑바탕에 이 같은 세대 의식을 강하게 갖고 있었던 것이다. 그의 이런 의식은 1970, 1980년대로 오면서 현실과 역사, 타인과 타인의 삶에 대한 이해로 전이되면서 그 폭을 넓히게 된다.

제3부

사랑의 형식과 방법론에 대한 질문

— 박정규, 『당신은 왜 그렇게 멀리 달아났습니까?』

1.

소설을 읽는 여러 가지 이유 가운데 재미있는 이야기에 대한 관심은 무엇보다 중요하다. 재미있다는 것은 이야기의 앞뒤가 치밀하게 연결되어 사건의 진행 과정이 잘 짜여진 구조를 갖기 때문이다. 작품이 전달하는 메시지 내용보다 그 메시지를 어떻게 전달하는가 하는 방법론이 중요한 이유는 여기 있다. 이야기를 지탱하는 골격과 그것을 연결하는 구성, 그리고 문체의 힘 없이는 소설은 성립될 수 없다. 물론 문화적인 환경과 현실의 변화가 독자들의 선택과 취향에 영향을 줄 수 있지만, 근본적으로 소설은 구조의 완성도를 통해 자신의 존재 의미를 갖는다.

문제는 구조의 치밀성이 문화적 정황과 맺는 관계, 즉 내적 상동성(Homology)이 긴장감 있게 그려질 때 문학적 감동은 배가된다는 사실이다. 소설의 존재 의미가 내적 구조의 완성에서 출발하는 것은 사실이지만, 삶의 현장 및 현실 문제와 적절하게 관련될 때 작품의 유효성은 증대되기 때문이다.

최근 한국 소설은 삶의 현장성, 모순과 해법 찾기의 문제로부터 조금 멀리 와 있는 것이 사실이다. 여전히 현실적 고통을 안고 있는 분단 문제를 제외하고 한국 사회는 인간 문제에 대한 새로운 시각을 모색하는 듯이 보인다. 제반 요인들은 '보편적 인권'의 문제로 이해되고 이는 전 세계적으로 공유될 수 있는 가치로 수렴된다. 그만큼 한국 사회는 세계 여러 나라와 함께 '보편적 시민사회' 건설이라는 공통의 명제를 제시할 수 있게 되었다.

이런 상황에서 '소설은 무엇인가' 하는 질문은 새로운 답을 요구받고 있다. 이제 소설은 자기 시대의 문제로부터 자유로울 수 없다는 일종의 문학사회학적 관점에서 벗어나 다른 형식과 태도를 모색할 지점에 선 것이다.

박정규의 소설집 『당신은 왜 그렇게 멀리 달아났습니까?』는 이런 의미에서 이야기를 발견하고 구성하고자 하는 작가 의식이 치밀하게 드러난 결과물이라고 할 수 있다. 작가 의식이란 일차적으로 쓰고자 하는 욕망을 가리키지만, 한편으로는 왜 쓰는가에 대한 물음, 글쓰기의 정당성을 내면적으로 확보하려는 고투의 과정을 지칭한다. 이야기를 만들어야 한다는 생각은 다분히 시대의 변화를 의식할 수밖에 없는 상황 논리에 기인하지만, 왜 써야 하는가라는 물음 앞에 박정규는 하나의 전범을 발견하는데, 그것은 지식인으로서 글쓰기, 지식인 유형의 모형을 만드는 것이다. 그것은 첫째, 소설에 등장하는 주인공들은 모두 중산층 이상의 경제적 환경을 유지하면서 대학교수, 소설가 등 교육받은 계층이라는 사실이고 둘째, 소설의 창작 과정이 학습의 대상인 예술적 소재로부터 출발하고 있으며, 셋째, 화자는 이야기의 구성에서 파국을 맞이하기보다는 소설적 상황을 관찰하거나 객관적인 거리를 유지하는 주체로 등장하고 있다는 점 때문이다.

이와 더불어 소설 구성의 특이점은 액자식 구성이 주류를 이루고 있으며 사건의 진실을 파헤쳐가는 과정이 다분히 추리적 기법을 따르고 있는데,

그것은 사랑의 형식과 방법론에 대한 소설적 질문에 수렴된다. 다시말해 박정규는 사랑 문제에 대한 지적인 접근법을 소설의 핵심에 놓고 있다.

2.

박정규의 소설은 소통과 관계맺음의 양식에 대한 물음을 내포하고 있다. 다양한 소설적 장치들로 에워싸여 있지만, 실상 가장 근본적인 관심은 사랑으로 요약되는 인간 관계론이다. 좀 더 정확하게 말하자면 가족 내의 갈등을 겪으면서 살아가는 남성에게 사랑이란 무엇인가 하는 물음은 개인적인 영역과 아울러 사회적 층위를 포괄하는 문제임이 그의 소설에서 분명히 드러난다. 가령, 한 고고학도의 헛된 꿈을 그리고 있는 「실루엣 퍼즐」에서 사랑이란,

> 한 인간의 가장 기본적인 삶의 단위인 아내나 자식과의 관계맺음에 실패했다는 것은 인생 전체의 삶에 실패했음을 반증하는 것이다. (……) 삶을 관계맺음이라고 정의 한다면 지금까지 살아온 자신의 삶은 삶이 아니었다. 타인과의 관계를 맺는 것보다는 자신이 중심이 된 세계에서 홀로 사는 것이 익숙해 있었다.

라는 언급에서 보듯, 가족단위의 관계에서 실패하지 않는 일로 정의되지만, 실상, 사랑이 이렇게 좁은 범위에서 규정되기는 어렵고 상대적인 관점에서 그 실패 여부가 다르다는 점을 염두에 둔다면, 박정규의 소설에서 사랑, 특히 남성 화자의 경우 그것은 사회적 실패가 가져오는 자기 반성의 계기로 작용하는 심리적 기제로 읽힌다. 남성적 관점에서 사랑을 사회적 성취과 배타적 소유욕만으로 측정하려는 태도는 문제가 있다. 또한 이에 대한 수정이 여러 가지 경로를 통해 이루어진 것도 사실이지만, 박정규는 이

문제에 대하여 매우 다양한 관점을 제시하고 있다.

한 남자의 사랑 이야기로만 요약하기에는 불충분해 보이는 「당신은 왜 그렇게 멀리 달아났습니까?」는 주인공의 누나를 오래도록 사랑했던 남자의 죽음을 통해 사랑의 본질은 무엇인지 묻고 있다. 광주민주화운동이라는 역사적 상처를 상징하는 누나와 그녀의 죽음, 한 여자를 오래도록 사랑하고자 했던 남자의 죽음은 사랑의 갈래를 보여주는 극명한 예에 속한다. 이런 관점에서 작가가 보여주고 있는 또 다른 사랑의 양상, 즉 아버지의 후처들에 대한 이야기는 매우 흥미롭다. 일회적인 사랑, 단순한 충동으로만 보기 어려운 사랑의 모습도 있다는 의미일까. 표제작인 이 소설은 엇갈린 운명으로 인한 좌절된 사랑의 양상을 잘 보여준 작품으로 보인다.

진정한 부성(父性)은 생물학적인 문제에서 결정되는가, 아니면 사회적인 부양의 의무에서 비롯되는가. 「갈림」에서 주인공은 이 문제를 두고 고민한다. 다른 남자의 정자로 임신한 아내를 두고 심리적 갈등을 겪는 남자에게 중요한 것은 혈연중심주의로부터 어떻게 빠져나오는가 하는 방법론의 문제이다. 그것은 학습과 지적 작용에 의한 이성적 판단에 의해서만 가능한 일이다. 멜라네시아의 트로브리안 섬 원주민들의 모계제를 소개하면서 그는 그 심리적 불편함으로부터 벗어날 수 있었던 것. "아버지는 혈통에서 자신이 차지하는 사회적 위치를 통해서가 아니라, 인간적인 관계를 통해서 아이에게 권위를 행사할 수 있을 뿐"인 존재라는 것을 인정하는 일, 그때에야 비로소 "모든 것이 친숙하게 다가온다"는 점은 중요하다.

한 여성 소설가에게 우연히 다가온 남자의 기묘한 사랑 방식을 보여준 작품 「스운」은 정신적 사랑, 다시 말해 육체성이 거세된 사랑이 가능한지 묻고 있다. "그는 내 영혼을 사랑했고 나는 그의 상처받은 영혼과 육체를 함께 사랑하기를 원했다. 그러나 아무것도 변한 것은 없었다."는 진술 속에 드러나는 어긋남, 그것은 사랑에 대한 관점의 차이이기도 하지만, 현실적인 시간과 몽환적 시간 사이의 간극이기도 하다. 박정규의 작품에서 종종 발견되는 이 같은 기법은 삶은 계기적이거나 인과적이지 않다는 의미로 해석된다. 사랑의 방식 또한 그와 유사해서 통상적인 의미의 층위에서 사랑을 읽는 것을 방해한다. 특히 소설가의 소설쓰기의 방식과 과정을 보여주고 있다는 점에서 이 작품은 흥미로운데, 작품 속 남자가 자신의 삶을 고백하는 대목은 주목을 요한다.

> 그러니 내 삶이 곧 소설입니다. 그 삶을 살고 있는 주체인 내가 곧 소설입니다. 소설이 소설을 재료로 하여 소설을 써도 써진 것은 소설이 아닌 다른 것이 되겠지요. 소설은 원래 자기 부정의 특성을 갖는 것이 아니던가요. 현존재 저편의 새로운 세계, 새로운 존재방식을 추구하는 것이 아니던가요. 그러니 선생님의 작업은 소설 창작이고 내가 작업을 한다면 그것은 소설의 해체가 되는 겁니다.

이러한 진술은 소설에 대한 전복적 이해, 소설에 대한 통념을 거부하면서 소설의 의미를 새롭게 이해하려는 태도로 보인다.

한 남자의 죽음에 얽힌 사건과 동성애 문제를 다루고 있는 「생략」은 기억의 단층을 이어줄 수 있는 메커니즘은 존재하는가 하는 다분히 존재론적 물음에 닿아 있다. 즉, "단절된 두 장면 사이에 외형적으로 생략되어진 부분을 재생"하려는 시도의 가능성을 탐색하는 작품에서 작가는 진실이란 무엇인가의 문제와 만나게 된다. "우리가 진실 혹은 진리라고 부르는 것은 가장 적절하다고 확인된 하나의 가설에 지나지 않는다"는 사실을 '확인'하는 것이다.

구원의 초월적 층위에 종교가 존재한다면 세속적 층위에는 사랑이 있을 것이다. 한국전쟁 때 부상당한 아버지와 그를 구한 소대장의 이야기를 그린 「누구나 혹은 아무도 아닌」은 구원과 자기 구원의 의미를 묻고 있다. 아버지가 가졌던 죄의식과 부끄러움의 근원을 추적해가는 과정에서 만난 "악인의 번영과 선인의 고난에 대해 인간의 기준과 다른 하나님의 공의"를 확인해야 한다는 과제와 고뇌를 보여주는 일은 의미심장하다. 구원의 소설적 의미는 바로 인간의 욕망을 극명하게 표출함으로써 믿음의 근거는 자신에게 있다는 자기 확인의 욕구를 드러내는 일이다. 실존적 죽음에 이르러서야 비로소 이러한 깨달음에 도달하는 것이다.

> 하나님은 내게 주신 고난들을 통해 아직도 나를 단련하시는 것일까. 더 쓰시기 위해? 이제는 사양할 것이다. 니르웨이로 가라는 하나님의 명령을 어기고 스페인으로 도망치다가 풍랑 이는 바닷물에 던져진 요나가 되더라도 이제는 그냥 여기서 이대로 쉬고 싶었다. 주머니 속에 초콜릿과 압축바가 들어 있지만 꺼내지 않았다. 바다 속으로 잠기듯이 정신이 까무룩해졌다.

상처와 구원의 문제는 오래된 소설적 주제이지만 박정규는 사랑의 문제를 통해 이를 구체화하고자 한다. 「리바이어던의 가장자리」는 광주항쟁으로 인해 불구가 되어 죽음을 맞이한 계부와 어머니 사이의 갈등을 그리고 있다. 계부의 폭력이 심화되면서 그를 살해하려는 계획의 비밀이 어떻게 밝혀지는가 하는 점이 소설의 초점이지만, 중요한 것은 역사적 폭력과 개인적 폭력이 만나는 접점에 대한 인식이다. 그 접점을 찾아나서는 일이 소설의 결말이자 시작을 알리는 장치이기도 하기 때문이다.

3.

박정규의 소설은 매우 꼼꼼한 독서를 요구한다. 소설을 가르치는 교수로서 수십 년간 강단에 섰던 '소설가/교수'라는 이력은 그의 작품을 읽는 중요한 참조 기준이 될 수 있다. 그것은 소설에 대한 자의식이 어떤 형태로 드러나고 있는가 하는 점이다. 다시 말해 그가 서문에서도 밝히고 있듯이 "내가 머물고 있는 자리를 새삼스럽게 가늠해보는 경우"가 바로 그 지점에 해당된다. 그것은 소설을 어떤 관점에서 만들어 가야 하는 창작방법론의 문제이자, 어떤 관점에서 삶을 이해해야 하는가라는 세계관의 문제를 동시에 드러낸다는 사실이다. 창작방법론의 관점에서 볼 경우 그의 소설은 구성에 대한 일종의 전범으로 작용하고 있으며, 세계관의 관점에서 그는 자기 시대의 소설에 대하여 진지하게 고뇌하고 있다. 이야기의 중층적 배치라든가 소설적 발견(climax)을 지속적으로 이완시키는 기법 등은 그의 소설이 매우 꼼꼼한 의도와 배치로 직조되어 있음을 반증하는 일이고, 예술작품을 다시 쓰기(rewrite) 형식으로 만들어내는 것은 소설이란 무엇인가라는 동시대의 질문에 답하는 방법론이었다.

이런 자의식은 「당간지주」의 맨 끝 부분에서 "그런데 인칭도 없이 떠도는 화자 너는…"이라는 진술처럼 과잉 반응으로 나타나기도 하고, 외국인 노동자의 사랑 이야기를 가벼운 어조로 그린 「봄·봄·봄」처럼, 원작의 이미지로부터 완전히 벗어나기 어려운 모습도 보이지만, 우리 시대의 소설은 어떤 형식을 발견해야 하는가라는 물음에 정면으로 마주했다는 점에서 이 소설집은 유의미성을 얻고 있다. 지식인 소설의 범주에서 그의 소설을 설명할 수 있다는 것은 이 같은 고뇌를 그가 치열하게 반영한다는 점과 동궤에 놓인다. 우리 시대의 소설가는 무엇을 왜 써야 하는가 하는 물음에 정직한 답을 보여주고 있는 박정규의 소설은, 소설가의 자의식이 만들어낸 작품으로 명명할 수도 있을 것이다. 그가 소설의 형식과 구성에 대하여 매우 자각적인 태도로 일관하고 있다는 점은, 단순히 외형의 문제가 아니라 소설의 존재론, 나아가 소설가로서 어떻게 살아가야 하는가라는 물음을 내포하고 있기 때문에 예사롭지 않다. 이것이 박정규 소설의 존재론이기도 하다.

부재, 균열, 혹은 상처를 견디는 방식

— 이은하, 『만약에 퀘스천』

1.

이은하의 소설집 『만약에 퀘스천』은 조금 특이하고 색다른 화법으로 욕망하는 주인공의 좌절과 상처를 보여주고 있다. 작품집에 등장하는 주인공들은 모두 타인으로부터 '타자화'된 인물이다. 타자화란, 주체가 자기 주도적으로 자신의 삶을 이끌어가기보다는 타자들에 의해 자신의 삶이 구성되거나 인식되는 상황을 가리킨다. 주인공은 자신의 주변을 살펴보지만, 그곳엔 언제나 상처와 함몰만이 놓여 있다. 대개의 경우 아버지와 오빠, 사랑의 대상 등으로 명명될 수 있는 남성, 혹은 남성성의 부재가 두드러지지만, 엄밀하게 말하면 그것은 자신의 내면으로부터 이루어지는 내파(內破)와 균열이다. 이 어긋남은 자신을 둘러싼 정황을 눈여겨보는 것, 그 풍경 속에서 자신은 왜 타인이 아니라 자신을 바라보아야 하는지를 생각해보는 것과 같은 말이다. 그 타자들이 종종 동물의 모티브로 등장하는 것은 어떤 이유일까.

롤랑 바르트는 자기 자신을 바라보는 일은 역사적으로 최근에 와서 생긴 현상이라고 하면서, 그 '시선의 역사'는 '자기동일성에 관한 의식의 교활한 분열'과 관련이 있다고 설명한다. 물론 근대성은 분열된 자아로부터 규정되는 기제, 혹은 가치일 것이다. 1930년대 이상(李箱)의 시가 그랬고, 조야했지만 1950년대 모더니즘을 표방했던 일군의 시인들이 그랬다. 최근엔 자신의 다른 얼굴을 바라보는 일이 진부한 이야기(cliche)가 되어버린 듯 하지만, 벗어나기도 어려운 일종의 통과제의로 인식되기도 한다. 김윤식은 "로댕은 아름다운 조각을 만들지 않았다. 다만 한 가지 사물을 만들었을 뿐"이라고 말한 적이 있다(「어떤 두더지의 옅은 고백」, 『문학사상』, 2002년 1월호). 이 말을 조금 돌려서 생각해보면, 이은하는 쓰지 않을 수 없었고, 그것은 '작품'에 대한 자의식에서라기보다 좀 더 본질적인 의미에서 자신의 실존에 대한 일종의 '증거 남기기'로서의 글쓰기를 시도한 것으로 볼 수 있다. 다른 말로 하면 쓰면서 존재할 수밖에 없었던 삶의 거울, 타자를 만들어놓는 것. 그 타자 속에서 자신은 하나의 인간이며, 정확히는 많은 타자들과의 관계 속에서 속수무책으로 규정된 자연인이라는 것, 진정한 사물성은 이제 실존적 자아의 울타리를 벗어나서 존재한다는 것을 그녀는 말하고 싶었던 것이다. '육체에서 분리된 세계'를 바라보는 것, 그것이 자신의 맨 얼굴이라고 인식하는 것, 바로 그것이다. 소설에 등장하는 많은 동물들의 이름을 두고 우리는 이렇게 규정할 수 있지 않을까.

어머니의 죽음과 함께 나타난 아버지의 여자와 배다른 아들들로 인해 철저하게 타자가 되어가는 과정을 그린 「나의 그라스스네이크」는 이은하 소설의 중핵에 위치한다. 아버지마저 병상에 눕게 되고 친오빠는 집을 나가 독립을 하면서 집을 지키는 사람은 오직 그녀 자신뿐, 하지만 자신의 얼굴을 비추어주는 대상은 그녀가 키우는 뱀들이다. 엄마의 죽음은 갑작스럽게 새로운 가족 관계를 만들어놓는다. 그것은 그녀에게는 매우 낯선 현상인 것. 뱀의 비늘만큼이나 차갑고 이물감이 느껴지는 관계들이다.

여자가 자주 집에 드나들기 시작했다. 엄마가 아끼던 자기 그릇을 꺼내어 나물을 무치고 찌개를 끓이고 퇴근하는 아들들을 불러 저녁 식탁에도 둘러 앉혔다. 나는 어떤 말로도 저항하지 않으며 그녀와 아버지와 그의 아들들이 하는 행동을 하나하나 지켜보았다. (……) 나는 새끼손톱만한 구더기가 된 것 같았다. 흉물스럽게 나를 힐끔거리다가 언제고 커다란 구둣발로 내 몸을 짓이겨 놓을 것만 같았다.

그녀는 속수무책으로 던져진다. 이 새로운 가족 관계야말로 그녀에게는 스스로 이 세상 안에 버려진 타자임을 절실하게 깨닫게 한다. 이런 그녀가 할 수 있는 일은 뱀들을 풀어놓는 것. 하지만 그것은 내면의 상처와 상실감에 대한 자기위로의 차원인 것. 아버지의 죽음과 산에 풀어놓았지만 누군가에게 죽임을 당한 그라스스네이크를 자신이 밟아버리는 설정의 섬뜩함은 이은하 소설의 가장 저점에 놓이는 충격이다. 그것은 두 가지 표정으로 설명이 가능한데, 하나는 애완동물 키우기에서 비롯된 순수한 애정과 사랑이고 다른 하나는 우울과 불안함에 대한 자기 응시이다. 이 두 가지 표정은 자주 중첩되거나 교차되면서 이은하 소설의 핵심적 코드를 직조한다. 이는 자기동일성에 대한 분열 양상이라고 부를 수 있으며 이은하 소설의 새로움은 여기에 놓인다.

2.

이은하에게 삶은 불행한 가족사를 견디는 일과 무관하지 않다. 아버지는 무능하거나 부재하고 아버지를 대신하는 역할(오빠) 또한 병약하거나 미미하다. 따라서 집을 지켜내는 일은 오로지 여성 화자로 등장하는 주인공들뿐이다. 또한 그녀들은 언제나 철저하게 홀로 남겨진다. 여성에게 홀로 남겨진다는 일은 불안과 우울, 공포를 수반하기도 한다. 이러한 내면적 정황을 그녀는 자주 동물들을 통해 드러내고자 한다. 가족에게 버림받고, 사랑 또한 떠난 상황에서 버린 고양이(「나는 지금 버스를 기다린다」), 자유로운 성향의 남자에 대한 애증과 정신병원에 입원한 오빠와 환영처럼 나타난 나비(「나비에게 전화를 걸다」), 무기징역수를 기다리는 여자와 지난 사랑을 잊지 못하는 여자의 이야기에 등장하는 산악염소(「황사바람」), 유년기의 상처를 갖고 있는 여자의 내면을 투영하고 있는 달팽이(「달팽이의 노래」), 다이어트 클리닉에서 일하는 여자에게 자주 떠오르는 코끼리의 환영(「클리닉」), 늙거나 죽은 모습, 혹은 기이한 모습으로 나타나는 개(「사진」, 「네버랜드를 찾아서」, 「만약에 퀘스천」, 「11시에 만난 사람」) 등, 이은하의 소설에 나타나는 동물들은 주인공의 억압된 내면을 보상하는 자기 지칭적(self-referential) 상관물이라고 말할 수 있다. 이것은 작품 속에서 주인공의 행위와 내면적 정황 등을 암시하는 역할을 하면서 동시에 작품의 분위기를 이끌어가는 데 기여한다. 때로는 작품이 진행하는 과정의 동기를 부여하거나 인물간의 대화에 자주 등장하는 중요한 소재로 작용하기도 한다.

표제작 「만약에 퀘스천」은 천진난만함 속에 가려진 우울한 진실을 담고 있다. 이는 다른 작품에 비해 상당히 이질적인 모습처럼 보이지만, 사실상 이은하 작품세계를 집약적으로 보여주고 있다. 동성애를 흉내내고 있는 소녀와 소녀의 친구(공주), 아버지로부터 성폭행을 당하는 공주, 공주의 죽음, 여장남자를 남몰래 즐기는 소녀의 아버지, 간질발작을 일으키는 과외선생, 그리고 홀로 남겨진 소녀 등, 등장하는 인물들은 모두 어두운 그림자를 갖고 있다. 하지만 무엇보다 중요한 것은, 이 작품의 핵심은 자살한 친구의 죽음이 그녀의 아버지로부터의 성폭행에 기인했다는 사실이다.

– 아빠가 날 때리기만 하는 줄 아니? 아빠가 날 건드릴 땐 정말 최
악이야……

　　공주가 소녀에게 마지막으로 털어놓은 비밀은 무서웠다. 할 수만 있
다면 들은 이야기들을 지워버리고 싶었다. 그렇게 죽어버릴 거면서 왜
말을 한 거냐고 멱살이라도 잡고 싶었다.

　　음반 한 장이 다 돌아갈 때까지 소녀가 운다. 눌러 담았던 감정들이
걷잡을 수 없이 흘러 넘친다. 문 밖에는 거대하고 기괴한 소리 앞에서
고개를 떨어뜨린 소녀의 아버지가 꼼짝하지 못하고 서 있다. 폭력적인
음악 소리에 집안이 무너져 내릴듯하다.

　문제는 이 같은 폭력적 상황 앞에서 죽은 친구가 동성애 연습을 통해 그
상처를 견디고자 했다는 점에 있다. 남성성에 대한 거부감은 죽은 친구의
유품함에서 장식물을 훔쳐가는 소녀 아버지의 기괴한 취미나, 카페 '공간'
에서 여장남자(cross dressed) 놀이를 즐기는 남성들의 변형적 욕망도 포함
된다. 소녀들의 동성애 놀이가 누구나 겪을 가능성이 있는 순진한 성장통
의 하나라고 여기는 통념은 남성의 왜곡된 욕망으로 인해 무너지고, 남성
들 또한 변형된 욕망을 통해 자신을 다스릴 수밖에 없는 비틀린 주체라는
점을 이 작품은 보여주고 있다. 아버지의 부재 이후 다시 남겨질 존재는
여성 주인공 자신밖에 없다는 확인 역시 아우라의 형성에 기여하고 있다.
'만약에'라는 가정이 현실이 되고 마는 그로테스크한 설정을 통해 한 인간
의 우울한 내면을 조망한 이 작품의 아름다움은 여기에 있다.

　　## 3.

　남성과 남성성이 부재한 자리에서 여성 화자의 등장은 박완서, 오정희
등에서 매우 두드러졌던 현상이었으며, 산업화 시대를 거치면서 한국 소
설이 주시했던 중요한 문제 가운데 하나였다. 특히 1990년대 중반 이후

한국 소설은 여성적 관점에 의한 세계 이해에 많은 부분을 할애했다. 21세기에 접어들면서 한국 소설은 다양한 형태의 이야기를 만들어왔다. 여기서 다양성이란, 살아가는 방식의 개별성과 함께 인물들의 다층성과 중층성을 내포하지만, 무엇보다도 탈이념의 시대적인 거울을 어떻게 내면화하느냐 하는 문제 의식을 담고 있는 말이다. 다시 말해 이는, 현실주의적이면서 역사성을 담아야 한다는 정치적 의식이 지나간 자리에 새로운 문학적 헤게모니로 등장한 여성주의의 이데올로기, 혹은 생태주의 등을 간과할 수 없었다는 의미이면서 동시에 이와 같은 문학적 영향력으로부터 일정한 거리와 객관성을 유지해야 한다는 과제 앞에 작가들의 고민이 매우 깊어졌다는 뜻이다. 무엇을 쓸 것인가의 문제는 소재 선택의 문제가 아니라, 변화된 환경을 어떻게 수용하고 해석하며 언표화할 것인가라는 본질적인 물음이기 때문이다. 역사와 현실의 내면화라는 공공의 가치에 대한 관심이 희석화된 지점에서 소설은 이제 무엇을 쓸 것인가라는 가장 근본적인 질문 앞에 우리 시대의 작가를 마주 서게 했다.

이제 우리는 이은하가 직조하는 새로운 이야기의 세계 앞에 섰다. 아버지 혹은 남성성의 부재가 곧 불안과 공포의 원인이 된다면 그것은 프로이트가 만들어놓은 거대한 가설의 오류를 인정하는 형국이 될 것이다. 문제는 이은하의 주인공들 속에 자리 잡고 있는 그 우울한 내면성이 어떻게 현실감각을 유지해갈 수 있는가 하는 점이다. 즉, 동물 모티브로 변형된 억압된 욕망이 현실적인 맥락으로 재탄생되는 것, 우화적 상징에서 리얼리즘의 세계로, 문자 그대로 우화(羽化)하는 과정을 기대하고 싶은 것이다. 수많은 동화를 출간했던 이은하의 소설쓰기가 이 같은 문제 의식으로부터 출발하고 있다면, 소설가로 다시 출발하는 그녀의 미래는 정말 황홀할 것으로 믿는다.

이야기 시대와 시대의 이야기

1.

요즘 우리는 이야기의 시대에 살고 있다. 경험과 생활의 범주가 모두 이야기인 시대, 이야기가 지속적으로 만들어지고 있으며 이야기를 통해서 삶의 다양성을 인지할 수 있는 시대에 우리는 살고 있다. 엄밀히 말하면 이 같은 현상은 사실상 오래 전부터 지속되어왔지만 최근에 들어서 우리 삶에 내재된 이야기 혹은 '이야기성'을 발견한 것이다. 이야기(story)와 말하기(telling)를 이야기하기(storytelling)로 이해하면서 이를 문화 이해의 주요한 키워드로 인식하는 것이 최근의 한 경향이다.

소설쓰기는 이야기하기를 가장 근간으로 하는 문화 행위이다. 물론 모든 이야기가 소설이 될 수는 없다. '이야기하기'에 미학적 장치가 수반되어야 비로소 소설이라 부를 수 있기 때문이다. 하지만 소설쓰기의 원형에는 이야기에 대한 호기심, 이야기를 만들고자 하는 욕망이 얽혀 있다는 점을 부인할 수 없다.

2.

소설은 모든 시간을 현재화하는 형식이다. 소설이 추억과 기억을 모두 현재적 형식으로 재현한다는 점은 주지의 사실이다. 과거와 현재는 어쩌면 '과거의 현재', '현재의 현재'만 있을 뿐이다. 소설에서 과거란 단순히 되돌릴 수 없는 불가역적인 시간이 아니라 지속적으로 현재의 맥락과 접점을 이루면서 그 의미를 재생하는 시간의 영역이다. 작가에게 기억은 그러므로 현재적인 의미와 상관 관계를 이룰 때 비로소 생산적인 힘을 얻게 된다. 작가가 서 있는 현재의 시간이 지속적으로 지나가버린 시간에 회귀하는 것은, 과거의 현재가 가져다주었던 고통을 견인(堅忍)하여 현재의 현재로 견인(牽引), 승화하려는 의지작용의 결과이다.

김현진의 「용서의 조건」은 월남전의 기억을 형상화한 작품이다. 이 소설은 월남전에 참전했던 한국군에 의하여 윤간을 당한 한 여인이 40여 년 만에 자신의 고통을 치유하고자 한국에 찾아오는 이야기이다. 그녀에게 필요한 것은 자신에 의한 용서였다. "상대의 사과가 없는 일방적인 용서"는 "용서가 아니라 체념이다. 체념은 구원이 아니라 파멸이"기 때문에 그녀는 자신에게 폭력을 행사한 인물을 찾아나선 것이다. 장군의 자서전을 대필하고 있는 주인공의 주선으로 여인은 가해자 한국인을 만나는 데 성공한다. 오랜 시간이 지났지만 한국군 병사가 용서를 빌었을 때 비로소 그녀는 자신의 운명을 인정하고 떠나게 된다. 전쟁의 상처를 주요한 소재로 삼고 있지만, 이 작품은 타인에 대한 용서와 화해가 상처를 극복하는 가장 진정한 방법임을 알게 한다.

김용운의 「백담사 가는 길」은 과거 군사 독재시절을 추억하는 작가의 이야기이다. 이 작품은 작가들에게 일정한 기간 동안 글쓰기를 위해 숙소를 제공하는 만해마을을 배경으로 하고 있는데, 이는 작가의 소설쓰기 자체를 문제 삼았다는 점에서 소설가 소설의 범주로 분류할 수 있다. 작가는 자신의 소설이 어떻게 만들어지고 있는지를 보여주고 있다. 소설쓰기가 잘 되지 않아 창밖을 보다가 겨울철 훈련을 떠나는 군인들을 보면서 자신의 아들을 생각하고 이것이 과거 군사정권의 불합리한 통제와 감시를 떠올리게 한다는 소설적 설정은 소설쓰기 자체를 고스란히 보여주고 있는 셈이다.

윤형복의 「선과 악의 차이」 역시 소년시절의 사랑이 야기를 통해 '과거의 현재'를 현재에 재현함으로써 현재의 의미를 환기하는 데 기여하고 있다.

3.

모든 이야기의 출발은 개인이지만, 개인의 존재 자체를 가장 근본적으로 설명하는 형식은 바로 가족 관계이며, 가족의 이야기를 제외하고 이야기의 성립을 논의할 수 없다. 가족 관계는 가장 숙명적이면서 동시에 사회적이다.

김다경의 「낯선 그리고」는 그야말로 가장 신뢰했던 남편의 이상증세에 대한 소설적 보고서라 할 수 있다. 이 작품은 두 가지의 이야기를 갖고 있다. 하나는 주인공 여성의 불합리한 외도와 성적인 집착이고 다른 하나는 남편에 대한 이야기이다. 무언가를 자주 찢어버리는 강박증을 갖고 있는 여성에게 문제의 본질은 남편의 외도에 있었다는 점이다. 외도가 결혼생활 밖에서 일어나는 성 행위를 총칭한다면, 남편의 동성애도 분명히 정상적인 관점에서 이해되기 어려운 것이다. 사업에 충실했다고 믿었던 남편은 바로 자신이 운영하는 식당에서 동성애를 즐긴 것이고 동성애인의 죽음을 괴로워한다. 그것이 바로 주인공에게 강박증을 가져오게 된 계기가 된 것이다.

임운산의 「연어의 귀환을 기리며」는 새로운 사업을 찾아야만 하는 농촌

현실을 보여주고 있지만 엄밀히 말하면 과거의 현재화라는 관점에서 분석이 가능하다. 고향에 찾아간 주인공은, 연어를 돌아오게 하여 관광사업을 추진하겠다는 친구를 만나지만 그 꿈이 사실상 실현 가능성이 매우 낮은 것이라는 점을 깨닫게 된다. 연어가 돌아올 수 없다는 점과 금실누나를 만난다는 설정은 이 작품이 갖고 있는 하나의 맥락이다. 돌아온 것은 연어가 아니라 금실누나였고, 이는 주인공에게 고향의 의미를 환기하는 중요한 요인이다.

이병렬의 「아내는 여자다」는 가족 관계를 실감나게 형상화하고 있다. 병든 시어머니를 모시고 살아가는 아내의 일상사에 대한 안타까움이 그려지고 있지만, 이를 통해서 가족의 의미와 가치를 잘 조명하고 있다. 오랜 만에 아내와 계획한 여행이 처숙부의 상으로 인해 취소되는 이야기를 통해 우리 시대 가족들의 보편적인 모습이 잘 드러나고 있다.

박충훈의 「동티」역시 가족 내에서 일어나는 갈등을 다루고 있다. '동티'는 사전적인 의미로 '흙이나 돌 등을 잘못 다루어 지신(地神)의 노여움을 사서 받는 재앙'을 뜻한다. 주인공은 어느 날 갑자기 찾아온 실명의 위기가 조상의 묘를 이장하고 나서 생긴 것으로 믿는다. 병원에서 치료를 받고 위기를 모면하지만 재산 문제로 자식들과 불화를 겪으면서 주인공은 이것 또한 동티가 아닐까 하고 생각한다. 합리적인 판단으로만 설명하기 어려운 삶의 불가해성은 가족 관계에서 가장 극명하게 드러나는 것이 아닐까 하는 작가의 진단이 돋보인 작품이다.

4.

자본주의의 일상성은 돈과 권력이라는 상징으로 곧잘 재현된다. 자본주의가 가장 아름다운 인간적 가치를 실현하고 있다는 믿음이 과연 옳은

가에 대한 논란은 오래 전부터 있어왔지만, 문제는 자본주의적 일상성의 범주에서 우리는 한치도 벗어날 수 없다는 점이다. '절대적인 밖이 없는 세계', 혹은 '뫼비우스의 띠'로 명명되는 세계 속에서 소설은 이야기를 통해 세계의 의미를 해석하고자 부단히 노력한다.

무엇이 옳고 그른가에 대한 판단이 인간적인 가치를 철저하게 배제한 상태에서 이루어지는 경우를 우리는 자주 목도한다. 김영주의 「생강꽃」은 서점에서 책을 훔쳤다는 누명을 쓴 소녀의 이야기를 통해 진실이란 무엇인가라는 근원적인 질문을 던진다. 서점에서 책을 구경하다가 도둑으로 오인된 학생이 서점 관리인들에게 제출한 자술서의 내용이 어쩌면 사실일 수 있다는 암시를 통해 진실의 문제를 제기하고 있다. "이름표 뒷면에 마지못해 적어놓은 듯한 꽃말이 눈 속으로 덤벼든다. 당신을 믿습니다. 사인펜으로 휘갈겨 쓴 글자가 하나 이마에 무성하던 핏줄과 충돌한다"는 진술이 이를 말해준다.

최근에 사회 문제가 될 정도로 빈번하게 발생하는 전화 사기사건을 다룬 양창국의 「전화휘싱」 역시 자본주의의 비정한 일면을 노출하고 있다.

이야기가 넘치고 있다. 이스라엘과 하마스의 전쟁과 휴전을 위한 국제 사회의 노력, 최초의 흑인 대통령의 탄생으로 변화에 대한 기대감이 높은 미국, 더욱 경색되고 있는 남북 관계, 혹은 부모를 잃고 거리를 배회하다가 하루 천 원으로 끼니를 해결하고 있는 소녀, 불륜 협박에 많은 수의 공무원이 굴복했다는 기사 등 우리 주변은 온통 이야기로 둘러싸여 있다. 하지만 이야기는 어떻게 하는가, 어떤 관점에서 누가 말하는가에 따라 달라진다. 소설은 이야기의 미학적 재구성이면서 동시에 새로운 이야기의 생산 형식이다.

문화적 환경과 글쓰기

―――――――

1.

새삼스러운 이야기이지만 소설은 '단순한 이야기'가 아니다. 정확하게 말하자면 어디서나 볼 수 있고 들을 수 있는 이야기가 아니라, 다듬어지고 특정한 의미가 부여되었으며, 새로운 관점을 제시하는 독특한 화법이다. 이야기가 넘쳐나는 시대에 살면서 좋은 소설을 읽기 어려운 이유는 여기 있다. 올 한 해 일어난 무수한 사건들을 보면 산다는 일이 무엇인가 생각하지 않을 수 없다. 전직 대통령이 두 명씩이나 서거했고 우리나라 기술로 우리 땅에서 위성을 쏘아 올릴 수 있는 시금석이 마련되었거나 경색되었던 남북 관계가 갑작스럽게 해빙 분위기로 접어든 사실에 대한 논란, 혹은 학자 출신의 총리 후보 지명 등 우리는 하루하루를 이야기의 홍수 속에서 살아간다.

그렇다면 작가는 누구인가. 이런 이야기를 눈앞에 두고 작가는 어떤 역할을 해야만 하는가. 이 질문에 답하는 방식은 두 가지이다. 작가는 이와 같은 현실의 여러 가지 현상들에 주목하여 나름대로 유추 가능한 세계를 만들어야 한다는 믿음이 하나이고, 오로지 작가는 자신의 감성과 내면에 비추어 자기의 이야기를 할 뿐이며, 현실의 제반 현상들은 단지 참고자료일 뿐이라는 판단이 다른 하나이다. 거칠게 요약한 이 두 가지 방식에 어떠한 가치론적 상하 관계가 있을 수 없다는 점은 물론이다. 다만 어떤 선택을 하고 어떤 입장을 취하든 한 가지 중요한 점을 양보하기는 어렵다. 소설은 '이야기가 아니라는' 점이다. 시간을 할애하면서 우리가 소설을 읽어야 한다면 그것은 분명 다른 이유가 있기 때문이다. 좋은 소설은 그냥 있는 이야기를 전달하지 않는다. 복합적인 양상으로 얽혀 있지만, 읽을 만한 소설은 이야기를 독특한 방식으로 만들어주고 익숙한 소재를 특이하게 제시한다. 잘 알려지지 못한 소재를 발굴하는 소설도 있지만 이 경우에도 마찬가지이다. 실용서적과 자전적 에세이가 잘 팔려서 읽을거리가 넘쳐나는 현상을 두고 소설의 위기라고 진단하는 관점도 있지만, 잘 생각해보면 그것은 소설이 제 역할을 잘 하지 못한 결과일 수 있다.

2.

이야기를 얼마나 생경하지 않게 전달해주는가 하는 점이 작품을 대하는 프리즘이 된다는 것이다.

박경숙의 「눈물」이 흥미롭게 읽힌 이유는 바로 말하기 방식의 새로움에 있다. 오래전 자신을 성폭행하고 떠나버린 남자를 찾아서 죽이는 이야기에서 핵심은, 죽은 자의 영혼이 화자로 등장한다는 사실이고 그의 독백으로 이어가는 방법을 통해 시간과 공간을 넘나들면서 한 여자의 생이 처절하게 재구성된다는 점에 있다. 이 작품에서 '유체이탈'과 같은 비과학적인 요인에 집착할 필요는 없다. 그것은 이야기를 끌어가기 위한 도구적인 의미만을 갖고 있기 때문이다. 작가는 주인공의 '눈물'에 주목하고자 했고 이것이 소설을 읽게 하는 힘으로 작용하고 있다. 자신에게 버림받았던 여자가 자신의 어머니의 계략에 의해 불량배들에게 윤간을 당했다는 사실을 '발견'하는 과정이 이 소설의 플롯이며 곧 육체를 이룬다. 한 여자의 원한의 생을 독특한 화법으로 재구성했다는 점이 돋보인 작품이다.

황영경의 「녹천」은 여성의 목소리로 자신의 삶을 반추하는 작품이다. 무료한 직장생활을 하면서 하루에 잠깐씩 공무 외출을 할 때 주인공은 길거리를 배회하면서 시간을 보내곤 한다. 그녀에게 직장은 평생을 몸바쳐 일할 만한 곳은 아니다. 꿈이나 희망은 더욱 아닐 것이다. 삶의 이면을 다 알아버린 자의 우울한 전망만이 가득하다. 칠 년간 만나오던 남자와 헤어지고 그녀는 자주 길을 잃는다. 갈아타야 하는 전철역을 지나치는 일은 시간 위의 함몰지대를 그녀가 자주 마주치고 있음을 증명한다. 등장인물들 간의 어긋난 시선은 삶의 표지 없음에 대한 상징물이다. 사장과 부적절한 관계의 경표언니, 세속적 출세주의에 대한 전형을 보이고 있는 박부장의 욕망 등이 그렇다. '평화로운 사슴의 고장'에 뜻하지 않게 자주 서 있는 주인공은 어쩌면 우리 시대 길 잃은 자의 부표 하나를 읽어준 셈이다. 그것은 전혀 평화롭지 못한 삶과 무료한 일상에 대한 소설적 기호이다.

백지영의 「피아노가 있는 방」은 일상의 환멸과 환상의 거리에 대해서 잘 보여주고 있다. 배우가 되어 떠나버린 옛 애인을 그리워하고 있는 주인공과 갑자기 피아노를 배우겠다는 아내는 모두 환멸의 일상에 시달리는 존재이다. 유명 배우가 된 은하를 다시 만나야 한다는 생각과 뜻하지도 않게 얻은 피아노를 새롭게 배우겠다는 생각은 다른 듯하지만 같다. 그것은 도달하지 못하는 시간에 대한 열망이기 때문이다. 피아노를 배우겠다는 아내가 어느 날 걸어서 도착한 파란색 대문집의 '침묵'은 아내의 가출을 강하게 암시한다. 자신도 모르게 식당 일을 그만둔 아내를 기다려야 하는 주인공은 결국 과거의 애인을 만나러 가는 길을 포기해야만 한다. 아내가 들여놓은 거대한 피아노에 가위 눌리는 꿈을 꾸면서 말이다.

이은집의 「스타괴담」은 최근 한국 문화의 코드를 하나 짚어주고 있다. 그것은 자본과 권력 관계에 대한 예각화이다. 연예계의 비리와 관련된 이야기는 배우의 자살로 상징화되고 있으며 특정 집단 사이에서 이루어지는 불합리한 권력 관계는 여러 경로를 통해 이해되고 있다. 엔터테인먼트가 고부가가치를 지니는 산업으로 인식되고 있는 시점에서 소설적 관심의 대상으로 부각되는 것은 작가 의식의 발로라고 할 수 있다.

지요하의 「당신에게도 선물을」은 지방의 작은 도시에서 살아가는 사람의 시각에서 재구성한 환경 문제를 소설화한 것이다. 사회적 이슈에 참여한다는 것은 거대한 담론이 아니라 생활 속의 실천임을 작가는 보여주고 있다. '쓰레기 버리기'라는 작은 소재를 다루고 있지만 주인공의 행위에 동참하는 사람의 모습을 통해서 이것이 근대적 계몽의 기획(project)이라는 점을 분명하게 보여주고 있다.

김덕우의 「인형나라」는 지친 삶의 일상을 인형뽑기 놀이에 비유하고 있다. 일을 해야만 살아갈 수 있는 삶, 냉정한 '현실원칙' 속에서도 주인공은 과거 폐결핵으로 일찍 세상을 버린 여동생에 대한 기억을 갖고 살아간다. 그녀가 주인공에게 건넨 헝겊인형에 대한 추억은 '쾌락원칙'의 상징으로 읽힌다. 그들의 알지 못하는 '적의'는 어쩌면 이 시대를 살아가는 사람들이 모두 떠안고 있는 부채일지 모른다.

박원의 「첫사랑의 감각」은 역설적이게도 폭력적으로 다가온 육체에 대한 기억으로 인해 더 이상 성장하지 못한 삶에 대하여 이야기한다. 상처받은 영혼에게 사랑은 불행의 체험이었고 그것은 현재의 남자(이부장)에게도 더 이상 자신의 운명을 맡길 수 없음의 기표이다. 주인공 리나에게 육체란 관념으로 전환된 대상이다. 극복 가능한 존재, 홀가분하게 벗어버릴 수 있는 의복과 같을 수 있다. 첫사랑은 육체의 고통이 지난 뒤에 찾아왔음을 주목할 필요가 있다. 소년 재웅이 바로 그러한 감각의 대상이라는 것.

이효녕의 「애완견」은 돈 많은 부인의 성적 대상으로 살아가는 남자의 이야기이다. 이러한 삶이 유년시절의 일그러진 가족 관계라는 무의식의 상처와 어떤 균형을 이루고 있는지 좀 더 치밀한 자기 분석이 이루어져야겠지만 최근 문화의 양상을 적절하게 담아내고 있다.

김윤완의 「억지여행」은 노인의 우울한 일상을 그리고 있다. 자식에게 더 이상 기대어 살 수 없는 존재들의 울분을 현실감 있게 포착하고 있다. 자기 스스로를 위로하기 위한 택시여행에서 자식들과 재산 문제로 갈등을 겪는 사람들의 모습을 보면서 그날의 여행이 '억지여행'이 되었다는 이야기이다.

권홍기의 「배나뭇골 저택」은 전세를 살고 있는 사람의 자의식을 그리고 있다. 주인집 남자에 대한 열등감과 적개심이 그의 집 잉어를 죽이는 의외의 행위로 드러나고 있지만 이러한 비정상적 콤플렉스의 표출이 사실은 문화적 현상이라는 점을 작가는 강조하고 싶은 것이다.

좌파에 대한 생리적 거부감을 표현하고 있는 박영래의 「오인격발」이나 백두산에 관련된 민족주의적 관점을 드러낸 「백두산」 역시 최근 한국 문화의 주변을 둘러싼 다양한 상황인식의 발로라고 할 수 있다.

3.

자기 문화의 특수성을 알지 못하는 사람이 어떻게 문화를 창조할 수 있는지 평론가 김현이 오래 전에 물은 적이 있다. 작가에게 문화적 환경은 자의식과 글쓰기의 최저 조건이다. 이를 시원(始原, Anfang)이라 불러도 좋을 것이다. 다양한 이야기들은 자기 문화의 환경으로부터 배태된다. 이를 소설적 차원으로 전환하는 일은 온전히 작가의 몫이다. 이야기는 문화적 조건이 만들지만 소설은 작가가 만든다. 작가의 자기 정체성이란 자기 체험이 문화적 조건과 만날 때 형성된다. 이를 얼마나 예민하게 포착하는가 하는 점이 소설적 성공의 관건이 되는 것은 물론이다.

'무엇을 쓸 것인가'라는 물음

소설가에게 무엇을 쓸 것인가의 문제가 최근 중요한 문제로 부각되었다. 이념의 대결이 사라진 지점에서 소설의 '육체갖기'는 자본주의의 일상성과 광범위하게 산재한 권력의 모순, 혹은 존재한다는 것의 의미 탐구 등 다양한 모습으로 형식화되고 있다. 정보화 사회가 급속히 진행되면서 인간에 대한 사유, 삶의 의미에 대한 진지한 성찰은 사실상 그 가치를 상실한 듯하고, 경쾌하고 감각적인 문화가 주류를 이루고 있는 현실에서 소설이 담당해야 할 영역은 이미 휘발되어 버린 것이 아닌가라는 의구심에 자주 사로잡힌다.

하지만 소설은, 여전히 인간이 무엇이고 왜 살아야만 하는가의 질문을 본질적인 화두로 삼고 있는 형식이므로 작가가 그 질문의 유의미성에 대해서 확신을 갖고 있는 한 소설쓰기는 지속될 것이며, 그 행위의 위의(威儀)가 보존될 것이다. 문제는 작가가 던지는 질문의 유효성에 있다. 얼마나 적절하게 자기 시대의 문제를 고뇌하고 인간의 문제에 대하여 성찰하는가가 소설 유효성 논란의 중핵이 될 것이기 때문이다.

가장 두드러진 문제 제기가 호영송의 「죽은 소설가의 사회」에서 비롯되었다. 이 작품은 최근 변화된 현실 상황에서 '소설이란 무엇인가'라는 질문에 대한 본격적인 탐구 형식이라 할 수 있다. 자신이 출간한 소설이 잘 팔리지 않아서 출판사로부터 모욕을 받은 작가가 정체불명의 사람들로부터 구금과 학대를 당한다는 이야기에서 작가는 우리 시대 소설이 처한 위기 상황을 우화적인 기법을 통해 밝혀보고자 한다. 권력, 성, 폭력, 판타지라는 핵심어로 요약되는 문화적 환경의 변화가 소설읽기를 어렵게 하는 요인이라는 것이다. 문화가 권력에 의해 지배되고 성적인 환락, 그리고 폭력과 환상으로 얽혀진 가벼운 읽을거리의 출현 등이 최근 소설의 무력화에 기여한다고 작가는 진단하고 있다. 여기서 작가는 이 같은 소설의 위기 상황을 타개할 수 있는 유일한 방법은 역시 작가들의 몫이라고 생각한다. 소설의 위기는 소설의 내부로부터 유래한다는 판단이 가능하다는 이유 때문이다. 실상 소설의 위기는 엄밀히 말해 수용자의 문제라기보다 생산자의 문제일 가능성이 크다. 다시 말해 미학적 성취와 현실적 문제 의식이 결합된 작품은 재생산이 가능하며 일정한 수용자 층을 형성하기 때문이다. 변화된 현실을 변화된 모습으로 담으려는 작가적 고투가 필요하다는 주장은 음미할 대목이다.

안도섭의 「귀천의 새」는 폭력적인 권력 앞에 무기력하게 스러진 한 시인의 삶에 대하여 그리고 있다. 소위 문인간첩단 사건에 무고하게 연루되어 혹독한 고문을 받고 나락의 길로 접어든 시인 천상병의 삶을 실화적으로 그려낸 이 작품은 권력의 존재 방식을 단면적으로 보여주고 있다. 우리 문학사에서 문인들이 권력에 의해 무모하게 학대당한 경험은 얼마든지 있었다. 민청학련 사건, 한수산 필화사건, 김대중 내란 음모사건 등에 연루되어 억울한 고문을 당한 문인이 얼마나 많은가. 글쓰기가 자기 시대의 가장 예민한 촉수로 작용한다는 점에 비추어볼 때 정당성을 상실한 권력이 가장 두려워하는 대상은 바로 작가라는 점을 반추하게 한다.

여전히 현실 문제에 대하여 말한다는 것은 어떤 의미를 지니는가. 포스트모더니즘의 폭풍이 지난 자리에서 모순에 대하여 인식하고 삶의 조건을 개선하고자 하는 시도는 과연 가치 있는 일인가. 이 같은 질문으로부터 우리 시대의 작가는 여전히 자유롭지 못하다. 그것은 두 가지 이유 때문이다. 하나는 환경의 변화가 매우 빨리 진행되고 있으며, 이에 따라 새로운 현상을 새로운 방법으로 볼 수 있어야 한다는 생각과, 그럼에도 불구하고 해소되지 못하고 있는 현실 모순을 어떻게 두고 볼 수 있는가라는 상반된 견해의 공존이 그것이다. 그러나 어떤 경우이든 소설적 과제임은 틀림없지만, 중요한 것은 상대적으로 경시된 문제에 대하여 관심을 가져야 한다는 점이다. 이런 관점에서 볼 때 지용옥의 「철조망」은 매우 흥미로운 작품이 아닐 수 없다. 이 작품은 동물원의 거대한 조류돔을 관리하는 한 노동자의 이야기를 다루고 있다. 그런데 그는 한국전쟁 당시 인민군 출신으로 전장에서 크게 부상을 당한 후 후송되면서 남한에서 살게 된 것이다. 작가는 조류돔에 갇혀 살아가고 있는 새들과 바깥에서 방류된 조류를 통해 진정한 의미의 자유와 통일 등의 문제에 대하여 알레고리적으로 답하고자 한다. 어느 날 새들이 느닷없이 철조망을 부수고 서로의 영역으로 날아오른다는 설정이 개연성과 설득력이 조금 떨어지기는 하지만 통일에 관한 작가의 관점을 엿보이게 한다는 점에서 관심의 대상이 된다. 주인공은 이렇게 말한다.

아, 한맺힌 우덜 다 죽은 뒤에 통일되면 뭐 합네까. 벌써 우리 아바지 오마니는 다 가싯을터인디. 지금 통일 되야도 내 형님 내 누님을 볼까 말까 할 낀데. 그냥 휴전선을 먼저 깨부셔야 되는 기야요. 기래놓구 죽던 살던 왔다 갔다 하게 하면 된다 이 말이우다. 헤어진 혈육들이 천만이 넘는다면서 감질나게 한 해에 몇백 명씩 만나게 하다간 어느 세월에 다 만나게 합네까? 그 세월을 죽지 않고 기다릴 수가 있습네까? 까짓거, 미국놈들 중국놈들 눈치 볼 거 뭐 있수. 그냥 우리끼리 눈 맞추고 맴 맞추고 그러면 되지 않갓시오. 지말 뭔 말인지 아시갔디오?

　이산가족의 재회라는 장치는 어쩌면 남북한 당국 모두의 기득권, 정치적 이해 관계를 공고히 하는 데만 기여할 뿐, 다수의 국민들이 안고 있는 상처와 고통을 실질적으로 치유하는 데는 미흡하다는 점은 주지의 사실이다. 하지만 남북한 모두 자신의 정치적 기득권을 연장하기 위한 전시적 조치라는 점에 우리가 어느 정도 동의할지라도 분단의 현실을 감안할 경우 전혀 무의미하다고 볼 수만은 없는 것이 우리의 현실이 아닌가. 그렇다면 주인공의 말대로 "그냥 우리끼리 눈 맞추고 맴 맞추고 그러면" 될 수 있는가. 이 역시 매우 소박하고 맹목적인 생각임에는 틀림없다. 탈북자의 문제를 처리하는 방식과 절차를 두고 중국 정부와 긴밀한 관계를 설정하는 일의 어려움과 그들에게 난민 지위를 부여하려는 국제적인 공조 노력 등 남북 문제를 둘러싼 현안들이 여전히 초미의 관심사로 유지되고 있는 상황에서, 통일은 맹목적으로 추구될 수만은 없다. 오히려 상호신뢰의 구축과 북한 경제의 자립성이 전제되고 평화체제가 확실하게 이루어진 다음에 통일 문제는 점진적으로 논의되는 것이 현실성이 있다는 견해가 설득력이 있을 것이다. 문제는 우화적이기는 해도 분단극복에 대한 소설적 관심이 여전히 의미 있는 일임을 이 작품이 분명하게 제시했다는 점에서 주목의 대상이 될 것이다.

　해소되지 못한 분단 모순과 현실적 어려움은, 발달한 자본주의적 특수성을 전제로 한 삶의 형식, 즉 모든 가치판단의 척도가 개인에게 귀속되고 독단과 고립주의가 정당화되며, 소비적이고 일회적인 인간 관계 등 환멸의 문화구조와 병치되고 있다. 한편에서는 동남아시아 근로자와 북한 출신 노동자들에 대한 차별과 멸시가 사회적인 문제를 야기하고 빚 때문에 파산한 가장이 자살을 하지만, 또 다른 한편에서는 고급 재즈 바에서 호화스러운 파티가 열리며, 인터넷 채팅으로 만난 사람들의 불륜이 이어이지기도 한다.

정완식의 「너는 어디에 있었느냐」는 환멸의 문화에 대한 보고라 할 수 있다. 실직한 남자와 인터넷 채팅으로 만난 여자의 단 한 번의 섹스는 과거의 여자를 잊지 못하는 주인공에게 사랑이라는 환상이 환멸로 뒤바뀌는 경험을 갖게 한다. 내면적 가치의 상대화는 인터넷이라는 공간에서 더욱더 그 위력을 발휘하게 된다. 윤리적인 판단은 익명의 부호 아래 숨어버리고 모든 인간은 욕망하는 기호로 변신하면서 또 다른 욕망하는 기호를 찾아 나선다. 이러한 현상들은 우리 사회가 한국적인 모랄의 정립에 실패하고 있거나 우리의 상황을 온전히 반영하는 가치의 체계를 여전히 모색하고 있음을 반증하는 예라고 할 수도 있을 것이다. 중년의 실직과 방황을 그려 보인 「자리」(이재민) 역시 이와 근거리에 놓인다. 가족의 일상사를 해학스럽고 완성도 높게 그려낸 「가족일기」(유애숙)도 주목할 만 하다.

유년시절의 기억과 풍경을 흥미롭게 재생한 「능소화」(김정례), 친구의 유골과 함께 찾은 고향에 관한 기록인 「오동나무 아래서」(성지혜), 삶의 고통으로부터 벗어나 빛을 향한 자기 구원의 이력이 고스란히 드러난 「빛의 능선」(이신현) 등도 재미있게 읽은 작품이었다.

모리스 블랑쇼는 "우리는 현재의 우리 자신에 따라 글을 쓰는 것이 아니다. 우리가 쓰는 것에 따라 현재의 우리가 된다."(『문학의 공간』)라고 말한 바 있다. 이를 비유적으로 읽으면 소설가는 지속적으로 자신의 세계를, 자신의 글을 통하여 확장해가는 존재라고 말할 수 있을 것이다. 쓰면서 존재하는 일, '쓴다, 고로 존재한다'는 명제를 통해 작가는 자기 존재의 근거를 마련할 수 있다. 소설의 위기를 소설의 내부로부터 찾아내고 그 해법 역시 소설가에게 있다는 판단은 이런 의미에서 매우 적절하다고 볼 수 있다.

상처를 극복하는 소설적 변주

한 편의 소설을 읽는 것은 하나의 욕망과 만나는 일이다. 소설은 단순한 이야기가 아니라, 세계를 이해하고 만나는 여러 가지 방식들이 결합되고 이탈되는 공간이다. 소설적 욕망의 언어는 독자에게 일방적으로 다가가기보다, 독자의 욕망을 유인하고 흡입하는 대화적인 모습을 취한다. 소설을, 다양한 욕망들의 의사소통적 집합체라고 부르는 이유가 여기 있다. 그런데 욕망은 일차적으로 이야기에 대한 욕구에서 비롯된다. 무엇인가 말하지 않으면 견딜 수 없는 존재, 타인의 삶에 대한 관심을 지속적으로 자기화하거나 그 삶을 통해 보편적인 사유 방식에 다가서거나 존재의 의미망을 구축하고자 하는 자들이 바로 작가가 아니겠는가. 그러므로 작가의 욕망은 이야기의 욕망이며 소설은 그 욕망들이 만나는 자리가 된다. 평론가 김현은 이렇게 말한 적이 있다.

> 사물을 해석하는 힘의 뿌리는 욕망이다. 그 세계는 세계를 욕망하는 자의 변형된 세계이다. 이야기는 그 변형된 욕망이 말이 되어 나타난 형태이다. 작가에게 중요한 것은 세계가 자기의 욕망이 만든 세계라는 사실이다. 소설 속에는 세 개의 욕망이 들끓고 있다. 하나는 소설가의

욕망이다. 두 번째의 욕망은 소설을 읽는 독자의 욕망이다. 소설을 읽으면서 독자들은, 소설 속의 인물들은 무슨 욕망에 시달리고 있는가를 무의식적으로 느끼고, 나아가 소설가의 욕망까지 느낀다. 소설은 소설가의 욕망의 존재론이 읽는 사람의 욕망의 윤리학과 만나는 자리이다.
— 「소설은 왜 읽는가」

그러므로 소설은 의사소통적 대화양식이면서 욕망의 혼효태라고 정의할 수 있다. 문제는 이와 같은 욕망들이 어떤 방식으로, 왜 그렇게 표출될 수밖에 없는가 하는 문제에 답하는 일이다.

21세기에 접어들면서 한국 소설은 다양한 형태의 이야기를 만들어왔다. 여기서 다양성이란, 살아가는 방식의 개별성과 함께 인물들의 다층성과 중층성을 내포하지만, 무엇보다도 탈이념의 시대적인 거울을 어떻게 내면화하느냐 하는 문제 의식을 담고 있는 말이다. 다시 말해 현실주의적이면서 역사성을 담아야 한다는 정치적 의식이 지나간 자리에 새로운 문학적 헤게모니로 등장한 여성주의의 이데올로기, 혹은 생태주의 등을 간과할 수 없었다는 의미이면서 동시에 이와 같은 문학적 영향력으로부터 일정한 거리와 객관성을 유지해야 한다는 과제 앞에 작가들의 고민이 매우 깊었다는 뜻이다. 무엇을 쓸 것인가의 문제는 소재 선택의 문제가 아니라, 변화된 환경을 어떻게 수용하고 해석하며 언표화할 것인가라는 본질적인 물음이기 때문이다. 역사와 현실의 내면화라는 공공의 가치에 대한 관심이 희석화된 지점에서 소설은 이제 무엇을 쓸 것인가라는 가장 근본적인 질문 앞에 우리 시대의 작가를 마주 서게 했다.

그래서 소설가는 소설을 쓰는 사람이라는 너무나 당연한 말을 앞에 두고 고민에 빠져야 하는 시대가 바로 요즘이다. 이념적인 폭풍이 사라지고 난 뒤의 적막감을 채워줄 글쓰기에 대한 기대 혹은 절망의 원인 진단이 여러 가지 방향에서 제기된 것도 사실이다. 세상을 바라보는 데 있어서 비판의 척도가 될 수 있는 경험세계가 상실됨으로써 작가의 문학적 상상력은 극도로 위축되고 남은 것은 문화라는 이름으로 행해지는 일탈과 방황, 정보매체의 발달에 의한 문학의 입지 축소이다. 과연 이런 시대에도 문학, 소설이 담당할 영역은 존재하는가라는 비관적 질문이 횡행하고 있는 것도 사실이다. 소설도 물론 유통되고, 읽혀야 하는 상품임에는 틀림없지만 그것은 디자인과 기능이 향상되어야 잘 팔리는 세탁기와 다른 구조를 지닌다. 다시 말해, 일반 소비재 상품은 이 소비사회에 스스로 친숙해지려는 욕망을 타고난다. 빨리 소비되고 잊혀져야 하는 것. 그리고 다시 새로운 디자인으로 환생하는 것, 열망에 가까운 소비욕에 시달리기를 바라면서. 하지만 소설은 이 소비사회로부터 자신이 낯선 존재이기를 바란다. 자본주의의 양수 속에서 잉태되고 자랐지만 자신을 영원한 타인으로 생각해주길 원하는 욕망. 그래서 문학은 소비사회로부터 원심적인 욕망구조를 갖는다. 자본의 무한한 소용돌이, 모든 것이 한 번 빨려 들어가면 산산조각으로 부서져 곧 기억에서 사라지는 무섭고 거대한 흡입구를 피하려는 처절한 몸부림, 그것이 문학이고 소설이 되어야 하지 않을까. 이 '낯설게 하기'의 욕망이 여전히 글을 쓰고 읽게 하는 동력이 되어야 한다는 말이다.

따라서 소설은, 욕망하는 주체로서의 주인공을 전면에 내세워 인물이 욕망하는 방식을 지속적으로 탐구하는 방향으로 전개되어야 한다. 욕망하는 주체의 길 가기, 끝날 줄 모르는 여행의 기록을 보여줘야 한다는 것이다. 그것이 '이야기'가 사라진 지점에서 다시 이야기를 만들어야 하는 작가들의 운명이라고 할 수 있다.

최근 작품들은 이 같은 문제에 대하여 함께 고민하고 논의하는 계기로 작용하였다. 소설은 길 가는 주인공들의 표정과 운명을 그리는 양식이라는 생각과 함께.

「포구말 리포트」(최가인)는 돈의 논리에 따른 배반과 죽음의 상황을 적나라하게 보여준 작품이다. 새로운 일을 시작하고자 한 주인공이 사기와 거짓의 음모에 의해 희생되는 이야기를 담고 있는 이 작품에서 흥미로운 점은 다방 종업원과의 에피소드에 모아진다. 지방 소도시에서 개인적인 비밀이 지켜지기는 매우 어렵지만, 다방 종업원과 주인공은 모종의 '계약' 관계를 성립시키는데 그것이 바로 먼저 죽는 사람의 묘에 꽃 한 송이 얹어주는 일이다. 주인공이 냉정하게 버림받고 상실감에 사로잡히는 이야기 구조 속에서 다방 종업원의 설정은 어떤 의미를 지니는가. 그것은 바로 타락한 세계에서 인간적이고 본질적인 가치에 대한 작가적 탐색방법을 보여주었다는 점이다. 이는 사북 카지노에서 만난 고향 선배에게조차 비정하게 외면당하고 돈의 수렁에 빠져드는 소년을 그린 「내 이름은 나동민」(강기희), 고독한 중년의 사내가 거리를 배회하다가 한 술집에서 낯선 사람과 술을 마시고 다시 새벽 거리에서 카드 사용을 거부당하는 내용의 「섣달 그믐날 밤 남자」(황용수)의 문제 의식과 함께한다. 찾아져야 할 인간적인 아름다움은 더 이상 존재하지 않는다는 것에 대한 소설적 보고서라 할 수 있다.

하지만 소설은 상처 난 삶, 훼손된 세계를 정직하게 보여주고 그 갈등을 어떻게 극복하는지를 보여주는 과정에서 자기 정체성을 모색하기도 한다. 「어둠의 바퀴」(김성수)는 우리 시대의 광기와 폭력의 단면을 상징적으로 보여준 작품에 해당된다. 월남전에 참전했던 아버지의 폭력과 어머니의 불행한 삶, 그리고 아내와의 매끄럽지 못한 관계와 알콜리즘의 애인 등을 통해 무엇인가 왜곡된 삶의 형태를 제시하고자 한 작품에서 주희에 대한 깡패들의 집단 강간이 부시의 이라크 침공에 비유되는 것도 이와 같은 이유라고 볼 수 있다. 무모하고 맹목적인 폭력이 난무하는 삶을 매우 섬뜩하게 그려내었다고 평가된다. 세계의 어둠이 이와 같다면 그것을 치유하는 방식을 탐색하는 것도 소설의 과제가 아닌가.

한국전쟁 때 부역으로 감옥살이를 한 노인의 불행한 삶을 그린 「노인의 유산」(안중원)에서 그의 안타까운 죽음은 석이에게 건네질 저금통장으로 상징화된다. 중년 여성의 위기를 차분하고 밀도 있게 그려낸 「어두워져야 별을 볼 수 있다」(백종선)에서 남편과의 갈등을 해결하는 과정도 그렇다. 주인공은 아들의 문제 때문에 고민하지만 한편으로는 시나리오 쓰기에 관련된 자기 욕망의 문제에 대해서도 정직하고자 한다. 이 작품이 '지나치게' 도덕적이지 않은 것은 자신의 시나리오를 영화로 만들겠다는 남자와의 정사를 묘사한 대목 때문이다. 자기 욕망의 정직한 해부가 소설적 리얼리티를 얻었다고 볼 수 있다. 불임의 부부가 침묵과도 같은 깊은 어둠 속의 별장에서 단절된 의사소통을 회복하는 모습을 보여준 「그때 깊은 밤에」(한지선), 그리고 상처(喪妻)한 주인공이 제자의 주선으로 한 여인을 만나 새로운 삶을 시작하는 이야기인 「안개」(형문창), 원양어선 선원들이 가족을 그리워하면서 모든 고통의 시간을 극복하는 모습을 보여준 「귀국선」(이영실), 음주운전으로 취소된 면허증을 다시 얻게 되는 과정에서 자신에 대해서 새로운 다짐을 하는 모습을 그린 「운전면허증」(박희주) 등이 그런 작품에 해당된다.

또한 북의 고향을 그리워하면서 당뇨병 합병증으로 인해 한쪽만 남은 다리마저 절단해야 했던 아버지의 모습과 수술을 통해 아들을 얻은 아내를 병치하면서 고향집 사과나무에 대한 아버지의 기억을 묘사한 「아버지의 사과나무」(강성숙)는 갈등과 상처에 대한 극복 방식을 매우 아름답게 제시했다고 볼 수 있다. 성장체험의 기록으로 읽히는 「남녀칠세부동석」(김영두)에서 매우 날렵한 문장으로 그려낸 청소년기의 기억 또한 유쾌하면서도 아름답다.

소설읽기는 엄밀히 말해 주인공의 욕망세계에 대한 내적 반응 과정이다. 우리에게 주어진 세계는 끊임없는 여행을 강요한다. 루카치식으로 표현하자면 본질적인 가치를 찾아 나선 자들의 운명적 형식이 바로 주인공들의 길 가기이다. 하지만 이들의 여행은 언제나 종말을 예견하는 것이다. 왜냐하면 자본주의 사회 내에서 그 가치란 찾아질 수 없는 것이기 때문이다. 선험적 상실감에 대한 반응 형태가 곧 소설의 본질이라는 것이다. 그러나 실패할 것을 알면서도 길을 떠나는 주인공의 그 자세가 소설의 아름다움이 아닌가. 무엇인가 아름다운 삶이 있을 것이라는 무모한 신뢰가 또한 소설을 쓰고 읽는 중요한 이유가 아닌가. 그렇기 때문에 우리는 지금 루카치의 명제를 수정할 수밖에 없다. '길은 시작되었으나 여행은 끝났다'가 아니라, '우리는 언제나 길 위에서 사유하고 길 위에서 절망한다'라고. 자기 영혼을 증명하기 위해서 길을 가는 수많은 주인공들처럼 말이다.

일상의 삶과 시간

일상이라는 말에는 단조롭고 반복적인 근대의 시간이라는 의미가 포함되어 있다. 일상은 매일 매일의 시간이지만, 산업화 시대를 거치면서 우리들에게 그 의미가 새롭게 인지된 개념 가운데 하나이다. 반복되는 삶과 노동은 오래 전부터 있어왔지만, 그것이 일상 혹은 일상성이라는 분석의 대상으로 우리에게 각인되기 시작한 것은 오래되지 않았다. 생산과 노동의 패러다임이 소비와 유희로 대체되기 시작한 후기 산업사회의 시간은 일상, 혹은 '친숙한 권태'를 무한 증식하는 자기동일성의 세계이다.

작가에게 일상은 반영의 주체이면서 객체이며, 결별해야 할 타자처럼 보이면서도 사실은 자신에게 주어진 삶을 한 발자국도 벗어날 수 없는 뫼비우스의 띠 위의 시간이기도 하다. 자본의 메커니즘이라는 울타리를 넘어선 밖을 허용하지 않는 것은 이념만이 아니라 일상의 시간도 해당된다. 지루하고 단조로운 공간을 일정한 간격과 간극을 두고 오가는 삶. 단순하고 반복적인 계기적 시간, 자본주의의 리토르넬로(ritornello)를 작가들은 지금 어떻게 인식하고 있는가.

안영은 「골프공과 맥주」에서 삶의 가장 중요한 가치는 무엇인가를 묻는다. 열정적으로 살아가던 중년 여교수가 건강을 잃는다는 이야기를 통해 작가는 신의 존재론과 함께 인생을 의미 있게 하는 것이 무엇인지를 묻고 있다. 삶에서 중년이란 열정적인 시간의 뒤안길, 혹은 그 열정의 시간으로부터 점차로 소외되는 자신을 발견하는 과정으로 보인다. 중년은 자신의 삶을 반추하는 시간인 동시에 살아갈 날들에 대한 의미를 새롭게 부여해야 하는 고독한 작업을 남겨둔 시점일 수 있다. 호영송은 이러한 삶을 가장 상징적인 기법을 통해 보여준다. 「변신」은 '중년의 시간 견디기'로 명명할 수 있다. 어느 날 갑자기 찾아온 가려움증은 자신의 상처를 자신만이 위로할 수 있는 고독한 확인 과정에 다름 아니다. 그것은 어쩌면 매우 심리적이고 내면적인 문제일 수 있다. 그런데 월남전쟁에서 고엽증 후유증으로 인해 고통받는 사람들을 만나면서 점차로 가려움증에서 벗어난다는 설정은 이 작품을 해석하는 데 중요한 전환점이 된다. 그것은 소통에 대한 갈망의 또 다른 상징이기 때문이다. 타인과의 관계를 통해서 '변신'할 수 있는 자신을 발견하는 일은 카프카적 자의식의 현대적 변용으로 읽힌다.

시간은 모든 것을 일회적이고 반복적이며 회복 불가능한 형태로 바꾸어버리기 때문에 어쩌면 가장 폭력적이며 두려운 존재일 수 있다. 동일한 시간의 무한 재생이라는 의미에서 일상은 그 자체로 억압적이며 시간의 속성을 그대로 갖고 있다. 작가에게 기억은 일탈을 의미 있게 하는 제도적 장치이다. 기억이 자기 존재의 수원(水源)임을 깨닫는 과정이 글 쓰는 과정일 수 있기 때문이다.

경계가 분명하다. 너무 투명한 경계. 그 빛깔과 색채는 그래서 짙푸른 하늘빛이다. 바람을 실어오는 음향이, 투명한 경계를 가만가만 아우른다. 자세히 보지 않아도 그 경계는 한량없이 이질적이고 상반된 것인데도 아주 잘 맞물려 조화롭고 살갑다. 모래를 뒤집어 쓴 사막의 게가 넘실거리는 경계를 넘나들며 파도에 안긴다.

— 정형남, 「파도 위의 사막」 부분

그러나 분명한 것은 '경계가 분명하지 않다'는 사실이다. 정형남이 보여주고 있는 '경계'는 과거와 현재의 관습적 경계일 뿐이다. 그는 현재와 기억을 수평적인 진술 형태로 바꾼다. 철저하게 문맥 속에 감추어진 대화나 이야기들을 통해 통시적인 시간을 평면적으로 나열해 보인다. 작가는 파도와 모래의 경계를 이야기하면서도 떠밀려왔다가 사라지는 기억과 현재를 자맥질해간다. 삶과 기억의 담론화 과정을 밀도 있게 보여준 작품이다.

지나간 청춘의 시절은 기억의 담론 가운데 가장 빈번히 등장한다. 한상윤의 「미아리 고개의 늦봄」은 1960년대 한 작가 지망생의 청춘일기이다. '길음동 시장통'의 좁은 방이라는 공간은 가난하고 남루했던 시간과 앞뒤를 이룬다. 어렵지만 치열하게 살았던 시간에 대한 기억은 일상의 현재를 견디게 하는 출구이다.

추억하는 삶은, 일상이 일종의 상실감을 동반할 때 나타나는 자의식의 작용이다. 끊임없이 부유(浮遊)하거나 시간의 경계를 벗어나고 싶은 욕망은 일상이 만들어놓은 또 하나의 장치일 수 있다. 윤정옥의 「그해 가을 바다의 상처」는 바닷가에서 사랑하는 사람을 잃은 여자와 딸을 잃은 여자의 만남을 통해 상실감의 전형을 만들어낸다. 오랜만에 고향을 찾은 주인공의 과거를 그린 박요한의 「달순이의 산 진달래의 산」은 매우 진솔하고 흥미로운 이야기를 담고 있다. 그것은 어쩌면 목회자로서의 길을 가고 있는 사람에게는 일종의 통과의례의 과정이었다. 친구 누이의 자는 모습을 훔쳐보았던 일과 달순이를 겁탈하려 했던 일은 청춘의 한때를 장식하는 욕망의 시간이었다. 일상의 지루함을 상쇄하고자 하는 욕망은 추억 속에서만 존재하지 않는다. 오랜 병으로 자리보전하고 있는 남편을 둔 중년의 여성이 젊은 남자를 두고 갈등하는 모습을 그린 장복단의 「누가 이 여인에게 돌을 던지랴」는 가장 대중적인 소재이지만 현실의 고민을 많이 담고 있는 작품이다. 삶의 진실은 정신적인 문제이면서도 육체적인 문제라는 것은 이미 여러 경로를 통해 드러났다. 여성의 존재론이 육체에 귀속되지 않는다는 점은 지적해야 한다. 여성성이 발현되는 지점이 여성의 육체라면 그것은 거꾸로 여성을 억압하는 가장 여성적인 문제가 바로 육체성이기 때문이다. 문제는 실존적인 층위에서 살아간다는 일의 자연스러움, 휴머니즘의 지평을 열어가는 데 있다. 남편과 오랜 시간 떨어져 지내서 성관계를 원활하지 못했다는 설정은 타당성은 있지만 본질적이지 못한 이유가 여기 있다. 오히려 주인공이 어떤 특정한 상황에 놓였을 때 비로소 오랜 시간 성적인 관계를 유지하지 못했다는 점이 되살아나야 하는 것이다. 또한 지나치게 관습적인 결론에 도달했다는 점도 아쉬운 결말로 이해된다. 파국은 반드시 가정의 파탄이나, 이혼, 죽음만을 의미하지 않는다. 여전히 해결되지 못한 문제를 덮어버림으로써 여성의 내면에 살아 있는 존재론적 의문과 자신을 향한 많은 질문들에 답할 기회를 차단하고 있다.

정신이 몽롱해지기 시작했다. 주변 사물들의 윤곽이 흐릿해진다. 그녀는 눈을 꾹 눌러 감았다 다시 떴다. 앞자리에 앉아 있던 그의 모습이 보이지 않는다. 어디로 갔지? 타는 눈동자로 그를 찾는 순간, 남자의 뜨거운 입술이 그녀 입술을 거칠게 빨기 시작했다. 한동안 둘은 그렇게 서로에 대한 불타는 사랑을 확인했다.

그렇게 그녀가 그 사랑에 젖어들던 순간, 그녀의 뇌리 속에 힘없이 누워있는 남편의 얼굴이 떠올랐다. 뒤이어 아이들의 얼굴까지도… 갑

자기 그녀가 남자를 거칠게 밀어냈다.
— 장복단, 「누가 이 여인에게 돌을 던지랴」 부분

　몽롱한 의식으로 남자와 입맞춤을 하는 '그녀의 사랑'에 쉽게 공감하기 어려운 이유는 육체적 관계에 대한 여성적 입장만 반영되어 있고 남성의 내면성은 전혀 드러나지 않고 있으며 따라서 진정성 또한 엿보이지 않는다는 점에 있다. 그녀의 죄의식은 아내와 엄마로서의 관점에서만 그려지고 있을 뿐, 여성 자신으로서의 그것은 고려되지 못하고 있기 때문이다.

　월남 이상재 선생의 일화를 소개하고 있는 강준희의 「그리운 님」과 아들의 유학비를 벌기 위하여 쓰레기통을 뒤지는 극단적인 모습을 그린 조성연의 「달러의 위대한 힘」은 이야기의 미학적 차원이 무엇인지 좀 더 고민해야 할 작품으로 판단된다.

　작가에게 일상은 단순히 주어진 경험세계라기보다 연구되어야 할 미학적 대상이다. 일상과 일상성은 고도 정보화 사회에서 인간을 다루는 또하나의 코드로 인식되고 있으며 시간을 어떤 방식으로 견디어내는가, 어떤 방식으로 불가역적인 시간에 저항하면서 살아가는가 하는 문제와 함께 세계관과 밀접하게 결부된다. 단순한 일탈은 유희이자 소비이고 도덕적 엄숙주의는 현실의 문제를 가려버린다. 따라서 작가는 이 둘 사이의 어딘가에 위태롭게 서 있어야 한다. 그의 위태로움을 통해 독자는 삶의 문제를 더욱 예각적으로 인식하고 반성한다. 독자들의 반성과 자기 이해는 단면적인 윤리적 판단의 영역을 넘어선다. 미학적 충격은 현실의 영역을 확장하는 데 기여하기 때문이다. 우리에게 필요한 것은 바로 이 같은 미적 재발견이다.

고백체 형식

─────

    고백체라는 형식이 있다. 일본 근대문학의 형식을 이루기도 했던 소설 쓰기의 한 방법인데, 우리나라에서 고백체란 일인칭의 독백을 중심으로 자신의 이야기를 풀어가는 형태를 지칭하기도 한다. 고백이란 문자 그대로 자신이 경험했던 일과 사건, 감정과 내면적 정황에 대하여 서술하는 것을 의미한다. 이때 고백은 자신을 드러내는 가장 솔직한 방법이라는 점에서 가장 사적인 서술 방식이다. 고백은 고백하는 내용이 적어도 거짓이 아니라는 암묵적 합의를 바탕으로 성립한다. 말하는 사람보다는 듣는 사람의 심중을 움직여서 전달하는 내용의 진실성을 강조하는 것이다. 따라서 고백은 말하는 사람의 체험의 강렬성과 사실성을 강조하기 때문에 자기 중심적이며 자기 방어적 성격을 지닐 수밖에 없다.

    한국 소설에서 이러한 고백체의 유형은 1990년대 중반 이후 여성 작가들에 의하여 일련의 흐름을 형성하기도 했는데, 그 형태의 독특함과 문학사적 의미에도 불구하고 고백체 유형은 해석의 주관성과 폐쇄성을 가져왔으며 공공적 가치에 대한 지나친 배제로 인하여 문학적 감수성의 일면화를 초래했다는 비판이 가해진 것도 사실이다.

그럼에도 불구하고 모든 문학적 글쓰기의 저변에는 기억과 고백이 자리 잡는다. 고백은 모든 사건과 이를 해석하는 중심에 '나'라는 체험자가 존재한다. 대체로 일인칭의 서술자로 등장하는 이 '나'는 미학적 재편 이전의 체험자와 자주 동일시된다. 작가의 세계관과 창작방법론의 차이와 균열은 '나'에 대한 미적 재구성과 왜곡의 정도를 묻는 질문과 동일한 차원에 놓인다.

강하와의 「굴복」은 '의식의 흐름'과 자유연상, 환상과 이미지의 배합 등이 돋보인 작품이다. 이 소설에서는 '개'를 소재로 한 시나리오 쓰기와 의처증을 지닌 주인공 남편의 이야기, 그리고 육교에서 돌발적인 성 행위를 나누는 남녀의 모습 등이 실재하고 있다. 나머지는 모두 이미지들의 배합과 음영의 조합들이다. 가학증의 남편에 대하여 마조히스트적 내면성을 지녔다고 판단되는 주인공의 "어쩌면 중독되어가고 있었는지도 모르겠다"는 고백은 사실 '특정 이미지'가 만들어낸 그로테스크 리얼리티라 할 수 있다. 그것은 몽환적인 삶의 무중력에 대한 탐구 결과이다. 살아가는 일은 "무의식과의 경계가 잠시 허물어지"는 경험처럼 자주 혼돈스럽다. 모든 중심과 질서, 혹은 그것들에 대한 욕망은 거짓이나 허위이며 지배이데올로기의 자기 기만의 결과일 뿐이다. 심지어는 육교 위의 정사를 보면서 주인공이 '개'에 대한 이야기를 다시 써야겠다고 다짐하는 장면조차 지나치게 도덕적 강박관념의 소산이라는 느낌마저 들게 된다. 작가가 그려낸 이 세계의 진실에 작가마저 놀라고 있는 것은 아닐까.

한 여성의 피폐한 삶의 일상성을 그려낸 작품으로 노정완의 「터널, 가려운」도 돋보인다. 「굴복」의 주인공이 무엇에, 왜 '굴복'하는지 명확하지 않다면 이 작품의 여성 주인공은 보다 명확하게 자신의 상처를 드러내 보인다. 간헐적으로 심하게 요동치는 가려움증은 그녀가 받은 유년시절의 상처와 이를 견뎌내려는 고통스러운 싸움의 결과이다. 어린 남동생의 죽음, 가출한 아버지, 언제나 시선을 주지 않고 일만 나가는 어머니, 그리고 기괴스러운 어머니의 폭식증, 남동생에게 병적으로 집착하는 할머니와 가족들에 대한 소외감 등은 그녀에게 치유되기 어려운 상처의 진원지들이다. 할머니의 부음을 듣고 그녀의 가려움증은 재발하게 된다. 장례식에 가야 할지를 고민하지만 결국 가출한 아버지를 만나서 무엇인가 이야기를 듣고 싶었던 주인공은 열차를 타게 되는데 그곳에서 만난 어린 형제들의 다툼은 자신의 유년시절을 재생하게 만든다. 하지만 열차가 터널을 지날 때 간식거리를 큰 아이에게 주어버리는 주인공의 행위는 이 작품이 갖고 있는 문제 의식과 서술방법의 흥미를 반감하는 아쉬움으로 작용한다. 그 행동이 과연 주인공의 가려움증을 치유할 수 있는지 쉽게 동의하기 어렵기 때문이다. 하지만 내면적 상처를 바라보는 주인공의 자기 인식이 매우 투명하게 그려진 작품으로 볼 수 있다.

김창식의 「놈」은 한 집안의 가장이 겪어야 하는 일상의 비애를 우화적으로 그린 소설이다. 충무공 이순신이 늘 지니고 있던 갑옷과 투구, 그리고 긴 칼은 이 시대의 가장이 가져야 할 용맹의 상징물들이다. 무한 경쟁의 공간에서 자신과 가족을 지켜야 하는 주체, "부릅떠진 채, 눈꺼풀을 닫지 못한 채, 부동자세로 긴장을 촌음도 풀지 못하고 두 손으로 모아 쥔 긴 칼로" "마음을 벼려"야 하는 삶이 바로 이 시대의 가장들의 존재 방식이다. 그런 존재를 작가는 매우 특이한 기법으로 묘사하고자 한다. 환상과 현실의 경계에 주목하는 일이 그것이다. "보고 있는 것"과 "보이고 있는 것" 즉, 주체와 대상의 인식론적 거리를 통해 자신의 타자화하는 일이다. 충무공의 동상은 주인공에게는 보이는 대상일 뿐이지만, 주인공에게는 충무공이 자신을 바라보는 것처럼 인식된다. 즉 보는 주체가 충무공이 되는 이 같은 전복은 일상에서도 자주 일어난다. 자신의 아내에게 정부가 있다고 생각하는 주인공이 자신의 정부에게도 같은 내용의 질문을 한다. 자신도 정부를 만나고 있으면서 그 정부에게 아내도 정부가 있을 것이므로 자신의 정부에게도 정부가 있지 않으냐고 추궁하는 행위는 전도된 세계, 혼돈된 가치관의 일면을 단적으로 드러낸 것이다. 그것은 작가가 이야기하고 있듯이, "야합과 작당과 시기와 질투와 권모술수가 뒤범벅인, 위태로운 관계가 아슬아슬하게 이어가는 삼각, 사각의 난잡한 추태의 불륜"으로 얼룩진 시대의 초상이라 할 수 있다.

김석록의 「그것은 사실이 아니다」는 주인공과 경찰 사이의 미묘한 신경전을 그린 소설이다. 대학시절 몇 번에 걸친 경찰과의 만남에서 기지를 발휘하여 곤혹스러운 상황을 모면했던 주인공이 민주화 투사들의 조시집을 발간했던 일과 운동권 학생들에게 사무실을 제공했다는 이유로 경찰의 내사를 받게 되는 과정을 그린 이 작품에서 대상을 바라보는 시선, 사건과 정황을 재구성하는 주체의 시각은 서술자의 관점과 일치한다. 주체 중심주의, 고백체 소설이 지니는 구성상의 특이점이 발견되고 있다.

박경석의 「어느 정치군인의 아들」은 전두환 정권의 출범과 이를 이용한 한 정치군인의 삶을 그린 작품이다. 전두환 세력이 12 · 12 쿠데타를 통해 정권을 찬탈했다는 점은 주지의 사실이다. 박정희 대통령 서거 이후 민주주의에 대한 국민적 기대감은 전두환 씨의 등장으로 일시에 가라앉게 된다. 소설은 이 같은 상황에서 한 정치군인의 부도덕한 성장 과정을 보여주고 그에 맞서는 아들을 통해 양심의 문제를 조명하고 있다. 그의 아들은 아버지의 성공이 이 시대 가장 부도덕한 일이라고 생각한다. 운동권에 가담한 아들은 아버지의 강제에 못이겨 유학하여 박사학위를 취득한다. 귀국 후 아버지는 거액의 발전기금을 기부하여 대학에 교수로 취직하라 하지만 아들은 이를 거부한다. 아버지의 논리에 저항한 아들은 집을 나와 방적 공장에 취직하여 성실하게 일을 한 결과 사람들에게 인정을 받고 성공하게 된다. 이후 아버지는 12 · 12 군사반란과 광주항쟁의 책임을 묻는 재판에서 유죄가 확정되면서 장군에서 일등병으로 강등되는 등 몰락의 길을 걷는다. 끝까지 양심을 지키고자 했던 한 젊은이의 삶을 통해 우리 시대의 비극과 부도덕성을 부각하고자 했던 이 작품에서 조금 아쉬운 점이라면 아들이 신분을 숨기고 취직하여 부장의 자리에 오른다는 설정이 지나치게 영웅서사와 닮았다는 점이다. 현실에서 충분히 가능한 실재성을 갖고 있기는 하지만 윤리적이고 도덕적인 관점을 유지하려 했던 작가의 의도가 두드러지고 있다는 점은 감추기 어렵다.

한성칠의 「저녁 놀」은 회상구조를 통해 한 여성의 비극적인 운명을 그린 작품이다. 해방 전후, '목록집 할맴'과 그의 딸에 얽힌 일화는 한국 근대사의 일면을 보여준 서사라고 할 수 있다. 해방이 되면서 술집의 하인으로 일하던 지서방이, 기생으로 술을 따르던 할맴의 맏딸을 감금하다시피 하여 함께 살지만 결국 여자는 정신이상자로 전락하고 비극적인 죽음을 맞이한다는 이야기에서 주목되는 점은 그녀의 삶을 바라보는 관찰자의 시선, 즉 유년의 화자의 등장이다. 이는 김동인 류의 '인형조종술'(김윤식)의 기법적 특징을 지니고 있으며, 맏딸의 죽음을 처리하고 있는 장면은 「감자」의 복녀의 죽음을 두고 이야기를 나누던 장면과 유사한 면을 보인다.

김홍권의 「이혼」은 고백체의 특징이 잘 드러난 작품으로 이혼을 결심한 남성의 관점에서 아내와의 갈등을 다루고 있다. 실직 이후 맥주집을 경영했지만 아내의 '방종'은 남편을 참을 수 없는 지경으로 몰아간다. 집에 있기를 싫어하는 아내의 성격에 비추어볼 때, 남편이 아내를 의심하는 충분한 이유가 있다는 것이다. 결국 법정에 함께 가기로 한 날 아내가 나타나지 않고 집으로 돌아오겠다는 선언으로 부부의 이혼 문제는 일단 유보되고 작가는 작가 근친적인 서술자를 내세워 이야기를 마무리한다. 여기서 특징적인 것은 "제 얘기는 일단 여기서 끊습니다. 대한민국의 소시민이라고 말하기도 힘든 한 사내의 얘기를 장황하게 말씀드렸습니다"와 같은 진술이 고백체의 유형임을 말해준다는 점이다.

윤중리의 「석양의 풍경」은 갑상선 암 치료를 계기로 고향에 내려와 소박한 삶을 이어가는 김선생 내외의 삶을 서경적으로 묘사한 작품이다. 전원의 삶을 실감나게 그린 일종의 풍경화라고 볼 수 있다.

호주제의 폐지를 민족주의적, 혈통주의적 관점에서 비판한 송일호의 「뿌리」는 여전히 존재하는 한국적 정서의 일단을 드러낸 것으로 평가할 수 있다. 하지만 주인공의 아들과 딸이 우여곡절의 시간의 흐른 뒤에 근친혼을 성립시키게 된다는 설정이 지니는 개연성의 문제가 아쉬움으로 남는다. 또한 동물들에 대한 비유 역시 소설적 설득력을 약화시키는 요인으로 작용하고 있음을 부인하기 어렵다. 여섯 사람의 야간 산행을 그린 이인우의 「야간산행」은 산악회를 통해 만난 남녀들이 여름밤에 나선 야간산행을 소설의 플롯으로 삼고 있다. 여기에 등장하는 인물들의 미묘한 심리적 변화를 산행 과정이라는 물리적 구조와 일치시키고자 한 점에서 방법론적 특징을 찾을 수 있다. 뚜렷한 소설적 '발견'은 없지만 등장인물들의 연애감정에 초점을 맞춘 흥미로운 작품으로 읽을 수 있다.

한 연구자에 의하면 고백체란 근대적 문학의 형식을 의미한다. 고백할 어떤 고통스러운 번민이 먼저 있어서가 아니라, 고백하는 과정, 즉 편지나 일기 등을 써내려가는 과정 자체가 일종의 형식, 즉 제도적 장치가 되고 여기에 고백할 내용을 담는다는 것이다(김윤식, 『한국근대소설사연구』). 이는 고백하는 자의 태도나 자기 응시, '고백하고 있음을 고백하는 일'이 고백체 소설의 특징을 이룬다는 의미이다. 김동인, 염상섭 등 초창기 한국 소설이 성립했던 자리에서 지금 우리는 한참 멀리 와 있지만. 지금 다시 고백체를 언급한다는 것은 그들과 다른 문제에 대한 새로운 고백의 형식이 필요하기 때문일지 모른다. 고백체가 운명적으로 소설의 형식을 사유화하거나 지나치게 내면적 정황만 강조할 가능성이 큰 것도 사실이지만 우리 시대의 다양한 삶의 문제에 대한 새로운 조명이 필요한 것도 사실이다. 이때 고백체는 전혀 다른 패러다임을 구축할 수 있을 것이다. 그것은 순전히 작가의 몫이다.

소설을 통한 일탈과 해방의 욕망

매일 같은 공간에서 일하고, 비슷한 형식으로 사람을 만나며 색다를 것이 없는 식사를 하면서 살아가는 일상에서 유혹과 절정에 대한 갈망은 필연적이고, 어쩌면 그 유혹과 절정에 대한 기대감이 그나마 남루한 시간을 조금 보상해주는 듯하다.

혹은 이런 믿음조차 가짜일지 모른다는 생각으로 괴롭기는 하지만, 사람들은 자신이 무언가에 속고 있다는 생각조차 하기 싫어할지 모른다. 여행을 하거나 운동을 즐기는 일에는 건강관리 외에도 지루한 일상에 대한 일종의 제의적 극복이라는 의미가 내포되어 있음은 주지의 사실이 아닌가. 종종 달리기 기계에 올라 걷기도 하고 뛰기도 하지만, 스스로 이해할 수 없는 일은, 인간에게 걷는다는 일이 이제는 퇴화된 기억이나 습성에 대한 고고학적 탐구와 같아 보인다는 사실 앞에 자주 망연해진다는 점이다. 방음벽이 높게 설치된 고속화 도로를 자동차로 달리기만 반복하다가, 어느 날 우연히 차에서 내려 그 길을 걸었을 때 느끼는 무기력증은 느린 속도에 대한 적응불가능성으로 요약할 수 있다. 천천히 걷는 일 자체가 이제는 '의식적 훈련'에 의해서만 가능하다는 사실이, 슬프지만 현실이

되어버린 시간 속에 우리가 존재하고 있다.

무엇이 인간에게 걷는 일을 앗아갔는지에 대한 논의는 이미 여러 가지 경로로 제출되어 있지만, 문학작품을 읽고 생각하는 일이 이제는 삶과 자연, 삶과 현실에 대한 미시적인 통찰과 성찰로 수렴되어야 한다는 점은 더욱 강조되어야 한다. 가령, 미국식 패권주의가 국제사회에서 새로운 거대담론을 창출하는 과정에 대한 비판적 안목의 제고도 중요하지만, 우리 문화 전반에 미만한 속도주의, 물량주의에 대한 근본적 성찰의 필요성 또한 숙고되어야 한다.

그러므로 소설은 현실에 근거를 둔 일탈의 형식을 통해 사회적 관습과 주어진 의미에 대한 지속적인 반작용을 꿈꾸어야 한다. 시가 주로 개인과 내면의 형식화를 통한 자기 탐구에 매달린다면, 소설은 그 성찰의 계기와 과정이 외부현실을 지향하지 않으면 안 된다. 소설의 존재는 자기 회귀적인 몰입과 동시에 사회적 관계에 대한 성찰에 있기 때문이다. 최근 마법적 세계에 대한 동경이 문화의 새로운 코드로 등장하고 있는 것은, 어쩌면 우리 사회의 문제 가운데 가장 근본적인 현상, 즉 '유혹은 있지만, 절정이 없는 수정궁의 갇힌 공간'(장정일)과 같은 단조로움과 폐쇄성에 그 원인이 있는 듯하다. 자본주의의 일상성은 반복적이면서 지루한, 차이가 존재하는 듯하지만, 실은 무의식적인 왕복만이 존재하는 리토르넬로(ritornello)인지도 모르기 때문이다.

최근의 작품들은 모두 자본주의적 삶, 시간의 폭력성이라는 주제와 밀접하게 관련된다. 자본주의 시간이란 소비와 삶의 반복적 패턴, 혹은 '물질화된 인격'과 '인격화된 물질' 사이에 불안하게 놓인 군상들의 공간을 의미한다.

이런 관점에 볼 때, 「다음 칸」(고사리)은 매우 흥미롭다. 신문 연재만화를 처음 맡게 된 작가는 편집장으로부터 의외의 제안을 받게 되는데, 그것은 원고료의 일정 부분을 편집장에게 되돌려 달라는 것이다. 편집장은 필자 선택을 마음대로 할 수 있다는 점, 작가가 연재가 처음이라는 점 등을 악용하여 원고료의 일부를 갈취하고자 하는 것이다. 만화가는 그의 처사에 분노하지만 원고료가 없으면 살아갈 수 없는 전업작가의 상황을 생각할 때 드러내놓고 불만을 표출하기도 어렵다. 더욱이 자신보다 앞에 연재했던 동료 역시 편집장의 요구를 들어주었다는 사실에 망연해질 수밖에 없었다. 그러던 어느 날 아들이 친구들과 어울려 문이 열린 문구점에서 물건을 훔치는 사건이 벌어지면서 작가는 더욱 곤경에 빠진다. 하지만 아들의 잘못을 사죄하려고 쓴 각서와 만화 연재를 그만두겠다는 항의 서신을 뒤바뀐 주소로 우송하고 만다. 작가는 결국 생활을 위해 전철에서 물건을 파는 일을 시작한다. 오늘도 그는 전철 '다음 칸'으로 발걸음을 옮긴다.

이 작품은 극단적이기는 하지만 우리 문단의 폐해를 지적한 것으로도 보인다. 실제 원고료를 되돌려 받는 방식이 일어나는지와 관계 없이, 작가와 예술가들의 삶의 현실에 대한 일종의 고발로 읽힐 수도 있다. 하지만 중요한 것은 자본적 일상성, 소비의 거대한 구조 속에서 살아가야 하는 한 초라한 인간을 묘파하고자 했다는 점에서 의미가 있을 것이다. 돈에 얽힌 삶의 문제가 단순히 오늘의 문제만은 아니지만, 최근에는 매우 부도덕하고 충격적인 방식으로 문제를 해결하고자 하는 일이 빈번히 발생하여 우려를 낳는다.

「아빠가 허락하지 않을 일」(임정현)은 한 매춘 여성의 비극적이고도 우연한 죽음을 다루고 있다. 주인공은 기형적이고 불법적인 성매매로 생계를 이어가는 20대 여성이다. 인터넷 채팅으로 남성을 알게 되면 약속시간에 모텔에서 만나는 방식으로, 하루에 서너 명의 남자와 관계를 하는 여성에게, 단 한 명의 남자는 정신적 교감의 대상이다. 그 남자는 사법고시에 실패하고 줄곧 칩거생활만을 해온 남자이다. 남자는 채팅을 통해 여자와 만난다. 그들은 서로의 고통을 전혀 알 수 없는 상태에서 정신적 허기를 채운다. 하지만 그들에게는 한 가지 공통점이 있다. 아버지의 부재가 그것이다. 여자의 아버지는 오래 전에 집을 나가서 돌아오지 않았다. 엄마는 어린 딸들을 아랑곳하지 않고 다른 남자와 관계를 갖는다. 남자의 아버지는 칩거하는 아들을 향해 손짓을 하지만 남자는 아버지 앞에 나설 용기가 없다. 연쇄 살인이 거듭되던 어느 날 여자는 집 앞 편의점에 나갔다가 피살된다. 남자는 그날도 인터넷에 접속하여 여자를 기다린다.

이 작품은 우리 시대의 비정한 초상을 매우 현실적으로 그려냈다는 점에서 주목할 만하다. 하루의 일이 끝나면 휴대전화를 꺼버리고 자신만의 고독한 시간을 즐긴다는 설정은 작가의 시선이 매우 냉정하게 유지되고 있음을 알게 한다. 하지만 주인공 여자와 남자의 내면적 상처가 비교적 단순하게 그려져 고통의 입체화가 다각적으로 제시되지 못하고 있다는 아쉬움도 남는다.

삶의 현실적 고통을 다루고 있다는 점에서 「화냥년」(강호삼)도 흥미롭다. 중국에서 만난 여인과 한국인 사업가의 사랑을, 최근 달라진 한·중 사이의 관계, 국제적 역학 관계와 동시에 그려 보이고 있다. 영화사를 운영하는 남자가 아내와의 갈등을 극복하면서 재기한다는 설정의 「겨울벚꽃」(이영철)도 이와 같은 맥락에서 읽을 수 있다.

아내의 불임이 자신에게 있다는 사실을 알고 자신이 고용하는 부하직원으로 하여금 아내와 성관계하여 임신을 시킨 뒤, 죄책감과 고통에 시달리다 결국 그를 죽이려는 음모를 꾸민다는 「이탈의 오류」(김현진)는 재미있는 설정이기는 하지만, 부하를 죽이려고 계획한 후 나선 여행길이 독자들로 하여금 그다지 치밀하지 않다는 인상을 주어 소설적 감동을 약화시키고 있다. 산동네에서 살았던 기억 속의 한 인물에 대한 기억을 통해, 힘겨웠지만 긍정적으로 살아가려 했던 삶을 재생하고 있는 「내 영웅의 눈물」(고수길)에서, 동네의 철거를 바라보던 주인공이 눈물을 흘리는 장면을 보면서 마음이 아팠다는 결말 부분은 밀도가 조금 떨어진다는 아쉬움이 남는다.

빙의(憑依)를 소재로 한 「인연의 끈」(라대곤)과 기 치료의 경험을 독백의 형식을 통해 그려낸 「증발」(류담)은 재미있는 이야기이지만, 주인공의 현재적인 삶의 입지와 관련지었을 때 그러한 체험은 삽화적인 형식으로 다루어져야 했다는 생각이 든다. '실제로 일어났지만 예외적인 체험'이 아니라, '실제로는 일어나지 않았지만 보편적 경험'에 대한 탐색이 소설이라는 고전적인 명제에서 벗어나기에는 아직 이르기 때문이 아닐까.

소설은 현실적인 삶을 비추는 거울이어야 한다. 마르크스식의 현실에 대한 반영과 재현이 아니라, 삶의 다양성 속에 감추어진 또 다른 시간에 대한 복원이라는 의미에서 그것은 일종의 '타자화'라 할 수 있다. 작가의 체험과 동시대인들의 경험을 지속적으로 낯설게 한다는 것, 그리하여 잊고 있거나 함몰된 가치를 드러내려는 노력이 소설이어야 한다는 생각은 당분간 좀 더 지속될 것이다. 소설을 통한 일탈과 해방의 욕망은 소설을 읽는 중요한 이유이기 때문이다.

시원(始原)을 찾아서

언젠가 어떤 작품의 해설을 쓰면서 나는 이런 이야기를 한 적이 있다.

> 경복궁 민속박물관에서 산업화 초창기 도시 변두리 골목의 모습을 그대로 전시한 일이 있다. 투박하면서 무겁게 보이는 둥근 의자가 놓인 〈현대 이발소〉, 먼지에 쌓여 매달려 있는 줄줄이 과자와 흰 설탕 가루에 싸인 알 굵은 사탕이 진열되어 있는 〈삼양 슈퍼〉, 그리고 떨어질 듯 위태로운 나무 간판의 솜틀집, 시멘트 벽에 검은 줄이 똑바로 그어진 연탄가게 등이 너무나 사실적으로 재현되어 있었다. 한참동안 그 앞을 지나치지 못한 것은, 유년시절에 대한 황망한 그리움과 동시에 벌써 이런 풍경들이 박물관에 전시되는구나, 하는 애잔함 때문이었다.
> 지금은 사라지고 없어진 풍경들이 때로는 마음 아프게 와 닿기도 한다는 사실이 사치가 아니라면, 그 마음의 통증은 사라진 장면, 그 자체에서라기보다 그 기억들을 켜켜이 담아둔 시간의 지층에서 비롯되는 것은 아닐까. 너무나 아득하여 설명하기 어렵지만, 분명히 그 길고 긴 시간의 통로를 걸어오면서 마음이 겪어야 했던 질곡 말이다.
> ―「소리와 침묵」(졸저, 『비판과 성찰의 글쓰기』, 2005)

변화의 폭이 어느 때보다도 큰 요즘의 삶은 얼마 지나지 않은 경험을 박제화하는 데 익숙하다. 서울의 한복판에는 농업박물관이 있다. 한 시인의 관심 대상이 되기도 하였지만(이문재, 「농업박물관」) 우리는 경험의 동시성이 진실인 것처럼 수용되는 사회에 살고 있다. 속도의 사회가 낳은 우울한 풍경이 아닐 수 없다. 시간의 간극을 최대한 줄이려는 욕망이 자본주의의 소비적 삶을 지탱하는 관건이 된 지는 오래다. 지루하고 폭력적인 자본의 시간으로부터 삶을 견인(堅忍)하려는 행위는 이런 의미에서 지난한 고투이며, 때로는 신성하기까지 하다. 시간을 지체하려는 욕망, 거대한 소비의 블랙홀에 빨려들지 않으려는 욕구는, 그러나 언제나 실패하기 마련이다. 글쓰기 역시 비루한 노동의 하나이며, 소설 역시 생산되고 소비되는 상품이라는 점, 그리고 이러한 사유조차 물렁물렁한 자본의 시간으로 흡입되고 마는 구조, 그것이 우리의 현재를 이루고 있지 않은가.

작가는 무엇을 꿈꾸는가라는 질문을 사회적 영역으로 확대할 경우, 우리는 어떤 경험의 범주를 통과해왔으며, 그것은 현재의 삶에 비추어볼 때 어떤 의미를 지니는가라는 물음으로 환치될 수 있다. 그러므로 개별적 체험을 사회적 경험으로 변환시키는 것이 소설의 지향점이 될 수 있다는 판단이 가능하다. 가령 대도시 주변을 형성했던 산동네, 카바이트 불빛이 타오르던 포장마차의 풍경, 혹은 좁은 농로를 지날 때면 어김없이 나타나는 누런 소들의 눈을 가까스로 비껴가던 유년의 기억 등은 어떤 존재의 무의식을 이루는 지층의 일부가 될 수 있다. 추억과 향수라는 감정의 자장과 함께 자기 존재의 정체성이 형성된 가장 내밀한 지점, 혹은 그런 기억을 우리는 시원(始原, Anfang)이라고 부르자. 왜곡과 자리바꿈을 통해 지속적으로 변환된 욕망의 기억. 이러한 기억의 지층을 갖지 않은 자가 어디 있으랴.

최근의 작품들은 기억과 근원이라는 단어로 수렴되는 특징을 지닌다.

기억은 '과거적인 것의 체험'이지만 현재의 삶에 일정한 영향과 관계 속에서만 그 의미가 획득된다는 점에서 엄밀히 말해 '현재적 체험'의 일부라고 할 수 있다.

정동주의 「로제타스톤」의 경우가 이에 해당된다. 이 작품에 등장하는 세 명의 인물은 한결같이 현재의 시간을 쉽게 긍정하지 못하는 인물들이다. 기하학에 관심이 많아 매일 서재에 박혀서 나오지 않는 수학교수인 남편은 드디어 이집트 피라미드를 탐방하는 여행을 떠나게 된다. 발기불능인 남편과의 결혼생활은 단순히 성적 불만족뿐 아니라 여자의 삶을 전반적으로 건조하게 만든다. 그러던 어느 날 여자는 옛 남자친구와 우연히 재회하게 된다. 그런데 기억 속의 남자는 극심한 경제적 어려움을 겪고 있으며, 이라크에 가서 돈을 벌겠다는 생각을 갖고 있다. 다시 만난 그들은 가을 바다로 간다. 그들은 격렬한 정사를 나누고 다음날 아침 헤어진다. 다시 일상으로 돌아갈 여자는 남자와 다시 만날 수 있으리란 생각을 접어두기로 한다. 그런데 이들의 공통점은 자신의 현재 위치가 어디인지 표류하고 있다는 점이다. 기하학의 세계는 순수 추상의 공간이다. 구체적인 현실, 살과 피부가 맞닿는 시간이 아니라, 고도로 응축된 관념의 세계인 것이다. 남편에게 기하학은 전도된 실재이며, 실재계에서 볼 때 무한한 추상에 불과한 것이다. 남자가 가야 할 이라크 역시 그 남자의 돈벌기와 관련되지만, 더욱 중요한 것은 다음의 대사 속에 감추어진 욕망이다.

　　어떤 책을 보니까 메소포타미아 문명은 우리나라와 닮은 구석이 많다고 그러더라. 고대 메소포타미아 문헌에 '아라리'라는 장소가 종종 나오거든. 죽은 사람이 이곳을 지나 저승으로 가게 되나 봐. 그 '아라리'가 아리랑의 근원이라는 거지. 견우직녀 이야기도 메소포타미아의 인안나와 두무지의 비극적인 사랑과 맞닿아 있어. 내가 유일하게 위안을 받는 부분은 바로 그 점이야. 우리나라와 닮은 점이 있다는 사실이…… 그래서 낯설지 않거든.

— 정동주, 「로제타스톤」 부분

　　남자는 여자를 두고 떠나는 이 현실의 시간을 두고 비극적이라고 불렀을지 모르지만, 현실에서 여자와의 관계를 지속할 수 있었다 하더라도 그 남자는 비극적이었을 것이다. 왜냐하면 남자에게 현실의 시간은 떠나야만 의미를 얻는 세계이기 때문이다. 그에게는 어떤 '근원'에 대한 그리움이 있었던 것이다. 그렇다면 여자는 무엇인가. 여자에게 근원은 무엇인가. 표류하는 주체가 남편이라고 생각하는 것도 생각할 수 있는 부분이기는 하지만, 여자에게 중요한 것은 남자와 보냈던 "우주를 떠돌았던 시간"이 일상 속에서 지속적으로 그 의미를 갖게 될 수 없다는 자각에 있다. 환상과 환멸은 쌍생아이기 때문이다.

　　최복심의 「실종에 대한 기억」은 정확히 말하면 잊혀졌던 시간에 대한 기억이라고 할 수 있다. "젊은 순수와 결핍의 시절, 의지를 불태우며 하얀 밤을 새웠던 기억"이야말로 청춘의 한때를 증명하는 방식이 아니었을까. 우연을 가장한 의도와 닿을 수 없는 생의 깊이에 대한 무모한 열망에 사로잡히던 시간이 그것이다. 대학 때 친구 민영을 우연히 만나게 된 여자가 추억의 시간을 반추하는 형식으로 짜여진 이 소설의 핵심은 "광기의 저편 감정의 심연에서 실종에 관한 기억을 떠올리는" 여자의 의식에 놓인다. 자기 존재의 정체성에 대한 지속적인 확인욕망은 과거적인 삶의 형태에 대한 끊임없는 회의와 동궤를 이루는데, 구영도의 「얼굴」은 여기에 속한다. 거문도로 가는 배 위에서 일어난 화재사고 때, 자신과 너무나 닮은 남자의 아내와 아이들을 구해준 주인공이 완전히 새로운 시간 속에서 살아간다는 이야기에서 작가는 주인공으로 하여금 실제 할머니를 찾아가게 만들지만, 그것은 어디까지나 윤리적 요구에 대한 배려일 뿐, 중요한 점은 시간의 간극과 차이에 대한 욕망을 흥미롭게 묘사했다는 것이다. 그런데 가짜 아내와 가짜 남편이 벌이는 정사 장면은 어떤 상징적 의미를 내포할까. 진짜 남편이 아니라는 점을 자신은 이미 알고 있었다고 여자가 남자에게 밝히지만 않았다면 소설은 어떻게 되었을까. 그것이 좀 더 열린 구조의 작품을 만드는 데 기여하지 않았을까.

초파리 연구원 시절 연구소 내에서 일어났던 복합적이고 미묘한 감정의 변화를 묘사한 김이연의 「표적」에서는, 등 뒤에서 자신을 안고 도주했던 어떤 남자에 대한 지울 수 없는 흔적이 작품의 핵심을 이룬다. 박신영의 「방황의 끝」은 잊혀졌다고 여겼던 여인이 자신의 아이를 키우고 있음을 발견하게 된 남자의 시간을 다루고 있다. 이혼의 상처로 인하여 세상과 단절하면서 칩거하다시피 한 여자에게 어느 날 갑자기 찾아온 젊은 여인이 사실 자신의 동생이었을 알게 되는 과정을 그린 김혜숙의 「세상 속으로」도 새로운 시간으로의 자리바꿈이라는 모티프를 내재하고 있다.

혼돈스럽고 출구가 모호할 때 우리는 뒤를 돌아보게 된다. 반성과 성찰은 현재의 상황을 근원으로부터 추적하게 하는, 지루하지만 가장 현명한 방법의 하나이다. 무엇이 우리의 현재를 이루고 있으며, 왜 써야만 하는가라는 물음 앞에서 우리 시대 글쓰기는 일차적으로 자기 회귀적인 통로를 열어야 할 것이다. 자기 욕망의 비의적(秘義的) 의미를 추적해가거나, 혹은 공동 화장실을 써야만 했던 가난한 산동네 시절의 삶을 통해 오늘날 파편화된 일상성을 비판하고자 하는 일은 아름답고 유의미한 작업이 아닐 수 없다. 시원이란 도달해야 할 목적이 아니라, 도구화된 지금, 여기의 삶을 비판하기 위한 훌륭한 척도가 되기 때문이다.

우리의 여행은 이제 어디를 향할 것인가.

치밀한 문장 의식의 결여와
소재 해석의 문제

최근 작품들은 여성들의 관점에서 일상과 결혼, 가족의 문제를 조망하는 작품이 많다. 여성 문제는 오래 전부터 관심의 대상이 되어왔지만 1990년대 중반 이후 페미니즘 이론의 영향으로 이데올로기화했고 지금까지 지속적인 사회적 이슈로 자주 등장하고 있다. 문제는 여성주의 문학이 가지는 공과에 대한 논란보다는, 1990년대 중반 이후에 나타나고 있는 역사와 현실의 상황에 대한 소설화의 부재에 있다. 여성과 개인에 대한 성찰과 관심이 현실의 제반 문제에 가려지고 소외되었던 시절이 있었다. 이런 점에서 포스트모더니즘의 이론은 '억압된 것들의 복원'이라는 관점에서 이해될 수 있었고, 고도 정보화 시대의 일상과 고독한 인간형에 대한 탐색이 다방면에서 이루어진 것은 긍정적인 현상으로 평가할 수 있었다.

그러나 역사의 문제, 분단의 상황, 혹은 이를 인식하는 새로운 시각의 확보 등은 상대적으로 작품화가 미흡했다는 판단도 가능하다. 시간의 문제, 즉 과거와 현재를 이어가는 삶의 형식에 대한 성찰은 소설가에게 필연적으로 요구된다. 소설은 근대적인 삶의 문제를 토대로 발생했고 자본주의적 삶의 사회적 형식에 대한 관심을 통해서 외연을 확장해왔다. 가령, '여성주의의 관점에서 인식한 분단 문제'에 대한 깊이 있는 논의가 부족하다는 비판이 성립되는 것은 이 때문이다.

1.

심규식의 「청산에 살어리랏다」는 여전히 지속되고 있는 '분단 상황'과 '분단 논리'에 대한 재조명이라는 점에서 의미가 있다. 이 작품은, 일제 강점기 징병에 끌려갔다가 돌아와 해방된 조국에서는 좌익투쟁가로 변모하고, 전두환 정권이 들어설 때에는 과거 경력이 문제가 되어 삼청교육대에 보내지면서 무수한 시련과 고통을 받은 황노인의 삶을 통해 끝나지 않은 분단 상황에 대해서 말하고 있다. 자신이 여전히 빨치산이라고 주장하는 황노인의 삶은 그 자체가 한국 근대사의 모순을 상징한다. 일제 강점기와 해방공간, 그리고 군사정권으로 이어지는 역사의 흐름에서 소외되고 상처받은 사람들의 삶이 황노인이라는 인물을 통해 외화된 것이다. 대학생 주인공에게 그의 이야기가 전해지는 형식은 역사에 대한 관심을 환기하면서 동시에 새로운 세대와 그 상처를 공유해야 한다는 작가적 신념의 결과라고 판단된다.

이길환의 「세월의 뼈」 역시 한국전쟁으로 인한 상처에 주목한 작품이다. 할아버지의 이장을 위해 고향을 찾은 주인공이 사실은 할아버지의 묘가 허묘(墟墓)라는 점을 알게 된다는 이야기인데, 인민위원장을 지냈던 할아버지의 목숨을 살리기 위해 할머니는 엉뚱한 남자의 시신을 자신의 남편이라고 주장하여 장례를 치르게 된다. 이는 할아버지가 월북했다는 사실이 알려질 경우 연좌제의 고리를 벗어날 수 없다는 할머니의 판단 때문이었다. 개성공단 사업과 이산가족의 재회 등 최근 분단의 상황에 대한 소설적 관심은 고통스러운 시대를 살았던 그들로부터 우리에게 전해지는

"세월의 흔적"이지만 그것은 단순한 흔적으로 남지는 않을 것이다. 여전히 지워야 할 상처로 존재하기 때문이다.

월남전에서 죽은 친구와 무장 간첩에 의해 아내가 희생되는 이야기인 임제훈의 「비너스의 시기」 역시 역사의 상처에 주목한 작품이고, 판소리 명창 이화중선의 화려했지만 고독한 삶을 그린 윤영근의 「여류 명창 이화중선」은 일제 강점기를 살아야 했던 한 예술가의 고통을 잘 보여주었다.

2.

소설에서 역사의 문제는 시간체험과 관련된다. 동시대의 주요 쟁점과 사건을 공유하는 일과 이를 소설화하는 일은 별개이지만, 작가에게 주어진 운명은 이를 내면적으로 형상화하는 하는 것이다. 역사는 단순히 흘러가버린 과거의 일이 아니다. 역사는 현재의 관점에서 취사선택된 가치의 계열체라고 인식할 필요가 있다. 소설에서 중요한 것은 공적인 체험 자체가 아니라, 이를 내면화한 예외적 개인을 어떻게 창조할 것인가의 문제이다. 개인은 이럴 때 유의미성을 지닌다. 역사의 소용돌이에서 희생된 개인의 이야기가 흥미와 감동을 주는 이유는 여기 있다.

조동길의 「한 교수의 돌부리」가 주목되는 이유는 관념론의 소설화, 소설적 관념론을 펼쳐 보였기 때문이다. 일상의 모든 일들은 개인의 내면에서 판단되고 가치판단이 이루어진다. 우리가 경험하는 사건들의 예외성을 문제 삼기보다는 사건을 어떻게 예외적으로 형상화하는가의 문제가 더욱 중요한 것이다. 이런 점에서 회갑을 앞둔 어떤 교수가 산책을 나왔다가 겪게 되는 이야기를 통해 '진정한 나는 누구인가'라는 문제를 이끌어낸 이 작품은 상당히 주목된다. 산책 모티브가 갖는 의미, 즉 느림의 상상력이 갖고 있는 진보적 의미는 이미 공감하고 있는 것인데, 여기에서 작가는 일상의 시간 속에 감추어진 예외성에 주목한다. 주민등록번호와 집 전화번호를 잊었다는 이유로 유치장에 이송되어 하룻밤을 겪는 이야기를 통해서 일상성의 함몰과 그로 인한 자아정체성의 혼돈을 작가는 흥미롭게 그려 보이고 있다.

루시앙 골드만이 오래 전에 이야기했던 '소설은 타락한 사회에서 타락한 방식으로 진정한 가치를 추구하는 형식'이라는 말의 의미를 상징적으로 해석할 경우, 이건숙의 「색깔 있는 방」은 순수한 인간적 가치의 문제를 다룬 작품으로 판단할 수 있다. 골드만에게 자본주의는 그 체계 자체가 교환가치로 전일화된 사회이므로 타락한 것이지만, 인간의 삶 자체가 이미 무수하게 미세한 권력 관계로 매개되었다는 점에서 타락한 사회라고 부를 수 있기 때문이다. 이는 가족과 결혼의 문제에서도 동일하게 적용된다. 남자가 가난하다는 이유로 딸의 결혼을 심하게 반대하는 아내를 물리치고 결혼을 성사시켜주는 아버지의 이야기는 순수한 사랑의 로망이 여전히 존재할 가치가 있다는 점을 보여주고 있다.

3.

김지수의 「누가 강으로 떠났는가」는 남편의 자살로 인해 이민을 하려는 여성의 내면을 그린 작품이다. 남편은 자살을 치밀하게 준비한다. 이름도 잘 모르는 남쪽의 섬나라로 이민을 가자는 계획은 사실 자신이 죽고 난 후 아내를 배려하기 위한 계획이었다. 그곳에는 아내의 첫사랑이 살고 있기 때문이다. 이 사실을 뒤늦게 안 여자는 결국 이민을 포기한다. "야성을 상실한 시든 나이의 허탈함"을 세밀하게 드러내고 있다는 점이 이 작품의 강점이다. 남편의 외도를 의심하는 주인공의 이야기인 서한경의 「내 남편의 여자」, 부부의 갈등을 다룬 이상은의 「Next Door」, 30년 연상의 남편과 재혼한 여자가 바닷가 집에서 우연히 만난 첫사랑을 기억하는 이야기인 한분순의 「세속 칸타타」, 기업체의 여직원들이 겪는 성적인 차별을 그린 김영심의 「애자」 등이 여성적인 입장을 그려 보인 작품들이었다.

하지만 여성주의는 여성 화자가 등장했다거나 여성의 문제를 소재로 했다는 이유로 성립되지는 않는다. 여성의 삶이 어떤 방식으로 소외되었는지 분명한 메시지가 필요하고 동시에 여성적 관점에서 사물이 어떻게 재구성될 수 있는지를 보여주어야만 한다. 치밀한 문장과 내면성의 확보가 필요한 대목이다.

최근의 작품들은 크게 역사의 영역을 다룬 작품과 여성적 시선에서 바라보는 삶의 현상을 다룬 작품으로 나뉘어졌다. 이야기의 다양성과 일상의 세밀한 현상들에 대한 작가적 관심이 돋보였다는 점에서 읽는 즐거움이 있었지만, 지적하지 않을 수 없는 점도 있다.

먼저 치밀한 문장 의식이 부족한 작품들이 많이 발견되었다는 점이다. 비문이 있고 완급의 호흡이 맞지 않는 문장은 일단 작품의 질적 수준을 의심하게 한다. 다음으로는 소재를 지나치게 윤리적인 관점에서만 다루고자 한다는 점이다. 이는 바꾸어 말하면 소재를 자기화하여 해석하는 능력의 부재와 더불어 소설화 가능성이 매우 떨어진다는 사실을 의미한다.

한 편의 소설은 세계와의 다양한 만남을 이루게 하는 접점에서 발생한다. 따라서 치열한 문제 의식과 이를 내면화하려는 고투가 동반되지 않으면 성립이 불가능하다. 더욱 웅숭깊은 작품을 기대해본다.

여성을 말하다

1.

최근에 읽은 소설 가운데 가장 주목되는 작품은 이숙경의 「눈물의 날」
과 성민선의 「굴다리」이다. 두 작품은 어머니와 딸로 이어지는 여성의 삶
에 대해 매우 섬세한 내면성을 확보하고 있기 때문이다. 여성성을 소재로
한 모든 예술적 상상력의 근간에는 어머니와 딸의 관계가 존재한다. 부정
과 긍정의 메커니즘이 복잡하게 얽힌 인간 관계의 상징이 바로 어머니와
딸의 관계일 것이다.

이숙경은 어머니의 청춘을 증거하는 존재를 '첼로가 없는 빈 통'과 '활'에
서 찾고 있다. 전혀 유쾌하거나 아름답지 못했던 어머니에 대한 기억은 그
녀가 첼리스트였다는 사실과 무관해 보인다. 어머니가 첼리스트였다는 점
은 그녀의 청춘이 어떤 알지 못한 힘에 의해 마모되는 중요한 계기를 마련
했다는 사실과 다르지 않기 때문이다. 음악대학을 다녔는지 정확하지는
않지만 어머니가 첼로를 들고 다녔다는 점, 그래서 운동권 학생들이 어머
니의 첼로통을 유인물 운반에 사용했다는 점이 그것이다. 이후 어머니의
삶은 철저하게 외롭게 변한다. 자학적인 사랑의 대상은 성직자가 되었고

어머니의 삶은 남루하게 변모한다. 알콜에 의지한 삶을 살아오다 어머니는 끝내 죽음을 맞이하고, 멀리서 호프집 남자가 불어주는 나팔소리를 들으며 어머니는 한 줌의 재로 변하고 만다.

이 작품에서 작가는 어머니의 죽음을 일상의 시간 속에 배치한다. 어머니의 죽음을 대수롭지 않게 여기는 남편과 과거 어머니의 삶은 아무런 연관성이 없어 보인다. 그것은 단순히 잊혀지는 하나의 일상에 불과하다. 다만 불행했던 어머니의 생에 대한 환기, 혹은 "엄마는 첼리스트였다"라는 짧은 진술 속에 담긴 연민과 안타까움이 이 작품의 아우라를 형성한다. 아쉬운 점은 딸과 아버지의 시각이 교차하는 진술 속에서 어머니의 삶에서 미처 꺼낼 수 없었던 비화(秘話)에 대한 발견이 극적이지 못했다는 점이다. 그것은 성직자가 된 남자와 엄마의 관계에서 새로운 발견이 이루어지지 못했다는 사실과 관련된다.

성민선의 작품은 부정하고 싶은 어머니의 삶에 대한 이해 과정을 그리고 있다. 주인공은 유년시절을 보냈던 굴다리 사창가를 어머니의 죽음 이후에 다시 찾는다. 남편은 자신을 창녀의 딸이라고 여겨 유산을 명령하지만, 아버지는 사창가에서 일했던 어머니를 만나서 자신을 낳은 것이다. 주인공은 어릴 때 어머니가 자주 만들어주었던 시골국을 끓인다. 그것은 어머니의 삶에 대한 이해와 긍정을 넘어서 자신의 정체성에 대한 분명한 확인 행위였다.

김우남의 「엄마는 연애중」은 소년의 시점을 빌어 엄마의 사랑에 대하여 관찰한다. 「사랑손님과 어머니」의 디지털판 패러디라고 볼 수도 있는 이 작품의 핵심은 40대 여성의 고독과 사랑이 아들에 의해 지지되고 있다는 점이다. 돌고래 이야기의 상징성이 흥미롭게 읽히고 있다.

엄현주의 「봄날의 낭만」은 중학교 동창인 50대 중반 여성들의 삶의 애환을 그린 작품이다. 봄날 늦은 점심을 먹는 세 명의 여성들의 삶은 그다지 아름답거나 화려하지 못하다. 그들은 유방암 수술을 앞두었거나, 시어머니와의 갈등으로 인해 고민을 하거나, 하루 종일 약국 일에 갇혀 지내는 일상이 반복되는 삶을 통해 조금씩 늙어간다는 일에 대하여 생각한다. 이 작품은 삶의 쓸쓸한 풍경화 그리기에 성공하고 있는 셈이다.

이탈리아 유학생활을 그린 오은주의 「낯선 자로 다시 떠나다」는 서울 방문 계획을 취소하고 낯선 도시에서 다시 삶의 의미를 환기하는 내용을 다루고 있다. 이모할머니의 부음으로 서울로 가는 길에 런던에 내렸지만 비행기 환승을 포기하고 안개에 싸인 모텔로 들어서는 주인공은 스스로를 부활의 시간에 놓인 삶이라고 생각한다. 하지만 이때의 부활이 헤어진 남자와의 관계를 정리하는 의미 이상을 갖기 힘들다는 판단이 가능하다.

2.

최근 다문화 사회에 대한 관심이 높다. 한국 사회는 더 이상 순혈주의로 설명하기 어려운 변화의 양상을 보여주고 있다. 도시보다는 오히려 농촌에서 다문화 사회에 대한 이해도가 높다는 자료도 제시되고 있는 상황이다.

조규남의 「봄날의 저편」에서 주인공은 소를 키워서 베트남 신부를 얻으려는 계획을 갖고 있다. 자신이 아버지의 아들이 아닐 수 있다는 가능성과 아버지가 자신의 돈을 '관리'하려는 데 대해서 의구심이 들기는 하지만, 결혼에 대한 꿈을 버리기는 어렵다. 곤궁한 농촌의 삶을 서정적으로 그리는 데 성공하고 있다.

윤석원의 「소가 웃을 일」은 농촌에서 이장을 맡고 있는 인물의 생활을 흥미롭게 그리고 있다. 자질구레하지만 놓치기 어려운 동네의 일들을 챙기거나 소를 키워서 재산을 마련하려는 계획을 갖고 있으며, 베트남 신부와 그럭저럭 결혼생활을 꾸려가는 주인공 장분수는 최근 농촌의 삶을 가장 극명하게 상징하는 인물일 수 있다. 서울 예식장 나들이는 그에게 여전히 자신이 지켜가야 할 농촌의 삶이 있다는 점을 확인하게 하는 시간이다. 장분수가 농촌의 삶을 떠나서 서울로 간다는 일은 그야말로 '소가 웃을 일'인 것이다.

정안길의 「무지개 영혼」은 말을 못하는 청각 장애인 부부 이야기를 다루고 있다. 김동인 문학의 탐미주의적 경향과 매우 유사한 분위기의 작품에서 남편의 갑작스러운 죽음과 아내의 외도는 에로스(eros)와 타나토스(thanatos)의 절묘한 조화를 이루고 있다. 아내의 일탈이 인간 관계의 파국으로부터 비롯된 것이 아닌 순수욕망 그 자체로 그려지고 있으며, 농약살포 일을 하다가 갑자기 쓰러진 남편의 죽음 역시 일정한 도덕적 요구를 동반하지 않는 듯하다. 소설의 결말에서 아내와 정부가 도망을 하는 장면은 오히려 작품을 자유롭게 읽는 데 방해 요인으로 작용하고 있다는 판단이 드는 것은 이 때문이다. 작가는 남겨진 아이들의 순수한 영혼에 초점을 맞추고 있지만 작품이 전체적으로 파국으로 치닫지 않은 것은 작가의 세계관의 일단을 드러낸 것으로 볼 수 있다.

문화와 소설의 논리

— 비판적 패러다임의 구축을 위한 제언

1. 이야기가 재미있다는 것은 구성의 진행 과정이 잘 짜여졌기 때문이라는 점은 최근 흥행에 성공한 〈왕의 남자〉에서도 알 수 있다. 몇몇 새로운 모티브에 관객들의 호기심이 작용했다 하더라도 이 영화의 성공 요인 가운데 하나는 잘 짜여진 구성에 있다고 할 수 있다. 소설 역시 어떤 메시지보다도 이야기를 지탱하는 골격과 그것을 연결하는 구성, 그리고 문체의 힘이 없이는 견딜 수 없지 않은가.

2. 문화적인 환경과 현실의 변화가 독자들의 선택과 취향에 영향을 줄수 있지만, 근본적으로 소설은 내적 구조의 완성도를 통해 자신의 존재 의미를 갖는다. 문제는 소설의 내적 구조와 문화적 구조 사이에 존재하는 상동성을 어떻게 발견하는가에 달려 있다. 소설의 존재 의미가 내적 구조의 완성에서 출발하는 것은 사실이지만, 그것이 삶의 현장 및 현실 문제와 적절하게 관련될 때 그 문학적 의미는 배가된다고 할 수 있다.

3. 김승옥의 「무진기행」 이후, 한국 소설은 또 한 번의 '내면의 발견'을

이루었는데, 1990년대 여성소설이 여기에 해당한다. 하지만 그것이 '중심의 담론'을 생산하는 방식으로 타락하거나 도구화되었다는 혐의도 부정할 수 없다. 내면의 유희?

4. 무엇을 쓸 것인가의 문제는 단순히 소재적인 차원의 고민이 되어서는 곤란하다. 그것은 세계관의 문제이기 때문에 그렇다. 삶을 어떠한 관점에서 볼 것인가의 문제가 정립되어야 한다. 세계관인가 창작방법론인가 하는 해묵은 논쟁이 아니라, 진정으로 작가가 인식하는 아름다운 삶에 대한 어떤 정향점이 주어져야 한다. 작가는 더 철학적이어야만 한다.

5. 개인에게 주어진 일상성을 통해 사물의 존재 방식, 삶의 의미를 묻는 방식에도 현실적이면서 보편적 시/공간의 문제에 대하여 자각적이어야 한다. 치매 어머니를 돌보는 주인공은 산부인과에서 낙태수술과 분만을 보조하는 간호사이다. 삶과 죽음이라는 경계 위에 그녀의 삶은 놓인다. 치매 어머니와 은주는 삶의 경계에 불안하게 놓인 존재들이다. 박종관의 「생의 조건」은 그 위태로운 초상을 훌륭하게 그려내고 있다. 하지만 은주가 집에 돌아가 어머니를 다시 돌보게 되는 설정이 조금 아쉽다. 이상의 소설 「날개」를 연상하게 하는 배경열의 「독침」에서 보여준 자의식 과잉의 주인공의 모습은 내면성과 일상성의 조우를 통해 동시대 삶의 고통스러운 흔적을 잘 드러내고 있다. 삶의 억압적인 조건에 대한 성찰이라는 점에서 윤혜령의 「가립집」 역시 그 서경적 묘사의 힘과 더불어 억눌린 자의 모습을 흥미롭게 보여준 작품이다.

6. 현대적인 삶의 문학적 반영은 비판적 지표를 어떻게 설정하는가와 연관된다. 성찰과 반성을 통한 글쓰기야말로 주어진 삶의 환경을 개선하는

데 기여할 수 있기 때문이다. 그것을 비판적 패러다임이라 부를 수 있다.

비판적 패러다임은 매우 포괄적인 개념이다. 근대성의 척도 가운데 하나가 비판규준의 변화라는 점은 이미 알려져 있다. 사람에 의한 지배에서 제도와 행정에 의한 지배로의 변화, 자연적이며 계기적인 시간질서에 대한 자연발생적 의식으로부터, 분절화되고 추상화된 시간개념으로의 전환 등이 새로운 비판적 척도로 작용하고 있다. 하지만 이러한 일반적인 개념이 아니라, 시대적 유효성을 강조하는 의미에서 비판적 패러다임은 동시대 문화구조의 층위로 설명해야 한다. 즉, 비판의 패러다임이란, 자본주의적 근대성이 지향하는 자본 지배적 구조로부터 인간의 개별적 자질들, 계량화되지 않은 노동, 의사소통적 합리성 등을 추출하려는 방법적 도구이다.

7. 개별적이고 다양한 작품들을 이와 같은 관점에서 분석하고자 하는 이유는 최근 작품들을 보다 현실주의적인 맥락에서 파악하고, 새롭게 제기되는 모순들을 작품 내에 수렴시켜서, 문학이 진정한 의미에서 시민사회로 나아가는 데 기여할 수 있도록 그 방향성을 제시해야 하기 때문이다.

8. 자본주의가 역사의 맨 뒤에 놓이는 것이 아닐 수 있다는 가설이 아니라, 자본주의가 최선의 방식은 아니라는 현실적 체험에 근거하여, '인정은 하지만 순응하지 못하는'(generally acceptable, but not blindly applicable) 심리적 괴리감, 혹은 내적 열망에 대한 표현이 가능하다. 리얼리즘을 통해 세계를 변혁시킬 수 있다는 믿음이 지난 1980년대 한국 문학 내에 풍미했고, 일정한 성과를 거둔 것도 사실이지만, 변혁의 대상인 그 세계의 속성을 지나치게 관념적으로 이해한 결과, 전위적인 이론만 겉도는 형국을 목

도한 바 있다. 소련연방과 동구권 사회주의의 몰락, 독일의 통일이 과연 한국 사회의 모순 해결에 어떤 영향을 주는지 이해하기 어려웠던 시대가 있었다. 왜 그토록 빠른 시간 내에 진보주의 진영이 백기를 들고 문화운 동으로 방향 전환을 했는가를 여기서 논의할 수는 없지만, 한 가지 분명 한 것은 1990년대 이후 급진적 이론으로 떠올랐던 포스트모더니즘 이론 역시 실험적 수준에서 크게 벗어나지 못했다는 점이다. 여전히 잔존하는 현실적인 문제들, 노동시장의 새로운 변화에 따른 한국적 상황의 특수성, 냉전적 이데올로기를 대체할 만한 패권적 세계주의와 다국적 이해 관계 의 문제, 북한 체제의 변화와 문화, 경제 교류의 증대, 이에 따른 남한의 대응 문제 등이 새로운 모순으로 등장하고 있음은 주지의 사실이다. 따라 서 근대성의 문학적 구현 양상이란, 현실적인 제반 양상들을 어떻게 바라 보고 이해하는가라는 적극적인 '관심'(engagement)의 차원에서 살펴볼 일 이며, 그것은 바로 이 세계를 '우울하게' 바라보는 비껴난 시선을 통해서 만 드러날 수 있다.

9. 비판적 모더니즘이란, 이 세계에 던져진 존재들의 반항적 시선과 무 관하지 않다. 주어진 세계를 수용하느냐 마느냐의 문제가 개인적, 선택적 차원에서 이루어지는 것이 아니라, 본질적으로 이 세계를 거부할 수 없음 에 대한 선험성에 대한 응시에 닿아 있다. 그것은 더 이상 대안이 없음에 대한 자기 인식, 소비사회의 거대한 블랙홀로부터 살아남기, 속도지배적 패러다임을 전복하기 등, 작품에 투영된 다양한 비판적 지표를 포회하는 개념이다.

10. 지난 수 개월 동안 단편들을 읽으면서 비평의 논리와 창작의 내면이 어떻게 만나서 토론하여 생산적인 대안을 제시해야 하는지 고민했다. 의

사소통의 통로는 다면적으로 주어져야 하는데 조금 아쉬운 점은 여전히 작품을 읽는 눈이 어두워 문학과 삶의 문제를 좀 더 포괄적이고 유연한 관점으로 연결짓지 못했다는 점이다. 이는 전적으로 나의 문제이다. 창작과 비평의 현장감 있는 만남을 통해 한국 소설의 지평은 더욱 넓어지리라 기대해본다.

ㄱ

■■· **저자 소개** 한원균(韓元均)

1964년 서울에서 태어나 경희대학교 국어국문학과를 졸업하고 동 대학원에서 박사학위를 받았다. 1994년 『서울신문』 신춘문예에 문학평론이 당선되어 등단하였다.

저서로는 『일굼의 문학』(청동거울, 1998), 『비평의 거울』(청동거울, 2002), 『고은 시의 미학』(한길사, 2001), 『비판과 성찰의 글쓰기』(청동거울, 2005), 『한국문학비평과 문학사의 이해』(청동거울, 2007), 『하룻밤에 A학점 받는 논문 리포트 쓰기』(랜덤하우스, 2007), 『고은이라는 타자』(청동거울, 2011) 등이 있다.

현재 국립한국교통대학교 한국어문학과 교수로 있다.

푸른사상 평론선 21

비판적 모더니즘의 언어들

인쇄 · 2014년 10월 1일 | 발행 · 2014년 10월 6일

지은이 · 한원균
펴낸이 · 한봉숙
펴낸곳 · 푸른사상사
주간 · 맹문재 | 편집 · 지순이 | 교정 · 김소영

등록 · 1999년 7월 8일 제2-2876호
주소 · 서울시 중구 충무로 29(초동) 아시아미디어타워 502호
대표전화 · 02) 2268-8706(7) | 팩시밀리 · 02) 2268-8708
이메일 · prun21c@hanmail.net / prunsasang@naver.com
홈페이지 · http://www.prun21c.com

ⓒ 한원균, 2014

ISBN 979-11-308-0289-3 93810
값 28,000원

이 도서의 국립중앙도서관 출판시도서목록(CIP)은 서지정보유통지원시스템 홈페이지(http://seoji.nl.go.kr)와 국가자료공동목록시스템(http://www.nl.go.kr/kolisnet)에서 이용하실 수 있습니다. (CIP제어번호 : CIP2014027698)